新式寫作教學導論

主編
陳滿銘

合著
仇小屏　李靜雯　張春榮　陳佳君　黃淑貞
楊如雪　蒲基維　謝奇懿　簡蕙宜　顏智英
(以姓氏筆畫先後爲序)

新式寫作教學導論編輯群

主編

陳滿銘

臺灣師大國文系兼任教授

編輯

（以姓氏筆畫先後為序）

仇小屏

成功大學中文系副教授

李靜雯

國中教師、臺灣師大國研所博士生

張春榮

臺北教大語文與創作系教授

陳佳君

臺北教大語文與創作系助理教授

黃淑貞

國中教師、臺灣師大國研所博士

楊如雪

臺灣師大國文系副教授

蒲基維

高中教師、臺灣師大國文系兼任助理教授

謝奇懿

文藻外語學院應用華語系助理教授

簡蕙宜

高中教師、臺灣師大國文系教碩班碩士生

顏智英

高中教師、世新大學中文系兼任助理教授

序

去（2006）年初，「國文天地雜誌社」為適應未來國、高中升學競爭之新潮流，特開辦「新（限制）式作文師資進修班」。歸本於語文教育專業，鎖定各層語文能力（一般、特殊、綜合），研討中、小學新（限制）式作文教學之理論與實際，俾使教師於進修後能應用於教學，引導學生熟悉各種新（限制）式作文之類型及其作法，以提升其作文能力與競爭力。前後共開辦了三期，提供中、小學教師進修，受到令人鼓舞之回應。

這三期在課程與師資上，除第一期稍有不同外，第二、三期是完全一樣的。如今為了擴大影響力，並用作後續開班或大專相關課程之基礎教材，特就開辦課程所用過的講稿，在理論與實作並重之要求下加以整理、補充，並作宏觀面之調控，以作為本書如下章節之主要內容：

序（由陳滿銘負責撰寫）

第一章　緒論（由陳滿銘負責撰寫）

第二章　新式寫作教學總論（由仇小屏負責撰寫）

第三章　新式寫作中「立意取材」的教學

　第一節　風格在寫作教學的應用（由蒲基維負責撰寫）

　第二節　體裁在寫作教學的應用（由顏智英負責撰寫）

第三節　主題〔含意象〕在寫作教學的應用（由陳佳君負責撰寫）

第四章　新式寫作中「結構組織」的教學

第一節　語句結構在寫作教學的應用（由楊如雪負責撰寫）

第二節　篇章結構在寫作教學的應用（由黃淑貞負責撰寫）

第五章　新式寫作中「遣詞造句」的教學

第一節　詞彙在寫作教學的應用（由李靜雯負責撰寫）

第二節　修辭在寫作教學的應用（由張春榮負責撰寫）

第六章　新式寫作教學的綜合練習（含命題、實作）

第一節　一般性的寫作綜合練習（由仇小屏負責撰寫）

第二節　配合基測的寫作綜合練習（由簡蕙宜負責撰寫）

第七章　新式寫作教學的批改與評分

第一節　一般性的寫作批改與評分（由陳滿銘負責撰寫）

第二節　配合基測的寫作批改與評分（由謝奇懿負責撰寫）

第八章　結論（由陳滿銘負責撰寫）

以上主體部分，主要以「立意取材」（含風格、文

體、主題)、「結構組織」(含文法：語句結構、章法：篇章結構)與「遣詞造句」(含詞彙、修辭)歸本於各種語文之特殊能力加以呈現，一方面分項對應了國民中學學生基本學力測驗推動工作委員會所編製之「國民中學學生寫作測驗評分規準」，一方面也整體對應了大學考試中心高級中等學校學生寫作測驗試行已久之評分原則或標準。所以能如此，那是由於它們正是構成一篇辭章必要內涵的緣故。

而這些內涵，眾所周知，是可用形象思維、邏輯思維與綜合思維加以統合的：首先就形象思維來說，如果是將一篇辭章所要表達之「情」或「理」，也就是「意」，主要訴諸各種偏於主觀的聯想、想像，和所選取之「景(物)」或「事」，也就是「象」，連結在一起，或者是專就個別之「情」、「理」、「景」(物)、「事」等材料本身設計其表現技巧的，皆屬「形象思維」；這涉及了「取材」與「措詞」等能力問題，而主要以此為探討對象的，就是詞彙學、意象學(狹義)與修辭學等。其次就邏輯思維來看，如果整個就「景(物)」或「事」(象)等各種材料，對應於自然規律，結合「情」與「理」(意)，主要訴諸偏於客觀的聯想、想像，按秩序、變化、聯貫與統一之原則，前後加以安排、布置，以成條理的，皆屬「邏輯思維」；這涉及了「布局」(含「運材」)與「構詞」等能力問題，而主要以此為研究對象的，就字句言，即文(語)法學；就篇章言，就是章法學。最後就綜合思維而言，一篇辭章是藉此以統合「形象思維」(偏於主觀)與「邏輯思維」(偏於客觀)而為一的，這涉及了立定主旨、風格與選擇文體等能力問題，而主要以此為研究對象的，就是主題學、意象學(廣義)、文體學與風格學等。而以此整體或個別為對象加以研究的，則統稱為辭章學或文章學。

如此植基於語文的特殊能力，並扣合辭章的必要內涵，是最能推及寫作之各個面向、深入寫作之各個層面，而兼顧寫作教學之命題、指引與批改等三個要項的。而本書即著眼於此，特別注重語文教育之專業，儘量涵蓋所屬專業之各種領域，並且嘗試以「集體創作」之方式加以呈現，既重視宏觀與微觀之理論基礎，又不忽略命題、指引與批改之實際例證，這對從事寫作教學的教師而言，無疑地提供了相當完整的導引資料，只要掌握成熟，用心以赴，相信是可藉以採擷到寫作教學之豐富果實的。

本書之所以能和大家見面，歸功於整個團隊之合作、蒲基維博士之居中聯絡與萬卷樓圖書有限公司總經理梁錦興先生之協助。此外，本書之各章節由蒲基維博士作文字上之串聯，而第四章第二節則由仇小屏副教授作補充、調整，使本書得以前後一貫，更趨於完整。有感於此，值此出版前夕，身為團隊之負責人，又忝兼國文天地雜誌社社長、總編輯，因而略敘本書之主要內容、成書之經過與目的，以誠摯地表示感謝與慶賀的心意。

陳滿銘 序於臺灣師大國文系835研究室

2007年1月16日

目　次

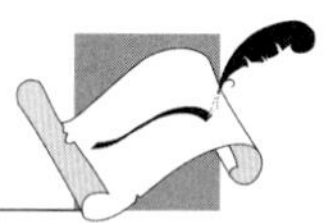

第一章
緒　論

「寫」離不開「讀」，「寫」與「讀」又離不開「意象」。而一般用之於文學之「意象」，若歸根於人類的「思維」來說，則由於「思維」是人類一切知行活動的原動力，而「思維」又始終以「意象」為內容，所以「意象」是可以通貫「思維」之各個層面，而形成「意象（思維）系統」的。而「意象（思維）系統」則直接與「語文能力」的開展息息相關；一般而言，語文能力可概分為三個層級來加以認識：即「一般能力」（含思維力、觀察力、記憶力、聯想力、想像力）、「特殊能力」（含立意、運用詞彙、取材、措辭、構詞與組句、運材與布局、確立風格等能力）、「綜合能力」（含創造力）等[1]。不過，這三層能力的重心在「思維力」，經由「形象」、「邏輯」與「綜合」等思維力作用下，結合「聯想力」與「想像力」的主客觀開展，進而融貫各種、各層「能力」，而產生「創造力」。以下就從「一般能力」與「特殊能力」（含綜合能力），探討它們與「意象（思維）系統」的關係，並舉例說明，以凸顯讀、寫互動之核心原理，作為寫作教學之最重要依據。

---

1 見仇小屏《限制式寫作之理論與應用》（臺北：萬卷樓圖書公司，2005 年 10 月初版），頁 12-46。

第一節 一般能力與意象（思維）系統

所謂的「一般能力」，正如彭聃齡主編《普通心理學》所言：「一般能力指在不同種類的活動中表現出來的能力。」[2]也就是說，不只是寫作時必須具備，從事其他學科的學習時也都需要，因此是相當基礎、運用相當廣泛的能力；細分起來，其中包括思維力、觀察力、記憶力、聯想力、想像力等。

首先看思維力，周元主編《小學語文教育學》說道：「思維靠語言來組織。我們進行思考時，必須借助於單詞、短語和句子。因為思維的基本形式──概念，是用語言中的詞來標誌的，判斷過程和推理過程也是憑藉語句來進行的；也正是因為人憑藉語言進行思維，才使思維具有間接性和概括性。」[3]因為人類具有思維能力，所以不會只侷限於某個時空的直接感官接觸；而且思維力的鍛鍊與語言能力的進展，可說是密切相關，是可以互動、循環、提升的。周元主編《小學語文教育學》又說道：「語言是思維的直接現實。我們理解語言時，要經歷從語文形式到思想內容，又從思想內容到語文形式的思維；言語表達時

---

[2] 見《普通心理學》（北京：北京師範大學出版社，2001 年 5 月二版，2003 年 1 月十五刷），頁 392。

[3] 見《小學語文教育學》（上海：華東師範大學出版社，1992 年 10 月一版一刷），頁 26。

則相反，要經過從內容到形式，又從形式到內容的思維過程。在這反覆的過程中，需要進行分析綜合、抽象概括、判斷推理，需要形象思維和邏輯思維的交替進行。」[4]正因為語言與思維有著密切的關係，所以在語文教學的全過程中，都應有意識地進行思維訓練。思維力強，表現出來就是抽象、概括的能力強，亦即「求異」與「求同」的能力強，彭聃齡主編《普通心理學》甚至認為抽象概括力是一般能力的核心[5]。在語文教學中，可以用「比較」的方式，來鍛鍊出學生「求異」與「求同」的能力，因而促進思維能力。

其次看觀察力，彭聃齡《普通心理學》說：「外部感覺接受外部世界的刺激並反映它們的屬性，這類感覺稱外部感覺。如視覺、聽覺、嗅覺、味覺、皮膚感覺等。……內部感覺接受機體內部的刺激並反映它們的屬性（機體自身的運動與狀態），這種感覺叫內部感覺，如運動覺、平衡覺、內臟感覺等。」[6]觀察力就是運用視、聽、嗅、味、觸五種外部知覺，以及內部知覺，來獲取外在世界和機體內部訊息的能力。良好的觀察力對於寫作來說是相當重要的，因為正如周元《小學語文教育學》所言：觀察是獲得說寫素材的重要途徑，也是準確生動地表達的前提[7]。

又其次看記憶力，彭聃齡主編《普通心理學》：「記憶

---

4 見《小學語文教育學》，同注 3。
5 見《普通心理學》，同注 2，頁 392。
6 見《普通心理學》，同注 2，頁 76。
7 見《小學語文教育學》，同注 3，頁 23。

（memory）是在頭腦中積累和保存個體經驗的心理過程，運用信息加工的術語講，就是人腦對外界輸入的信息進行編碼、存儲和提取的過程。……記憶是一種積極、能動的活動。人對外界輸入的信息能主動地進行編碼，使其成為人腦可以接受的形式。現代心理學家認為，只有經過編碼的信息才能記住。」[8]作為一種心理過程，記憶是一個識記、再認和再現的過程，是人們運用知識經驗進行思考、想像、解決問題、創造發明等一切智慧活動的前提。有了記憶，人們才能積累知識、豐富經驗；沒有記憶，一切心理現象的發展都是不可能的，我們的教育或教學也無法進行。

再其次看聯想力，童慶炳《中國古代心理詩學與美學》說道：「聯想是人的一種心理機制，主要指人的頭腦中表象的聯繫，即其中一個或一些表象一旦在意識中呈現，就會引起另一些相關的表象。」[9]譬如我們看到月曆已撕到二月，就會想到冬去春來，由冬去春來又自然會想到萬物復甦，由萬物復甦又想到春景的美麗……等等。這種由一種事物想到另一種事物的能力就是聯想力，邱明正《審美心理學》並將聯想分成接近聯想、相似聯想、對比聯想、關係聯想幾類[10]。

接著看想像力，彭聃齡主編《普通心理學》說道：「想像（imagination）是對頭腦中已有的表象進行加工改

---

8 見《普通心理學》，同注 2，頁 201。

9 見《中國古代心理詩學與美學》（臺北：萬卷樓圖書有限公司，1994 年 8 月初版），頁 133。

10 見《審美心理學》（上海：復旦大學出版社，1993 年 4 月一版一刷），頁 179。

造，形成新形象的過程。」[11]其加工改造的方向有二：重組或變造。因此想像力的豐沛植基於兩個重要因素上：其一為腦中所儲存表象的豐富，其一為重組和變造的能力；也因為想像力是如此運作的，因此想像所得就會具有形象性和新穎性，這就是想像力迷人的地方。舉例來說，「哈利波特」童書系列中出現的「咆哮信」，就是將「信」和「生氣咆哮」重組起來，於是產生了新的表象——咆哮信；至於童話中常出現的可怕巨人，則往往是將某些特點加以誇大（譬如粗硬的皮膚、洪亮的聲音、巨大的眼睛等），這就是經過想像力變造的結果；不過更多的情況是在想像的過程中兼有重組與變造。（以上資料由成功大學中文系副教授仇小屏所提供）

如果從它們的邏輯關係來說，它們初由「觀察力」與「記憶力」的兩大支柱豐富「意象」，再由「聯想力」與「想像力」的兩大翅膀拓展「意象」（多），接著由「形象」與「邏輯」的兩大思維（二）運作「意象」，然後由「綜合思維」統合「意象」（一（0）），以發揮最大的「創造力」[12]。如此周而復始，便形成「多」、「二」、「一（0）」的螺旋結構[13]，以反映「思維系統」或「意象系

11 見《普通心理學》，同注2，頁248。

12 見陳滿銘〈談思維力與語文螺旋結構的關係〉（臺北：《國文天地》21 卷 3 期，2005年8月），頁79-86。

13 見陳滿銘〈論「多」、「二」、「一（0）」的螺旋結構——以《周易》與《老子》爲考察重心〉（臺北：《師大學報・人文與社會類》48 卷 1 期，2003 年 7 月），頁1-20。

統」[14]。它們的關係可呈現如下圖：

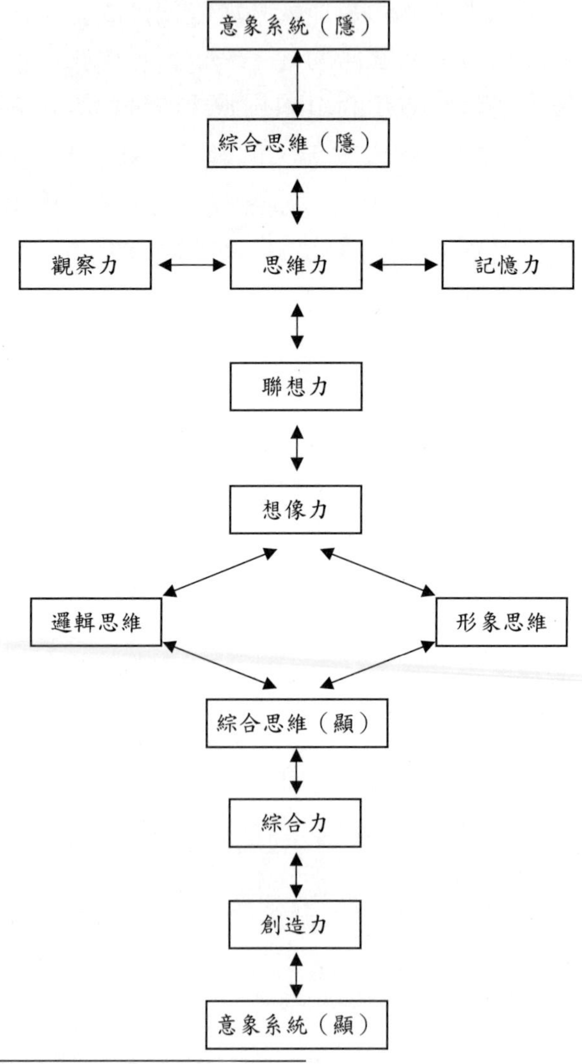

14 見陳滿銘〈淺論意象系統〉（臺北：《國文天地》21 卷 5 期，2005 年 10 月），頁 30-36。

由此可見，在這種由「隱」而「顯」地呈現「意象系統」整個歷程裡，是完全離不開「思維力」（含觀察、記憶、聯想、想像、創造）之運作的。

而這種結構或系統，如果對應到「創造」主體的「才」、「學」、「識」三者而言，則顯然其中的「才」與「學」是對應於「觀察」與「記憶」來說的，屬於知識層，為「思維」之基礎，以儲存「意象」；而「識」則屬於智慧層，藉以提升或活用「意象」而組成隱性「意象系統」，乃對應於一切「思維」（含聯想與想像）之運作而言的。這些不但可適用於藝術文學、心理學等領域，也適用於科技領域。因此盧明森說：

> 它（意象）理解為對於一類事物的相似特徵、典型特徵或共同特徵的抽象與概括，同時也包括通過想像所創造出來的新的形象。人類正是通過頭腦中的意象系統來形象、具體地反映豐富多彩的客觀世界與人類生活的，既適用於文學藝術領域、心理學領域，又適用於科學技術領域。[15]

所以「意象」是一切思維（含形象、邏輯、綜合）的基本單元，因為從源頭來看，「意象」是合「意」與「象」而成，而「意」與「象」，乃根源於「心」與「物」，原有著「二而一」、「一而二」的關係，藉以形成「思維系統」或「意象系統」。

[15] 見黃順基、蘇越、黃展驥主編《邏輯與知識創新》第二十章（北京：中國人民大學出版社，2002 年 4 月一版一刷），頁 430。

第二節　特殊能力與意象（思維）系統

而這裡所謂的「思維」、「觀察」、「記憶」、「聯想」、「想像」與「創造」，都離不開「意象」，而以「意象」為內容。如果扣到人類的「能力」來看，則它由於隸屬於「一般能力」的層面，可通貫於各類學科，乃形成下一層面「特殊能力」之基礎。而「特殊能力」，則專用於某類學科。就以「辭章」而言，是結合「形象思維」、「邏輯思維」與「綜合思維」而形成的。這三種思維，各有所主。如果是將一篇辭章所要表達之「意」，訴諸各種偏於主觀之聯想、想像，和所選取之「象」連結在一起，或者是專就個別之「意」、「象」等本身設計其表現技巧的，皆屬「形象思維」；這涉及了「取材」、「措詞」等有關「意象」之形成與表現等問題，而主要以此為研究對象的，就是意象學（狹義）、詞彙學與修辭學等。如果是專就各種「象」，對應於自然規律，結合「意」，訴諸偏於客觀之聯想、想像，按秩序、變化、聯貫與統一之原則，前後加以安排、布置，以成條理的，皆屬「邏輯思維」；這涉及了「運材」、「布局」與「構詞」等有關「意象」之組織等問題，而主要以此為研究對象的，就語句言，即文（語）法學；就篇章言，就是章法學。至於合「形象思維」與「邏輯思維」而為一，探討其整個「意象」體性的，則為「綜合思維」，這涉及了「立意」、「確立體性」等有關「意象」之統合等問題，而主要以此為研究對象的，為主題學、意象學（廣義）、文體學、風格學等。而以此整體或個別為對象加以研究的，則統稱為辭章學或文章學[16]。

因此辭章的內涵，對應於學科領域而言，主要含意象學（狹義）、詞彙學、修辭學、文（語）法學、章法學、主題學、文體學、風格學……等。這是辭章研究的寶貴成果。茲分述如下：

首先是意象學，此為研究辭章有關意象的一門學問。我國對這種文學中的「意象」，很早就注意到，以為它是「馭文之首術、謀篇之大端」（見《文心雕龍・神思》）。而所謂「意象」，黃永武認為「是作者的意識與外界的物象相交會，經過觀察、審思與美的釀造，成為有意境的景象。」[17]這裡所說的「物象」，所謂「物猶事也」（見朱熹《大學章句》），該包含「事」才對，因為「物（景）」只是偏就「空間」（靜）而言，而「事」則是偏就「時間」（動）來說罷了。通常一篇作品，是由多種意象組成的。如單就個別意象的形成來說，運用的是偏於主觀的形象思維。

其次是詞彙學，為語言學的一個部門，研究語言或一種語言的詞會組成和歷史發展。莊文中說：「如果把語言比作一座大廈，那麼語彙是這座語言大廈的建築材料，正是千千萬萬個詞語——磚瓦、預制件——建成了巍峨輝煌

16　見陳滿銘〈論語文能力與辭章研究——以「多」、「二」、「一（0）」螺旋結構作考察〉（臺北：《國文學報》36 期，2004 年 12 月），頁 67-102。

17　見《中國詩學・設計篇》（臺北：巨流圖書公司，1999 年 6 月初版十三刷），頁 3。

的語言大廈。張志公先生說：『語言的基礎是詞彙，語言的性能（交際工具，信息傳遞工具，思維工具）無一不靠語彙來實現』，還說『就教、學、使用而論，語彙重要，語彙難。』」[18]可見語彙是將「情」、「理」、「景」（物）、「事」等轉為文字符號的初步，在辭章中是有其基礎性與重要性的。

再其次是修辭學，修辭學大師陳望道說：「修辭原是達意傳情的手段。主要為著意和情，修辭不過調整語辭使達意傳情能夠適切的一種努力。」[19]而黃慶萱以為「修辭的內容本質，乃是作者的意象」、「修辭的方式，包括調整和設計」、「修辭的原則，要求精確而生動」[20]。可見修辭，主要著眼於個別意象之表現上，經過作者主觀的調整和設計，使它達到精確而生動，以增強感染力或說服力的目的。這顯然是以形象思維為主的。

又其次是文（語）法學，乃研究語言結構方式的一門科學，它包括詞的構成、變化與詞組、句子的組織等。楊如雪在增修版《文法 ABC》中綜合呂叔湘、趙元任、王力等學者的說法說：「何謂文法？簡單地說，文法就是語句組織的條理。語句組織的條理不是一套既定的公式，而是從語文裡分析、歸納出來的規律，這種語句組織的規律，包括詞的內部結構及積辭成句的規則，因此文法可以

[18] 見《中學語言教學研究》（廣州：廣東教育出版社，2001 年 1 月一版二刷），頁 29-30。

[19] 見《修辭學發凡》（香港：大光出版社，1961 年 2 月版），頁 5。

[20] 見《修辭學》（臺北：三民書局，2002 年 10 月增訂三版一刷），頁 5-9。

說是語文構詞和造句的規律。」[21]既然文（語）法是「語句組織的條理」、「語文構詞和造句的規律」，而所關涉的是個別概念之組合，當然和由概念所組合而成的意象與偏於語句的邏輯思維有直接之關聯。

接著是章法學，這所謂的「章法」，探討的是篇章內容的邏輯結構，也就是聯句成節（句群）、聯節成段、聯段成篇的關於內容材料之一種組織。對它的注意，雖然極早，但集樹而成林，確定它的範圍、內容及原則，形成體系，而成為一個學門，則是晚近之事[22]。到了現在，可以掌握得相當清楚的章法，約有四十種。這些章法，全出自於人類共通的理則，由邏輯思維形成，都具有形成秩序、變化、聯貫，以更進一層達於統一的功能。而這所謂的「秩序」、「變化」、「聯貫」、「統一」，便是章法的四大律。其中「秩序」、「變化」與「聯貫」三者，主要是就材料之運用來說的，重在分析；而「統一」，則主要是就情

21　見《文法 ABC》（臺北：萬卷樓圖書公司，2002 年 2 月再版），頁 1-2。

22　鄭頤壽：「臺灣建立了『辭章章法學』的新學科，成果豐碩，代表作是臺灣師大博士生導師陳滿銘教授的《章法學新裁》（以下簡稱「新裁」）及其高足仇小屏、陳佳君等的一系列著作。……臺灣的辭章章法學體系完整、科學，已經具備成『學』的資格。」見〈中華文化沃土，辭章學圃奇葩——讀陳滿銘《章法學新裁》及其相關著作〉，《海峽兩岸中華傳統文化與現代化研討會文集》，（蘇州：「海峽兩岸中華傳統文化與現代化研討會」，2002 年 5 月），頁 131-139。又王希杰：「章法學是一門實用性很強的學問，也有極高的學術價值。它同文章學、修辭學、語用學、文藝學、美學、邏輯學等都具有密切關係。章法學已經初步形成了一門科學。陳滿銘教授初步建立了科學的章法學體系。……如果說唐鉞、王易、陳望道等人轉變了中國修辭學，建立了學科的中國現代修辭學，我們也可以說，陳滿銘及其弟子轉變了中國章法學的研究大方向，建立了科學的章法學，把漢語章法學的研究轉向科學的道路。」見〈章法學門外閑談〉（臺北：《國文天地》18 卷 5 期，2002 年 10 月），頁 92-95。

意之表出來說的，重在通貫。這樣兼顧局部的分析（材料）與整體的通貫（情意），來牢籠各種章法，是十分周全的[23]。這種篇章的邏輯思維，與語句的邏輯思維，可以說是一貫的。

再來是主題學，陳鵬翔在《主題學理論與實踐》中以為「主題學是比較文學中的一部門（a field of study），而普通一般主題研究（thematic studies）則是任何文學作品許多層面中一個層面的研究；主題學探索的是相同主題（包套語、意象和母題等）在不同時代以及不同作家手中的處理，據以了解時代的特徵和作家的『用意意圖』（intention），而一般的主題研究探討的是個別主題的呈現」[24]，可見「主題」包含了「套語」、「意象」和「母題」等，如果單就一篇辭章，亦即「個別主題的呈現」來說，指的就是「情語」與「理語」、「意象」、「主旨」（含綱領）等；而「情語」與「理語」是用以呈現「主旨」（含綱領）的，可一併看待，因此「主題」落到一篇辭章裡，主要是指「主旨」（含綱領）與「意象」（廣義）來說，是合形象思維與邏輯思維為一的。

然後是文體學，所謂「文體」即「文學（章）體裁」，在我國很早就討論到它，如曹丕的〈典論論文〉就是；接著劉勰在《文心雕龍》裡，論文體的就有二十幾篇，幾佔全書之半；後來論文體或分文體的，便越來越

[23] 見陳滿銘《章法學綜論》（臺北：萬卷樓圖書公司，2003 年 6 月初版），頁 17-58。

[24] 見陳鵬翔《主題學理論與實踐》（臺北：萬卷樓圖書公司，2001 年 5 月初版），頁 238。

多。如梁任昉的《文章緣起》將文體分為八十四類，宋《唐文粹》將散文分為二十二類，明吳訥《文章辨體》分散文為四十九類、駢文為五類，清姚鼐《古文辭類纂》分文體為十三類，曾國藩《經史百家雜鈔》分為三門十一類；以上皆屬「舊派文體論」。到了清末，受到東西洋文學作品之影響，我國的文體論也起了變化，有分為記事文、敘事文、解釋文、議論文的（龍伯純、湯若常），也有概括為應用文與美術文的（蔡元培），更有根據心理現象分為理智文為與情念文的（施畸）；以上則屬「新派文體論」[25]。而現在所通行的記敘（含描寫）、論說、抒情、應用等四類，就是受了新派文體論的影響。這涉及了辭章的各方面，是合形象思維與邏輯思維而為一的。

最後是風格學，一般說來，風格是多方面的，而文學風格更是如此，有文體、作家、流派、時代、地域、民族和作品等風格之異[26]。即以一篇作品而言，又有內容與形式（藝術）風格的不同，即以內容來說，就關涉到主題（主旨、意象），而形式（藝術），則與文（語）法、修辭和章法等有關。而一篇作品之風格，就是結合內容與形式（藝術）所產生有整個機體所顯示的審美風貌[27]，這是合作者之形象思維與邏輯思維為一而形成，可以統攝主題、

25　見蔣伯潛《文體論纂要》（臺灣：正中書局，1979 年 5 月臺二版），頁 1-12。

26　見黎運漢《漢語風格學》（廣州：廣東教育出版社，2000 年 2 月一版一刷），頁 3。

27　顧祖釗：「風格的成因並不是作品中的個別因素，而是從作品中的內容與形式的有機整體的統一性中所顯示的一種總體的審美風貌。」見《文學原理新釋》（北京：人民文學出版社，2001 年 5 月一版二刷），頁 184。

文（語）法、修辭和章法等種種個別風格，呈現整體風格之美。如果從根本來說，風格離不開「剛」與「柔」，而這種由「陰陽二元對待」所形成之「剛」與「柔」，可說是各種風格之母。而我國涉及此「剛」與「柔」的特性來談風格的，雖然很早，但真正明明白白地提到「剛」與「柔」，而又強調用它們來概括各種風格的，首推清姚鼐的〈復魯絜非書〉。它「把各種不同風格的稱謂，作了高度的概括，概括　陽剛、陰柔兩大類。像雄渾、勁健、豪放、壯麗等都歸入陽剛類，含蓄、委曲、淡雅、高遠、飄逸等都可歸入陰柔類。」[28]由於「剛」與「柔」之呈現，主要靠同樣由「陰陽二元對待」所形成章法與章法結構[29]，因此透過章法結構分析，是可以看出「剛」與「柔」之「多寡進絀」（姚鼐〈復魯絜非書〉）的。

以上就是辭章的主要內涵，都與形象思維、邏輯思維或綜合思維有著密切的關係。其中有偏於字句範圍的，主要為詞彙、修辭、文（語）法與意象（個別）；有偏於章與篇的，主要為意象（整體）與章法；有偏於篇的，主要為主旨、文體與風格。因此辭章的篇章，是主要以意象（個別到整體、狹義到廣義）與章法為其內涵，而以主旨與風格來「一以貫之」的。

---

28 見周振甫《文學風格例話》（上海：上海教育出版社，1989 年 7 月一版一刷），頁 13。

29 章法可分陰陽剛柔，而由章法結構，藉其移位、轉位、調和、對比等變化，可粗略透過公式推算出其陰陽剛柔消長之「勢」，以見其風格之梗概。見陳滿銘〈論辭章的章法風格〉，《修辭論叢》五輯（臺北：洪葉文化事業公司，2003 年 11 月初版一刷），頁 1-51。

它們的關係可明白呈現如下列辭章的意象結構圖：

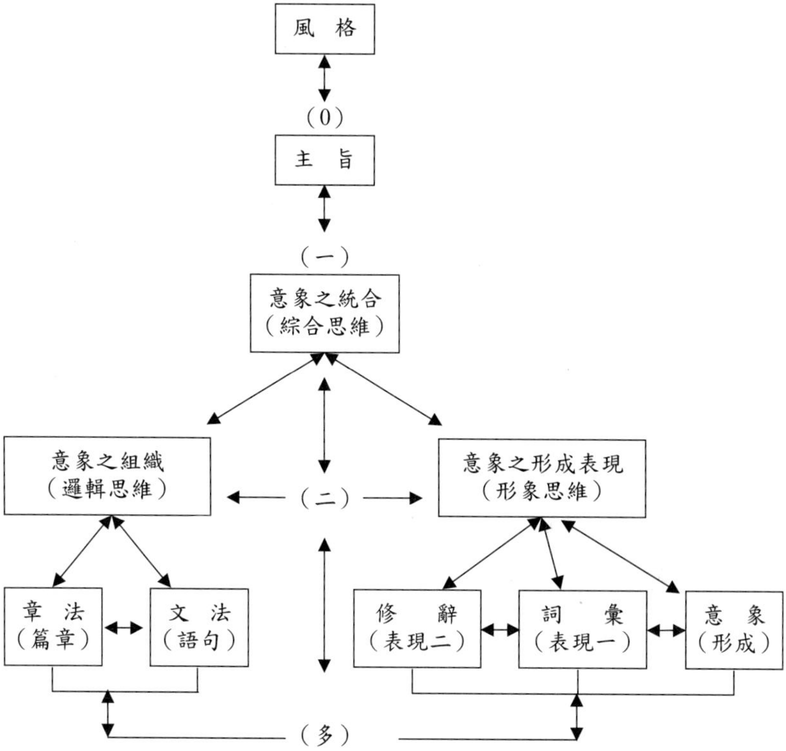

風　格

（0）

主　旨

（一）

意象之統合
（綜合思維）

（二）

意象之組織
（邏輯思維）

意象之形成表現
（形象思維）

章　法
（篇章）

文　法
（語句）

修　辭
（表現二）

詞　彙
（表現一）

意　象
（形成）

（多）

由此可知，辭章是離不開「意象」的，就是主旨與風格，也是如此。因為「主旨」是核心之「意」，而「風格」是以主旨統合各「意象」之形成、表現與組織所產生之一種整體性的「審美風貌」[30]。因此可以這麼說，如離開了「意象系統」就沒有辭章，其地位之重要，可想而知。

[30] 見顧祖釗《文學原理新釋》，同注 27，頁 184。

第三節 綜合能力與意象（思維）系統

「綜合能力」包含「一般能力」與「特殊能力」，將它們綜合在一起，可形成下列「意象（思維）系統」圖：

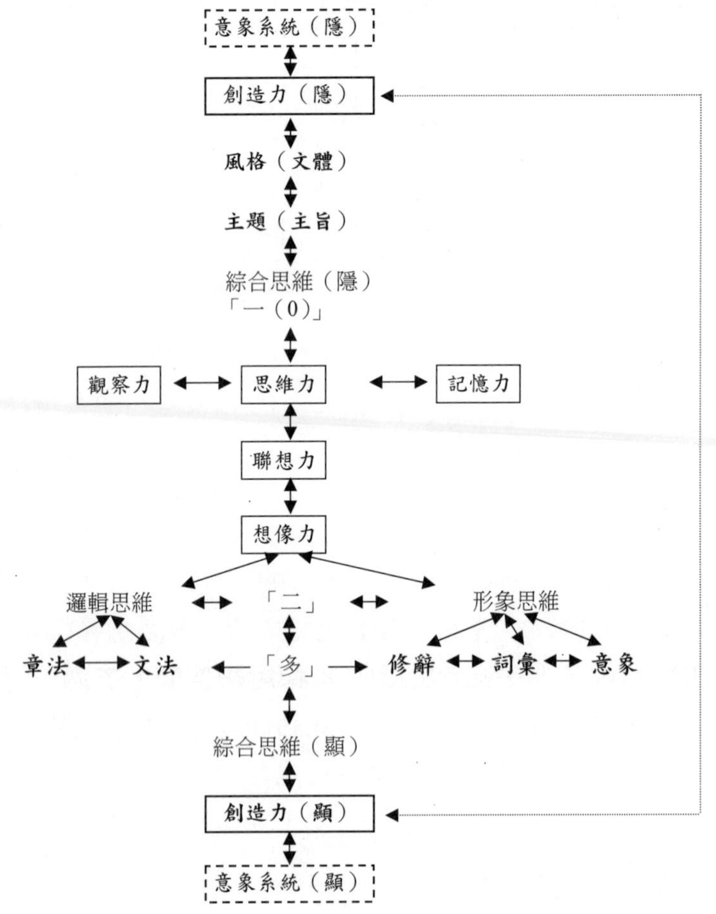

可見辭章乃以「意象」為內容，而「意象」又「是聯想與想像的前提與基礎，沒有意象就不可能進行聯想與想像。」[31]因此如從辭章中抽離出「意象系統」，那就空無一物了。

這些「思維系統」或「意象系統」以及它表現在辭章上的內涵，如對應於「多」、「二」、「(0)一」的螺旋結構，則落在辭章上言，其中「意象」(個別)、「詞彙」、「修辭」、「文(語)法」、「章法」是「多」，「形象思維」與「邏輯思維」為「二」，「主題」(含整體「意象」)、「文體」、「風格」為「一(0)」。其中「意象」(個別)、「詞彙」與「修辭」關涉「意象」之形成與表現；「文(語)法」與「章法」關涉「意象」之組織；「主題」(含整體「意象」)、「文體」與「風格」關涉「意象」之統合。如此在「形象思維」、「邏輯思維」與「綜合思維」之相互作用下，由「(0)一」而「二」而「多」，凸顯的是「寫」(創作)的順向過程；而由「多」而「二」而「(0)一」，凸顯的則是「讀」(鑑賞)的逆向過程[32]。

在此須作補充說明的是：在哲學或美學上，對所謂「對立的統一」、「多樣的統一」，即「二而一」、「多而一」之概念，都非常重視，一向被視為事物最重要的變化規律或審美原則，似乎已沒有進一步探討之空間。不過，「對

31 見黃順基、蘇越、黃展驥主編《邏輯與知識創新》第二十章，同注 15，頁 431。

32 見陳滿銘〈論語文能力與辭章研究——以「多」、「二」、「一(0)」螺旋結構作考察〉，同注 13。

立的統一」，指的只是「一」與「二」；而「多樣的統一」指的則是「多」與「一」。這樣分別著眼於局部，雖凸顯出焦點之所在，卻往往讓人忽略了徹上徹下之「二」（陰陽）的居間作用，與其一體性之完整結構。若從《周易》（含《易傳》）與《老子》等古籍中去考察，則可使它更趨於精密、周遍，不但可由「有象」而「無象」，找出「多、二、一（0）」之逆向結構；也可由「無象」而「有象」，尋得「（0）一、二、多」之順向結構；並且透過《老子》「反者道之動」（四十章）、「凡物芸芸，各復歸其根」（十六章）與《周易・序卦》「既濟」而「未濟」之說，不僅將順、逆向結構前後連接在一起，更形成循環不已的螺旋結構，以反映宇宙萬物生生不息的基本規律[33]，可適用於事事物物。這樣，此種規律、結構，用於「寫」（創作）一面，自然可呈現「（0）一、二、多」；而落到「讀」（鑑賞）一面，則自然可呈現「多、二、一（0）」[34]。而由於「讀」與「寫」是互動的，當然就形成「多」、「二」、「（0）一」的螺旋結構了。

---

33 見陳滿銘〈論「多」、「二」、「一（0）」的螺旋結構──以《周易》與《老子》為考察重心〉，同注 13。而此「螺旋」一詞，本用於教育課程之理論上，早在十七世紀，即由捷克教育家夸美紐思所提出，乃「根據不同年齡階段（或年級），遵循由淺入深，由簡單到複雜，由具體而抽象的順序，用循環、往復螺旋式提高的方法排列德育內容。螺旋式亦稱圓周式」，見《簡明國際教育百科全書》（北京：新華書局北京發行所，1991 年 6 月一版一刷），頁 611。又，相對於人文，科技界亦發現生命之「基因」和「DNA」等都呈現螺旋結構。參見約翰・格里賓著、方玉珍等譯《雙螺旋探密──量子物理學與生命》（上海：上海科技教育出版社，2001 年 7 月），頁 271-318。

34 見拙作〈辭章章法的哲學思辨〉，《辭章學論文集》（福州：海潮攝影藝術出版社，2002 年 12 月），頁 40-67。

而這種互動，如就同一作品來說，作者由「意」而「象」地在從事順向（「（0）一、二、多」）創作的同時，也會一再由「象」而「意」地如讀者作逆向（「多、二、一（0）」）之檢查；同樣地，讀者由「象」而「意」地作逆向（「多、二、一（0）」）鑑賞（批評）的同時，也會一再由「意」而「象」地如作者在作順向（「（0）一、二、多」）之揣摩。這樣順逆互動、循環而提升，形成螺旋結構，而最後臻於至善，自然使得「創作」（寫）與「鑑賞」（讀）合為一軌了[35]。

第四節　舉隅說明

經由上述，可知歸本於「語文能力」以開展「意象（思維）系統」，是最能凸顯「讀寫互動」之原理的。茲舉白居易的〈長相思〉詞為例，加以說明：

> 汴水流，泗水流，流到瓜州古渡頭。吳山點點愁。
> 思悠悠，恨悠悠，恨到歸時方始休。月明人倚樓。

這闋詞敘遊子之別恨，是採「先染後點」的條理來構篇的。

就「染」的部分而言，乃用「先象（景）後意（情）」的意象結構所寫成。

35　參見陳滿銘〈談思維力與語文螺旋結構的關係〉，同注12。

首先以「象（景）」的部分來說，它先用開篇三句，寫所見「水」景（象一），初步用二水之長流襯托出一份悠悠之恨。其中「汴水流」兩句，都是由「先主後謂」之結構所形成的敘事句，疊敘在一起，以增強纏綿效果。而以水之流來襯托或譬喻恨之多，是歷來詞章家所慣用的手法，如李白〈太原早秋〉詩云：「思歸若汾水，無日不悠悠。」又如賈至〈巴陵夜別王八員外〉詩云：「世情已逐浮雲散，離恨空隨江水長。」此外，作者又以「流到瓜州古渡頭」來承接「泗水流」，採頂真法來增強它的情味力量。這種修辭法也常見於各類作品，如《詩・大雅・既醉》說：「威儀孔時，君子有孝子。孝子不匱，永錫爾類。」又如佚名的〈飲馬長城窟行〉說：「長跪讀素書，書中竟何如？」這樣用頂真法來修辭，自然把上下句聯成一氣，起了統調、連綿的作用。況且這個調子，上下片的頭兩句，又均為疊韻之形式，就以上片起三句而言，便一連用了三個「流」字，使所寫的水流更顯得綿延不盡，造成了纏綿的特殊效果。

作者如此寫所見「水」景後，再用「吳山點點愁」一句寫所見「山」景（象二）。在這兒，作者以「先主後謂」的表態句來呈現。其中「點點」兩字，一方面用來形容小而多的吳山（江南一帶的山），一方面也用來襯托「愁」之多。南宋的辛棄疾有題作「登建康賞心亭」的〈水龍吟〉詞說：「楚天千里清秋，水隨天去秋無際。遙岑遠目，獻愁供恨，玉簪（尖形之山）羅髻（圓形之山）。」很顯然地，就是由此化出。而且用山來襯托愁，也不是從白居易才開始的，如王昌齡〈從軍行〉詩云：「**琵琶起舞換新聲，總是關山離別情。**」這樣，水既以其「悠悠」帶出愁，山又以其「點點」擬作愁之多，所謂「山牽別恨和腸斷，水帶離聲入夢流」（羅隱〈綿谷迴寄蔡氏昆仲〉詩），情韻便格外深長。

其次以「意（情）」的部分來說，它藉「思悠悠」三句，即景抒情，來寫見山水之景後所湧生的悠悠長恨。在此，作者特意在「思悠悠」兩句裡，以「悠悠」形成疊字與疊韻，回應上片所寫汴水、泗水之長流與吳山之「點點」，造成統一，以加強纏綿之效果；並且又冠以「思」（指的是情緒，亦即「恨」）和「恨」，直接收拾上片見山水之景（象）所生之「愁」（意），表達了自己長期未歸之恨。而「恨到歸時方始休」一句，則不僅和上二句產生了等於是「頂真」的作用，以增強纏綿感，又將時間由現在（實）推向未來（虛），把「恨」更推深一層。這種寫法也見於杜甫〈月夜〉詩：「**何時倚虛幌，雙照淚痕乾。**」這兩句寫異日月下重逢之喜（虛），以反襯出眼前相思之苦（實）來，所表達的不正是「恨到歸時方始休」的意思嗎？所以白居易如此將時間推向未來，如同杜詩一樣，是會增強許多情味力量的。

就「點」的不分而言，（後）的部分來說，僅「月明人倚樓」一句，寫的是「象（景－事）」。這一句，就文法來說，由「月明」之表態句與「人倚樓」之敘事句，同以「先主後謂」的結構組成，只不過後者之「謂語」，乃含述語加處所賓語，有所不同而已。而「月明人倚樓」，雖是一句，卻足以牢籠全詞，使人想見主人翁這個「人」在「月明」之下「倚樓」，面對山和水而有所「思」、有所「恨」的情景，大大地起了「以景（事）結情」的最佳作用。大家都知道「以景結情」是詞章收結的好方法之一，譬如周邦彥的〈瑞龍吟〉（章臺路）詞在第三疊末用「探春盡是，傷離意緒」，將「探春」經過作個總結，並點明主旨之後，又寫道：「官柳低金縷，歸騎晚、纖纖池塘飛雨，斷腸院落，一簾風絮。」這顯然是藉「歸騎」上所見暮春黃昏的寥落景象（象）來襯托出「傷離意緒」（意）。這樣「以景（象）結情（意）」，當然令人倍感悲悽。所以白居易以「月明人倚樓」來收結，是能增添作品的情韻的。何況他在這裡又特地用「月明」之「象」來襯托別恨之「意」，更加強了效果。因為「月」自古以來就被用以襯托「相思」（別情），如李白〈聞王昌齡左遷龍標遙有此寄〉詩云：「我寄愁心與明月，隨風直到夜郎西。」又如孟郊〈古怨別〉詩云：「別後唯有思，天涯共明月。」這類例子，不勝枚舉。

作者就這樣以「先染『象（景）、意（情）』後點『象（景－事）』」的結構，將「水」、「山」、「月」、「人」等「象」排列組合，也就是透過主人翁在月下倚樓所見、所為之「象」，把他所感之「意」（恨），融成一體來寫，使意味顯得特別深長，令人咀嚼不盡。有人以為它寫的是閨婦相思之情，也說得通，但一樣無損於它的美。附意象（含章法）結構表如下：

- 染
  - 象（景）
    - 象一（水－低）：「汴水流」三句
    - 象二（山－高）：「吳山點點愁」
  - 意（情）
    - 意一（實－現在）：「思悠悠」二句
    - 意二（虛－未來）：「恨到歸時方始休」
- 點（象〔景、事〕）
  - 象三（月－高）：「月明」
  - 象四（人－低）：「人倚樓」

如凸顯其剛柔，則可分層表示如下：

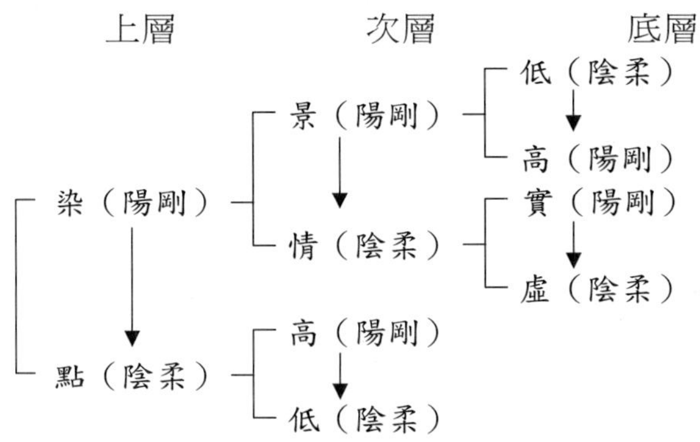

此詞之主旨為「悠悠」離恨，置於篇腹；而所形成的是偏於「陰柔」的風格，因為各層結構的剛柔之「勢」，除底層之「先低後高」趨於「陽剛」外，其餘的都趨於「陰柔」，尤其是其核心結構[36]「先景後情」更是如此。如此使「勢」很強烈地趨於「陰柔」，是很自然的事[37]。

據此，這一首詞就各層能力而言，可總結為如下數點：

36 見陳滿銘〈論章法「多、二、一（0）」的核心結構〉（臺北：臺灣師大《師大學報・人文與社會類》48卷2期，2003年12月），頁71-94。

37 詳見陳滿銘〈論辭章的章法風格〉，同注29，頁1-51。

（一）首先從「一般能力」的部分來看：個別的意象（狹義）之選取，如「水流」、「山點點」、「月明」等意象，是要靠「觀察力」與「記憶力」的；而整體意象（廣義）之形成、表現與組織，是要靠「聯想力」與「想像力」的。至於牽動「觀察力」、「記憶力」、「聯想力」與「想像力」的，就是「思維力」。

（二）其次從「特殊能力」的部分來看：可分三方面加以說明：先就「形象思維」而言，在「意象」（狹義）上，主要用「水流」、「山點點」、「月明」、「人倚樓」等，先後形成個別意象，而以「悠悠」之「恨」來統合它們，產生「異質同構」之莫大效果。在「詞彙」上，它將所生「情」（意）、所見「景（事）」（象），形成各個詞彙，如「水」（流）、「瓜州」、「渡頭」（古）、「山」（點點）、「思」（悠悠）、「恨」（悠悠）、「月」（明）、「人」（倚）、「樓」等，為進一步之「修辭」奠定基礎。在「修辭」上，它主要用「頂真」法來表現「水」之個別意象，用「類疊」法、「擬人」法等來表現「山」之個別意象，使「水」與「山」都含情，而連綿不盡，以增強作品的感染力。次就「邏輯思維」而言，在「文法」上，所謂「水流」、「山點點」、「月明」、「人倚樓」等，無論屬敘事句或屬表態句，用的全是主謂結構，將個別概念組合成不同之意象，以呈現字句之邏輯結構。在「章法」上，它主要用了「點染」、「景情」、「高低」、「虛實」等章法，把各個個別意象先後排列在一起，以形成篇章之邏輯結構。末就「統合思維」而言，它綜合以上「意象」（個別）、「詞彙」、「修辭」、「文法」與

「章法」等精心的設計安排，充分地將「恨悠悠」之一篇主旨與「音調諧婉，流美如珠」這種偏於「陰柔」[38]之風格凸顯出來，使人領會到它的美，而感動不已。

（三）然後從「綜合能力」來看：它統合了「一般能力」與「特殊能力」，由「詞」而「句」而「章」而「篇」，將作者之「創造力」由「隱」而「顯」地作了充分之發揮。

（四）最後從整體「意象（思維）系統」（「多」、「二」、「（0）一」螺旋結構）來看：首先就「一般能力」來看，如同上述，「思維力」為「（0）一」，「形象思維」（陰柔）與「邏輯思維」（陽剛）為「二」，由「形象思維」、「邏輯思維」與「綜合思維」所衍生的各種「特殊能力」與綜合各種「特殊能力」所產生的「創造力」為「多」。然後從「特殊能力」來看，辭章離不開「意象」之形成（意象〔狹義〕）、表現（詞彙、修辭）與其組織（文〔語〕法、章法），此即「多」；而藉「形象思維」（陰柔）與「邏輯思維」（陽剛）加以統合，此即「二」；並由此而凸顯出一篇主旨與風格來，此即「一（0）」[39]，上舉的〈長相思〉詞就是如此。而這種以「多」、「二」、「（0）一」螺旋結構所形成之「意象（思維）系統」，如同上述，單著眼於「寫」（創作），所呈現的是「（0）一、二、

---

[38] 趙仁圭、李建英、杜媛萍：「整首詞藉流水寄情，含情綿邈。疊字、疊韻的頻繁使用，使詞句音調諧婉，流美如珠。」見《唐五代詞三百首譯析》（長春：吉林文史出版社，1997 年 1 月一版一刷），頁 148。

[39] 見陳滿銘〈論意象與辭章〉（貴州畢節：《畢節師範高等專科學校學報》2004 年第一期〔總 76 期〕，2004 年 3 月），頁 5-13。

多」，而單著眼於「讀」（鑑賞），則所呈現的是「多、二、一（0）」。這在同一作品而言，作者由「意」而「象」地在從事順向（「（0）一、二、多」）創作的同時，也會一再由「象」而「意」地如讀者作逆向（「多、二、一（0）」）之檢查；同樣地，讀者由「象」而「意」地作逆向（「多、二、一（0）」）鑑賞（批評）的同時，也會一再由「意」而「象」地如作者在作順向（「（0）一、二、多」）之揣摩。這樣順逆互動、循環而提升，形成螺旋結構，而最後臻於至善，自然使得「讀」（鑑賞）與「寫」（創作）能合為一軌。

可見這種以「思維力」將各種能力「一以貫之」而形成的辭章螺旋結構，是可用「寫」（創作）與「讀」（鑑賞）之互動來印證的。由於「創作」（寫）乃由「意」而「象」，靠的是先天（先驗）自然而然的能力，這多半是不自覺的；而「讀」（鑑賞）則由「象」而「意」，靠的是後天研究所推得的結果，用科學的方法分析作品，自覺地將先天（先驗）自然而然的能力予以確定。因此「寫」（創作）是先天能力的順向發揮、是後天研究的逆向（歸根）努力，兩者可說互動而不能分割，而「創造力」（隱意象→顯意象）在「思維力」之推動下，就將「意象系統」由「隱」而「顯」地表現出來了。這樣歸本於語文能力，來探討它與「意象（思維）系統」的密切關係，最能呈現核心之「讀寫互動原理」，而寫作之重要內涵及其互動之關係，也由此可釐清而加以掌握。如果寫作教學不能回歸於此加以掌握，就要「失焦」，而流於空泛了。

第二章

新式寫作教學總論

整體說來，國語文學科的功能有三：工具性、文學性、文化性。在國語文學科的內涵中，寫作是不可或缺的一環。就教學內容來說，《國民中小學九年一貫課程綱要》在基本理念中即揭示：本國語文教學期使學生具備良好的聽、說、讀、寫、作等基本能力，其中「作」就是指寫作能力；而且口頭言語的能力（即「聽」與「說」）是從小開始養成的，也就是說並不全然依賴學校教育，但是書面言語能力（即「讀」、「寫」、「作」）多半是在學校中作最有計畫的培養，並且隨著學生年齡的增長，閱讀與寫作能力的發展與提升也愈發重要。除此之外，就評量而言，寫作在評量中也扮演著不可取代的角色，因為一般的選擇題只能測個別的、零碎的一般能力或特殊能力，只有寫作可以測出綜合能力，因此寫作是衡量學生書面言語發展能力的最重要指標，是「質化評量」中很重要的一種。

近年來，寫作教學求新求變最具體、最受矚目的表現，就是「新式寫作」（含「引導式寫作」與「限制式寫作」）的出現。在剛開始的幾年中，「新式寫作」的發展侷限於題目、題型的開發，但是沒有一些理念、原則在引領，容易引起「以求新求變之名，行求怪求異之實」的誤解與批評；因此近來「新式寫作」的發展已進於辨別「引導式寫作」與「限制式寫作」，以及原則的歸納與命題品質的提升。

第一節 何謂「新式寫作」

因為「引導式寫作」與「限制式寫作」常常用於寫作訓練與寫作測驗，因此本節就從「寫作訓練與寫作測驗的異同」開始，再導入「『引導式寫作』與『限制式寫作』的異同」、「『限制式寫作』概說」、「『限制式寫作』命題原則」、「『限制式寫作題組』命題原則」。

一、寫作訓練與寫作測驗的異同

寫作訓練與寫作測驗有所關聯又有所區別。兩者相通之處，在於都著重從學生寫作成果中，看出能力的展現，以此評價訓練的成果或學生的程度。而兩者的相異之處，在於目的的不同，而且具體展現在兩點上：一是寫作訓練強調讀寫結合，期收事半功倍之效，但是寫作測驗則不宜讀寫結合，以免與閱讀測驗混淆；二是寫作訓練可以用多層題組，由淺而深、循序漸進地引領學生，但是寫作測驗則不宜用多層題組，以免造成重複扣分的不公平。

二、「引導式寫作」與「限制式寫作」的異同

「引導式寫作」與「限制式寫作」在以往是混而不分的，通常又稱為「供料作文」、「給材料作文」、「非傳統作文」、「新型作文」等，其中「供料作文」、「給材料作文」是大陸常用的名稱[1]，「非傳統作文」[2]、「新型作文」[3]是臺灣常用的名稱。因為名稱繁多，容易造成困擾，所以本書統一以「新型作文」來稱呼，以涵蓋「引導式寫作」與「限制式寫作」的寫作題目。而為什麼這些名稱可以同時指稱「引導式寫作」與「限制式寫作」呢？那是因為「引導式寫作」與「限制式寫作」的相同點是：都多了一些引導的說明或限制的條件，因此在外型上，就可以和以往一題一篇的傳統式作文作明顯的區隔。

但是「引導式寫作」與「限制式寫作」畢竟有其相異處，最重要的區別是：「引導式寫作」中所給的說明只是用作引導，並不具有強制性；但是「限制式寫作」中所給的說明則不僅有引導的作用，而且還是一種條件的限制，具有強制性。從這個區別開展出來，「引導式寫作」與

---

1 可參見周元主編《小學語文教育學》（上海：華東師範大學出版社，1990 年 10 月），頁 190，以及賴慶雄、楊慧文《作文新題型》（臺北：螢火蟲出版社，1997 年 12 月二版），頁 34-71。

2 陳滿銘《作文教學指導》（臺北：萬卷樓圖書有限公司，1994 年 10 月）即是用此名稱。

3 范曉雯、郭美美、陳智弘、黃金玉《新型作文瞭望台》（臺北：萬卷樓圖書有限公司，2001 年 9 月）即是用此名稱。

「限制式寫作」各有其優勢：「引導式寫作」勝在留給學生的發展空間大，而「限制式寫作」則因具有強制性，所以可以要求學生據此寫作，用於寫作訓練時，可以鍛鍊出學生的一般能力、特殊能力或綜合能力，用於寫作測驗時，評閱者也易於據此拿捏標準、評定等級。

三、「限制式寫作」概說

「限制式寫作」之名稱是由陳滿銘教授擔任召集人的「國家考試國文科專案小組」所提出的，並於民國 91 年由考選部編印為《國家考試國文科專案研究報告》。為什麼當初會如此定名呢？那是因為這種命題方式可以針對某種或某兩、三種能力，而將「遊戲規則」定得非常清楚，因此就便於訓練或測驗某種能力，而且也使得評分標準易於拿捏；不過從另一方面來說，「限制」就是「引導」，因為能針對所欲訓練的能力作出清楚的規範，那其實就是一種明確的引導，使同學不至於漫無目標、無從措手，更何況這種命題方式很容易設計出活潑有趣的面貌，可以有效地吸引同學進行寫作。而且此種題目用於正式的寫作測驗時，可能比純粹的「引導式寫作」更為適合，因為「引導」雖指引了寫作方向，但並不含有強制的意味；而在寫作測驗中，這些限制條件是有強制性的，也唯其具有強制性，才能要求學生據此寫作，這樣，評閱者也才能據此拿捏標準、評定等級。

「限制式寫作」的優點甚多，可以分別從「語文能力的訓練」、「語文能力的評量」著眼來列舉。就「語文能力的訓練」而言，有如下的優點：

（一）能鎖定同學的單項能力

（二）能引起同學的寫作興趣

（三）能由詞、句、段、篇循序漸進

（四）能統整範文與寫作教學

（五）能靈活調節寫作時間

（六）能活化寫作教學

就「語文能力的評量」而言，則有如下的優點：

（一）能提升信度

（二）提升效度

（三）減輕批改壓力

四、「限制式寫作」命題原則

關於寫作的命題原則，已有多位學者對此有所闡述，參酌這些說法，並針對「限制式寫作」的特點，可以歸納出幾項「限制式寫作」的命題原則：

（一）以培養能力為最重要考量

（二）結合範文教學

（三）切合學生的程度、興趣

（四）重視科際整合

（五）重視思維訓練

（六）重視應用文的寫作

五、「限制式寫作題組」命題原則

因為「限制式寫作」是以「能力」為命題依歸，但是如果這種能力的養成對學生而言有點困難，那麼以「多層題組」的方式來作由淺而深的引導，是很適合的。因此，「限制式寫作題組」命題原則可以歸納如下：

（一）子題之間須有關聯性

（二）由淺入深

（三）由短而長

第二節 「新式寫作」與題型

此節首先作十四種題型的簡介，以便於命題與指引時可以掌握、應用；其次舉實例說明題型與能力的關係。

一、「限制式寫作」題型簡介

「限制式寫作」的題型變化相當多，其下即分為十四種題型加以介紹：

(一) 詞語訓練式

詞語是語言的基本單位，而且除了要了解詞語的形、音、義之外，還須了解構詞的方式（譬如偏正式、述賓式……等），詞語又包含「熟語」，即成語、諺語、歇後語……等等，此外還有「同義詞」與「反義詞」、「準確」與「模糊」、「詞采」等概念，想要熟悉和運用詞語，對於這些都必須掌握，然後才可能進於造句、結段。但是該如何訓練學生妥適地運用詞語呢？「字詞擴展」、「詞語替代」、「詞語組合」……等作法，都是相當值得推廣的命題方式。例題如下：

一、以下括號中的詞彙都是同義詞，但是有著情感褒貶的差別，請你選擇一個最適合的辭彙，並把它圈出來。

經過連場考試後，（成果、結果、後果）出來了。

張老師很用心地（教導、指引、教唆）學生。

小偷（團結、聯合、勾結）起來對抗警察。

二、以下這組詞彙為同義詞，同樣也有情感褒貶的異同，請寫一篇 150 字左右的文章，其中需用到這組同義詞，用到的時候要用括號括起來。

堅定、頑強、頑固

（二）仿寫式

在獨立創造之前，模仿是一種重要的學習方式，因此教育部編印《國民中小學九年一貫課程綱要》即規定：第一階段（一至三年級）應「能仿寫簡單句型」，其實仿寫的範圍可以不限於句型而已，還可以隨著年紀的增長，擴展至段、篇。仿寫式可以幫助學生練習寫作時的各種技巧，為獨立構思文章打下良好的基礎，很適合初學者使用。仿寫一般可以分成內容的仿寫、形式的仿寫，以及綜合的仿寫，而且用來當作範例的文字總要在形式或內容上有明確特色，讓人能具體掌握的才適合；特別需要注意的是：仿寫時最重要的是依據所要求的重點來模仿寫作，而非字模句擬，這樣才能收到學習之效。例題如下：

梁實秋〈不亦快哉〉（十一則錄三）:

其一、烈日下彳亍道上，口燥舌乾，忽見路邊有賣甘蔗者，急忙買得兩根，一手揮舞，一手持就口邊，才咬一口即入佳境，隨走隨嚼，旁若無人，蔗滓隨嚼隨吐。人生貴適意，兼可為「你丟我撿」者製造工作機會，瀟灑自如，不亦快哉！

其一、放學回家，精神愉快，一路上和夥伴們打打鬧鬧，說說笑笑，尚不足以暢敘幽情，忽見左右住宅門前都裝有電鈴，鈴雖設而常不響，豈不形同虛設，於是舉臂舒腕，伸出食指，在每個鈕上按戳一下。隨後，就有人倉皇應門，有人倒屣而出，有人厲聲叱問，有人伸頸探問而瞠目結舌。躲在暗處把這些現象盡收眼底，略施小技，無傷大雅，不亦快哉！

請模仿梁實秋〈不亦快哉〉中的「倒反」修辭手法，寫二至三則「不亦快哉」之事，每則字數不超過 150 字，注意不可流於苛薄、殘忍。

（三）改寫式

這是提供一篇文章，讓學生改變其形式或某些內容，以寫成與原作關係密切而又互不相同之作的一種命題方式。在形式方面，可以要求改變體裁（如將記敘文改為論說文）、敘述角度（如全知觀點變成第一人稱）、作法（如順敘改為追敘）……等；在內容方面，可以要求改變主題思想、中心人物、故事情節的線索……等。改寫是一種再創造，因此要認真閱讀原作，並思考改寫要求，才能寫出一篇精采的改寫文章。例題如下：

《山海經・夸父逐日》：

夸父與日逐走，入日。

渴，欲得飲，飲於河、渭；河、渭不足，北飲大澤。

未至，道渴而死。棄其杖，化為鄧林。

其結構分析表如下：

- 先：「夸父與日逐走」二句
- 中：「渴……北飲大澤」
- 後：「未至……化為鄧林」

請將這則「夸父逐日」改成以「今昔今」結構來敘事，可適度地增加細節，文長不限（以白話文行文）。

（四）補寫式

補寫式又稱續寫式。至於何謂「補寫」呢？那就是把不完整的文章補寫完整。補寫式題型因為有一段或一則短文作基礎，使學生有基本的材料可依據，不致漫無範圍；而且又留有相當的自主空間，使學生能有所發揮，因此是相當好的一種命題方式。補寫可以分成三種：其一是提供一個開頭，要求學生接著續寫下去；其二是提供一個結尾，要求學生補寫前面的部分；其三是提供開頭和結尾，由學生聯結頭尾、補寫中間的部分。《中學生當場作文四十問》中強調：續寫時要先仔細閱讀已提供的材料，然後確定文章中心，而且聯想要合乎情理。例題如下：

> 請書寫一篇文章，不過第一句必須是「每個人都有許多不同的、愉快的第一次」；而且最後一句必須是「其實，跨出第一步並不難。」
> 提示：兩句話之間可以自由發揮，但整篇文章的結構必須完整，文長（含標點符號）勿超過 500 字。
> （此題目為花蓮師範學院初等教育系三乙劉怡君試擬）

(五) 縮寫式

這是提供一篇長文，讓學生縮寫成一段或一則短文的一種命題方式；它要求的是掃除枝葉、保留重點。賴慶雄、楊慧文《作文新題型》中提到，縮寫的方法有兩種：一是刪削，將原文中一些次要的詞句、段落、情節、人物描寫等刪去，盡量保留原文中重要的句子；一是概括，可以適度地用自己的語言將文章的重點加以整理統攝，也就是我們常說的摘要。這種題型可以訓練學生的抽象概括力，彭聃齡主編《普通心理學》甚至認為抽象概括力是一般能力的核心。例題如下：

下列這篇文章是朱自清的名篇〈背影〉，文末並有全文結構分析表輔助了解，請在閱讀之後，將這篇文章縮寫為300字左右。

我與父親不相見已二年餘了，我最不能忘記的是他的背影。

那年冬天，祖母死了，父親的差使也交卸了，正是禍不單行的日子！喪事完畢，父親要到南京謀事，我也要回北京念書，我們便同行。

到南京時，有朋友約去遊逛，勾留了一日；第二日上午，便須渡江到浦口，下午上車北去。父親因為事忙，本已說定不送我，叫旅館裡一個熟識的茶房陪我同去。他再三囑咐茶房，甚是仔細。但他終於不放心，怕茶房不妥帖；頗躊躇了一會。其實，我那年已二十歲，北京已來往過兩三次，是沒有什麼要緊的了。他躊躇了一會，終於決定還是自己送我去。我兩三回勸他不必去，他只說：「不要緊，他們去不好！」

我們過了江，進了車站，我買票，他忙著照看行李。行李太多了，得向腳夫行些小費才可過去，他便又忙著和他們講價錢。我那時真是聰明過分，總覺他說話不大漂亮，非自己插嘴不可。但他終於講定了價錢，就送我上車。他給我揀定了靠車門的一張椅子，我將他給我做的紫毛大衣鋪好坐位。他囑我路上小心，夜裡要警醒些，不要受涼；又囑託茶房好好照應我。我心裡暗笑他的迂，他們只認得錢，託他們直是白託；而且我這樣大年紀的人，難道還不能料理自己麼？唉！我現在想想，那時真是太聰明了！

我說道：「爸爸，您走吧！」他望車外看了一看，說：「我買幾個橘子去，你就在此地不要走動。」我看那邊月臺的柵欄外有幾個賣東西的等著顧客。走到那邊月臺，須穿過鐵道，須跳下去又爬上去。父親是一個胖子，走過去自然要費事些。我本來要去的，他不肯，只好讓他去。我看見他戴著黑布小帽，穿著黑布大馬褂，深青布棉袍，蹣跚地走到鐵道邊，慢慢探身下去，尚不大難。可是他穿過鐵道，要爬上那邊月臺，就不容易了。他用兩手攀著上面，兩腳再向上縮；他肥胖的身子向左微傾，顯出努力的樣子。這時我看見他的背影，我的眼淚很快地流下來了。我趕緊拭乾了淚，怕他看見，也怕別人看見。我再向外看時，他已抱了朱紅的橘子望回走了。過鐵道時，他先將橘子散放在地上，自己慢慢爬下，再抱起橘子走。到這邊時，我趕緊去攙他。他和我走到車上，將橘子一股腦兒放在我的皮大衣上，於是撲撲衣上的泥土，心裡很輕鬆似的。過一會說：「我走了，到那邊來信！」我望著他走出去。他走了幾步，回過頭看見我，說：「進去吧，裡邊沒人！」等他的背影混入來來往往的人叢裡，再找不著了。我便進來坐下，我的眼淚又來了。

近幾年來，父親和我都是東奔西走，家中光景，一日不如一日。我北來後，他寫了一封信給我，信中說道：「我身體平安，惟膀子疼痛得厲害，舉箸提筆，諸多不便，大約大去之期不遠矣！」我讀到此處，在晶瑩的淚光中，又看見那肥胖的青布棉袍、黑布馬褂的背影。唉！我不知何時再能與他相見！

全文結構分析表如下：

- 今：「我與父親不相見」二句
- 昔：
  - 送行前：「那年冬天……他們去不好」
  - 送行時：
    - 先：「我們過了江……太聰明了」
    - 後：「我說道……我的眼淚又來了」
- 今：「近幾年來……何時再能與他相見」

(六) 擴寫式

擴寫就是在不改變原文主要內容和中心思想的條件下，把某些句子、段落或短文加以擴展、充實、修飾、刻劃，使原來不夠豐實的文章變得生動、具體、形象、感人。擴寫時要掌握的原則是：「添加枝葉，只增不減」、「擴展內容，豐富情節」、「精細刻畫，描摹生動」。擴寫依照材料提供的多寡，又可以分為擴句、擴段、擴篇、提示性擴寫（即命題者根據原文提出一些擴寫要求，學生依此寫作）四種。例題如下：

請利用下面的材料，將它擴寫成一篇記敘文，並且請自擬一個題目。

芝加哥自然博物館的研究員──施密特博士，獨自在遠離城市的實驗室觀察南美毒蛇（1），但不幸被毒蛇咬傷（2），而且此時發現電話打不出去，因此他知道生命難保（3）。為了給後人留下寶貴的科學資料，他記錄下自己危急時的感覺（4）。施密特博士在被毒蛇咬傷的 5 小時後與世長辭了。

1. 請用 100 字以內的篇幅描寫南美毒蛇。
2. 請用 100 字以內的篇幅描寫施密特博士被毒蛇咬傷的生理、心理反應。
3. 請用 100 字以內的篇幅描寫施密特博士的心情轉折。
4. 請用 100 字以內的篇幅描寫施密特博士危急時的感覺。

(七)改正式

一般說來，文章常見的錯誤，小者有標點符號的誤用或缺漏、錯別字、贅詞、缺漏字詞、詞語使用錯誤、詞語搭配不良、詞語順序不當、語氣不合……等等，大者有悖離題旨、結構失當、理路不清……等缺失。學生往往一再重複同樣的錯誤而不自知，因此若能針對此現象命題，要求學生改正，那麼自然容易留下深刻的印象。例題如下：

請仔細閱讀下面的這篇文章，並且依照要求加以改正。

今年寒假的第一天，爸爸就帶我們回外婆家，而且要給我們驚喜，這消息一傳來，我和弟弟立刻高興得雀躍三尺。

在高速公路上，一路風景優美，令人有飄飄然的感覺。到了外婆家，外婆為了歡迎我們的蒞臨，所以煮了很豐盛的菜，有人參雞、當歸湯、鱸魚……等。吃完晚飯後，每個人的肚子都挺得大大的，真像吃了「歐羅肥」！

往後的幾天，爸爸帶我們去田裡烤蕃薯。烤蕃薯的第一步是將土堆起來，像一個小火爐，然後在土下挖一個洞，生火將土燒得白裡透紅，將番薯丟下去，再把土打碎，這樣才能將番薯悶爛。包準你吃了以後一定會想再吃，不想吃的人也會垂涎三尺。

住在鄉村的日子很愉快，但日子過得真快，一星期很快的過了。又踏上歸途，可是我還真希望能多待幾天，享受一下。套一句歌詞來說明我對這的感想：「走在鄉間的小路上，牧童的老牛是我同伴」，這首歌一直迴盪在我心中。

（此文乃根據臺北縣板橋市實踐國民小學出版之《書香書鄉》的文

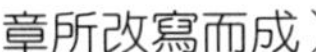
章所改寫而成）

1. 在第一段中，有一個逗號改成句點會更好，是哪一個呢？
2. 在第二段中，有一個詞彙用得不對，是哪一個呢？
3. 在第三段中，有一個成語因為與平常的用法不同，所以應該加上引號，是哪一個成語呢？
4. 在最後一段中，作者用一段歌詞作為結束，頗為別致。如果是你，會用什麼方式來結束文章呢？請你寫下來。
5. 如果這篇文章的題目定為「烤蕃薯，趣味多」，你覺得適不適當？

（八）組合式

組合式命題可以是幾個句子組合成一段，也可以是幾段文章組合成一篇，學生必須能夠掌握所提供的資料，尋繹出其中的脈絡，才能順利地完成寫作，藉此可以訓練學生運用詞語、組織、推理的能力；如果教師想要降低組合的困難度，除了文本本身的難易度外，還可以考慮在題目中提供組合線索，譬如說明這篇文章原本是用「由高而低」或是「由昔而今」的次序組合而成的。此外，學生如何組合文章自然有種種可能性，所以可以要求學生完成組合後，說明組合的原因。例題如下：

這首詩篇為吳岸所寫的〈瀑的話〉，可是除了第一行和最後一行外，次序都抖亂了。請重新加以組合，並就組合之後的詩，寫出你的看法，字數在一百至一百五十之間。

如果不是來自山林

如果不敢飛越懸崖絕壁
如果沒有岩石阻攔
我哪會這樣奔放
我哪會如此冰清
我哪會有如此磅礴的生命

（九）整理式

這種命題方式是在題目中提供一段或數段具有相關性的資料，要求學生將這些資料加以整理，組織成一篇條理清楚、主題明確的文章。藉此可以測驗學生歸納、整理、排序及掌握要點、剪裁繁蕪的能力。命題時，所提供的各則資料最好能打亂次序，以便測驗學生重新組織的能力，而且整理後的文章，宜有字數限制，以免有「照單全抄」的情形（參見考選部編印《國家考試國文科專案研究報告》）。例題如下：

下面有三項資料，是三隻駱駝的自述，請仔細閱讀後，寫一篇介紹駱駝的說明文，字數在一百五十至二百之間。

1. 我叫晴晴，我的身體長得很高，脖子很長，在沙漠裡能看得很遠。上星期我在沙漠裡走了七天，又找不到水源，幸好我是不會覺得口渴的，因我的駝峰貯存了很多脂肪，供我救急之用。
2. 我叫輝輝，昨天跟一大隊旅行隊走在沙漠，那時風沙真大，我趕忙緊閉鼻孔，才能抵禦漫天的風沙。我看見那些商旅趕忙用毛巾掩著鼻子，真是有趣。
3. 我沒有名字，但人們看見我和我的同類，都叫我們「沙漠之舟」，因為我們完全適應的沙漠的生活，人們都把我們當成是沙漠上的交通工具。在沙漠上行走，人們最感謝我的，是我經常替他們尋找水源，因為我的嗅覺特別靈敏呢！

1. 駱駝是如何適應沙漠生活的？請你根據上面三則自述，將駱駝的特性歸納成四點。
2. 請你將這四點組織起來，寫成一篇完整的文章。

（此題目參考考選部編印《國家考試國文科專案研究報告》）

（十）賞析式

教育部編印《國民中小學九年一貫課程綱要》說明「閱讀能力」時提到：第一階段（一至三年級）應「能從閱讀的材料中，培養分析歸納的能力」，第二階段（四至六年級）則「能夠思考和批判文章的內容」；「賞析式」題型就能夠有效地結合「閱讀」和「寫作」，並且使言語發展和思考活動更緊密地互動、循環，並產生提升的作用。例題如下：

挺立起另一種輝煌（節選）　　毛志成

關於蠟燭的寓言已經很老很老
早該走出那一點卑微火焰的蒼涼
只有這樣才敢於宣布自己是烈火
在烘烤世界的同時
也爆發著自己的奪目輝煌

關於園丁的童話已經很舊很舊

早該走出小小花圃的感傷
只有這樣才敢於承認自己是喬木
在綠化世界的同時
也為一切大廈提供著硬質棟樑

關於母愛的比喻已經過分柔軟
早該走出母親瞳孔的淒惶
只有這樣才敢於承認自己是雄鷹
因為有了自己的高翔
才帶出了雛鷹的高翔

這首詩歌詠的是「老師」；但特別的是，它否定了以往常常用來比喻老師的「蠟燭」、「園丁」、「母親」，而代以作者認為更貼切的「烈火」、「喬木」、「雄鷹」。看過這首詩之後，請你回答下列問題：

1. 你覺得作者的說法好不好？你比較認同哪一種？為什麼？
2. 如果是你，你會用什麼事物來比喻老師？請你也試著寫成一節詩歌。

（十一）設定情境式

這種命題方式提供了具體的事件、場景或問題，為學生創設出一種情境，要求學生依據這樣的情境寫出適合的文章。這樣既可訓練學生面對事件，提出看法或解決之道；同時也提高了語言的交際功能。而且情境的設定宜讓學生有較大的發展空間，最好不要透露出命題者的預設立場；也就是盡量利用此種題型鼓勵學生的「發散性思考」。例題如下：

> 在擁擠的公共汽車中，一男一女並排地站在一起。由於到站，湧入更多人潮，在推擠中，男生不小心踩到了女生的腳……
>
> 1. 假設這一男一女互不相識
> 2. 假設這一男一女是同班同學
> 3. 假設這一男一女是男女朋友
>
> 請你選擇這三種假設情況中的一種（須在文章一開始就註明是第 1 或 2 或 3 種情況），接下去寫一篇記敘文，字數在 400-500 字之間。文章要注重人物的表情、對話和動作的刻劃，不須抄題。

（十二）改變文體式

以往常常用「翻譯」來訓練學生，就是把古文或古典詩、詞、曲，翻成白話詩、文，藉此可測出學生對原文理解或感受的程度，也可以檢驗出學生運用白話文的能力。不只如此，同樣的理念也可以運用在「今」翻「今」上，亦即不同文體間的轉換，所以此種命題方式可定名為「改變文體式」。例題如下：

> 下列詩篇是顧城的〈弧線〉，此詩共分四節，每節各描寫一個美麗、圓潤的弧線，作者以此來讚頌大化之美。請你閱讀之後，將它改寫成一篇散文，題目為〈發現生活之美〉，可適度增添其他材料，文長不限。
>
> 鳥兒在疾風中

迅速轉向

少年去撿拾

一枚分幣

葡萄藤因幻想

而延伸的觸鬚

海浪因退縮

而聳起的背脊

（十三）引言式

這種命題方式的最大特點是前面有一段引導文字，這段文字通常不會太長，有時乾脆就以一則佳句、一篇短文、一首詩篇……作為引導；至於內容則是包羅萬象，舉凡生活感觸、幻想、時事……等等，都是命題的好材料；而要求的文體也是記述、議論、抒情……無所不包；不過，引言也不宜過長或過難，以免增加學生的負擔。這種題型在命題時並不困難，自由度大、靈活性高；可是，需要注意的是：學生的程度越高，那麼在引導時所給的指引就要越少，以免反而成了框框，框住了學生的創造力。例題如下：

「你還裝？別假仙了！」這是我們常掛在口頭上的一句話；而「不要裝（妝）了」、「給我放自然一點」的廣告詞，也傳達了人們對掙脫面具的渴望。但我們真的用不著「假裝」嗎？不管是出於自願，或是迫於無奈，「假裝」有時的確很不應該，但有時卻又合情

合理，勢所必然。

你「假裝」過嗎？是為了掩飾你的錯誤、緊張？還是為了符合別人的期望？你是需要時才「假裝」嗎？還是一向在「假裝」？「假裝」讓你得到什麼？是自欺欺人的痛苦？還是利己利人的欣慰？

請以「假裝」為題，寫一個關於自己「假裝」的經驗，內容應包括：你為何「假裝」、你如何「假裝」、「假裝」時的心情、現在的感想等。文長不限。

（八十八年大學入學推甄試題）

（十四）圖表式

這種方式是在題目中提供一幅圖畫或一個表格，讓學生據此來寫作；學生首先要仔細觀察圖表，然後展開合理的想像、聯想或揣測，最後再清晰、完整、豐富地把自己的感受表達出來。這種題目的優點在於切合學生興趣，並可培養學生的觀察能力。例題如下：

上面的這個人物圖像，是一幅單格漫畫，請你看過、想過之後，回答下列問題：

1. 假設這幅單格漫畫的目的在推銷某種商品，你覺得會是什麼商品？並且請你說明為什麼你會這麼猜？
2. 如果這個人物真的就是在推銷某種商品，請你為他擬一篇動人的廣告辭，讓他的推銷行動能夠成功。

二、「限制式寫作」題型與能力

「限制式寫作」最重要的精神就是「鎖定能力」，因此各種各類的題型只是「殼」而已，真正重要的是裡面所包含的「能力」；所以不同的題型就是不同的「殼」，可以包含相同的能力，甚至到最後是屬於什麼題型都不重要了，光是用敘述文字的方式，而不拘泥於題型，也一樣可以達到限制、鎖定能力的目的。因此其下就以「『先反後正』布局」的能力為例，分別以不同題型，來訓練、測驗同一種能力，藉此印證前述的觀點。

仿寫式：

魯藜〈泥土〉：

老是把自己當珍珠
就時時有怕被埋沒的痛苦

把自己當作泥土吧
讓眾人把你踩成一條道路

此詩形成「先反後正」的結構，以怕被埋沒的珍珠，來反襯捨身成路的泥土。請你也仿照這樣的結構來布局，以「善意善行讓人間更溫暖」為題，寫成一篇 300 字以內的短文。

＊設計理念：這首新詩淺白易懂，因此不會造成理解上的障礙，而限制條件鎖定在「先反後正」結構上，則是

讓同學可以藉由模仿，來習得這種布局能力。

改寫式：

魯藜〈泥土〉：

老是把自己當珍珠
就時時有怕被埋沒的痛苦

把自己當作泥土吧
讓眾人把你踩成一條道路

此詩形成「先反後正」的結構，以怕被埋沒的珍珠，來反襯捨身成路的泥土。請你保留第二節（詩句可稍作改動），第一節選取其他事物，也以反襯的方式來烘托泥土，改寫成一首也是形成「先反後正」結構的詩篇。

＊設計理念：正反法的精髓就在於以反面烘托正面，其中最常形成的結構就是「先反後正」，此詩就是一個最佳例證；但是可以烘托正面的反面事物很多，著眼於這一點上，就可以要求學生搜尋其他事物，改寫成一首也是形成「先反後正」結構的詩篇。

補寫式：

自由與放縱雖然只有一線之隔，但是所謂「差之毫釐，謬以千里」，其間的分別不可不慎。……

請你以上面這段文句為開頭，以「先反後正」的布局方式，寫成一篇文章。

＊設計理念：「先反後正」的布局方式，就是先從反

面寫起，再拍回正面，以帶出主旨。在此題中，「放縱」顯然是反面的，「自由」才是正面的，因此學生若是先從「放縱」寫起，再返照「自由」，就大體上合乎寫作要求了。

敘述式：

請你以「自由與放縱」為題，寫成一篇文章，並且須以「先反後正」結構布局。

＊設計理念：這個題目比起上一題，難度稍微高了一點，因為上一題已經提供了開頭，但是這一題則須同學獨立完成全文；但是只要同學觀念清楚，了解「自由」為正面、「放縱」為反面，然後安排成「先反後正」結構，其實也並不難寫。

第三節　寫作能力簡介

整體說來，進行寫作所需要的能力，可以分成三個層次加以論述：「一般能力」、「特殊能力」、「綜合能力」，其中以「思維力」貫串、推動各層能力，並在綜合能力的層次上開出「創造力」。

這三層能力以思維力為核心。思維是一種高級、複雜的認知活動，具有概括性和間接性等特點，具體表現為「求異」與「求同」的能力強，並借助語言、表象或動作來實現[4]。因為思維可以憑藉語言來傳達，因此所有語言的表出實際上就是思維的展現，所以思維力的提高當然有助於寫作能力的提高；反過來說，在寫作教學的全過程中，訓練各種能力的同時，事實上也都鍛鍊了思維力。

關於上述的三層能力的內涵，其後將分別略做介紹，並於最後以一個圖表表示出此三層能力之間互動的關聯。

(一) 一般能力

所謂的一般能力，正如彭聃齡主編《普通心理學》所言：「一般能力指在不同種類的活動中表現出來的能力。」[5]也就是說，不只是寫作時必須具備，從事其他學科的學習時也都需要，因此是相當基礎、運用相當廣泛的能力；細分起來，其中包括觀察力、記憶力、聯想力、想像力。

(1) 觀察力

觀察力就是運用外部知覺（視、聽、嗅、味、膚）與內部知覺（內臟覺、渴覺、餓覺、性衝動覺……等），來獲取外在世界和機體內部訊息的能力。良好的觀察力對於寫作來說是相當重要的，因為觀察是獲得說寫素材的重要途徑，也是準確生動的表達的前提。

一般而言，容易出現的觀察上面的缺失是：對事物的

4　參見周元主編《小學語文教育學》（上海：華東師範大學出版社，1990 年 10 月），頁 26。

5　見彭聃齡主編《普通心理學》（北京：北京師範大學出社，2003 年 1 月），頁 392。

觀察比較粗略籠統，不夠細緻精確；往往只注意表面現象，而缺乏深入觀察的能力；只注意一般的了解，而缺乏重點觀察的能力；只注意個別的生動情節，而缺乏全面觀察的能力；在現場觀察時，忽而看這忽而看那，缺乏觀察的條理性[6]。

因此想要訓練學生的觀察能力，就可以從兩個方向入手：

（1）重點式觀察

（2）順序式觀察

（3）比較式觀察

(2) 記憶力

記憶是人們腦部對過去經驗中發生過的事物的反映，是過去感知過和經歷過的事物在大腦留下的痕跡。作為一種心理過程，記憶是一個識記、再認和再現的過程，是人們運用知識經驗進行思考、想像、解決問題、創造發明等一切智慧活動的前提。有了記憶，人們才能積累知識、豐富經驗；沒有記憶，一切心理現象的發展都是不可能的，我們的教育與教學也無法進行。

在學習的過程中，最重要的是能夠促進「意義記憶」，亦即了解所學事物的意義，因此就能記得快、記得牢、記得久、記得愉悅，所記憶知識的「質」也會大幅度地提升。要達成這樣的目的，可以從以下幾個步驟著手：

（1）有意記憶的培養

[6] 參見周元主編《小學語文教育學》（上海：華東師範大學出版社，1990 年 10 月），頁 24。

（2）意義記憶的培養

（3）加強複習，防止遺忘

(3) 聯想力

聯想是指人的頭腦中的表象的聯繫，亦即一個表象的呈現，引起了其他的一些相關的表象；譬如我們看到月曆已撕到二月，就會想到冬去春來，由冬去春來又自然會想到萬物復甦，由萬物復甦又想到春景的美麗……等等[7]。這種由一種事物想到另一種事物的心理過程就是聯想。

聯想的路徑很多，其中最重要者有三種，即「聯想三定律」：接近、相似、相反聯想。在教學當中，比較需要特別訓練的應是相似、相反聯想，這兩種聯想能力都有很大的開展空間，譬如由相似聯想開展出去的就是譬喻修辭格（因為「喻體」與「喻依」間必有相似點）、賓主法（因為「主」與「賓」之間必有相似點）……等；由相反聯想開展出去的就是映襯格、正反法（因為「正面」與「反面」是相反的）……等。

(4) 想像力

依照想像中「創造性」的不同，想像力可以區分為「再造想像」和「創造想像」。此二者都是以人們腦部中已有的表象為基礎來進行想像，不過再造想像是就此產生一些符合客觀事實的設想，而因為此設想並未存在於現實世界，所以是新的表象；創造想像則是針對舊表象進行變造或重組，從而產生新表象。因此想像力的豐沛植基於兩個

7　參見童慶炳《中國古代心理詩學與美學》（臺北市：萬卷樓圖書有限公司，1994 年 8 月），頁 133。

重要因素上：其一為腦中所儲存的豐富的表象，其二為變造或重組的能力；也因為想像力是如此運作的，因此想像所得就會具有形象性和新穎性，這也是想像力迷人的地方。

想像力在語文教學中的作用非常大，就學生接收的角度而言，它可以增強閱讀教學的效果，就學生表出的角度而言，它可以提高說、寫的質量。一般說來，想像力的發展是想像的有意性迅速增長；想像逐漸符合客觀現象；想像中創造性成分日益增多。至於要如何訓練學生的想像力，可以從「再造想像」而「創造想像」，循序漸進地增強；而且可以提醒學生進行有意識的變造與重組。

（二）特殊能力

彭聃齡主編《普通心理學》說道：「特殊能力指在某種專業活動中表現出來的能力。」[8]寫作的特殊能力特別指書面語言的表出而言。這種能力相當複雜，不過因為辭章是結合「形象思維」與「邏輯思維」而形成的，所以可以從這兩種思維切入，來對寫作的特殊能力作區分。

所謂「形象思維」，就是藉著具體生動的形象來進行思維活動：而「邏輯思維」則是組織這些形象的條理。陳滿銘《章法學論粹》將此兩種思維，與特殊能力結合起來，說道：作者所欲表達之「情」或「理」，是處於「發動機」的地位，表現在篇章中，是屬於「立意」的範疇，

8 見彭聃齡主編《普通心理學》（北京：北京師範大學出社，2003 年 1 月），頁 392。

主要以此為研究對象的，是「主題學」；如果將此「情」或「理」，訴諸各種主觀聯想，和所選取之「景（物）」或「事」接合在一起，或者是專就個別之「情」、「理」、「景（物）」、「事」等材料本身設計其表現技巧的，皆屬「形象思維」；這涉及了「取材」、「運用詞彙」與「修辭」等問題，而主要以此為研究對象的，就是「意象學」、「詞彙學」與「修辭學」。如果是專就「景（物）」或「事」等各種材料，對應於自然規律，結合「情」與「理」，訴諸客觀聯想，按秩序、變化、聯貫與統一之原則，前後加以安排、布置，以成條理的，皆屬「邏輯思維」；這涉及了「構詞與組句」、「運材與布局」等問題，而主要以此為研究對象的，就字句言，即「文（語）法學」；就篇章言，就是「章法學」。至於合「形象思維」與「邏輯思維」而為一，探討其整個體性的，則為「文體學」與「風格學」[9]。

而且從前面的論述中，還可以得出一個重要的觀念：寫作與閱讀是一體之兩面，因此就寫作而言，是立意、取材、運用詞彙、修辭、構詞與組句、運材與布局、選擇文體、確立風格；對應於閱讀而言，就是主題學、詞彙學、意象學、修辭學、文（語）法學、章法學、文體學、風格學。關於這個一體兩面之辭章學體系，我們可以用一個簡單的表來幫助了解：

[9] 參見陳滿銘《章法學論粹》（臺北市：萬卷樓圖書有限公司，2002 年 7 月），頁 19-20。

<table>
<tr><td colspan="5">立意
（主題學）</td></tr>
<tr><td colspan="3">以形象思維為主</td><td colspan="2">以邏輯思維為主</td></tr>
<tr><td>取材
（意象學）</td><td>運用詞彙
（詞彙學）</td><td>修辭
（修辭學）</td><td>構詞與組句
（文、語法學）</td><td>運材與布局
（章法學）</td></tr>
<tr><td colspan="5">選擇文體
（文體學）</td></tr>
<tr><td colspan="5">確立風格
（風格學）</td></tr>
</table>

(1) 就立意來說

針對立意而言，最應該掌握的就是「綱領」與「主旨」，此二者統領全篇，關係極為密切，但是又不盡相同，簡單說來綱領是貫串起材料的那線意脈，而主旨則是作者所欲表達的中心思想或情意；因此若以珠鍊為譬，則大大小小的珍珠是材料，將之串聯起來的絲線如同綱領，但是珠鍊的最終目的是作為裝飾，這最終目的就有如文章中的主旨。

（A）主旨

一般說來主旨只有一個，不過其中可能有顯、隱的層次之別，因此可以區分為三種情形：「主旨全顯」、「主旨全隱」、「主旨顯中有隱」[10]。其下即以蘇軾〈題西林壁〉

[10] 參見陳滿銘《國文教學論叢續編》（臺北市：萬卷樓圖書有限公司，1998 年 3 月），頁 23。

做個說明：

> 橫看成嶺側成峰，遠近高低各不同。不識廬山真面目，只緣身在此山中。

此詩先寫景、後議論，主旨當然是出現在議論的部分，即「不識廬山真面目，只緣身在此山中」兩句，但是從中可以更深一層地領略到「當局者迷」的人生道理。因此「不識廬山真面目，只緣身在此山中」是「顯」的主旨，「當局者迷」是「隱」的主旨。

而且主旨需要注意的還有安置的位置，主旨出現的位置可能在「篇首」、「篇腹」、「篇末」、「篇外」，各有各的美感。如果主旨置於篇首，那就是「開門見山」，有顯豁明朗之美；置於篇腹，那麼前、後文都會向中間呼應，就如同常山之蛇般，「擊其中則首尾皆應」，所以全篇會呼應得非常綿密；置於篇末，則如「畫龍點睛」般，最後一筆喝醒，相當有力；置於篇外，則是「不著一字，盡得風流」，讓人領略那言外之意、絃外之音，深具含蓄的美感。譬如沈復〈兒時記趣〉的主旨就是出現於篇首：

> 余憶童稚時，能張目對日，明察秋毫。見藐小微物，必細察其紋理，故時有物外之趣。
>
> 夏蚊成雷，私擬作群鶴舞空，心之所向，則或千或百，果然鶴也；昂首觀之，項為之強。又留蚊於素帳中，徐噴以煙，使之沖煙飛鳴，作青雲白鶴觀；果如鶴唳雲端，為之怡然稱快。

又常於土牆凹凸處、花臺小草叢雜處，蹲其身，使與臺齊；定神細視，以叢草為林，蟲蟻為獸；以土礫凸者為丘，凹者為壑，神遊其中，怡然自得。一日，見二蟲鬥草間，觀之，興正濃，忽有龐然大物，拔山倒樹而來，蓋一癩蝦蟆也。舌一吐而二蟲盡為所吞。余年幼，方出神，不覺呀然驚恐。神定，捉蝦蟆，鞭數十，驅之別院。

此篇主旨就是出現於篇首的「物外之趣」，為了表現物外之趣，作者描述了三件事情：觀看夏蚊、觀看蟲蟻、觀看癩蛤蟆，就這樣以具體的材料，生動地表現出物外之趣。

（B）綱領

綱領可能不只一軌，依據意脈數目的多寡，綱領可以分為單軌、雙軌乃至於多軌。其下即以牛漢〈生與死〉為例，此詩為雙軌，而且從中可以印證綱領與主旨之不同：

年輕時信奉莎士比亞的一句箴言：
懦弱的人一生死一千次，
勇敢的人一生只死一回。

可有人一生豈止死過一千次，
一次次地死去，又一次次復活，
生命像一首詩越寫越純粹。

勇敢的人死一千次仍勇敢地活著，
懦弱的人僅僅死一回就懦弱地死去了。

哦，莎翁的這句箴言是不是應當修改？
死過一千次仍莊嚴神奇地活著的人，我見過，
懦弱的人經不住一次死亡的威脅，我見得更多

其結構分析表如下：

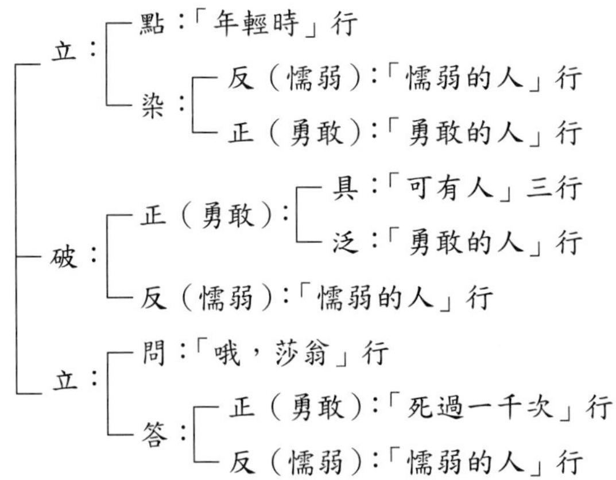

此詩以「立破立」結構布局，並以「反（懦弱）」、「正（勇敢）」兩軌綱領貫串全篇，目的在以反面的懦弱襯出正面的勇敢，從而凸顯出主旨——對稀有的、真正的勇敢的歌頌。

(2)就取材來說

在運用形象思維時，是將抽象的「意」，藉著具體的「材料」（亦即「象」）傳達出來，使欣賞者得以領略，因此這個「材料（象）」就非普通的物象、事象，而是承載著作者的「意」（即思想、情感等），所以我們特稱為「意象」。其下所要探討的有兩點：「意」與「象」如何連結？

什麼樣的材料可以成為「意象」？

(A)「意」與「象」的連結

某種「意」為什麼會挑選某種「象」來傳達？或者某種「象」為什麼會傳達某種「意」？其中連結的途徑有二：「自然特質」與「文化積澱」；也就是說，「意」與「象」之間不是因為自然特質的相似而聯繫在一起，就是因為有文化上的關聯，而且這兩種因素可能同時存在。譬如周敦頤〈愛蓮說〉：──

> 水陸草木之花，可愛者甚蕃：晉陶淵明獨愛菊；自李唐來，世人盛愛牡丹。予獨愛蓮之出淤泥而不染，濯清漣而不妖；中通外直，不蔓不枝；香遠益清，亭亭淨植，可遠觀而不可褻玩焉。
>
> 予謂：菊，花之隱逸者也；牡丹，花之富貴者也；蓮，花之君子者也。噫！菊之愛，陶後鮮有聞。蓮之愛，同予者何人？牡丹之愛，宜乎眾矣！

本文中出現了三個主要的意象：「菊」、「牡丹」、「蓮」，分別對應上「隱逸者」、「富貴者」、「君子」。其中「菊」和「隱逸者」之所以能聯繫起來，那是因為陶淵明「採菊東籬下，悠然見南山」的典故，因此是屬於文化積澱的一類；「牡丹」與「富貴者」聯繫起來，則是因為牡丹濃艷嬌柔的自然特質，與富貴者著實相似；至於「蓮」和「君子」的聯繫，依據作者在文中所言，是因為自然特質的關係，但是自從這篇〈愛蓮說〉之後，「蓮」和「君子」也產生了文化上的關聯。

（B）材料的來源

一般認為「景」可以成為「象」，但是值得注意的是，「材料（象）」的範圍不僅限於客觀景物而已，人間萬事也可以寄託情理，成為「意象」。譬如王安石〈傷仲永〉：

> 金谿民方仲永，世隸耕。仲永生五年，未嘗識書具，忽啼求之。父異焉，借旁近與之；即書詩四句，並自為其名。其詩以養父母、收族為意，傳一鄉觀之。自是指物作詩，立就，其文理皆有可觀者。邑人奇之，稍稍賓客其父，或以錢幣乞之。父利其然也，日扳仲永環謁於邑人，不使學。
>
> 余聞之也久。明道中，從先人還家，於舅家見之，十二三矣。令作詩，不能稱前時之聞。又七年，還自揚州，復到舅家，問焉。曰：「泯然眾人矣！」
>
> 王子曰：仲永之通悟，受之天也；其受之人也，賢於材人遠矣；卒之為眾人，則其受於人者不至也。彼其受之天也，如此其賢也，不受之人，且為眾人；今夫不受之天，固眾人，又不受之人，得為眾人而已耶？

在此文中，「方仲永的故事」就是一個最重要的意象，由此導出其後的議論——學習的重要。

(3) 就運用詞彙來說

形象思維的最小單位就是詞彙；要能精準地選擇詞彙，就要先了解詞彙。關於詞彙，可以著力的方向有幾種，其一是詞彙的構成方式（如偏正式、述賓式、後補式……等），其二是詞彙的形音義，其三是詞類，其四是熟語（含成語、諺語、歇後語等），其五是「同義詞」與「反義詞」，其六是「準確」與「模糊」。此處僅就第五、六類來做個說明。

（A）「同義詞」與「反義詞」

同義詞就是意思相近的詞語，不過儘管相近，卻還是有一點點不同，這一點點不同常常表現在感情褒貶、搭配對象、範圍廣狹、語意輕重、風格差異……上。而反義詞就是詞語之間的意思是相反、相對的。

同義詞最顯而易見的優點是可供作抽換詞面用。譬如羅家倫〈運動家的風度〉：

「勝固欣然，敗亦可喜」，正是運動精神之一。

「欣然」和「可喜」正是同義詞，交替使用讓文章不覺得單調。

至於反義詞則最常用來表現強烈的對比。譬如王勃〈送杜少府之任蜀州〉：

海內存知己，天涯若比鄰。

「天涯」與「比鄰」是反義詞，出現在同一句中，而且用「若」字聯繫起來，充分表現了作者的心聲。

（B）「準確」與「模糊」

「準確」與「模糊」是兩個相對待的概念，反映在詞語上，首先當然會力求詞語意義明確，前面探討的「同義詞」與「反義詞」，在運用時其實就是力求準確；可是也有所謂的「模糊詞」，模糊詞就是指用來表達外沿不明確的概念的詞語。而且並非準確詞就是好，模糊詞就是不好，應該視情況而定，譬如希望迴旋空間大一點、含蓄一點，或是別有深意時，就常常會運用到模糊詞語。魯迅〈孔乙己〉就是一個例子：

我現在終於沒見——大約孔乙己的確死了。

「孔乙己的確死了」雖是準確詞語，但是前面加上了模糊詞語「大約」，在「大約」之後隱含的是：由於孔乙己地位低微，連姓名都沒人知道，所以他的死活無人關心，只是因為「我現在終於沒見」，才使人估計孔乙己「的確」是死了。這不是把人心的冷酷無情，以及被科舉制度摧殘的知識份子的悲慘命運告訴大家了嗎？

(4) 就修辭來說

在修辭時，除了關注單一辭格的掌握外，還須注意「兼格」的問題，蔡宗陽《應用修辭學》說道：「所謂兼格的修辭，是指在語文中，含有兩種或兩種以上的修辭格的一種修辭技巧。」[11]而且美感的探求也是很重要的，因為運用修辭格就是求措辭的美化，所以如果只注意現象的辨析而沒有掌握到美感，那也是一大疏漏。

（A）辭格的運用

余光中〈思蜀〉就運用了轉化格：

11 見蔡宗陽《應用修辭學》（臺北市：萬卷樓圖書有限公司，2001 年 12 月初版，2002 年 1 月二刷），頁 13。

> 半世紀後回顧童年，最難忘的一景是這麼一盞不時抖動的桐油昏燈，勉強撥開周圍的夜色。

其中「一盞不時抖動的桐油昏燈，勉強撥開周圍的夜色」是將「桐油昏燈」人性化，而且「勉強撥開」用得很好，完全能傳達桐油昏燈的那個「昏」字。

（B）兼格

周芬伶〈汝身〉中的一段文句，就用了借代和轉化修辭格：

> 女人身體的老去意味著性魅力的消失。那草原的清香、牛乳的芳香和母體的幽香離她漸漸遠去。

在這篇文章中，「女人身體的老去」指的是「苦楝日」，所以在年老時回顧過去，所謂「草原的清香」是指童年時代（水晶日），「牛乳的芳香」是指少女時代（水仙日），「母體的幽香」是指少婦時期（火蓮日），因此「草原的清香」、「牛乳的芳香」、「母體的幽香」是運用了借代格，而且此三者「離她漸漸遠去」，可見得被「人性化」（轉化格）了，所以這段文句兼用了借代和轉化修辭格來修飾。

（C）修辭美感

可以將「原型」（未經修辭格修飾）與「變型」（經過修辭格修飾）作成比較，來幫助我們掌握美感。譬如張曉風〈我的幽光實驗〉中的一段文句：

> 茶香也就如久經禁錮的精靈，忽然在魔法乍解之際，紛紛逸出。

這段文句還原成「原型」，就是：

茶香在一經沖泡後，緩緩飄出。

「變型」中的文句運用了譬喻格和轉化格（因為譬為「精靈」，而且又說「紛紛逸出」，可見得已經將茶香人性化了），「原型」則完全刪落這兩種修辭格。兩段文句做個比較，何者較為鮮明生動，可說是高下立判。

(5) 就構詞與組句來說

《語法初階》中說：「語法就是組詞成句的規律。」[12] 因為組詞成句之後，方能積句成段、聯段成篇，因此對於寫作來說，熟悉語法是很基礎而重要的工作。至於如何以語法知識來輔助寫作，有兩個重點，其一為句子的「簡單化」與「複雜化」，其二為「常式句」和「變式句」；而且兩者都可以用「原型」、「變型」的觀念來統攝，也就是「簡單化」的句子和「常式句」是「原型」，「複雜化」的句子和「變式句」是「變型」。

（A）句子的「簡單化」與「複雜化」

首先，一個句子只要有主語、謂語就可以成句（稱為「主謂句」），但是「主語」和「謂語」所包含的成分可以非常簡單，也可以非常複雜。一般說來，「主語」以及「謂語」當中所包含的「表語」或「述語」加「賓語」，是句子的基本成分，構成句子的主幹；對這些基本成分加以修飾的，都是句子的附加成分，稱為「定語」、「狀語」、「補

12　見上海師範大學中文系漢語教研室著《語法初階》（臺北市：書林出版有限公司，1997 年 3 月一版，1999 年 5 月二刷），頁 1。

語」等，這些成分可以讓句子所傳達的意思更完整細緻。

因此最簡單的主謂句，就譬如以下的兩個句子：

> 花美。
> 我讀書。

這兩個句子的主語分別是「花」、「我」，謂語分別為「美」、「讀書」，「美」是表語（又稱形容詞性謂語），「讀書」是動賓結構作謂語用（又稱動詞性謂語），都可以說是成分最單純的主謂句。

但是一般所見的句子，都並非如此簡單，通常是在句子的基本成分上來擴充，也就是在句子的主幹上加有繁多的枝葉（即「定語」、「狀語」、「補語」等）。譬如：

> 一朵開在晨曦中的玫瑰花美得脫俗。
> 我讀著一本有趣的童話書。

前此是就順向來說，句子是由「簡單化」向「複雜化」轉變，但是也可以逆向操作，將「複雜化」的句子「簡單化」，以凸顯出作者的用心。譬如蔣勳〈石頭記〉：

> 它還要傾全力奔赴這千萬年來便與它結了不解之緣的粗礪岩石啊！

這個句子的主語是「它」，根據前文，我們知道「它」是「澎轟的大浪」，而「還要傾全力奔赴這千萬年來便與它結了不解之緣的粗礪岩石啊」則全是謂語，因此這個句子的變化全在謂語上。可以依序簡化為：

它（還要）傾全力奔赴（這千萬年來便與它結了不解之緣的）粗礪岩石啊！

它（傾全力）奔赴（粗礪）岩石（啊）！

它奔赴岩石。

（B）「常式句」和「變式句」

所謂的「常式句」，就是可以區分出「主語」和「謂語」，而且一定是先「主語」、後「謂語」的句子，譬如舒國治〈賴床〉：

早年的賴床，亦可能凝鎔為後日的深情。

這個句子雖然用逗號分開，但是仍是一個句子。其中「早年的賴床」是「主語」，「亦可能凝鎔為後日的深情」是謂語，是一個標準的主謂句。

至於「變式句」又可分兩類：「省略句」和「倒裝句」。「省略」是指句子成分的省略，任何省略句都有其相對應的常式句，因此省略句是變型，常式句才是原型。就如逯耀東〈豆汁爆肚羊頭肉〉中的一段：

在小販吆喝聲間歇裡，不知是誰家高牆內，又傳奏出低沉的三絃聲，將胡同點綴得更詩情畫意了。

最後的「將胡同點綴得更詩情畫意了」是一個省略句，是承前省略了主語——「低沉的三絃聲」，因此將省略的成分補上去，常式句為「低沉的三絃聲將胡同點綴得更詩情畫意了」。

至於另外一種變式句——「倒裝句」，則是指顛倒句子原本的組成型態，並且與省略句一樣，任何倒裝句也都有其相對應的常式句，而且倒裝句是變型，常式句才是原型。譬如楊牧〈那一個年代〉：

花香裡有人黯黯發愁，為我。

「花香裡有人黯黯發愁，為我」是倒裝句，還原之後的常式句應為「花香裡有人為我黯黯發愁」。至於為什麼要倒裝呢？那是因為要強調「為我」。

(6) 就運材與布局來說

運材與布局又稱作謀篇布局，是將所採用的材料予以妥善組織，謀求整篇作品言之有序的一種努力。目前所發現的這種組織材料的條理，大約有四十種：遠近法、內外法、左右法、高低法、大小法、視角變換法、今昔法、久暫法、時空交錯法、狀態變換法、知覺轉換法、因果法、並列法、情景法、論敘法法、空間的虛實法、時間的虛實法、凡目法、賓主法、正反法、立破法、抑揚法、插敘法、補敘法、圖底法……等[13]，而且每篇文章的個別條理都可以清理出來，並畫出結構分析表，以幫助了解。譬如辛棄疾〈醜奴兒〉：

少年不識愁滋味，愛上層樓。愛上層樓，為賦新詞強說愁。　而今識盡愁滋味，欲說還休。欲說還

13 詳見拙著《篇章結構類型論》（臺北市：萬卷樓圖書有限公司，2000 年 2 月），及書末所附陳滿銘〈論幾種特殊的章法〉。

休，卻道天涼好個秋。

其結構分析表如下：

反（昔）：
- 因：「少年不識愁滋味」
- 果：「愛上層樓」三句

正（今）：
- 因：「而今識盡愁滋味」
- 果：「欲說還休」三句

此詞中的「昔」是「反」，「今」是「正」，現在的憂悶愁鬱才是重心，以往的天真爛漫只是作為一個反面的對照，因此作者運用正反法，以反面襯正面，凸顯出作者懷才不遇的哀愁。

(7) 就選擇文體來說

現在所通行的文體為記敘（含描寫）、論說、抒情、應用四類。不過，除應用文屬於實用文體外，記敘（含描寫）文與論說文、抒情文難免有重疊的情況。因為作者運用事材或物材，來表達一定的情或理，其中就必然有記敘（含描寫）的部分，依據此點可歸類為記敘文；但是如果主旨是抒寫情感、義理，又可分別歸類為抒情文、論說文。所以要如何歸類，主要是根據題目，或是視記敘、抒情（論說）的成分多寡而定。譬如柳宗元〈始得西山宴遊記〉：

自余為僇人，居是州，恆惴慄；其隙也，則施施而行，漫漫而遊。日與其徒上高山，入深林，窮迴谿；幽泉怪石，無遠不到。到則披草而坐，傾壺而醉，醉則更相枕以臥，臥而夢。意有所極，夢亦同趣。覺而起，起而歸。以為凡是州之山水有異態者，皆我有也，而未始知西山之怪特。

今年九月二十八日，因坐法華西亭，望西山，始指異之。遂命僕過湘江，緣染溪，斫榛莽，焚茅茷，窮山之高而止。攀援而登，箕踞而遨，則凡數州之土壤，皆在衽席之下。

其高下之勢，岈然洼然，若垤若穴，尺寸千里，攢蹙累積，莫得遯隱；縈青繚白，外與天際，四望如一。然後知是山之特出，不與培塿為類，悠悠乎與灝氣俱，而莫得其涯；洋洋乎與造物者遊，而不知其所窮。

引觴滿酌，頹然就醉，不知日之入。蒼然暮色，自遠而至，至無所見，而猶不欲歸。心凝形釋，與萬化冥合。然後知吾嚮之未始遊，遊於是乎始，故為之文以志。

是歲，元和四年也。

此文題目中有「記」字，而且全文絕大部分的篇幅用於敘事，第一段寫「未得西山」，第二至四段寫「始得西山」，末段為補敘，其中的抒情成分只有「心凝形釋，與萬化冥合」而已，因此歸於記敘文中，應該是沒有問題的。

(8) 就確立風格來說

文章風格是文章的思想內容和表現形式上各種特點的綜合表現，是作者的思想、性格、興趣、愛好以及語言修辭等在文章中的凝聚反映。大體上，文章的風格可以分作偏於陽剛與偏於陰柔兩類。

（A）偏於陽剛之美者

這類作品可以用顧城〈一代人〉為例：

黑夜給了我黑色的眼睛，
我卻用它尋找光明。

前後兩句中的「黑」與「光」原本就是一組極強烈的對比，更何況作者又以動作強化，因此「帶來黑暗」對照於「尋求光明」，留給讀者的印象，實在是太深刻了，所以此詩所造成的風格，是鮮明強烈的陽剛之美。

（B）偏於陰柔之美者

這類作品可以用徐志摩〈偶然〉作為代表：

我是天空裡的一片雲，
偶爾投影在你的波心——
你不必訝異，
更無須歡喜——
在轉瞬間消滅了蹤影。

你我相逢在黑夜的海上，
你有你的，我有我的方向，
你記得也好，
最好你忘掉，
在這交會時互放的光亮。

此詩以自然界中的「偶然」，來陪襯人事聚合中的「偶然」，形成了「先賓後主」的結構，極為優美地訴說了「偶然」的短暫及珍貴，因此從這首詩的取材、章法等方面看來，毫無疑問的，所形成的是偏於陰柔的美感。

(三)綜合能力

綜合能力就是統合前面的「一般能力」、「特殊能力」而成的能力，而且因為綜合能力是一種整體性的能力，所以在這個層次上，才可能訓練或展現出同學的創造力。關於創造力，一般認為一個人的創造力通常是透過進行創造活動、產生創造產品而表現出來，因此根據產品來判定是否具有創造力是合理的。所以，可以為創造力下如下的定義：根據一定目的，運用所有已知信息，產生出某種新穎、獨特、有社會或個人價值的產品的能力。

在國語文教學當中，最能夠產生新產品、展現創造力的，那就是寫作了。在以往的傳統一題一篇的作文中，訓練的就是這種綜合寫作能力，這樣固然有其優點，但是缺點在於無法循序漸進，或針對特別欠缺的能力加以補強，這樣會讓原本就能力不足的學生，更是不知從何著手來鍛鍊自己的寫作能力。

但是「限制式寫作」中，則希望可以鎖定「一般能力」、「特殊能力」中的一種或兩、三種能力，來設計題目，予以加強訓練，企圖藉由這種方式「由點到面」，以達到全面提升寫作能力的目的；這就好像學開車一樣，從踩油門、控制方向盤、換檔……等等分別學起，等到都精熟了，就自然而然會開車了。所以分項訓練只是過程，終極目的還是綜合能力的養成。而且在養成分項能力的過程中，可以用題組的方式來引導，由淺到深、由短而長，讓學生逐步鍛鍊出自己的能力，而不會有「一蹴難幾」的恐慌；同時，在這過程中會培養出寫作的「自覺」，而這種自覺一旦越來越清晰，就越能推擴至其他的寫作上，對學生的裨益實在非常大。此外，雖然題目鎖定的是一般能力或特殊能力，但是學生在寫作時，也必須運用綜合思維來表出，因此可以說是著重某種能力的同時，也訓練了綜合能力，因此是相當值得推廣的寫作訓練方式。

（四）三層能力互動圖

陳滿銘〈論語文能力與辭章研究〉說道：以上各層能力，以思維力貫串、推動，初由「一般能力」發展為「特殊能力」，再由「特殊能力」發展為「綜合能力」，然後由「綜合能力」回歸到「一般能力」，而將「一般能力」推進一層，形成層層互動、循環而提升之螺旋結構。這種結構可用下圖來表示[14]：

14 說明與圖表見陳滿銘〈論語文能力與辭章研究〉，《國文學報》36 期，2004 年 12 月，頁 67-102。

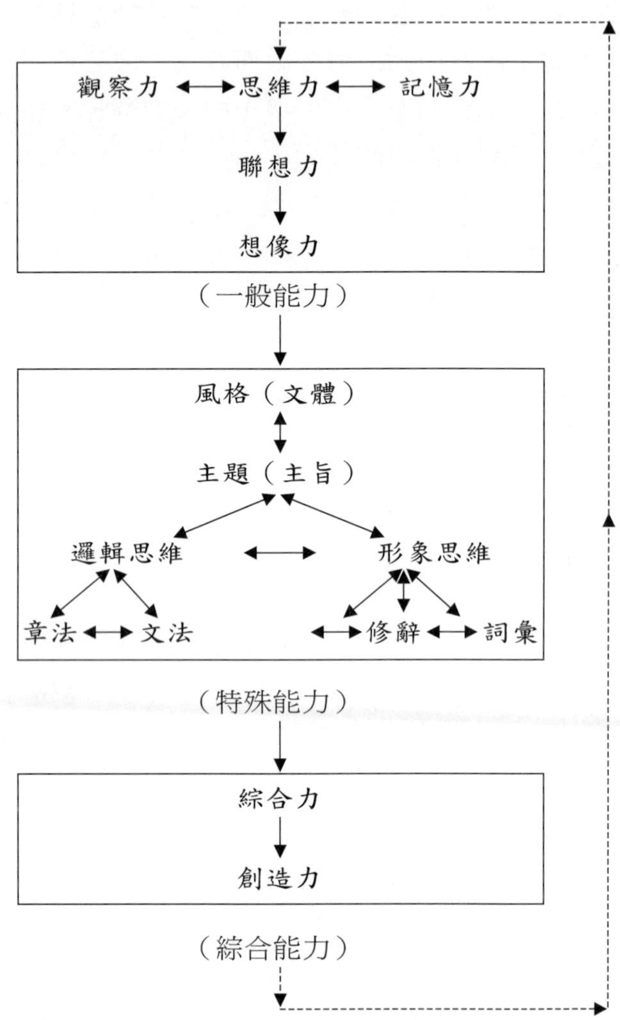
觀察力
思維力
記憶力
聯想力
想像力
（一般能力）
風格（文體）
主題（主旨）
邏輯思維
形象思維
章法
文法
修辭
詞彙
（特殊能力）
綜合力
創造力
（綜合能力）

第三章

新式寫作中「立意取材」的教學

所謂「立意」就是確立文章的核心情意，也就是我們一般所說的確立主旨（主題）。從寫作的角度來說，一篇文章在確立主旨之前，就應該已經存在著基本風格，所以，探討風格在寫作中的定位是首要課題；至於不同主旨（主題）可以運用不同文體來表現，所以文體的運用也是立意中的要項；而運用適切的材料來傳達各種情意，進而表現主旨（主題），就是寫作中不可或缺的「取材」能力。本章即從「風格」、「文體」及「主題（含意象）」三方面，分節探討寫作中「立意取材」的教學。

第一節　風格在寫作教學的應用

所謂「風格」，是一種審美風貌的展現。就辭章風格而言，它既是文學家個人才學、器識所展現的風姿，也是鑑賞家透過主、客觀對於辭章所體悟風貌格調。如果落到寫作教學，要訓練學生寫出具有獨特風格的作品，必須兼顧創作（順向）與鑑賞（逆向）兩個路徑，才能使學生掌握完整的創作概念，發揮其思考與創造的能力，寫出屬於自己風格的作品。

一、關於辭章風格的理論

(一) 辭章風格的內在條理

探討辭章風格的內在條理，首先必須了解「風格」在整個辭章學中的定位。關於辭章學的重要領域，包括意象學、詞彙學、修辭學、文法學、章法學、主題學及風格學等。這些研究領域雖各自獨立，彼此之間仍有其密切的關聯，因為一個完整的文學作品必須包含所有重要領域，才能呈現其生命與美感。所以，辭章既是一個充滿活躍生命的有機體，辭章學所包含的重要學門也應該自成其完整的體系。很可惜自古而今，中外文學理論並未真正探討各個學門的關聯，更遑論建構完整的辭章學體系。近年陳滿銘潛心於章法學的研究，並已逐漸擴充到整體辭章學的範疇，他首先提出辭章「整體意象」的概念，並運用「多、二、一（0）」的螺旋結構，試圖建構辭章學的系統。在其〈意象與辭章〉一文中，將辭章的內涵分為「形象思維」、「邏輯思維」與「綜合思維」三大領域[1]，陳滿銘並以「多、二、一（0）」的螺旋概念，架構了各個學科領域的關係，如下表：

[1] 見《修辭論叢》第六輯，臺北：洪葉出版事業公司，2004 年 11 月初版，頁 351-375。

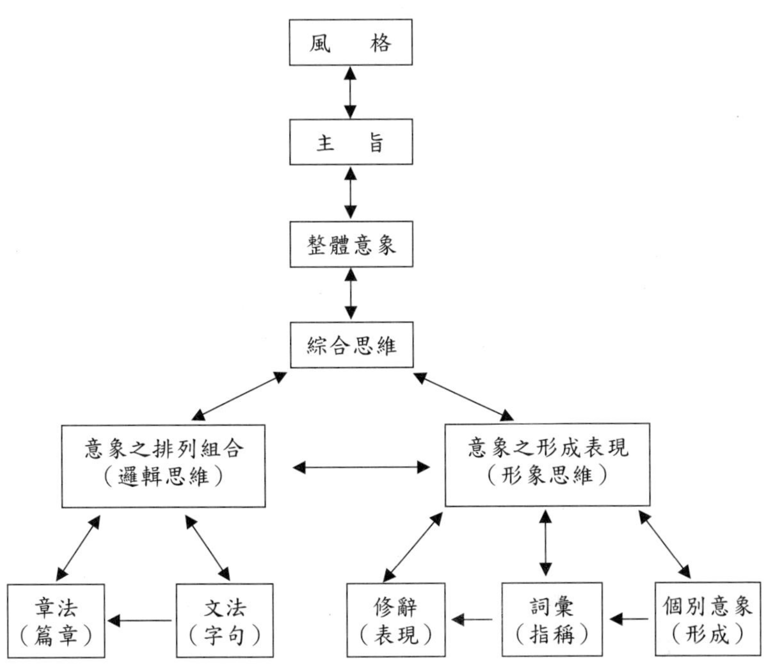

從上表推知，辭章學的體系，是以「形象思維」和「邏輯思維」作為二元對待關係，此為「二」。形象思維是指意象的形成表現，包括意象（狹義）、詞彙與修辭；邏輯思維是指意象的排列組合，包括文法和章法；此為「多」。至於綜合思維是指意象的統合，包括了整體意象和主旨，此為「一」，而風格則為「（0）」。從創作的角度而言，風格應是作家藉由形式技巧表現其思想情感所呈現之契合自身才情的風姿，這符合了「（0）一→二→多」的順向結構；從鑑賞的角度而言，風格則是欣賞者主觀體悟到的作品之整體風貌與格調，這符合了「多→二→一（0）」

的逆向結構。

可見鑑賞辭章可以從「意象」（含詞彙）、「修辭」、「文法」、「章法」等方面來個別分析，進而整合辭章的「主題」，以透視辭章的整體風格與氣象。而不同的主題會展現不同的風格，如描寫「閨怨」的主題，較容易呈現陰柔的風格，而描寫「戰爭」的主題，則容易呈現陽剛的氣象；同理可知，辭章的「意象」（含詞彙）、「修辭」、「文法」、「章法」也透露著個別的風格：以「意象」（含詞彙）而言，如花草的輕柔、河海的壯闊，均展現不同的「意象風格」；以「修辭」而言，如排比句常給人雄偉的感受，而婉曲修辭則常有含蓄之氣，兩者所呈現的是截然不同的「修辭風格」；以「文法」而言，如疑問句通常比直述句來得更引人注意，語言氣勢大不相同，其所呈現的「文法風格」也大異其趣；以「章法」而言，如立破法的對比質性，賓主法的調和質性，亦蘊含不同的「章法風格」。同一篇辭章中所蘊含的「主題風格」、「意象風格」、「修辭風格」、「文法風格」、「章法風格」雖各有所偏，卻與辭章的整體風格密切相關。換句話說，分析辭章之「主題」、「意象」（含詞彙）、「修辭」、「文法」、「章法」所內含的氣蘊，對於透視辭章整體的風格有莫大的幫助。可見辭章中個別的意象、詞彙、修辭、文法、章法等，以及整體之意象與主題，都是影響辭章風格的重要因素。

更進一步言，「意象（含詞彙）風格」、「修辭風格」及「文法風格」仍侷限在辭章局部的律動；至於「章法風格」已涉及一篇辭章的韻律，而「主題風格」也關涉到整

體辭章的動勢，可見這幾種局部風格對於整體辭章風格的影響有大小輕重之分。換言之，「章法風格」與「主題風格」對於整體辭章風格的影響，具有主導的地位，尤其是章法風格又運用「陰陽二元對待」的觀念來檢視辭章內部的陰（柔）、陽（剛）律動，更能確切掌握辭章風格的內在條理。

(二) 辭章風格的檢視規律

(1) 運用章法風格理論確定辭章的陰陽動勢

「章法風格」提供了風格形象分析之外的另一條路，它同章法一樣，都具有高度的邏輯性，理應合乎宇宙自然的規律。

「章法風格」的形成，首先必須了解「陽剛」與「陰柔」為風格最基本的兩大範疇，可以視為各種風格類型的「母風格」。

其次要確定各種章法結構的「陰陽」屬性，以作為判定順、逆移位及轉位的依據。章法與章法結構，既然是建立在「陰陽二元對待」互動的基礎上，其本身就可以自成陰陽之關係。試表列常見章法之陰陽關係如下：

章　法	陰（柔）	陽（剛）	順	逆
虛實法	虛	實	由虛而實	由實而虛
今昔法	今	昔	由今而昔	由昔而今
正反法	正	反	由正而反	由反而正
圖底法	底	圖	由底而圖	由圖而底
因果法	因	果	由因而果	由果而因

章　法	陰（柔）	陽（剛）	順	逆
凡目法	凡	目	由凡而目	由目而凡
賓主法	主	賓	由主而賓	由賓而主
抑揚法	抑	揚	由抑而揚	由揚而抑
點染法	點	染	由點而染	由染而點
眾寡法	寡	眾	由寡而眾	由眾而寡
高低法	低	高	由低而高	由高而低

再者，探討章法之「移位」、「轉位」的現象，是為抽象的辭章風格尋得條理的重要步驟。所謂「移位」是指章法結構由本而末（順向）或由末而本（逆向）之移動所產生的力量，而「轉位」則是章法結構先由本而末，再由末而本的往復所產生的力量。基本上「順向移位」的力量較為緩和，「逆向移位」的力量較為激烈，而「轉位」則產生更激烈的運動力。茲舉常見章法結構之移位、轉位現象如下：

	移　　位		轉　　位
結構單元	正→反(順)	反→正(逆)	破→立→破
	凡→目(順)	目→凡(逆)	點→染→點
	點→染(順)	染→點(逆)	圖→底→圖
章法單元	先正後反→先凡後目(順)	先目後凡→先反後正(逆)	「正→反」與「反→正」
	先本後末→先虛後實(順)	先實後虛→先末後本(逆)	「點→染」與「染→點」
	先因後果→先論後敘(順)	先敘後論→先果後因(逆)	「圖→底」與「底→圖」

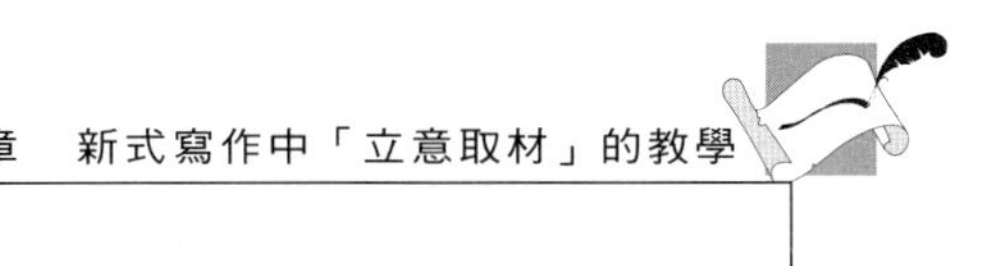

最後，運用「多、二、一（0）」的結構，以整體、宏觀的角度確立風格（0）在此邏輯結構中的定位，從而根據「多樣（多）→對立（二）→統一（一）」的規律，以逆推辭章風格的陰陽動勢。

(2) 檢視辭章的整體意象及主旨

根據辭章學的體系，檢視風格的形成規律除了分析其章法風格之外，理解辭章的「整體意象」和「主題（主旨）」的內涵也極為重要。陳滿銘在〈論東坡清峻詞的章法風格〉[2]曾說：

> 影響一篇風格形成之主要因素，就辭章之內涵而言，有意象、修辭、文法、章法與主旨、文體等；而章法由於可透過其「多、二、一（0）」結構，由「章」（節、段）而「篇」地，藉「多」來整合意象群、藉「一」來凸顯一篇主旨，所以由此所呈現之章法風格，是和一篇風格最為接近的。

這裡提到了風格形成的重要因素，也強調「章法風格」對於整體辭章風格的影響。接著他又說：

> 所謂內容決定形式，而主旨又是內容的核心，因此主旨對風格之影響極大。

這裡又強調「主旨」對於辭章風格的主導地位，而「主旨」的呈現也包含了「整體意象」。

2 收錄於《宋代文學研究叢刊》第九期，高雄：麗文文化公司，2003 年 12 月，頁 336-337。

綜上所言，我們可以確立鑑賞辭章風格的原則。首先，要了解個別的材料意象，從內容上體會材料意象的感染力量，從藝術形式透視其修辭的美感效果。其次，透過章法結構，分析其陰陽動勢，進而確定辭章風格的剛柔形態。最後結合主旨，統合出整體風格之美。這種風格的鑑賞程序，可以涵蓋辭章的局部風格與整體風格，又能兼顧辭章的形象思維與邏輯思維，不僅契合傳統印象式的風格述評，更能具體理解風格形成的內在規律。

二、辭章風格的鑑賞教學

(一) 風格鑑賞的原則

(1) 以意象、修辭提煉辭章風格的形象質素

辭章的形象思維主要包含了「意象」(個別)、「詞彙」與「修辭」等範疇，我們可以透過這三種學科領域，掌握局部辭章風格的形象質素。

就意象而言，「意象」是透過物象(包含景、事)以形成情意(包含情、理)，既可以形成情意，更可能產生感染激發的力量。而辭章意象的形成又藉由詞彙表現出它的原型意義，所以搜尋辭章中重要詞彙所指稱的意象，進而確定此材料意象偏於主觀的感染力，就可大略掌握個別意象所形成的風格。例如：

> 蒹葭蒼蒼，白露為霜，所謂伊人，在水一方。(〈蒹葭〉)

其中「蒹葭蒼蒼，白露為霜」是指「染霜露的蘆葦花」，如此意象應是深秋河邊的景致，具體而言，應是深秋河邊一片染霜露的蘆葦花叢。這種景致呈現在北方的黃河流域，更令人有「蒼茫蕭瑟」之感，而這「蒼茫蕭瑟」就是此一材料的意象風格。又如：

> 亂石崩雲，驚濤裂岸，捲起千堆雪。(〈念奴嬌〉)

是指赤壁之下「波濤洶湧、拍岸驚石，激起浪花水氣」的景象。這種景象出現在遼闊的長江江面，容易產生「雄偉壯闊」的感覺，而「雄偉壯闊」就是此一材料的意象風格。

就修辭而言，是利用特殊的文學技巧，針對材料意象進一步修飾或調整，使其更具藝術的美感。既有藝術的美感，就能形成風格，而每一種修辭技巧所產生的風格亦不相同。例如：

> 在齊太史簡，在晉董狐筆，在秦張良椎，在漢蘇武節；為嚴將軍頭，為嵇侍中血，為張睢陽齒，為顏常山舌；或為遼東帽，清操厲冰雪；或為出師表，鬼神泣壯烈；或為渡江楫，慷慨吞胡羯；或為擊賊笏，逆豎頭破裂。(〈正氣歌〉)

其舉用歷史十二哲人，以印證「正氣」的存在。作者運用了三種排比句型，不僅形成語句之間的聯貫，更造成一種磅礡的氣勢，使「正氣」透過排比修辭的設計更能沁人心脾，而這「磅礡」的氣勢，就是這些材料透過排比技巧所形成的修辭風格。又如：

> 青青河畔草，綿綿思遠道。遠道不可思，夙昔夢見之。夢見在我旁，忽覺在他鄉。他鄉各異縣，展轉不可見。(〈飲馬長城窟行〉)

這裡所運用的材料包括「河畔之草」、「遠道之情人」、「相思者」及「夢境」等。作者運用「頂針」的技巧將這些材料所產生的意象巧妙地串聯起來，讓這種思念之情產生綿延不絕的效果，而結合這種情意，更能感受到「纏綿悱惻」的愛情。由此可見頂針技巧在串聯這些材料意象所產生之「纏綿悱惻」的修辭風格。

意象（含詞彙）與修辭讓我們了解到辭章風格局部的內在質素，這些形象性的內在質素，對於檢視整體辭章風格有極大的幫助，從形象思維切入來探討辭章局部的風格，在教學上比較容易被學生接納，也是我們檢視辭章風格必須先注意的原則。

(2) 以文法、章法梳理辭章風格的客觀條理

辭章的邏輯思維主要包括「文法」與「章法」等範疇，我們可以藉由文法、章法來梳理辭章風格的客觀條理。

就文法而言，「文法」是探討語句中意象與意象的邏輯關係。其中語句的邏輯關係可形成「並列結構」，如：

> 「蝴蝶和蜜蜂」帶著花朵的蜜糖回家了。(〈夏夜〉)

「蝴蝶」、「蜜蜂」為並列關係；又「主從結構」，如：

蝴蝶和蜜蜂帶著「花朵的蜜糖」回家了。(〈夏夜〉)

「花朵」、「蜜糖」為主從關係；又「造句結構」，如：

唯見「長江天際流」。(〈黃鶴樓送孟浩然之廣陵〉)

「長江」、「天際流」為主語、謂語關係。

至於句子的邏輯關係可形成「敘事句」，如：

故人具雞黍(〈過故人莊〉)

其中「故人」為主語，「具」為述語，「雞黍」為賓語，構成「主語+述語+賓語」的句型結構。又可形成「有無句」，如：

秦氏有好女，自名為羅敷。(〈陌上桑〉)

其中「秦氏」為主語，「好女」為賓語，構成「主語+有+賓語」的結構句型。又可形成「表態句」，如：

門前冷落車馬稀(〈琵琶行〉)

其中「門前」為主語，「冷落」、「車馬稀」皆為修飾用的表語，構成「主語+表語」的結構句型。又可形成「判斷句」，如：

我不是歸人，是個過客。(〈錯誤〉)

這兩句分別為否定義與肯定義的判斷句，其中「我」為主語，「不是」、「是」為繫詞，「歸人」、「過客」各為賓語，構成「主語+繫詞+賓語」的結構句型。

一般而言，構成「並列結構」的詞語，其對比性較強，容易形成陽剛的風格；而構成「主從結構」的詞語，其調和性較強，容易形成陰柔的風格。在句子方面，「敘述句」和「有無句」是純粹敘事的句子，通常偏於客觀的描述，語氣可能較為平淡；而「表態句」和「判斷句」則可能形成偏於主觀表述或判斷的句子，語氣可能隨著描述者的情感而有所起伏，容易形成多樣的風格。從整體辭章風格的角度來看，文法結構屬於語句層次的邏輯，其分析較為瑣細，所形成的文法風格對於辭章風格的影響也較為有限。所以我們梳理辭章風格的內在條理時，文法風格只是參考的條件，其整體的內在律動仍須透過章法風格的分析才能確實掌握。

就章法而言，章法結構的「移位」、「轉位」作用，決定了辭章之節奏韻律的趨向及強弱。我們必須檢視結構中每一結構單元的陰陽質性，再推演其順向移位、逆向移位或轉位所造成的向陰或向陽的動勢，尤其核心結構的陰陽動勢，更是決定辭章偏於陽剛或陰柔的關鍵。以王之渙的〈登鸛雀樓〉為例，其詩云：

> 白日依山盡，黃河入海流，欲窮千里目，更上一層樓。

詩的首句描寫山景，次句描寫河景，兩句詩是針對所見實景而寫；第三句轉入抽象的思維，以「欲窮千里目」帶出末句抽象的人生哲理。根據詩的內容及其內在條理，分析

結構表如下：

```
┌具（陽）─┬山（陰）：「白日依山盡」
│        └水（陽）：「黃河入海流」
└泛（陰）：「欲窮千里目」二句
```

結構表分為底層和上層。底層是「陰→陽」的順向移位，其帶出的陽剛之勢，正是壯闊的山河之景的內在條理。上層是核心結構，其「陽→陰」的逆向移位帶出較強的陰柔之勢，原本這陰柔之勢可以決定此詩偏於陰柔的風格，而底層壯闊之景的陽剛之氣仍強，遂與陰柔之勢調和，形成整首詩趨於「剛柔相濟」的風格趨向。

章法風格雖不能代表辭章風格的全貌，但其確定辭章陽剛或陰柔的內在律動，可以視為辭章風格的主調，是我們梳理風格之內在條理最重要的參考。

(3) 結合主旨，完成兼顧形象與邏輯的風格述評

在辭章學的領域中，「主旨（主題）」是指辭章最核心的情理，即中心思想。若從多、二、一（0）的角度來看，「意象」、「詞彙」、「修辭」、「文法」、「章法」是「多」，「形象思維」與「邏輯思維」是「二」，而主旨為「一」，風格則屬抽象的「0」。[3]所以，我們想要探討辭章風格（0），除了分析各種局部風格之外，仍必須結合主旨（一），才能見出風格的全貌。以杜甫的〈聞官軍收河南河北〉為例，其詩云：

3　陳滿銘〈意象與辭章〉，收錄於《修辭論叢》第六輯，臺北：洪葉出版公司，2004年11月，頁351。

劍外忽傳收薊北，初聞涕淚滿衣裳。卻看妻子愁何在？漫卷詩書喜欲狂。白日放歌須縱酒，青春作伴好還鄉。即從巴峽穿巫峽，便下襄陽向洛陽。

這首詩是杜甫描寫在四川聽聞唐朝官軍收復河南河北時的心情。從詩的內容及其內在條理，可繪出結構表如下：

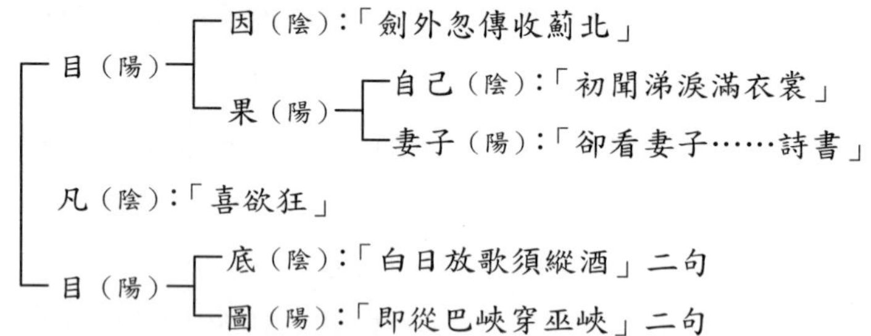

在材料運用方面，「涕淚滿衣裳」、「喜欲狂」、「放歌縱酒」皆為欣喜奔放的意象，而作者又透過「示現」技巧，寫出「巴峽」、「巫峽」、「襄陽」、「洛陽」的時空懸想，更強化了瀟灑奔放之感。從章法結構來看，底層與次層結構皆為「陰→陽」的順向移位，產生明顯的陽剛之氣，上層為核心結構，其趨於陽剛的轉位作用，將整首詩的陽剛之氣帶到高點，可知這首詩的章法風格是「剛中寓柔」的形式。另從「目→凡→目」的結構可以清楚認知，全詩的主旨落在「凡」的部分，即「喜欲狂」就是作者所要抒發的核心情意，這種情意是一種激烈奔放的喜悅，直抒作者胸臆而不含蓄做作，幾乎與其章法風格「剛中寓柔」的基調完全契合。綜上所述，這首詩在「剛中寓柔」的基本格調

上，呈現的是「激動奔放」的風格。

從意象與修辭提煉辭章風格的形象質素，再進一步從文法與章法中分析辭章風格的客觀條理，最後結合主旨所呈現的主題風格，就能建構兼具形象思維與邏輯思維的辭章風格檢視原則，這對辭章風格的實際分析應有很大的幫助。

(二) 風格教學的具體步驟

在確立辭章風格的檢視原則之後，就能進行實際作品的風格分析，以驗證這些檢視原則的理論價值與實作的可行性。而落到實際風格教學的步驟，則必須從整體角度來把握四個重點：首先，我們要檢視作家的寫作風格，同時要兼顧作家所處的時空與流派來作全面的統整；其次，再根據檢視原則，進行辭章的風格分析；再者，融合辭章風格與其外圍因素如時代、地域、流派、作家等，以印證分析之結果；最後，我們綜理各種內外因素，以確定辭章的風格趨向。

(1) 檢視作家風格

作家以個人先天的才氣，決定情性之庸俊；藉後天的學習，熏染氣質之雅俗。然後結合先天與後天的條件，成就個人之器識。作家器識之優劣，足以影響對宇宙自然、家國社會的認知。落到辭章之創作，也因為個人立意、取材及文辭表現的不同，其風格也大異其趣。由此可知，作家風格與辭章風格的關係非常密切，兩者互為表裡，必須相互參證，才是完整辭章風格的體現。所以，引導學生鑑賞辭章之風格，必須先了解作家的生平，梳理出足以影響作家情性與氣質的因素，如家學淵源、生命遭遇、時代流轉、地域變遷等，以確定作家個人的才學、器識與寫作風格，做為我們分析辭章風格時的重要參考。

(2) 進行辭章分析

確定作家風格之後，我們可以進行辭章風格的分析。根據其檢視原則，專意於辭章本身內在因素的探討。包括個別意象的探索、修辭技巧的分析，藉以提煉辭章風格在形象思維方面的主觀質素；從字句組織、篇章結構來解析意象的排列組合，藉以梳理辭章風格在邏輯思維方面的客觀條理；最後結合主題思想，探討辭章之核心情理與風格的關係；此外，適度援引傳統印象式、直覺式的風格述評，與我們分析的結果相互參證，可以更準確地掌握辭章風格的完整面貌，同時又兼顧傳統的風格論述與新證的風格內在律動，對於引導學生掌握分析原則、建立鑑賞能力，應有很大的助益。

(3) 融合寫作背景

所謂「寫作背景」是指作家創作辭章的時空環境。這一時空環境包含作家的才學、器識、際遇，以及大環境的時代、地域、流派等背景。作家的才學、器識對於辭章風格的影響已如前述；而際遇的悲或喜、憂或樂、順利或坎坷、平凡或激盪，會影響作家情理的抒發，對於辭章主題的設定有直接關係。主題設定的不同，當然會形成不同的風格。另一方面，時代、地域的差異，作家流派的分野，其形成的時代風格、地域風格和流派風格也不相同。我們

在分析辭章風格時，除了專意於辭章本身的內在規律之外，對於作家個人的際遇，以及作家所處的時代、地域，作家所歸屬的流派等外圍因素，也應一併考慮。其外圍因素的考量，可以作為辭章風格分析的佐證，對於風格的掌握應是正面的助益，在實際教學上，也使學生認知到辭章寫作背景的重要。

(4) 確定風格趨向

從作家風格的檢視，到辭章風格的分析，進而融合外圍的寫作背景，我們幾乎可以掌握辭章風格的完整面貌。在上節詩歌風格的分析中，我們運用了傳統印象式的風格述評，作為辭章內在之剛柔律動的佐證，一方面證明其邏輯條理的分析之不誣；另一方面落實在教學上，可以使學生認知到不同的風格述評，也能使學生分辨形象式之風格品類的剛柔屬性，這是多方面的風格教學模式，對於學生鑑賞能力的訓練是非常有幫助的。

(三) 風格鑑賞命題舉隅

(1) 關於辭章風格的命題設計

◎ 下列四首詩中所呈現的情意，何者可以感受到「雄偉壯闊」的風格？

(A) 玉階生白露，夜久浸羅襪，卻下水晶簾，玲瓏望秋月。

(B) 山中相送罷，日暮掩柴扉；春草年年綠，王孫歸不歸？

(C) 明月出天山，蒼茫雲海間；長風幾萬里，吹度玉門關。

(D) 美人捲珠簾，深坐顰蛾眉；但見淚痕濕，不知心恨誰？

答案：(C)

解析：

這一題目要求學生找出「雄偉壯闊」風格的作品，主要是在評量其對於「剛中寓柔」之辭章風格的認知。(A) 選項是李白的〈玉階怨〉，在表達思婦的等待之情，風格趨於哀怨淒憐；(B) 選項是王維的〈送別〉，主要在表達送別之情，呈現的是愁緒纏綿的風格；(C)選項節錄自李白的〈關山月〉，主要在描寫塞外邊疆的景色，其雄偉壯闊之感非常明顯；(D) 選項是李白的〈怨情〉，也在表達怨婦的愁恨，同樣是哀怨纏綿的氛圍。所以答案選 (C)。

◎ 下列四首詩中所呈現的情意，何者可以令人感受到「疏淡自然」的風格？

(A) 寒雨連江夜入吳，平明送客楚山孤；洛陽親友如相問，一片冰心在玉壺。

(B) 獨憐幽草澗邊生，上有黃鸝深樹鳴；春湖帶雨晚來急，野渡無人舟自橫。

(C) 岐王宅裡尋常見，崔九堂前幾度聞；正是江南好風景，落花時節又逢君。

(D) 落魄江湖載酒行，楚腰纖細掌中輕；十年一覺揚

州夢，贏得青樓薄倖名。

答案：(B)

解析：

這一題目要求學生辨識出「疏淡自然」風格的作品，主要在評量其對於「柔中寓剛」之辭章風格的認知。(A) 選項選自王昌齡〈芙蓉樓宋辛漸〉，表現的是送別的情境，從材料意象和主題可以感受到孤冷淒清的氛圍；(B) 選項選自韋應物〈滁州西澗〉，其如詩如畫的山水景致，正可表現「疏淡自然」之風；(C) 選項選自杜甫〈江南逢李龜年〉，主要在抒發對時代盛衰與晚年流浪之感慨，其今昔對比帶出「淒涼抑鬱」的風格；(D) 選項選自杜牧〈遣懷〉，旨在追憶昔日落魄揚州的生活，其放浪生活的描寫充滿「悔恨感傷」的情緒。所以答案選 (B)。

(2) 關於作家風格的命題設計

◎ 杜甫詩歌向來有「沉鬱頓挫」之美，下列詩歌，何者最能代表這種風格？

(A) 錦里先生烏角巾，園收芋栗未全貧。慣看賓客兒童喜，得食階除鳥雀馴。秋水才深四五尺，野航恰受兩三人。白沙翠竹江村暮，相送柴門月色新。

(B) 好雨知時節，當春乃發生。隨風潛入夜，潤物細無聲。野徑雲俱黑，江船火獨明。曉看紅濕處，花重錦官城。

(C) 舍南舍北皆春水，但見群鷗日日來，花徑不曾緣客掃，蓬門今始為君開。盤飧市遠無兼味，樽酒家貧只舊醅。肯與鄰翁相對飲，隔籬呼取盡餘杯。

(D) 國破山河在，城春草木深，感時花濺淚，恨別鳥驚心。烽火連三月，家書抵萬金。白頭搔更短，渾欲不勝簪。

答案：(D)

解析：

這一題目是藉由閱讀杜甫詩來辨識其「沉鬱頓挫」的風格，可以評量學生對於杜甫生平際遇的熟悉程度，同時也檢視學生知否運用材料、主旨以檢視風格的原則。(A) 選項為杜甫〈南鄰〉詩，是他作客南鄰所寫下的山莊訪隱圖，顯現其「恬淡清幽」的風格；(B) 選項是〈春夜喜雨〉詩，旨在描寫春夜雨景，抒發喜悅的心情，其藉景抒情的筆調，充分展現靈動活悅的特色；(C)選項是〈客至〉詩，是杜甫寓居浣花溪草堂因摯友來訪所寫下的動人紀事。全詩描寫客至的情景，顯得「自然率真」；(D) 選項是〈春望〉詩，是杜甫親逢安史之亂，身處長安，與妻兒仳離時所寫下的感恨詩。其感情濃烈，氣度渾澔，正是其「沉鬱頓挫」之風格的代表詩作。所以答案選 (D)。

◎ 蘇軾是「豪放」詞風的開創者，但是其詞仍不乏柔媚婉約的作品，下列所節錄的詞作，何者表現出蘇軾「柔媚婉約」的詞風？

(A) 去年相送，餘杭門外，飛雪似楊花。今年春盡，楊花似雪，猶不見還家。　對酒捲簾邀明月，風露透窗紗。恰似姮娥憐雙燕，分明照，畫梁斜。

(B) 春未老，風細柳斜斜。試上超然臺上作，半壕春水一城花。煙雨暗千家。　寒食後，酒醒卻咨嗟，休對故人思故國，且將薪火試新茶，詩酒趁年華。

(C) 一千頃，都鏡淨，倒碧峰。忽然浪起，掀舞一葉白頭翁。堪笑蘭臺公子，未解莊生天籟，剛道有雌雄。一點浩然氣，千里快哉風。

(D) 歸去來兮，清谿無底，上有千仞嵯峨。畫樓東畔，天遠夕陽多。老去君恩未報，空回首，彈鋏悲歌。舡頭轉，長風萬里，歸馬駐平坡。

答案：(A)

解析：

這一題目是在評量學生辨識東坡詞風格的能力。(A) 選項〈少年遊〉在表現送別之情，是蘇軾婉約詞的代表作；(B) 選項是〈望江南〉，寫的是超然臺的景致，充滿曠達之氣；(C) 選項是〈水調歌頭〉，是蘇軾為黃州快哉亭所作，其恢闊雄偉的感染力非常明顯；(D) 選項是〈滿庭芳〉，為蘇軾告別黃州的作品，其景物描寫與情意表達都呈現峻闊之感。所以答案選 (A)。

(3) 關於時代、流派及地域風格的命題設計

◎ 南北朝民歌因為地域環境與風俗習慣的不同，造成其迥異的風格。一般而言，北朝民歌較為豪邁奔放，而南朝民歌較為柔媚含蓄。下列何者屬於南朝民歌「柔媚含蓄」的風格？

(A) 男兒須作健，結伴不須多，鷂子經天飛，群雀兩相波。
(B) 驅羊入谷，白羊在前，老女不嫁，蹋地喚天。
(C) 門前一株棗，歲歲不知老。阿婆不嫁女，哪得孫兒抱。
(D) 秋風入窗裡，羅帳起飄揚，仰頭看明月，寄情千里光。

答案：(D)

解析：

這一題目是在評量學生認識南北朝民歌因地域、風俗之不同，所產生不同風格的詩歌。(A) 選項是北朝的〈企喻歌〉，主要在摹寫男子以豪勇為榮的心理，表現豪邁之氣；(B) 選項是北朝的〈地驅樂歌〉，其表達的女子悲憤，充滿慷慨之氣；(C) 選項是北朝的〈折楊柳枝歌〉，是母親對女兒企盼出嫁的心情描寫，表露得非常直接；(D) 選項是南朝的〈子夜四時歌〉，其綺思艷語充滿旖旎情致。所以答案選 (D)。

三、辭章風格在寫作教學上的運用

(一) 風格寫作教學的原則與步驟

(1) 了解「風格」在寫作中的定位

作家在從事寫作之前，其整體風格已經形成。這是由於作家本身的才性與學習所形成的智慧，落到某個寫作背

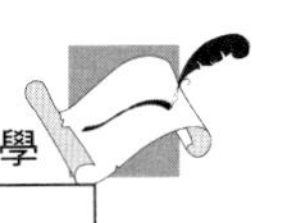

景，主導了文學辭章的風格趨向。風格確定之後，作家為表達思維中的情理，開始尋找各種材料來形成、組織意象，以傳達各種內在情理，最後形成文章。這是一個由「風格→主旨→整體意象→形象（含意象、詞彙、修辭）與邏輯（含文法、章法）」的順向程序。由此可見，「風格」在寫作過程中實具有先導的關鍵地位。

(2) 遵循以「能力」為導向的教學模式

所謂「能力」，就辭章寫作而言，可分為「一般能力」、「特殊能力」與「綜合能力」。「一般能力」包括思維力、觀察力、記憶力、聯想力、想像力等。「特殊能力」則針對辭章而形成的風格、立意、取材、構詞組句、修辭、謀篇等語文專門能力。「綜合能力」則是結合一般與特殊能力而成。寫作教學就是在訓練學生逐一熟習各種能力，以建構完整的語文寫作知能。這是從事寫作教學所不可或缺的重要理念。

(3) 由「單一能力→綜合能力」的循序訓練方式

在實際的教學訓練中，為避免學生接觸太多理論而望文生畏，又期望學生能建立紮實的語文能力，我們可以由單一能力實施簡單的訓練，再逐漸結合部分一般或特殊能力的訓練，最後才進行綜合能力的檢驗。如此循序漸進的訓練方式，是「作中學」的學習心理之實踐，不僅可以發掘其天分知能，更可以提升其後天的寫作學養。對於中、後段程度的學生而言，也提供了一套簡單而具體的寫作模式。

(二)風格寫作命題舉隅

運用風格理論來命題作文，可以鎖定「材料意象」、「修辭」、「章法」、「立意」等單一能力及綜合能力來設計，茲舉例寫作訓練及習作如下：

寫作訓練一：辨識材料意象的風格

請仔細理解表格中各組材料的內在情理，並寫出這些材料的情理所蘊含的風格。

參考答案：壯闊雄偉、質樸自然、柔媚可愛、豪放飄逸、陰冷幽暗、穠豔華麗

材料意象	風格
玉山、太魯閣峽谷、尼加拉瀑布	
櫻花、柳樹、蝴蝶、白兔、綿羊	
鬼屋、黑森林、黃昏的街道	
彩衣、胭脂、明鏡、美人	

※思路引導：

這一題目是在訓練學生取材能力和辨識意象風格的能力。不同的材料，會給人不同的情意感受。第一組「玉山、太魯閣峽谷、尼加拉瀑布」都是屬於開闊的山水景物，容易形成「壯闊雄偉」的風格；第二組「櫻花、柳樹、蝴蝶、白兔、綿羊」都是柔弱輕巧的事物，容易營造「柔媚可愛」的感染力；第三組「鬼屋、黑森林、黃昏的

街道」屬於昏暗恐怖的空間，容易形成「陰冷幽暗」的氛圍；至於「彩衣、胭脂、明鏡、美人」皆是女性及女性用品，容易給人「穠豔華麗」的感覺。

寫作訓練二：遣詞造句辨風格

下列是一般的平鋪直敘的語句，請運用「擬人」修辭改寫，營造不同的修辭風格：

敘　事　句	修　辭　句
春天的花朵五顏六色，令人眼花撩亂。	
高聳的玉山，展現了雄偉的氣勢。	
強烈颱風颳起強風豪雨，造成嚴重災害。	

※思路引導：

這一題目是在訓練學生的修辭能力，並且學會運用修辭以營造不同的修辭風格。「擬人」修辭是將非人性的物種轉化為具有人性的角色，其作用不僅可以凸顯此物種的特質，更能增加文字的親切感。在字詞上也容易營造「親切自然」的修辭風格。「春天的花朵五顏六色，令人眼花撩亂」可以轉化為「調皮的春天拿著五彩的水筆，把花朵塗上五顏六色，令人眼花撩亂。」「高聳的玉山，展現了雄偉的氣勢」可以轉化為「玉山伸直了他挺拔的身軀，展現了高聳雄偉的英姿。」「強烈颱風颳起強風豪雨，造成嚴重災害」可以轉化為「性情暴烈的颱風，揮舞著強風旗和大雨棒，帶來了嚴重的災害。」

寫作訓練三：謀篇布局創風格

請以「記遊」為主題，寫作一篇結構完整、主旨明確的文章。

一、請以散文體裁寫作，勿用新詩或小說來創作。

二、請同時列出簡略的寫作大綱。（字數以一〇〇字為度）

三、文長在四〇〇～六〇〇字之間。

※思路引導：

這一題目的設計是在凸顯謀篇能力的訓練，並運用不同的結構布局，營造不同的辭章風格。這一題目以「記遊」為主題，通常會出現「敘論法」或「情景法」的結構布局。一般而言，「先敘事後議論」的結構形式容易塑造理性的思維，會形成陽剛的風格；「先寫景後抒情」的結構形式容易塑造感性的思維，會形成陰柔的風格。如果再進一步運用「敘事→議論→敘事」，可能在理趣的思維之中，更增加親切感，使文章呈現「剛柔相濟」的風格形式；至於「寫景→抒情→寫景」的結構形式，可能強化客觀寫景的成分，同樣容易營造「剛柔相濟」的風格。教師在引導學生寫作此題時，可以簡略說明「不同結構形式可能造成不同風格」概念，讓學生有具體可循的方向，其教學效果會更好。

※習作範例

〈驚嘆九寨溝〉

如何讓我遇見你在妳最美的時候。是因為緣分嗎？我想是吧。就在今年夏天，我飛越了太平洋，翻越了一座座

高山來看妳——九寨溝。

旅程自飛機上便開始了。坐在窗戶旁的我，像個興奮的小女孩，將臉緊緊地貼在窗上，只為了不願錯過這難得一件的景致。天空好藍！藍得我心曠神怡。而海像藍寶石，在山一般的雲層下一閃一閃的，指甲般大的船兒如拉鍊般劃開水面。

但是，窗景之美卻比不上九寨溝啊！妳多變的面貌帶給我一次又一次的驚奇！首先映入眼簾的是一片如鏡般的湖泊，我甚至分不清究竟哪一面是倒影！由於沒有一絲漣漪，我不但在湖中看到，柔和的藍天和連綿不絕的蓊鬱山脈，還看到了連小葉子都清晰可見的草叢。妳真是美得讓人驚奇啊！

沿著森林步道一直向下走，我來到了一個五彩繽紛的大湖旁。是的，五彩！自遠方靠近岸邊的淺藍、深藍，咦！中間還有一條帶狀的紫色呢！而湖的左方還有一塊翠綠色。湖中也有好幾顆大大小小的白石。這五彩就這麼自然而然的共存，沒有一點唐突。九寨溝，妳真是美得讓人失魂啊！

再往下走，我的右方豁然出現一大片瀑布。似乎就在我伸手可及的地方。他像一捆捆銀絲甩動，甩出水珠在陽光下閃爍著，我的肌膚明顯感受到一股濕涼的氣息。他嘩啦嘩啦地流著，在近九十度的直角下，他怒吼、咆哮，我聽到了，那是大自然的聲音。此時此刻，我無法行走，只能楞在那裡。九寨溝，妳真是美得讓人窒息！

妳聽到了嗎？那顫抖的心所唱出的感動！正如久居於

此的藏族同胞一般，我高聲地頌揚妳、感謝妳，因為妳，我才明白什麼叫做大自然的奇蹟。（丁如喬）

評語：立意精準，取材豐富適切。在謀篇布局上有意識地運用「美得讓人驚奇」、「美得讓人失魂」、「美得讓人窒息」的類句來排比，讓驚嘆之情貫串全文，首尾的呼應更具畫龍點睛之效。遣詞造句運用了譬喻及呼告的技巧，是寫景之字句頗具感染力。全篇展現一種感性之美，屬於「柔美繽紛」的風格。

寫作訓練四：綜合訓練

人類的情緒是多元的，有時悲傷，有時歡笑，有時憤怒，有時快樂。請你運用適當材料，利用寫景或敘事的方式，來表達你個人的某種情緒。

一、篇幅安排請以寫景或敘事為多，抒情為少。

二、文章必須分段，不得以詩歌形式書寫。

三、文長在四〇〇～六〇〇字之間。

※思路引導：

這一題目是在訓練學生的立意能力和綜合能力。在寫作中，表現不同的情緒，可以運用不同的材料來表達。例如悲傷可用「風雪」、「陰暗的角落」、「淫雨霏霏」等物象來傳情，歡笑、快樂可以用「氣球」、「陽光」等物象來表達，而表現憤怒的情緒，則可以用「火山」、「海嘯」或「龍捲風」等物象來表達。再加上不同的主題，不同的謀篇布局，都可能造成不同的風格。教師可以藉由這幾種概念來引導學生，使他們寫出獨特風格的文章。

※習作範例

〈告別我親愛的祖母〉

那一年，我才小學四年級。放學後回到家，看見媽媽的臉色非常凝重。她紅著眼眶對我說，祖母病危，已經送到醫院的急診室了。我心裡一陣慌張，趕緊和媽媽飛奔到醫院，只見急診室門口的醫生、護士緊緊張張的進出。

我不明究裡，早上出門，祖母仍笑嘻嘻的向我說再見，為什麼這時候卻躺在病床上生命垂危呢？坐在一旁的爸爸臉色憔悴，在靜待急救的時間裡，聽著爸爸自責的說：「我早該察覺她今天不對勁，等我發現奶奶躺在床上呻吟，看見床頭一碗冒泡的牛奶，才知道你奶奶想不開自殺了！」爸爸說，奶奶喝了加進鹽酸的牛奶，內臟都已經燒壞了，現在還不知道救不救得回來。我聽了眼淚直流，直覺親愛的祖母即將離我們而去。

爺爺已經中風五年了，五年來除了爸爸的照料之外，大部分時間都是奶奶陪伴著他，但是爺爺脾氣變得極為暴躁，常常指著奶奶破口大罵，懷疑奶奶遺棄自己，再加上爺爺的生活衛生習慣不好，使奶奶身心俱疲。也許是無法再承受過多的壓力吧？還是小叔的荒唐墮落，讓奶奶萬念俱灰？又或許是我不夠貼心，常惹奶奶生氣，才使奶奶狠心拋下我們？

奶奶終究沒有救回來，她的遺體運回家中，一樓的客廳搭起了靈堂，叔伯、姑媽都回來奔喪，家裡亂成一團，我望著奶奶的遺照，坐在布滿檀香、紙灰的靈堂，偶爾會到奶奶生前的房間，那一副上千度數的眼鏡、泛黃的梳子、裝著髮夾首飾的小木盒，這些都將成為過去。想著十多年來奶奶對我的疼愛與關懷，禁不住紅了眼眶……

「樹欲靜而風不止，子欲養而親不待」，這是爸爸對於奶奶的心情寫照，而在我心中，奶奶的慈祥容顏仍然鮮明，永遠難以抹滅。（陳竣寬）

評語：全文傳達「哀傷」之情，再結合事材的運用，頗能營造淒冷悲抑的風格。

由上述可知「閱讀」與「寫作」本來就是極為密切的互動，從風格的鑑賞與創作來說，更印證此一概念的重要性。在辭章風格理論中，我們為寫作教學尋得一條雙向互動的途徑，即透過辭章風格的鑑賞，培養學生更高尚的鑑賞能力，同時也足以影響其寫作能力的提升。因為「風格」在寫作過程中是構思成篇最源頭的關鍵，它可以影響一篇文章的主題、取材及運材的方向，也可以展現寫作主體的才學與器識。從創作的角度來說，寫出一篇具有獨特風格的文章，也是學生應具備的能力。既是如此，運用辭章風格的理論來訓練學生寫作，更顯出其價值與必要性。

我們建立了辭章風格的理論，也提供其鑑賞與作文教學命題的實例，期望能落實風格理論在作文教學上的運用。

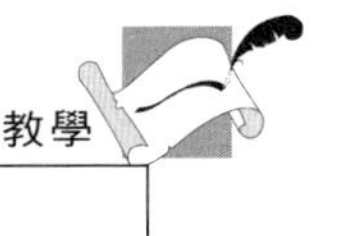

第二節　文體在寫作教學的應用

文章的寫作應講究文體，文章的內容不同，體裁形式自然有所不同，在作法上也就各有其應偏重之處。在中國文學的發展中，早在先秦時就有辨體的觀念，如《詩經》分為風、雅、頌三類，孔穎達疏即說：「風雅頌者，詩篇之異體」；東漢的蔡邕在《獨斷》中辨析了各種文體的格式；南朝的劉勰在《文心雕龍》中，不僅提出「觀位體」（觀察作者對文章體裁之選擇是否適當，張仁青《文心雕龍通詮》釋）是判別作品高下的首要標準，還具體闡明各種文體的寫作要求。可見，自古以來，文體的辨識與選擇，就一直被文人們重視著。明朝徐師曾《文體明辨．序》也說：「夫文章之有體裁，猶宮室之有制度，器皿之有法式也」，認為文體是文章重要的骨幹、法式；吳訥更直接點出文體的重要性說：「文章以體製為先，精工次之。失其體製，雖浮聲切響，抽黃對白，極其精工，不可謂之文矣」（〈諸儒總論作文法〉引宋朝倪思之言），由此可知，文章寫作，在立意之後，應以辨體、選體為優先（依所要表達的內容為據），而後才能依該文體的寫作要求，表現出該文體的特有形式，從而靈活、生動地凸顯出作品的情意及風格。

一、文體的涵義

中國自古以來所謂的文體，有兩種不同的意義：一是指體派，即文學的風格（style），如元和體、西崑體等。曹丕《典論・論文》說：「文以氣為主。氣之清濁有體，不可力強而致」，就是指體派而言。

一是指體裁、體製、體類，即文學的類別（literary kinds），如詩體、賦體等。曹丕《典論・論文》說：「文非一體，鮮能備善。……夫文本同而末異：蓋奏議宜雅，書論宜理，銘誄尚實，詩賦欲麗；此四科不同，故能之者偏也」，則是指體類而言，曹丕認為奏議、書論、銘誄及詩賦這四科八類文體不同，各有其特殊的寫作要求，因此「能之者偏也」[4]。

本文所謂的「文體」，是就體裁、體製、體類而言；其中「文體」的「文」專指文學中的「散文」而言，「散文」在過去（舊派文體論）是跟駢文、韻文相對的一種文體，現在（新派文體論）則是和新詩、小說、戲劇並列的一種文學。本文是針對與新詩、小說、戲劇並列的「散文」體製，從其分類、辨體及寫作特點等方面來加以分析，並附上題組設計與學生實作，以結合理論與應用，能更進一步達成訓練學生辨體與選體的目標。

[4] 本段關於文體的意涵，參考羅根澤：《中國文學批評史》（臺北：明倫出版社），頁163-164。

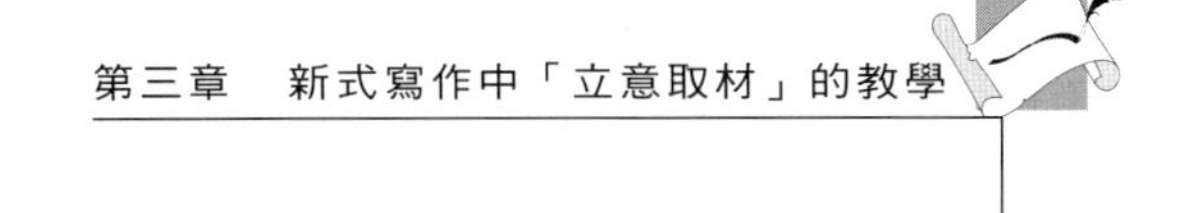

二、文體的分類

關於文體的分類，可分「舊派文體論」及「新派文體論」二種說法。「舊派文體論」的分類法眾多，各家說法皆不相同，且有分類趨於繁多之勢；到了清末，受到東西洋文學作品的影響，我國的文體論就起了較大的變化，分類上的特點則是趨於簡約，而成「新派文體論」。現在通行的記敘（含記人、詠物、寫景、敘事）、論說、抒情、應用等四類，就是受新派文體論的影響所致。

(一) 舊派文體論

中國早在春秋時代（《詩經》分風雅頌）就有辨體的觀念；東漢蔡邕在《獨斷》中嚴格分辨了「策書」、「制書」、「詔書」、「戒書」有不同的寫作要求，「奏」、「表」、「駁議」彼此間有相異之處；曹丕《典論・論文》正式對文學的體製作分類，將文體分為奏議、書論、銘誄及詩賦等四科八類，並分別以雅、理、實、麗概括說明各體的特色及寫作要求；陸機〈文賦〉分文體為十類：「詩緣情而綺靡，賦體物而瀏亮，碑披文以相質，誄纏綿而悽愴；銘博約而溫潤，箴頓挫而清壯；頌優游以彬蔚，論精微而朗暢；奏平徹以閑雅，說暐曄而譎誑」，他還扼要地點出各文體的寫作和風格上的要求，較之曹丕所分的文體類別及寫作要求，又更進步些。

到了南朝梁，則進入文體論的全盛時期，梁劉勰的

《文心雕龍》分文體為二十類（其中有韻之「文」十類，分別為：詩、樂府、賦、頌、讚、祝、盟、銘、誄、哀；無韻之「筆」十類，分別為：論、說、詔策、檄、移、章表、奏、議、書、牋記），並且詳加論析其優劣，歸納出每一文體的寫作原則及要點。梁蕭統的《文選》更分文體為三十七類：賦、詩、騷、七、詔、冊、令、教、文、表、上書、啟、彈事、牋、奏記、書、檄、對問、設論、辭、序、頌、贊、符命、史論、史述贊、論、連珠、箴、銘、誄、哀、碑文、墓誌（墓志）、行狀、弔文、祭文等，其中詩、賦兩類又按題材內容再予以分目。後來論文體的，或是將文體分類的，就越來越多，如梁任昉的《文章緣起》分文體為八十四類，宋《唐文粹》將散文分為二十二類，明吳訥的《文章辨體》分詩文為五十九類，明徐師曾《文體明辨》則由吳氏五十九類擴充為一百二十七類，可謂集文體論之大成。

清代的姚鼐，一改傳統詩文合集的常規，專以散文為集，其所編纂的《古文辭類纂》將古文文體分十三類，分別為：論辨類、序跋類、奏議類、書說類、贈序類、詔令類、傳狀類、碑誌類、雜記類、箴銘類、頌贊類、辭賦類、哀祭類，姚氏的文體分類，實有由博返約、執簡馭繁之效。

（二）新派文體論

新派文體論，是指受到東西洋文學作品或理論影響而產生的文體論。論者多將「散文」視為與詩歌、小說、戲

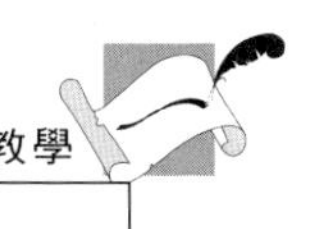

劇並列的體製，與姚鼐等舊派文體論者的定義不同。

新派文體論的文體分類，比舊派文體論的文體分類來得簡約，如龍伯純《文字發凡》及湯若常《修詞學教科書》將文體分四大類：記事文、敘事文、解釋文、議論文；高語罕《國文作法》亦將文體分四類，而名稱稍異，分別為：敘述文、描寫文、解說文、論辨文；蔡元培在〈論國文的趨勢〉及〈國文之將來〉二文中，將文體概括為「應用文」和「美術文」二大類；劉永濟《文學論》則概括為「屬於學識之文」和「屬於感化之文」二大類；施畸《中國文體論》則根據心理學現象分為「理智文」和「情念文」二組，其中「理智文」又分「論理文」與「記事文」二種；「情念文」則是指「抒情文」而言；許恂儒在《作文百法》中論及文章體例時，則指出文章體例雖多，約言之不外「論辨」與「記事」二種；蔣伯潛《體裁與風格》中，則將文章分為議論文、說明文、記敘文、描寫文、抒情文五類；朱子南主編的《中國文體學辭典》將文體分為五大類：文學文、記敘文、議論文、說明文、應用文。

由新派文體論的分類可看出，其分類標準多以文章的四要素——情、理、事（含人）、物（含景）的表達方式（或稱寫作方法，有描寫、敘述、解釋、議論等方法）為據，亦即根據作者的「立意」及「運材方式」為分類標準。現在通行的記敘（含記人、詠物、寫景、敘事）、論說（含說理、議論）、抒情、應用等四類分法，就是受新派文體論的影響所致。

更詳細地說，現在通行的文體分類（即本文的文體分類），是先依「實用性」為分類標準，大別為「應用文」與「非應用文」二類；而其中「非應用文」又是依「立意」及「運材方式」為分類標準，細分為「記敘文」（含記人、詠物、寫景、敘事）、「論說文」（含說理、議論）及「抒情文」三類。合而觀之，就是記敘（含記人、詠物、寫景、敘事）、論說（含說理、議論）、抒情、應用等四大類。

三、文體的分辨

文體的類別，需要明辨，因為識別了各種作品的體製，就能掌握其特殊的性質及不同的寫作特點，以作為寫作時的規範。因此，教師在指導學生選擇文體寫作之前，辨別文學作品文體所屬的工夫，是不可忽略的。現行的記敘（含記人、詠物、寫景、敘事）、論說（含說理、議論）、抒情、應用等四類文體中，除了應用文屬於實用文體、較易分辨外，其餘的記敘（含記人、詠物、寫景、敘事）文與論說文、抒情文在運材方式上，難免有重疊的情況，就不易明確分辨其文體的類別了。

其實，「景」（「物」）、「事」（「人」）、「情」、「理」是文章內容組成的四個主要成分，如果作者著重在運用「事」材或「物」（「景」）材來表達一定的情或理時，其中敘「事」或寫「景」為其主要的運材方式，依據此點可將之歸類為記敘文；但是如果全篇的重心是以抒寫「情」

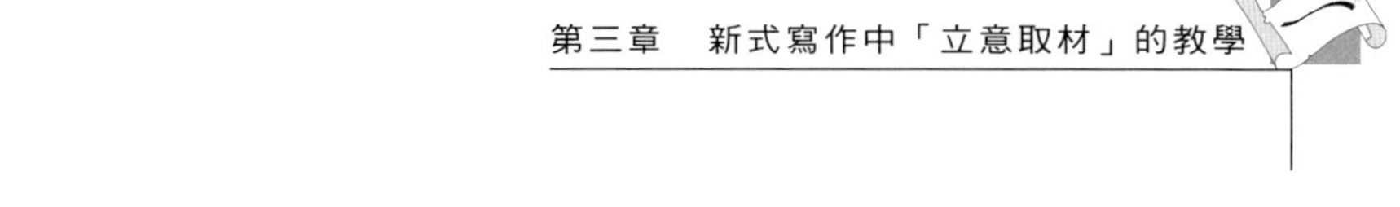

感、闡明義「理」為主的話，又可將之分別歸類為抒情文、論說文。所以文體的分辨，主要是根據「題目」，以及視敘「事」、寫「景」、抒「情」、論「理」的「成分多寡」而定。

一般說來，記敘文是以「事」（敘事文）、「景」（描寫文）為主，而「情」或「理」蘊含其中；抒情文是以「情」為主，以「景」為輔；論說文是以「理」為主，以「事」為輔。譬如柳宗元〈始得西山宴遊記〉：

> 自余為僇人，居是州，恆惴慄；其隟也，則施施而行，漫漫而遊。日與其徒上高山，入深林，窮迴谿；幽泉怪石，無遠不到。到則披草而坐，傾壺而醉，醉則更相枕以臥，臥而夢。意有所極，夢亦同趣。覺而起，起而歸。以為凡是州之山水有異態者，皆我有也，而未始知西山之怪特。
>
> 今年九月二十八日，因坐法華西亭，望西山，始指異之。遂命僕人過湘江，緣染溪，斫榛莽，焚茅茷，窮山之高而止。攀援而登，箕踞而遨，則凡數州之土壤，皆在衽席之下。
>
> 其高下之勢，岈然洼然，若垤若穴，尺寸千里，攢蹙累積，莫得遯隱；縈青繚白，外與天際，四望如一。然後知是山之特出，不與培塿為類，悠悠乎與灝氣俱，而莫得其涯；洋洋乎與造物者遊，而不知其所窮。
>
> 引觴滿酌，頹然就醉，不知日之入。蒼然暮色，自

遠而至，至無所見，而猶不欲歸。心凝形釋，與萬化冥合。然後知吾嚮之未始遊，遊於是乎始，故為之文以志。

是歲，元和四年也。

此文題目中有「記」字，而且全文絕大部分的篇幅用於敘「事」、寫「景」，第一段寫「未得西山」，第二至四段寫「始得西山」及四周所見景致，末段為補敘，其中的抒「情」成分只有「心凝形釋，與萬化冥合」而已，因此歸於記敘文中，應該是沒有問題的。

又如方孝孺〈指喻〉：

浦陽鄭君仲辨，其容闐然，其色渥然，其氣充然，未嘗有疾也。他日，左手之拇有疹焉，隆起而粟，君疑之，以示人。人大笑，以為不足患。既三日，聚而如錢，憂之滋甚，又以示人，笑者如初。又三日，拇之大盈握，近拇之指，皆為之痛，若剟刺狀，肢體心膂無不病者。懼而謀諸醫。醫視之，驚曰：「此疾之奇者，雖病在指，其實一身病也，不速治，且能傷生。然始發之時，終日可愈；三日，越旬可愈；今疾且成，已非三月不能瘳。終日而愈，艾可治也；越旬而愈，藥可治也；至於既成，甚將延乎肝膈，否亦將為一臂之憂。非有以御其內，其勢不止；非有以治其外，疾未易為也。」君從其言，日服湯劑，而傅以善藥。果至二月而後瘳，三月而神色始復。

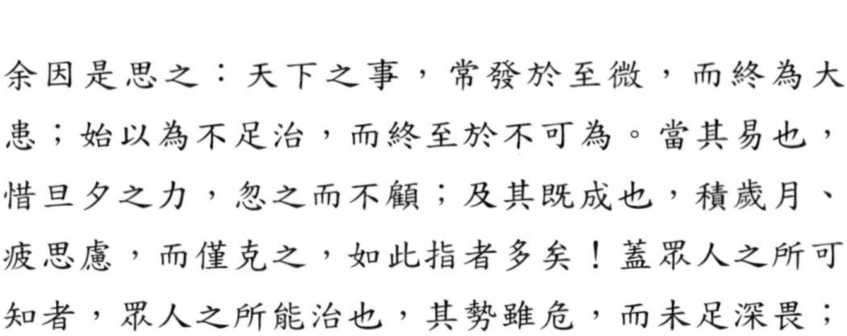

余因是思之：天下之事，常發於至微，而終為大患；始以為不足治，而終至於不可為。當其易也，惜旦夕之力，忽之而不顧；及其既成也，積歲月、疲思慮，而僅克之，如此指者多矣！蓋眾人之所可知者，眾人之所能治也，其勢雖危，而未足深畏；惟萌於不必憂之地，而寓於不可見之初，眾人笑而忽之者，此則君子之所深畏也。

昔之天下，有如君之盛壯無疾者乎？愛天下者，有如君之愛身者乎？而可以為天下患者，豈特瘡痏之於指乎？君未嘗敢忽之；特以不早謀於醫，而幾至於甚病。況乎視之以至疏之勢，重之以疲敝之餘，吏之戕摩剝削以速其疾者亦甚矣！幸其未發，以為無虞而不知畏，此真可謂智也與哉？

余賤，不敢謀國，而君慮周行果，非久於布衣者也。傳不云乎：「三折肱而成良醫。」君誠有位於時，則宜以拇病為戒！

此文的起始一段雖為敘「事」（敘鄭君拇病），但第二段以下全為說「理」（第二段由首段得出防微杜漸之理，第三段落實到天下國家，將之與鄭君愛身之理作比較辯論，第四段勉鄭君以拇病為戒，將「防微杜漸」的道理運用在治國之上），可說是以「理」為主、以「事」為輔的「借事說理」型的論說文。

四、文體的選擇及寫作要點

當學生具備「辨體」的能力之後，就可以進行「選擇文體」的作文教學活動。審題是首要工作，以避免文不對題的錯誤情形，尤其是新型的作文題目，多以限制式寫作方式為之，學生必須仔細審視題目的要求，是否有限制文體的形式，方可下筆。其次，要針對主題（立意）的內容，來選取較適合表達該主題的文體形式，如〈對鏡〉，選擇抒情的文體來表現，較能展現內心不為人知的深層情感，比論說的文體更能達到感動人心的效果。如果寫作的主題具有較寬廣的面向，學生就可以依據自己較擅長的運材方式，選擇較有把握的文體來發揮，如〈河水〉、〈秋〉等題目，以論說或抒情的文體，都可以表現出不錯的效果，因此，應選擇怎樣的文體寫作，端賴於寫作者斟酌本身的能力而言較為妥適。

茲分別敘述各類文體的寫作要點及參考作文題目，以供教師指導學生時參酌之用：

(一) 應用文

所謂「應用文」，又稱實用文。凡個人相互間，機關、團體相互間，個人與機關、團體相互間，往來使用的各種特定形式之文字，都屬於應用文。我國應用文的發展可說是源遠流長，在未有文字之前，先民以結繩、圖畫、符號等表情達意，處理事務，應付日常所需，這些以繩結

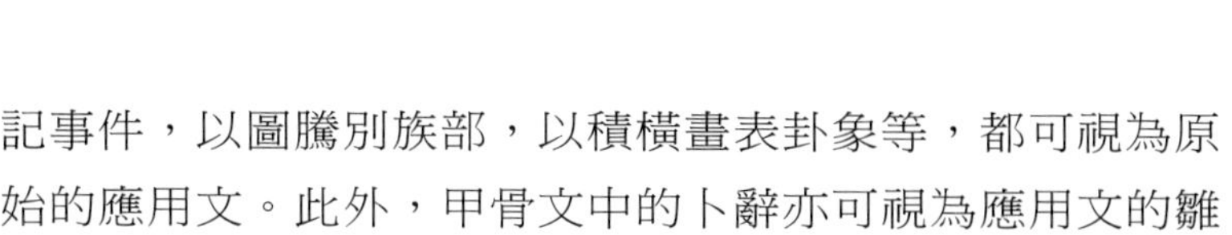

記事件，以圖騰別族部，以積橫畫表卦象等，都可視為原始的應用文。此外，甲骨文中的卜辭亦可視為應用文的雛形。

應用文的特點有：一、有具體明確的實用目的；二、一般有明確的閱讀對象；三、一般有固定的格式、專門用語，且隨著時代或習俗的變化而有所變化；四、一般有一定之時效。因此，寫作應用文，首先應注意寫作對象與作者的關係；再依寫作目的，按照正確的格式結構，以淺明、簡要文句書寫，務使目的能確實達到，並且要注意行文的禮貌語氣。

應用文雖以實用為目的，以規範化格式為表現形態，然在內容上，仍可依作者寫作的目的，而有敘述、描寫、議論、說明、抒情等表達方式之選擇空間（書信尤然），故若依內容再區別其文體，往往可分別歸入記敘文、論說文、抒情文之中。

目前中學所學的應用文範文，高中有：李斯〈諫逐客書〉、諸葛亮〈出師表〉、李密〈陳情表〉、丘遲〈與陳伯之書〉、白居易〈與元微之書〉、韓愈〈祭十二郎文〉、魏徵〈諫太宗十思疏〉、……等；國中有：鄭燮〈寄弟墨書〉，吳均〈與宋元思書〉，鄭成功〈與荷蘭守將書〉、林良〈父親的信〉……等，多偏於書信及公文（古奏議類）兩類。

參考題目：給老師的一封信、說不出的愛（可以寫給最愛的人）、給總統的一封信、給十年後自己的一封信、班級生活公約、我的讀書計畫、我的生涯規劃、立法院參觀報告。

(二)記敘文——「事」(「人」)、「景」(「物」)為主,「情」、「理」蘊其中

記敘文是一種用途極廣的文體,既可敘事、記人,也可寫景、狀物,因而其內容也十分豐富。廣義的記敘文,泛指一切以記敘描寫為主要表達方式的言語作品,如人物傳記、回憶錄、通訊、特寫、專訪……等各種實用文體,還包括報告文學、抒情散文、敘事詩、小說、寓言、神話傳說,甚或戲劇等文學作品,可謂包容眾多。不過在中學階段所稱的記敘文,通常是狹義的,即專指以敘述、描寫為主要表達方式來反映生活的文體。

記敘文的特點為:以具體的「事」、「人」、「景」、「物」為主要描寫、敘述的對象,而抽象的「情」語、「理」語(主旨)所佔篇幅較少,甚至於隱藏在篇外。在寫作的要求上,首先要確立主題,即確立自己內心所要表達的基本觀點或所欲寄寓的思想理念;其次,應就主題選擇適合的人、事、景、物等材料;最後,對所記敘的人物、地點、事件(含發生、經過和結局)、景致、物體等,就其最具表現性的特徵、細節來作生動細膩的記敘或描寫。值得一提的是,可多採用映襯法、誇飾法來凸顯描寫、記敘的主體。以下分別舉例說明:

(1) 記人——「人」為主,「情」、「理」蘊其中

散文家的記人文字與傳記家的記人文字不同,傳記家

常從歷史的角度去記下名人偉人的精采事蹟，但散文家常從文學的觀點來刻劃人性的光明面、人類的心理性格或情感思想。因此，指導學生記人之時，所記的人物不必一定是了不起的人物，或是擁有顯赫的事蹟成就，只要將平凡人物的際遇中，選取一、兩項足以感人的行為或言語，具體地加以描寫、記錄，表現出人性之美、人情的溫暖，能夠讓人讀後產生贊歎、思慕、悲憐或歡笑的情緒，就算是一篇成功的記人作品了。

例如明代宋濂的〈秦士錄〉，就是一篇出色的記人之文。全文記錄了元代秦人鄧弼空有一身絕技，卻因權貴的抑制，終究無法受到重用，只好入王屋山為道士，抑鬱以終。文中著重在特寫鄧弼的「狂」：以力雄人，拳牛持鼓，此一狂；博通經史，羞辱二書生，此二狂；見識卓越，武藝不凡，此三狂。宋濂能抓住鄧弼「狂」的特徵——文武雙全、胸懷大志，從生活細節（事件）、人物對話、舉止動作及外表形貌等等具體而細膩的描寫，成功地塑造出一個無法實現抱負的狂士形象，令人讀後，對鄧弼懷才不遇的遭遇感到十分惋惜與同情。

參考題目：自傳（我的素描）、劉海戲金蟾（93 年學測：以五十字寫下神情、姿態及內心所想）、偶像（93 年指考）、我最欣賞的人（91 年指考）、我最喜歡的歷史人物、一個影響我最深的人。

(2) 敘事——「事」為主，「情」、「理」蘊其中

這是以敘述事情為主的散文，首先要確立所要敘寫的主題是什麼；而後才依據要表現的主題，選擇適合的事件作為材料，尤其是動人或重要的情節，宜獨具慧眼、加以特寫，如明歸有光的〈項脊軒志〉：

> 嫗每謂余曰：「某所，而母立於茲。」嫗又曰：「汝姐在吾懷，呱呱而泣；娘以指扣門扉曰：『兒寒乎？欲食乎？』吾從板外相為應答。」語未畢，余泣，嫗亦泣。

便透過了老嫗之口，對母親關照子女的生活細節加以特寫，在娓娓的敘事中表現了作者對母親的無盡懷念。

此外，還要掌握「清楚」的原則，對於人物、時間、地點、事件等要素，都要交代清楚；尤其是整個事件的發生原因、經過和結果，都要明白地寫出；至於表達方式，一般是用順序法來寫，如果是比較複雜的情節，就可以以情節的關連性為序，以倒敘、插敘、補敘或錯綜敘述等方式為之。如宋朝李清照的〈金石錄後序〉，就以順序法敘述夫妻二人搜集整理金石書畫、考訂文字的情形，藉此表現出夫婦二人的恩愛之情，十分清楚明白；而明朝歸有光的〈項脊軒志〉：

> 余既為此志，後五年，吾妻來歸，時至軒中，從余問古事，或憑几學書。吾妻歸寧，述諸小妹語曰：「聞姐家有閣子，且何謂閣子也？」

以補敘妻子在世時一段生活記錄的方式，表現對亡妻念念不捨之情，使文章造成起伏的波瀾，更加深了讀者的感

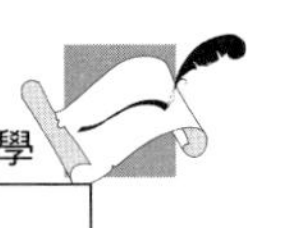

動。

寫作記事文時的文字要力求簡潔、客觀，情感要真切、自然，排比、映襯等修辭則可造成刻劃深入的效果，可以多加使用。

參考題目：我最投入的事（89 年學測）、、一個關於□□的記憶（90 年聯招）、一張舊照片、童年記趣、青春記事（90 年北市第一次聯合指考模擬考）。

(3) 詠物——「物」為主，「情」、「理」蘊其中

詠物文章的寫作方法，可以有不同的切入觀點，主要可分為客觀與主觀兩種。首先是以客觀的角度記物，這類文章，多由觀察物體的外形、用途、種類，或研讀該物專門的知識而寫成，目的在使讀者得到寶貴的專門知識或了解該物的特性。例如梁容若的〈蟬〉：

> 雄蟬發出令人陶醉的音樂，全靠腹面的鳴器。鳴器左右有兩塊圓板，在背部叫背辦，在腹部叫腹辦。背辦的下面有凹凸的膜，是唱歌用的。腹辦的裡面又有薄膜張著，叫共鳴膜，是擴大聲音用的。

文中主要在介紹蟬的發音原理，使人們了解蟬鳴格外大聲好聽的原因，這類文字，重在細密的觀察、條理性的記述及清楚明白的表達，令人一讀即懂。

其次，是以主觀的情感記物，這類文章，作者多以優美的文字、自由的想像，以視覺、聽覺等感官的摹寫，來描繪自己周遭的物體；且在記述物體的特點之中，往往寄託了作者的思想、情感。因此，詠物只是手段，真正的目的在表達自己的真情實意，這是一種極為含蓄的文學表現手法。例如同樣是寫蟬聲，簡媜的詠蟬觀點，就有別於梁容若的詠蟬觀點，簡媜在〈夏之絕句〉中所寫的蟬聲是：

> 夏天什麼時候跨了門檻進來我並不知道；直到那天上文學史課的時候，突然四面楚歌、鳴金擊鼓一般，所有的蟬都同時叫了起來，把我嚇一跳。我提筆的手勢擱淺在半空中，無法評點眼前這看不見、摸不到的一卷聲音。多驚訝！把我整個心思都吸了過去，就像鐵沙衝向磁鐵那樣。但當我屏氣凝神正聽得起勁的時候，又突然，不約而同地全都住了嘴。這蟬，又嚇我一跳！就像一條繩子，蟬聲把我的心紮捆得緊緊地，突然在毫無警告的情況下鬆了綁；於是我的一顆心就毫無準備地散了開來，如奮力躍向天空的浪頭，不小心跌向沙灘。

本段文字以生動的譬喻、親切的擬人，來寫夏日蟬聲給予作者驚心動魄的感受；在這段文字之後，作者還由優美的蟬唱引發出對童年生活的回憶及對生命的感觸。由此可知，主觀的詠物文章，多採用清麗可喜的文字表現，且要善用轉化、譬喻、摹寫等修辭，加以豐富自由的聯想力（由物體的特點作相似、相反的聯想），竭盡所能地描繪出該物體的特徵，並將自己的思想、情感寄託在其中。

參考題目：彩虹（91 學年北市第二次聯合學測模擬考）、

面具（90 學年北市第三次聯合指考模擬考）、河水、橋、天平、水族箱中的魚（88 年推甄）、螞蟻、蒼蠅、蛙、虎、鵝、鳥、樹、草、時間。

(4) 寫景——「景」為主，「情」、「理」蘊其中

寫景的材料可大分為人文之景及自然之景，如果著重的是人文之景，多從經濟、政治、文化（建築、藝術、古物）等方面尋找題材，加以介紹欣賞，會偏重於記事；如果著重的是自然之景，多從自然界的山水、節氣、天象等取材，描繪其不同的面貌特色，會偏重於描寫景致。二者合而言之，就是遊記文學，但是因為中、小學生的生活範圍有限，比較少運用到前者的取材，本文將針對自然之景的取材詳述。

寫山時，宜從高度、位置、形態、色彩、光線、聲籟等方面著筆，還要留意視角有遠觀、近視、仰觀、俯視、環視等的不同，如柳宗元〈始得西山宴遊記〉中，「其高下之勢，岈然洼然，若垤若穴」是俯視所見；「尺寸千里，攢蹙累積，莫得遯隱」是遠觀所見；「縈青繚白，外與天際，四望如一」是環視所見，其目的則是在凸顯西山異於他山的特徵——「特出」高聳，寫得十分成功出色。

寫水時，宜從動態掌握水流的特性，流向、流速、寬窄、深淺、顏色、波瀾、聲音、景致（水中、水面、水邊、水底），都是值得注意觀察的面向。孔子曾以「不舍晝夜」形容眼前的流水，孟子也指出「盈科而後進」是流水的特性，范仲淹的〈岳陽樓記〉，則以「浩浩湯湯，橫無際涯」寫洞庭湖水的水勢廣大流急、湖面寬廣無邊；

「沙鷗翔集，錦鱗游泳」寫水面及水中的景致；「岸芷汀蘭，郁郁青青」寫水邊及水中沙洲的美景，於是整個洞庭湖的風光便盡收眼底了。又如南朝梁吳均的〈與宋元思書〉，以「水皆縹碧，千丈見底；游魚細石，直視無礙」寫富陽到桐廬之間水流的清澈碧綠，又以「急湍甚箭，猛浪若奔」、「泉水激石，泠泠作響」寫水流的快速及聲響，充滿了聲色之美；同時，還以「好鳥相鳴，嚶嚶成韻。蟬則千轉不窮，猿則百叫無絕」寫水邊的熱鬧聲音，極為生動活潑。

寫節氣與天象時，應以具體的物象來表現抽象的春、夏、秋、冬、夜、晨、晴、陰等概念，以實質且有具象可尋的花草樹木、蟲魚鳥獸、山水風雨、日月星雲，加以我們感官（眼耳鼻舌膚心）的感受，詳加描繪，具體而生動地呈現在讀者眼前。如明代袁宏道的〈晚遊六橋待月記〉:「綠煙紅霧，彌漫二十餘里。歌吹為風，粉汗為雨，羅紈之盛，多於隄畔之草，豔冶極矣」，以桃紅柳綠（自然之景）、遊人如織（人文之景）的濃豔色調極寫西湖的春景；又如范仲淹的〈岳陽樓記〉:「若夫霪雨霏霏，連月不開；陰風怒號，濁浪排空；日星隱耀，山岳潛形；商旅不行，檣傾楫摧；薄暮冥冥，虎嘯猿啼」，以具體的自然及人文之景寫洞庭湖雨天的蕭然景致；「至若春和景明，波瀾不驚，上下天光，一碧萬頃」、「而或長煙一空，皓月千里，浮光躍金，靜影沉璧，漁歌互答，此樂何極」，以波平長空、皓月映湖來呈現晴日的洞庭美景；如此選擇了最能代表晴景、雨景的種種景象加以描寫、對照，便將作

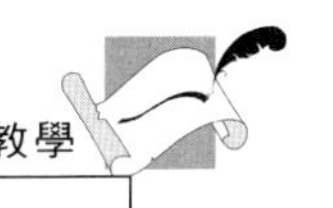

者的心境清楚地呈顯而出。

總之，寫景之文，取材時要先仔細地觀察與記錄，選取最精采、最令人印象深刻、最具代表性、最美麗的剎那來加以描寫；還要觀照到文章的主題，與主旨無關的材料就必須割愛；運材時，應具備獨特的視角，方能見出人之所不能見的景致，寫出自己的風格特色；寫作時可多運用狀聲詞來寫聲音，用各種摹寫的方法來描摹感官得到的感受，用譬喻法寫花草山水，用轉化、誇飾使得種種的景色及自己的心境更加傳神動人。

參考題目：窗外（89 年語文表達能力測驗）、我的書房（93 年北市聯合學測模擬考）、秋、我的家鄉、車站（87 年聯招）、大城小調（91 年北市第一次聯合指考模擬考）、公園一隅、四季風情畫、雨中即景、夜與晨、山行、我所知道的日月潭。

(三) 抒情文──「情」為主，「景」為輔

所謂「抒情文」是一種以抒情為主要表達目的，運用敘述、描寫、議論、說明等表達手法以抒發作者感情的文章。又稱「歌詠文」、「發抒文」。因作者的感情乃由外界客觀事物激發產生，且多採用依附於事、景、物、理的間接抒情方式，通過對某一精心選擇的事件、景物的敘述、描寫和對某一事理的論述進行抒發，故抒情文的形態，往往是與記敘文、論說文揉雜在一起的，其中與寫「景」結合的方式是最常見的。其特點是：多用「情」語，而以寫

「景」為輔（直接抒情）；但也有「情」在篇外，而全篇寫「景」（間接抒情）的，這種間接抒情的文體與寫景文極為相似，端看其寫作的重心何在。

大多數的文章都帶有一些抒情的成分，這是因為人的情緒極容易受到外界的刺激，而產生不同程度的變化，進而觸發不同的情思，一如陸機〈文賦〉所說：「遵四時以歎逝，瞻萬物而思紛，悲落葉於勁秋，喜柔條於芳春」，四季的變化、萬物的消長，在在都刺激著人類的感官，使人萌生喜怒哀樂愛惡等種種情緒；這些心理活動，同時也會促使我們的生理發生變化，例如悲傷時會落淚、快樂時會心跳加速；而生理變化又再度加深心理感受，非將之發洩出來不可，於是韓愈〈送孟東野序〉說：「物不平則鳴」；發洩的方式，人各不同，文學家便將之發洩於文字之中，因而產生了思鄉、憶往、抒怨、憑弔、念遠等等抒發情緒的至情之文。

在親情、愛情、友情、家國之情、萬物之愛等諸多人類的情感中，最常被發抒、感人最深的，非愛情莫屬。抒情文，是最能引起讀者共鳴的文體，在寫作的要求上，除了要有真情實感、不矯揉造作外，還要掌握抒情與寫景、敘事或論說並重的原則。因為情感是難以捉摸、抽象無形的，在表達時，採取「直抒胸臆」的方式，固然親切自然，如果能借助具體的、形象的事材或物材（含景），則更能給人具體的印象，從而產生深刻的感受及含蓄不盡的韻味情思。前者（直接抒情）如辛棄疾的〈醜奴兒・書博山道中壁〉：

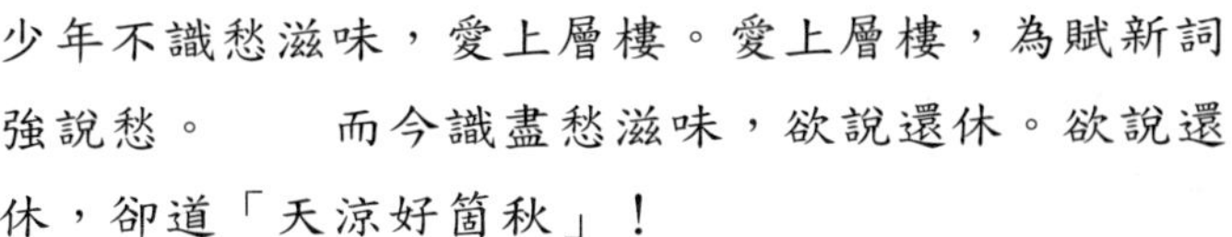

> 少年不識愁滋味，愛上層樓。愛上層樓，為賦新詞強說愁。　　而今識盡愁滋味，欲說還休。欲說還休，卻道「天涼好箇秋」！

直接以昔日的強說愁對比今日識盡所有愁的辛酸苦悶，給人自然率真之感；而後者（間接抒情）如辛棄疾的〈醜奴兒．書博山道中壁〉：

> 煙蕪露麥荒池柳，洗雨烘晴。洗雨烘晴，一樣春風幾樣青。　　提壺脫袴催歸去，萬恨千情。萬恨千情，各自無聊各自鳴。

上片由眼前具體所見的雨後春風、草柳吐青的博山道中美景，寫自己的喜悅情懷。然而，由下片所聞眾鳥唱晴之聲，卻使作者感情遽轉，引發他「無聊」（不樂）之情。全篇都是視覺、聽覺等具象的景物，真正的主旨情意隱藏在篇外，但由上下片的映照之中，可以看出稼軒被投閑置散的哀愁；寫鳥之不樂，其實在暗示自己之不樂，這樣間接抒情的方式，十分含蓄動人。

同時，寫作抒情文時，筆調的運用要多以細膩沉靜、溫柔深情爲原則，方能以款款的柔情感動人心。

參考題目：想飛、秋思、網（84 年學測）、青春（84 年學測）、夢（83 年學測）、最遙遠的距離（90 年學測）、等待（87 年聯招）、雨季的故事（94 年學測）。

(四)論說文——「理」為主，「事」為輔

「論說文」又可分為「議論文」和「說明文」兩種。所謂「議論文」，主要在分析事理，辨明是非，直接表明作者對人、事、物的主張、辯護、駁難或批評的一種文體。一篇議論文，不論它具體論述什麼問題，也不論它的篇幅長短以及有著怎樣的特點，都必須具備論點、論據和論證這三個要素。論點，是議論文中所表明的觀點。論據，是用來證明論點的理由或根據。論證，是用論據來證明論點的過程和方法。

所謂「說明文」是指以說明、解釋為主要表現方法，來闡述關於某一事物、問題的道理的一種文章。其說明重點在於事物的「怎麼樣」和「為什麼這樣」。古代並無「說明」一詞，其時題名為「說」、「記」、「疏」、「解」、「注」的文章中有不少是與今天的說明文相當的。從表現方法上分，又可以分為介紹性、描述性、闡述性、應用性說明文等。

寫論說文，首先要對問題作深入的觀察研究、審視題目所要討論的重心何在；其次，需具備豐富的學識，才能旁徵博引古今中外的事例、言例；還要從「為什麼」、「是什麼」或「怎麼做」等角度切入，提出具體可行的辦法或主張；同時，應注意：概念要明確，判斷要正確，定義要清楚；對於事物的因果、規律、特點以及相互關係要闡述得清楚明白；並盡可能排除自己的主觀好惡，客觀地加以論述，提出一己獨到的見解。

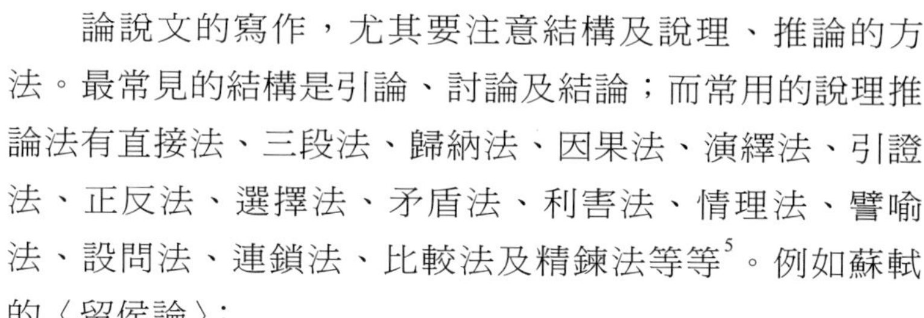
論說文的寫作，尤其要注意結構及說理、推論的方法。最常見的結構是引論、討論及結論；而常用的說理推論法有直接法、三段法、歸納法、因果法、演繹法、引證法、正反法、選擇法、矛盾法、利害法、情理法、譬喻法、設問法、連鎖法、比較法及精鍊法等等[5]。例如蘇軾的〈留侯論〉：

> 古之所謂豪傑之士者，必有過人之節。人情有所不能忍者，匹夫見辱，拔劍而起，挺身而鬥，此不足為勇也。天下有大勇者，卒然臨之而不驚，無故加之而不怒。此其所挾持者甚大，而其志甚遠也。
>
> 夫子房受書於圯上之老人也，其事甚怪；然亦安知其非秦之世，有隱居子者出而試之？觀其所以微見其意者，皆聖賢相與警戒之義；而世不察，以為鬼物，亦已過矣。且其意不在書。
>
> 當韓之亡，秦之方盛也，以刀鋸鼎鑊待天下之士。其平居無罪夷滅者，不可勝數。雖有賁、育，無所復施。夫持法太急者，其鋒不可犯，而其末可乘。子房不忍忿忿之心，以匹夫之力而逞於一擊之間；當此之時，子房之不死者，其間不能容髮，蓋亦已危矣！千金之子，不死於盜賊，何者？其身之可愛，而盜賊之不足以死也。子房以蓋世之才，不為伊尹、太公之謀，而特出於荊軻、聶政之計，以僥

5　詳參方祖燊、邱燮友《散文結構》（臺北：蘭臺書局，1981 年 10 月 4 版），頁 155-186。

倖於不死，此固圯上之老人所為深惜者也。是故倨傲鮮腆而深折之。彼其能有所忍也，然後可以就大事，故曰:「孺子可教」也。

楚莊王伐鄭，鄭伯肉袒牽羊以逆。莊王曰:「其君能下人，必能信用其民矣。」遂舍之。句踐之困於會稽而歸，臣妾於吳者，三年而不倦。且夫有報人之志，而不能下人者，是匹夫之剛也。夫老人者，以為子房才有餘；而憂其度量之不足，故深折其少年剛銳之氣，使之忍小忿而就大謀。何則？非有平生之素，卒然相遇於草野之間，而命以僕妾之役，油然而不怪者，此固秦皇之所不能驚，而項籍之所不能怒也。

觀夫高祖之所以勝，而項籍之所以敗者，在能忍與不能忍之間而已矣。項籍惟不能忍，是以百戰百勝，而輕用其鋒；高祖忍之，養其全鋒，而待其弊，此子房教之也。當淮陰破齊而欲自王，高祖發怒，見於辭色。由此觀之，猶有剛強不忍之氣，非子房其誰全之？

太史公疑子房以為魁梧奇偉，而其貌乃如婦人女子，不稱其志氣。嗚呼，此其所以為子房歟！

文中所要闡發的是「忍為張良成功的關鍵」這個論點，引論（開頭）的部分，採步步深入、層層逼進的「冒題法」，首段先以豪傑與匹夫的差異為對比，提出「忍」字，作為貫串全文的文眼，次段言老人訓練張良之意不在

授書，直到第三段才點出老人之意在教張良「忍」；討論的部分在第四、五段，以引證法進行，先舉史為證，再度闡明老人的深意，而後指出劉邦及項羽爭天下，勝敗的關鍵全在能忍與不能忍，最後劉邦的勝利，要歸功於張良的教「忍」；結論在末段，由史公的疑惑引出張良顯赫的事功全因其能「忍」之故。全文結構完整，脈絡分明，論述集中於「忍」（主題），徵引有據，是極具說服力的論說文佳篇。

同時，寫作論說文時，筆調的運用要多以雄壯磅礡、流暢自然為原則，方能以壯盛的氣勢達到說服的目的。

參考題目：再生紙（84 年學測）、兩代之間（83 年學測）、人與自然（86 年學測）、快與慢（90 年學測）、金錢與時間（89 年聯招）、勇者論、原諒（91 年北市第二次聯合指考模擬考）、幸福（90 年北市第二次聯合指考模擬考）。

五、題組設計與學生實作範例——寫景文

(一) 題組

1. 朱自清的〈春〉一文，藉著對春天具體的寫生——山水太陽、小草花樹、鳥兒蟲兒、土氣草香、輕風流水、笛聲雨景以及人文景致，表現出春天的朝氣與活力，也寫出自己的心境。請你指出下列文字的取材特色，並體會一

下作者的心境是愉悅或是悲傷的？

盼望著，盼望著，東風來了，春天的腳步近了。

一切都像剛醒的樣子，欣欣然張開了眼。山朗潤起來了。水漲起來了，太陽臉紅起來了。

小草偷偷地從土裡鑽出來，嫩嫩的，綠綠的。園子裡，田野裡，瞧去，一大片一大片滿是的。坐著，躺著，打兩個滾，踢幾腳球，賽幾趟跑，捉幾回迷藏。風輕悄悄的，草綿軟軟的。

桃樹、杏樹、梨樹，你不讓我，我不讓你，都開滿了花趕趟兒。紅的像火，粉的像霞，白的像雪。花裡帶著甜味；閉上眼，樹上髣髴已經滿是桃兒、杏兒、梨兒！（節錄自朱自清〈春〉）（211 字）

主題：春

自然之景	
人文之景	
表現心境	

2. 請你以「秋」為題，參考朱自清所選取的材料，搜尋出秋天的自然景致及人文景致，且須與你的心境（愉悅或悲傷）一致。

主題：秋

自然之景	
人文之景	
表現心境	

3. 請根據上述表格，運用修辭技巧，以「秋」為題，寫成一段文字（可分段，也可不分段），以適切地表現出自己秋日的心境，字數在 250 字以內。

（二）設計理念

寫景的材料可大分為人文之景及自然之景，二者合而言之，就是遊記文學，但是因為中、小學生的生活範圍有限，比較少運用到人文之景的取材，本題的設計，主要針對自然之景的取材而言，如果有人文之景的描寫，恐怕也僅限於周遭的人物及生活吧。

寫景之文，取材時要先仔細地觀察與記錄，選取最精采、最令人印象深刻、最具代表性、最美麗的剎那來加以描寫；還要觀照到文章的主題，與主旨無關的材料就必須割愛。本題組的第一小題以朱自清的名作〈春〉中的一段，作為寫景的範本，就是希望同學們能學習文中的取材：自然之景及人文之景，因此要求同學將文中取材加以分類；同時要求同學體會文字所傳達的情感、心境，以提醒同學應注意到材料與主題（主旨）的密切相關及其一致性。

第二小題則請同學針對秋天來蒐集自己所觀察到的材料，並加以分類；同時還要寫出秋日給自己的感受，是愉悅的心境，抑或悲傷的情調？第三小題就請同學聚焦在此季節上，作細膩的描寫。教師可提醒同學，運材時，應具備獨特的視角，方能見出人之所不能見的景致，寫出自己的風格特色；寫作時可多運用狀聲詞來寫聲音，用各種摹寫的方法來描摹感官得到的感受，還可靈活運用轉化、誇飾、譬喻等法寫花草山水、人物動作，可以使得種種的景色及自己的心境更加傳神動人。主題內容可以是喜怒哀樂愛惡等各種情感，也可以是帶有說理的性質，完全依憑個人主觀的感受來寫。

(三) 學生寫作成果

第 1 小題：

主題：春

自然之景	山、水、太陽、小草、花樹、風
人文之景	坐、躺、打滾、踢球、賽跑、捉迷藏
表現心境	愉悅

第 2、3 小題：

甲、

主題：秋

自然之景	西風、烏鴉、雲、山、落葉、夕陽、流水
人文之景	青石板的步道、詩人、你、我、公園、路人
表現心境	悲傷

漫步在公園中，沁人肌骨的風哀淒地訴說秋的到來！草木枯黃，暗示著一切已近尾聲。烏鴉低而粗地嘶啞著，頭也不回地飛過冷冷的樹梢。

天空萬里無雲，雲早已枯萎、落入秋的山谷之中。青石板的步道上，你我走過的地方，如今也被落葉覆滿。西風徐徐地吹著，夕陽正幽幽地落下。

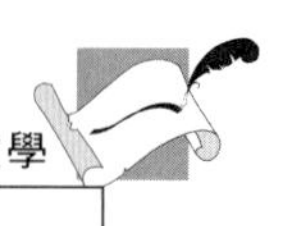

黃葉飄零，流水孤寂，秋不斷地用這樣的色調，從古至今，玩弄著詩人的感情。路人三三兩兩地離開，只剩下秋、公園和我。

當一輪悲傷昇起，夜已悄然降臨。流水依然潺潺，西風依然蕭颯，我的心也——更加寒冷了。（成功高中　陳廣隆）

乙、

主題：秋

自然之景	樹頭、金黃色（的稻穗）、螞蟻、萬物、
人文之景	農人、我
表現心境	愉悅

秋，來了，以輕快的步伐攻佔了樹梢；以金黃色的燦爛，奪去了我的視野，充滿了我的世界。

我愛秋更勝於悲秋。農人彎下腰，歡欣地撿起秋天的豐收；螞蟻辛勤地工作，為了熬過今年的嚴冬。萬物正孜孜矻矻地揮灑著努力的汗水，為未來作準備。

秋天的樹頭，更是愉悅而熱鬧的：大家各自以最傲人的姿態，在嚴寒來臨前，燃燒自己、釋放出生命中最後的一抹餘輝，然後化為塵土，為下一代的新生而努力。

秋在哪裡？就在那歡愉活潑的生命力裡。（成功高中　卓政樑）

(四) 簡評

第一篇作品，以秋的淒涼景色，寫出對已逝情感的悼念，充滿了悲傷的情調；在取材上，自然與人文之景並重，且能選取具有秋日特色的景致；在表現的手法上，摹寫、疊字、轉化的修辭運用，十分靈活，且全文所描寫的情緒一致，結尾尤佳，有情景交融的效果。

第二篇作品，與第一篇有迥然不同的味道，作者以輕鬆活潑的筆調，寫出秋日的生機，表現了內在愉悅的心境。在取材上，特別著墨於動植物在秋日所表現的生命力，是獨具慧眼的；在表現手法上，善用形象化的詞語來描寫秋日萬物欣欣向榮的姿態，營造出饒具生機活力的熱鬧畫面。

六、題組設計與學生實作範例——抒情文或論說文

(一) 題組

1. 請仔細閱讀下列詞作，並且說出作者想要表達的是什麼情感或是道理？

> 問世間，情是何物？直[6]教生死相許。天南地北雙飛客[7]，老翅幾回寒暑。歡樂趣，離別苦，就中[8]更有痴兒女[9]。君[10]應有語：渺[11]萬里層雲，千山暮雪，隻影向誰去？

[6] 直：竟然。
[7] 雙飛客：指雁。
[8] 就中：於此，在這裡面。
[9] 癡男女：此處以人比雁。
[10] 君：指殉情的雁。
[11] 渺：遼闊的樣子。

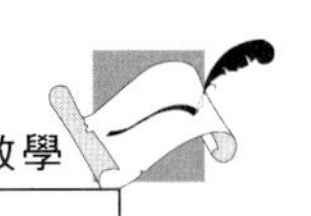

橫汾路，寂寞當年簫鼓[12]，荒煙依舊平楚[13]。招魂楚些何嗟及[14]，山鬼暗啼風雨[15]。天也妒，未信與，鶯兒燕子俱黃土。千秋萬古，為留待騷人，狂歌痛飲，來訪雁丘處。（金・元好問〈摸魚兒〉）

2. 請將上列詞作改寫成抒情性的散文，或是針對「殉情」的主題，以論說的方式發抒你的看法。題目自訂，字數在 400—600 字之間。

（二）命題理念

本闋詞的作者元好問，藉由雁兒的殉情寫情感動人的力量（取材特色），主旨在謳歌人間的真情實愛。作者於詞前小序中明確地交代了寫作的緣起：「泰和五年乙丑歲，赴試并州，道逢捕雁者，云：『今日獲一雁，殺之矣。其脫網者悲鳴不能去，竟自投於地而死』。予因買得之，葬之汾水之上，累石為識，號曰雁丘。時同行者多為

12 橫汾路，寂寞當年簫鼓：汾，汾河，黃河支流，源出山西省寧武縣西南管涔山。橫汾：指橫渡汾水。漢武帝曾來汾水巡遊，〈秋風辭〉寫道：「泛樓船兮濟汾河，橫中流兮揚素波。簫鼓鳴兮發棹歌。」但現在這裡簫鼓絕響，以當日遊幸盛況襯托今日的冷清。

13 平楚：楚，叢木。平楚指由高處遠眺所呈現叢木齊平的景象。引申指平野、平林。《文選》 謝朓〈郡內登望〉：「寒城一以眺，平楚正蒼然。」

14 招魂楚些何嗟及：〈招魂〉爲《楚辭》篇名，楚辭招魂中多以「些」爲句末助詞。如：「魂兮歸來，南方不可以止些。」後以楚些爲楚辭或招魂的代稱。招魂楚些，言用「楚些」招魂。何嗟及，即嗟何及，言嗟嘆之亦何及於事。《詩經・王風・中谷有蓷》：「中谷有蓷，嘆其濕矣，有女仳離，啜其泣矣，啜其泣矣，何嗟及矣！」

15 山鬼暗啼風雨：此句言山鬼枉自哀啼。〈山鬼〉爲《楚辭》篇名。《楚辭・九歌・山鬼》：「杳冥冥兮羌晝晦，東風飄兮神靈雨。」

賦詩，予亦有〈雁丘詞〉。舊所作無宮商，今改定之。」也就是說，金章宗泰和五年（西元一二〇五年）時，十六歲的元好問赴并州（今山西太原）應試，途中偶遇一位捕雁之人，聽其自述射殺一雁，另一雁悲鳴不去，最後竟投地而亡之事。元好問深感禽鳥有情，因此買下雙雁的遺骸，將之合葬於雁丘，並為其作〈雁丘詞〉。後來，因有感這篇年少時的作品，不諧於音律，於是加以改定，即為今日所見的詞作。

本詞的結構分析表如下：

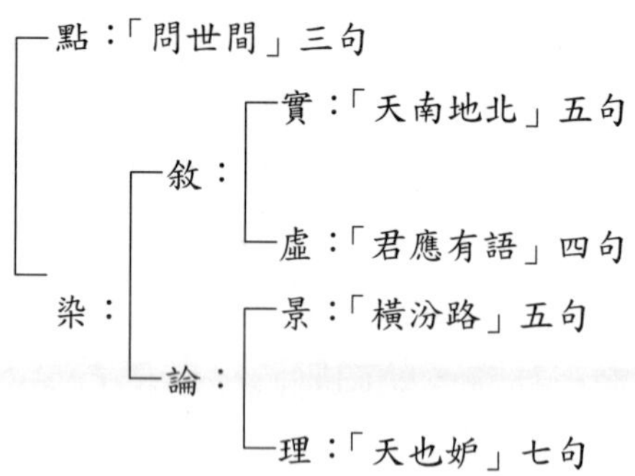

宋代張炎以為此詞「妙在模寫情態，立意高遠。」詞中對於雙雁，既寫其生前的歡愛，又寫其死後的淒涼，從而體悟出情感的動人力量，謳歌人間的真情實愛。愛情，一直是古今中外文學作品中的重要主題，本題組的第一小題，就是要學生能夠體會出作者所要表達的中心思想。愛情，是大家所憧憬的，但是，一旦相愛的兩人，有一方先離開了人間，生者該如何自處？更是值得思考的課題。因此，第二小題，希望學生透過自己深入的思維來表達自己

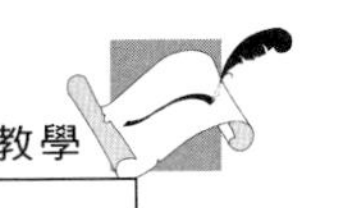

的看法，究竟是要選擇殉情？還是應好好的活下去？在表述方式上，可以用抒情的方式來謳歌愛情的偉大；也可以用論說的方式，以理性的思維說出自己的獨特見解。總之，教師可以提醒同學，以自己較擅長的表述方式來選擇文體，會有較好的成果展現。

(三) 學生寫作成果

1. 參考答案：主旨在謳歌人間的真情實愛。

2. 作文：

甲、抒情文

〈愛相隨〉

曾經互許承諾，就算海枯石爛，天崩地裂都要相隨。我們跨越太平洋，飛過大西洋，躍向印度洋，不知過了多少寒暑，時間的流沙從指縫消逝，而我們如膠似漆，愛得無法自拔，片刻的分開都令我倆痛澈心扉。

愛如潮水，波濤洶湧地襲捲而來，你我眼中只有彼此的存在。這種日子甜蜜得太虛幻，深怕遭到上天的妒嫉！果真，無情的槍火重傷了你，迅捷的子彈貫穿了你的心臟；而我的魂魄也隨著你赤紅的血，流失殆盡。你的人走了，我的魂散了，我的心也碎了。

没有你的日子該怎麼渡過？萬里層雲，千山暮雪，我隻身一人該何去何從？聲聲的呼喚，你聽見了嗎？在世界的另一頭，你是否也想我想得魂不守舍？窗外又是一陣陣的哭泣聲，嘩啦啦啦！或許，我們的愛已驚動天地，感泣鬼神，但這一切的鬼哭神號，都遠比不上我心中的淌血聲來得悲切。

問世間，情是何物？就是生生世世的愛相隨！我們將十指緊緊相扣永不分離，短暫的天人相隔就要結束了。因為，我將隨即趕去與你相聚，重溫小倆口的甜而不膩。

愛是超越時空，直教人生死相許的！不論天涯海角，我們依舊愛相隨，比翼雙飛，做個天南地北的雙飛客。（世新大學　口傳系一甲　廖敏如）

乙、論說文

〈談殉情〉

「殉情」，這看似淒美、實則殘酷的兩個字，是值得我們深思的課題。究竟，無法結合的愛情，是否必定只有一個結局？

的確，無論是西方的羅密歐和茱麗葉，或是中國的梁山伯與祝英臺，他們的故事都是在歌頌著殉情的偉大。我也相信，在這段不算短的人生旅途中，在這個茫茫的人海裡，絕對出現過真愛，但是，如果一對戀人注定不能結合，是否就應該考慮好好地放手？愛情中，最重要的是過程中的完美甜蜜，倘若能夠一路順遂，攜手步向彼此的未來，自然是再好不過的事；反之，若是一段遍布荊棘的愛情之路，而前方又總是困難重重，何苦一定要用交織的血淚去換取一段不可能的緣分呢？在愛情中，我們難免都會徬徨無助，都會盲目妄動，也許一時身陷愛的迷霧之中，而找不到方向；但是在夢醒時分，就會了解，應該要懂得且學會放手。

而且，「殉情」帶給周遭的人的衝擊絕對是超乎想像的。兩個人的殉情，所影響到的卻是男女兩方的全體家人：兩個不再完整的家庭，一雙雙哭腫的眼睛，一張張難過的臉龐，還有一顆顆破碎的心，都是因為「殉情」這幼稚且自私的舉動所造成的。也許有人認為「殉情」是解決無法在一起的痛苦的唯一途徑，但其實它所代表的唯一意義只是：以不負責的行為讓家人倍受痛楚。

世間沒有什麼事情是完美無瑕的，若愛情中有個缺口，使得它不完美，也許更能將心靈釋放。給自己一個出口吧！也許，沒有結果的愛情，才是能放在心中的永不枯萎的花朵呢！（世新大學　口傳系一甲　張翔）

(四) 簡評

第一篇作品，以抒情的筆調改寫詞作。能夠掌握原詞作謳歌愛情的中心主旨，由孤雁的故事加以引申，設想出一段人間的殉情故事，並以第一人稱的口吻寫出主人翁的心聲，十分細膩感人。題目的設計也很不錯，全文的內容也能扣緊題目來敘述、描寫，將感情發揮得淋漓盡致。

第二篇作品，以論說的筆調來譴責「殉情」做法的不當。作者以理性的思維，從自私的角度來議論「殉情」是一種讓家人痛苦的不負責任的行為。結尾以哲學的智慧開導陷於愛情困境的人，給人耳目一新的感受！如果能再多提供一些對生命的思考路向（如：人死後仍有知覺嗎？活著的人可以努力完成死者未完的心願等），會更加具說服力。

第三節 主題（含意象）在寫作教學的應用

一篇辭章的主題研究，包含「主旨」（含綱領）與「意象」兩大層面，它關涉了文學作品在主旨的顯隱、主旨的安置、綱領的軌數、意象的經營等方面的藝術手法。就讀寫互動的觀點而言，培養寫作技巧時，同樣需掌握形成辭章內容最重要的四大成分——情、理、事、景，其中，核心的情或理，即是一篇文學作品的主旨，而外圍的事或景，則是為表現情意思想而服務的寫作材料，也就是狹義的個別意象。當辭章的主旨（綱領）明確統一，各種寫作材料亦運用得當，往往能使作品獲致最大的說服力與感染力。

本節將由主旨與意象的學理入手，以奠定理論之基礎，再透過新式寫作題型的設計與檢討，探索主題學如何扣緊語文能力，並運用於新式作文教學。

一、主題學理論概述

廣義的「主題學」，涵蓋了文學作品中的母題、材料（包括人物、事件、場面等）、意象、情理等諸方面，是一個範疇較大的指稱，其中也涵括「個別主題」的研究，它探索的是作家理念或意圖的表現[16]。所謂「個別主題」的研究，指的就是單就一篇辭章，去分析其所呈現的「情語」與「理語」、「意象」、「主旨」（含綱領）等，因此，「主題」落到一篇辭章裡，主要是指「主旨」（含綱領）與「意象」（廣義）[17]。

以下分由「主旨」（含綱領）與「意象」，探討其理論基礎。

(一) 主旨的理論基礎

(1) 主旨與綱領的意義

辭章中最核心的情語或理語，即一篇之「主旨」，通常在表現手法上，又有安置部位和表達深淺之種種藝術性；而「綱領」就如同文學作品的「線索」一般，以各種不同的軌數，統合起事材與物材，貫串全文內容。

由於主旨、綱領與內容等，在一篇文學作品裡的關係十分緊密，因而也常出現義界混淆的狀況。首先，在判定主旨時，需從出現的情語或理語中，找出最核心者，才能成功掌握作者所要表達的真正情意。其次，一般說來，一篇完整的辭章作品，只有一個總旨，它可能會有顯層或隱層的不同，但不能把各節段的章旨內容，理解成多義性主旨。其三，主旨與綱領雖然都扮演著融貫整個篇章的作

16 參見陳鵬翔《主題理論與實踐》（臺北：萬卷樓圖書有限公司，2001 年 5 月），頁 229-231。

17 參見陳滿銘《篇章結構學》（臺北：萬卷樓圖書有限公司，2005 年 5 月），頁 16。

用，但兩者在意義上實有所區別，綱領是用以串起所有的字句章節和所運用的材料，雖然綱領在形成統一的過程中有其重要地位，但並非辭章家寫作的主要目的，而主旨才是作者所真正要表達的情意思想。不過，因為兩者皆為形成辭章統一的重要因素，因此，主旨可能與綱領相疊合，當然也可能不同於綱領。

辭章之創作首重「立意」，「意」在文章中的地位，就像是「一身之主」[18]，創作必先使「情理設位」[19]，文采才能行乎其間，內容材料才能獲得整合，若從解讀的角度言，同樣得先尋得其命意，才能知曉其歸趨，陳滿銘即主張：「辭章要達成『統一』，非訴諸主旨（情意）與綱領（大都為材料）不可。」[20]足見主旨與綱領在篇章中所佔有的核心地位。

(2) 主旨的顯隱

辭章的核心情理通常會根據實際的需要，或是手法上的講求，而有於篇章中直接顯出者，或將真正的主旨隱藏於篇外者，甚至還有在顯旨中暗含深層意義等方式。因此，就主旨表現的深淺性而言，就會有「全顯」、「全隱」或「顯中有隱」等不同的形態。

---

18 黃子肅《詩法》：「大凡作詩須立意。意者，一身之主也。」收於顧龍振編輯《詩學指南》（臺北：廣文書局有限公司，1987 年 3 月再版）卷一，頁 16。

19 劉勰《文心雕龍・鎔裁》：「情理設位，文采行乎其中。」見劉勰著、范文瀾注《文心雕龍注》（臺北：學海出版社，1991 年 12 月再版）卷七，頁 543。

20 見陳滿銘《章法學論粹》（臺北：萬卷樓圖書有限公司，2002 年 7 月），頁 14。

「主旨全顯」者，意指辭章的主旨，明顯地經由詞面表達得一清二楚，也就是說，辭章家若是藉由核心的情語或理語，將所欲表達的思想情意，作了充分的抒發與闡述，就屬於全顯的一類，所以這類主旨必然是安置在篇內。由於作者將所要表達的某一情意或思想，明確而直接的提出，故能獲得一目了然的好處。如王維〈九月九日憶山東兄弟〉，即透過「倍思親」一詞，將一個異鄉客對親人的深切思念表露無疑。

「主旨全隱」者，是指辭章的核心情理，無法在篇內的詞面上可以顯見。由於這類作品未呈現出核心的情意思想，因此通篇以敘事或寫景形成內容，就屬於主旨全隱的類型。不過，閱讀者通常能在題目所透露的訊息，或篇中所運用的景事材料，感受到作者所欲抒發的情懷。而辭章講求含蓄，主張「意在言外」、「不著一字，盡得風流」的美感，由來已久，也是辭章家所特別注意的藝術手法，這也使得主旨全隱於篇外的作品比比皆是[21]。如方苞的〈左忠毅公軼事〉全篇以敘事為主，而將主旨——頌揚左公「忠毅」之精神隱於篇外。

有時辭章家雖在作品中表達了某種意思，但根據文中所運用的材料，或是其寫作的時代背景、個人遭遇、為文動機等線索，還能推敲出另一層深意，這就形成了「主旨顯中有隱」的類型。如崔顥〈黃鶴樓〉，除了抒發流浪之苦（鄉愁），作者還有意的運用鸚鵡洲這個材料，寄寓身

21　參見陳滿銘《章法學新裁》（臺北：萬卷樓圖書有限公司，2001 年 1 月），頁 247、274。

世之感。

(3) 主旨的安置

主旨安置的部位，不外乎篇內與篇外等兩大類，其中，前者又包括安置於篇首、篇腹、與篇末三種不同的處理技巧。成偉鈞等所編的《修辭通鑑》，曾提出：「主題句在文章中可出現，可不出現。」[22]劉熙載在《藝概・文概》中則闡述：「揭全文之指（旨），或在篇首，或在篇中，或在篇末。」[23]無論安置於篇內（含篇首、篇腹、篇末）或篇外，皆各具特色與美感效果。

「主旨安置於篇首」是將一篇之主旨，開門見山的在篇首點明，然後再根據主旨，於後文鋪陳內容。如李文炤〈勤訓〉開篇即云：「治生之道，莫尚乎勤。」此文重在論述人應尚勤的道理，作者在首段就明確的提出「治生之道，莫尚乎勤」，點醒一篇主旨。由於這類作品在一開篇隨即凝聚文章焦點，因此具有開門見山的特色。

主旨在辭章之中幅發揮者，即「主旨安置於篇腹」。宋文蔚在《評註文法津梁》謂：「布局扼要中權，就題中要義，在中間發揮，而前後互相迴抱，以取緊密。」[24]足見其特色即在於以前文徐徐引入，再透過後文作回應，使篇腹的中心義旨扮演了承先啟後的要角。如在張繼〈楓橋夜泊〉篇腹的「對愁眠」，就是統括客旅異地的愁人與蕭

22 見成偉鈞、唐仲揚、向宏業主編《修辭通鑑》（臺北：建宏出版社，1996 年 1 月），頁 284。

23 見劉熙載《藝概》（臺北：華正書局，1988 年 9 月）卷一，頁 40。

24 見宋文蔚《評註文法津梁》（臺北：蘭臺書局，1983 年 7 月），頁 118。

瑟之景的主旨所在。

「主旨安置於篇末」是先針對主旨在前文——敘寫，最後才在篇末，畫龍點睛的拈出核心情理。這種將主旨點明於篇末的形式，就整個篇章結構來說，古時稱為內籀，今則稱為歸納，十分具有引人入勝的優點[25]。如劉蓉〈習慣說〉，由習慣對人之重大影響引申至為學，在篇末歸結出「學貴慎始」的道理。

主旨既然會藉由核心的情語或理語來表達，因此，若篇內未出現核心成分，僅以外圍的事、物材作為內容，則其主旨即「安置於篇外」。陳滿銘《章法學新裁》即對此寫作技巧說明道：「這是將主旨蘊藏起來，不直接點明於篇內，而讓人由篇外去意會的一種方式。」[26]這種方式也最合乎於含蓄的審美要求。如樂府相和歌辭中的〈江南〉，在內容上，是首純粹寫景的小詩，而主旨——採蓮人的歡樂，則是藏在篇外。

（二）意象的理論基礎

(1) 意象的意義

「意象」是創作主體內在的心理境與外在的物理場，在腦中交會互動，去蕪存菁後，於意識中留下印記，並透過語言文字，將此精神活動落實於文學作品中，所表現出

25　同註 21，陳滿銘《章法學新裁》（臺北：萬卷樓圖書有限公司，2001 年 1 月），頁 62。

26　同註 21，陳滿銘《章法學新裁》（臺北：萬卷樓圖書有限公司，2001 年 1 月），頁 81。

來的種種情意思想與事物形象[27]。黃永武曾指出：「意象是作者的意識與外界的物象相交會，經過觀察、審思與美的釀造，成為有意境的景象。」[28]陳滿銘則補述道：這裡所謂的物象，也該包含事象。

就廣義的意象而言，「意」指源自主體的「情」與「理」，「象」指取自客體的「事」與「景」。這種主客體聯繫交融的意、象概念，淵源於《老子》、《周易》等古籍，而將「意象」二字聯用為一詞，最早見於王充《論衡》，但真正賦予其文學意義者，則見於劉勰《文心雕龍・神思》。

(2) 意象的類型

「意象」在文學作品中，指其情意思想與物事材料，它是形成辭章內容的重要元素，含括整體意象與個別意象，是主體與客體交融作用而成的有機體。其中，「整體意象」是就辭章的全篇而言，通常可以析為「意」與「象」兩個概念；「個別意象」則屬於局部，往往將意與象合稱。嚴雲受亦曾提出：「一首詩就是由若干意象組合構成一有機的意象系統。」[29]這裡的「若干意象」指個別意象，「意象系統」則是指整體意象。而邱明正亦主張：意象的結構，有「單一意象」和「複合意象」，單一意象又

27 見陳佳君《辭章意象形成論》（臺北：萬卷樓圖書有限公司，2005 年 7 月），頁 6。

28 見黃永武《中國詩學──設計篇》（臺北：巨流圖書公司，1999 年 9 月十三刷），頁 3。

29 見嚴雲受《詩詞意象的魅力》（合肥：安徽教育出版社，2003 年 2 月），頁 231。

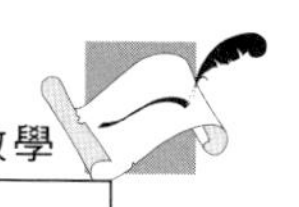

稱單純意象或個別意象，複合意象又稱群體意象，是多種多樣事物融合而成的整體性意象[30]。由於整體是個別的總括，個別是整體的條分，所以兩者關係密切。

此外，個別意象雖往往合意與象為一來指稱，卻存在著所謂的「偏義現象」，也就是「一象多意」與「一意多象」。前者如「桃花意象」、「草木意象」，即偏於意象的「意」，因為辭章家通常會運用桃花、草木等物象，來抒寫愛情、離別等「意」；相對的，所謂「團圓意象」、「流浪意象」，則偏於「象」，因為辭章家多半會透過月圓、浮雲等「象」，分別用以表達團圓或流浪之情意。無論是「一象多意」或「一意多象」，雖有偏於「意」或偏於「象」的不同，但通常都通稱為「意象」[31]。茲將意象的類型列表如下：

意象的種類	範疇	特色	內涵
整體意象	就全篇、整體而言	可析分為「意」與「象」	包括核心之意（主旨），與由個別意象所總集成的意象群
個別意象	就局部、個別而言	合「意象」稱之，並具有偏義現象	包括「一象多意」與「一意多象」

綜言之，意象有整體意象和個別意象的差異，前者是就辭章的全篇而言，包括核心的「意」，也就是主旨，和

30 參見邱明正《審美心理學》（上海：復旦大學出版社，1993 年 4 月），頁 356-357。

31 參見陳滿銘〈從意象看辭章之內容成分〉，《國文天地》19 卷 8 期，頁 93。

整體性的意象群；後者是就局部而言，多半指個別性的材料，通常乃綰合意象稱之，但其中又有偏於意和偏於象之別。可以說，個別意象是一個個獨立而又具有內在聯繫的事物形象，它們同在主旨的統合下，形成整體的意象群，在辭章作品中，為表現核心的情意思想服務[32]。

(3) 意象的來源

當辭章家用以表情達意的寫作「材料」（象），與其內在情意（意）相應合時，就會產生意象。而「意」與「象」之所以能夠匯通，其淵源大致有「自然」與「人文」兩大因素[33]。前者主要因客體某種生態或形象上的特質，與主體之間形成相似點，如在寒冬中綻放的梅花，比附了君子堅忍的情志；後者則可能來自習俗或典故的運用，如古時於春季的祭祀活動中，有「採蘋」贈予心愛之人的習俗，因而使得白蘋（象）與相思（意）產生聯繫。

能產生意象的材料來源，一般可大別為「物材」和「事材」，所形成的便是寄託了情理、具有內蘊的「物象」與「事象」。它在辭章中的作用，可由讀寫兩方面來談，從創作而言，辭章的義蘊是抽象的，所運用的材料是具體的運用具體的材料來表出抽象的義蘊，才能使辭章發揮它最大的說服力和感染力[34]；從鑑賞而言，掌握住篇中重要

---

32 見陳佳君《辭章意象形成論》（臺北：萬卷樓圖書有限公司，2005 年 7 月），頁 6-7。

33 仇小屏提出：「意」與「象」聯結的緣由有二，一為「自然特質」，一為「文化積澱」。參見《篇章意象論》（臺北：萬卷樓圖書有限公司，2006 年 10 月），頁 188-202。

34 同註 21，陳滿銘《章法學新裁》（臺北：萬卷樓圖書有限公司，2001 年 1

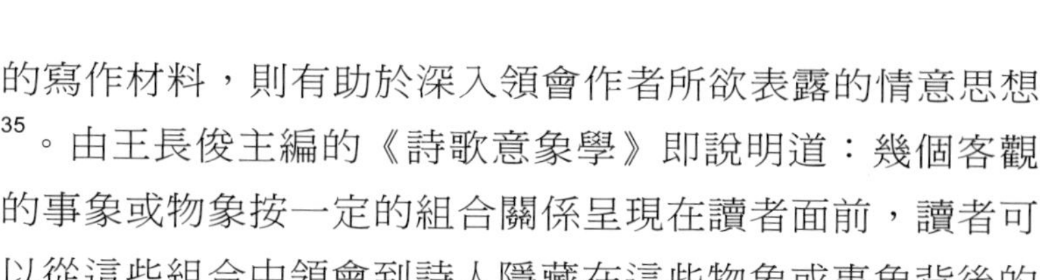

的寫作材料，則有助於深入領會作者所欲表露的情意思想[35]。由王長俊主編的《詩歌意象學》即說明道：幾個客觀的事象或物象按一定的組合關係呈現在讀者面前，讀者可以從這些組合中領會到詩人隱藏在這些物象或事象背後的主觀意圖和感情色彩[36]。

就物象而言，舉凡天文、地理、動植物、時節、氣象等「自然物」，和人體特徵、因人力加工而成的建築、器物、飲食等「人工物」，皆可成為與作家情意相應的寫作材料。在進行創作時，作家會藉由掌握外在景物的特性和價值，選擇與其內在的思想情理相合的物材來寫作，並且產生體切人情的種種意象，因此，許多辭章家常會透過物材來表情達意，使思想情感的表出更有韻味。前者如李白〈黃鶴樓送孟浩然之廣陵〉：「故人西辭黃鶴樓，煙花三月下揚州。」此首春日送別之作，營造了一個獨具情味的植物意象──煙花，它不但呼應了離別的「三月」時節，也在送別之地（黃鶴樓）與所往之鄉（揚州）中間，起著連綴與填補兩地空間的作用，籠罩在一層煙霧中的春花，更契合著離人憂悶不明朗的心境。後者如李斯的〈諫逐客書〉，文於「今陛下致昆山之玉」一段，就以不產於秦地的各種人工之珍異瑰寶為物材，因此這些色樂珠玉就帶有

月），頁 223。

35 見陳佳君《國中國文義旨教學》（臺北：萬卷樓圖書有限公司，2004 年 2 月），頁 97。

36 參見王長俊主編《詩歌意象學》（合肥：安徽文藝出版社，2000 年 8 月），頁 214-215。

作者「以秦所寶諸物，皆出異國，而用人獨否駁之」[37]的見解，有力的強化「逐客之過」的文旨。

就事象來說，凡是發生在天地宇宙之間的事情，都可以成為辭章的材料，因此，所敘述的「事」，可以是經歷過的事實，也可以是歷史典故的運用，甚至可以是虛構的故事。透過事材，讀者很容易的能夠藉由聯想和比附，深刻的體會作者所欲表達的內容，是故許多辭章家常喜愛運事為材，以呈現出作品的內蘊。以歷史事材為例，翁森在〈四時讀書樂〉之二寫道：「北窗高臥羲皇侶」，運用了陶淵明〈與子儼等疏〉中的名句「北窗下臥，遇涼風暫至，自謂是羲皇上人。」為語典，翁森在表達夏季讀書的樂趣時，也把自己想像成上古伏羲皇帝的友伴，心中恬淡無求，但知高臥北窗，享受閒適逍遙的人生情趣。再以現實事材而言，如沈復的〈兒時記趣〉，是作者回憶自己於童年時，常常能靜觀萬物，而獲得許多生活上的樂趣，文中的敘事材料，皆與「物外之趣」相交融了。虛構事材方面，如取自《山海經》的古代神話〈精衛填海〉，正是透過虛構的事材，表達一種堅毅的精神，並反映出遠古先民欲抗衡自然，追求安定生活的心願。

二、主題學在新式作文中的應用

主題學的研究範疇，包含主旨與意象，故本節分由此

---

37 見林雲銘《古文析義》(臺北：廣文書局有限公司，1997 年 9 月八版)，頁 123。

兩大層面，各呈現三個寫作題型，以「作文命題」、「設計理念」、「學生習作」三部分，來探討主題學在新式作文中的應用。

(一) 主旨類題型

(1) 鎖定「想像力」

1. 作文命題

(一) 下列文章為《山海經・刑天》，其主旨為何？

刑天與帝爭神，帝斷其首，葬之常羊之山，乃以乳為目，以臍為口，操干戚以舞。

(二) 請發揮想像力，改變刑天故事的主旨，以白話文創作一則短篇故事，內容需包含事件的經過與結局。

2. 設計理念

本作文命題，為配合「奇幻文學」專題而設計，〈刑天〉為此專題之選讀文章。題組中的第一階段，先由閱讀入手，扣合「立意」的語文能力，使學生能經由教師的講解，明白文章內容，進而掌握其主旨。第二階段鎖定一般能力中的「想像力」，透過「改寫」的寫作題型，指導學生發揮想像，改變刑天故事的主題思想，虛構奇幻情節。由此可知，本題組必須先能掌握原文主旨，才能進一步改寫原文的核心情理。教學時，亦可設計表格式學習單，分由原文與改寫兩欄目，填寫主題與情節等要素，藉以幫助學生思考與統整資料。此外，本題組在實作時，是以小組集體創作的方式進行，如此一來，不僅可透過小組討論，互相激盪腦力，亦可在小組分享時，觀摩他組的創意。

3. 學生習作成果

題一：

〈刑天〉這則古典神話的主旨，是在歌頌刑天奮鬥不懈、猛志常在的精神。

題二，簡瑄鍰、黃士珊、郭舒文〈刑天新編〉：

刑天原本是一位高大帥氣的翩翩美男子，全天下的女子都傾慕他，每天在他住所前流連不去的女孩子有成千上百。她們或躲在樹旁，靜靜等待刑天的出現；或三三兩兩，朝圍牆內揮動手中巾帕。只要刑天一現身，就會在市街上引起騷動。可是，刑天待人處事的態度，卻十分囂張跋扈。他老是仗著自己的美貌，隨意調戲女子；更常在市集裡賴帳強取物品；對待父母和朋友，總是趾高氣昂，不可一世。

天神眼見刑天因驕傲而目中無人，決定處罰他。一天夜半，兩位天兵天將，將熟睡中的刑天喚醒，帶往天庭。天神質問其罪，不料，刑天毫無悔意，更自負自傲的說：「我就是長得帥！你又能奈我何？」於是，天神就對刑天施法，奪去他的美貌，把他變成了無頭人，刑天也在尖叫中驚醒。

自從失了容貌，刑天便躲到森林裡，終日由兩乳流出淚來，對自己以往的作為十分後悔。一天，刑天遇見一位

到森林中砍柴的老人，老人告訴他恢復容貌的辦法，要他去崑崙山尋找神奇的斧頭與盾牌，並且要運用斧頭與盾牌，以助人為終身職志。刑天費盡千辛萬苦，凍傷了軀體，磨破了腳，找到斧盾，更常在暗地裡，以斗篷偽裝，救助危難的百姓。終於，天神讓他恢復了原本的頭臉，刑天也不再自傲，時時以助人為樂。

這篇習作經二度修改潤飾而成，原文在女子傾慕、刑天自負的性格、尋斧盾助人等情節上，僅輕輕淡淡帶過，細節刻劃得不夠深入。然在改變主旨方面，則達到了題目的要求，由原神話的「猛志常在」，改為戒除驕傲、知錯能悔改的主題思想，並能設計相關情節來表現此一主旨。

(2) 鎖定「主旨安置」能力

1. 作文命題

氣象類物材中的「雨」，常是文人歌詠的對象。請從「喜雨」或「厭雨」的主題中擇一抒寫，並將主旨安置於篇末。

2. 設計理念

「立意」方面的語文能力，包括主旨安置、主旨顯隱與綱領等層面，本題欲培養學生在主旨安置上的寫作技巧。首先指引學生針對氣象類物材中的「雨」，思考自己對於下雨天，是喜愛或討厭，並且選擇一些足以代表這種感受的人事物，最後讓「喜雨」或「厭雨」的旨意，在文章的篇末才點明，一方面使前文的寫作材料統一起來，另一方面亦能使文章具有畫龍點睛的美感效果。

3. 學生習作成果

張恬瑜〈喜雨〉:

抬頭仰望天空，太陽已隱沒在厚重低沉的雲霧當中，淺藍的畫布被染上了層層的灰，連風也捎來空氣裡的淡淡溼濡味。

漫步在細雨中，我用身體和雨絲做幸福的接觸，那種輕柔舒適的涼意，是雨帶給我最好的享受。看著雨絲被風吹得輕盈飄盪，像柔軟的羽毛飛舞在空中，讓我的步伐也隨之跳躍。雨就是有這種神奇的力量，不僅洗淨大地，也帶走人們的煩惱。

我愛雨，我愛和細雨來場親密的對話，把壞心情交給細雨，讓它隨著飄搖的雨絲遠逝。

本文先由視覺而嗅覺的寫「雨前」，二段由膚覺而視覺的寫「雨中」，描述出漫步細雨中的感受，而末段以「我愛雨」，將喜雨的主旨依題目要求，安置於篇末。

(3) 鎖定「主旨顯隱」能力

1. 作文命題

(一) 請以「畢業」為題材，選定所欲表現的情理，然後搜尋一些能夠代表這種情理的景事材料，填入表格中。

情理	景（物）、事材料	
	1	
	2	
	3	
	4	

(二) 主旨全隱的文章，通常只出現「事」或「景」的內容成分。因此，請在文章中僅著墨於寫景（物）或敘事，使主旨全隱於篇外。上題所搜尋之景事材料可不需全部用上，亦可不按表中順序運用。

2. 設計理念

能自覺的表現主旨顯隱，比起主旨的安置而言，是學生較感困難的寫作技巧，因此，本題組鎖定「主旨顯隱」（主旨全隱）的語文能力來習寫。首先，引導學生由「意」尋「象」，即針對所設定的情理，去搜尋適於表現此主旨的景事材料。其次，說明在主旨全隱的文章中，通篇皆用以敘事或寫景，而未出現核心的情語或理語，所以在寫作時，只需針對選擇的材料敘事或寫景，避免呈現情語或理語，即能寫成一篇主旨全隱的文章。此題組設計雖在題二中，提點了主旨全隱的寫作方法，但在進行寫作課前，最好能配合範文，詳細講述主旨全隱的藝術手法及其美感。透過題組式的命題設計，能使學生循序漸進的先建立「意象資料庫」，再從資料庫中提取寫作材料，依指示練習寫出一篇主旨隱藏於篇外的文章。

3. 學生習作成果

題一，林彣：

情理	景（物）、事材料	
成長的喜悅	1	滿樹火紅的鳳凰花，歡慶大家完成任務
	2	振翅飛去的鳥兒
	3	燦爛耀眼的陽光，指引我前進
	4	破蛹的蝴蝶

題二，林彣〈盛夏的果實〉：

當畢業歌響起的那一刻，我知道我終於要邁向人生的下一站。曾經熟悉的面孔、路標、早餐店、校園裡的一景一物，和所有的笑與淚，雖然都要在這一個夏天畫下句點，但也都結成了盛夏的果實。

畢業典禮前的校園巡禮，滿樹火紅的鳳凰花，恣意綻放，好似在歡慶大家完成階段性的學習任務。樹梢上滿溢的活力與熱情，像要將畢業生們的複雜心緒淹沒掉。偶然飛掠眼前的鳥兒，向那湛藍無垠的天空，振翅飛去，我彷彿看見屬於我們的未來，就在不遠的前方。抬頭，我看見燦爛耀眼的陽光，絲絲灑落眼前，它以金黃的光芒，指引我走向人生的下一個路口。

這個夏天，我帶著豐收的果實，背對驪歌響起的方向，昂首闊步！

文章跳出不捨和悲傷的離情，以正面的情意寫畢業題材，是其特出之處。所選取的材料也都能應合主旨——「成長的喜悅」，如：極具生命力的鳳凰花、展翅高飛的鳥兒、耀眼的陽光等，都具有光明與希望的意象。文章大致能以寫景或敘事，形成主要內容，進而在篇外表達出完成此學習階段，帶著成果滿懷希望邁向下一站的喜悅之情。

(二) 意象類題型

(1) 鎖定「構詞與組句」能力

1. 作文命題

(一) 請以「臺北是○○的，」為開頭，再用另一個句子加以說明，設計出精緻有味的複句，來形容臺北的城市意象。

(二) 由課程中所討論的臺北意象，擇兩種主題，進一步分析上題所設計的句子。

2. 設計理念

本題主要由自然物中的地理物象切入，在進行寫作練習前，可以先閱讀有關臺北的散文作品，並共同探討足以代表臺北意象的人事物。在語文能力方面，則鎖定「構詞與組句」，前一分句，先透過一個固定的句型，令學生運用形容詞，如活力的、流行的、人文的、藝術的、快速的、吸引人的……等，提出臺北城最鮮明的某種風貌，接著，再用後一個分句，對所下的形容詞，加以解釋、說明，以形成「解證複句」。第二題則關涉了取材能力，學生需根據上題所設計的句子，從課堂所討論的主題中，擇兩類進一步分析臺北意象。教師亦可與鄉土教學或學校本位課程等作聯絡教學，將題目中的「臺北」，改為學生所在的城鎮與熟悉的空間。透過這個寫作活動，不但能培養學生組句的能力，也能更深入的認識自己生活的土地。

3. 學生習作成果

題一，郭又瑋：

臺北是縱橫古今的，城市裡處處可見新舊並呈的特殊景致。

題二，郭又瑋：

在大稻埕的老街上，保存了昔日充滿殖民色彩的洋樓建築，紅磚色或灰色的樓面，裝飾著繁複美麗的雕花，也沾染上斑駁的歲月痕跡。然而在古老的舊洋樓下，卻開設了最現代化的便利商店，原味與新生，共同見證大稻埕百年來商賈雲集的經濟奇蹟。

而漫步北投溫泉鄉，在光明路或幽雅路上，有老舊卻典雅的日式舊屋，有窄小卻幽靜的巷弄人家，也經營著現代而摩登的溫泉飯店。一排舊式民宅旁，還圍起了大片工地，準備蓋起大型新式的量販店，待竣工後，將又是一幅古今交錯的畫面。

新與舊，就這樣和諧的並存在同一個空間裡，這是臺北的特色，也是她迷人的地方。

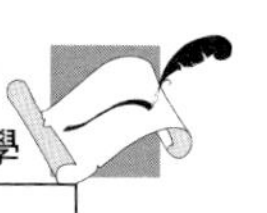

文章聚焦於臺北古今並呈的獨特風貌，而設計出題一的句子，題二則是選擇了「大稻埕」與「北投」，來詳寫「縱橫古今」之況，能藉古建築與便利商店、舊民宅與量販店工地等，凸出一個極具歷史感與發展性的城市意象。附帶一提的是，原文末尾尚寫道：「漫遊臺北，還能在新光大樓，遙望古樸的北門；在錯綜的高架道路上，俯視傳統的林安泰古厝。」雖亦能表現古今融合的意象，但因題目已限制擇取兩個材料寫作，故刪去。

(2) 鎖定「運材與布局」能力

1. 作文命題

(一) 唐魯孫〈談喝茶〉一文，是運用何種章法梳理三次喝到好茶的經驗？文章在結構上又形成了何種結構類型？ (二) 請你也以由昔而今的結構，寫一篇茶散文。

2. 設計理念

本題在意象方面，由人工物中的飲食類物象切入，透過讀寫結合的方式，先由閱讀範文，學習茶意象及其表現手法。所選讀的文章為唐魯孫的〈談喝茶〉，唐魯孫素有「中國談吃第一人」的美稱，本文主要藉由事件發生的時間先後，敘寫三次品味好茶的經驗，形成「先昔後今」之結構，透顯出唐魯孫及其茶友們閒而雅的生活美學。其次，以仿寫式的題型，指導學生也運用「先昔後今」的結構，寫一篇能展現自我體驗的茶散文。

3. 學生習作成果

題一：

〈談喝茶〉是用「今昔法」寫他三次喝好茶的事件。第一次與版本鑑定家傅老共享普洱；第二次是與朋友同遊徐園小金山時，品到珍貴的猴茶；第三次則是在漢口方家，喝到極品黃山雲霧茶；因此文章是依時間先後抒寫，形成「由昔而今」的結構。

題二，蔡旻臻〈茶之於我〉：

身為華人，從小就有不少機會接觸茶，但說來慚愧，從小幾乎沒有想主動多認識這項傳統文化的念頭。

幼時，每當大人圍聚泡茶談話時，我們小孩子總會靠過去湊湊熱鬧，順便討杯茶來喝。不過，往往是滿懷期待的去，卻滿臉失望的歸來，因為，茶的味道實在不如自己想像的甜美。自然而然，茶、咖啡、酒這類苦苦的飲品，就被我們自動歸類為「大人才能喝的飲料」，而泡茶也被當成「大人才能做的事」。或許，這就是未想主動了解茶文化的原因之一。

唸書後，漸漸體會到，在泡茶過程中修身養性，亦是茶文化的重要價值所在，但年輕人總是難以耐著性子，照著步驟慢慢來，寧願買茶鋪現成快速的「糖水」，我亦如是。

隨著年紀漸長，外面的糖水也越喝越膩。前陣子和家人到九份茶館喝茶、賞夜景，我慢慢能體會泡茶的藝術和那回甘的茶滋味。邊喝茶，心裡也想著，我現在是否又更

接近「大人」一點了呢？

文章由昔而今，先寫幼時，因為好奇而向大人討茶喝，卻不如想像中「甜美」；其次是唸書後，為求快速而光顧茶舖；最近的一次，則是與家人上山泡茶中，體悟茶的回甘滋味。作者透過階段性的喝茶經驗，使茶意象與「成長」的義旨產生聯結，而結尾的問句，更使全文顯得有味。

(3) 鎖定「取材」能力

1. 作文命題[38]

> 沈復〈兒時記趣〉曾記錄自己因觀察夏蚊，馳騁想像，而獲得物外之趣的經驗，文章寫道：
>
> 夏蚊成雷，私擬作群鶴舞空，心之所向，則或千或百，果然鶴也；昂首觀之，項為之強。又留蚊於素帳中，徐噴以煙，使之沖煙飛鳴，作青雲白鶴觀；果如鶴唳雲端，為之怡然稱快。
>
> 請以〈兒時記趣〉為仿寫對象，寫一段自己在兒時，因觀察某種事物而獲得樂趣的經驗。

2. 設計理念

整體而言，本題以回憶童年趣事為主，屬於現實事象之類。所欲訓練的語文能力則鎖定「取材」能力，指導學生選擇童年時所觀察的事物，並且將此事物想像成什麼樣的畫面，例如：將蒲公英想像成飄雪，或將白雲想像成某

38 見陳佳君《國中國文義旨教學》（臺北：萬卷樓圖書有限公司，2004 年 2 月），頁 189。

種形體等。其次，再寫出從中獲得什麼生活中的趣味。在題型設計方面，則屬於仿寫式，因此，可結合課文教學，在寫作時，只需仿範文，直接切入正題，練習寫一段短文即可[39]。

3. 學生習作成果

劉珮君〈看雲〉：

孩童時，常和家人在庭院休憩，一家四口最常做的就是躺在草地上，仰望天空。爸爸和媽媽說著悄悄話，不時露出甜蜜的微笑，我和姊姊則不時盯著倏目變化的雲朵，它一會兒從小狗變成大鯨魚，一會兒又從花兒變成棒棒糖，我和姊姊更常為了雲的形體爭論打鬧。小時候的我，喜歡看雲，喜歡雲不固執的隨性，它也象徵著那段和家人歡聚的快樂時光。

作者選擇「雲」作為觀察和想像的對象，使「看雲」一事，生發出鮮明的意象，象徵了童年時，和姊姊嬉鬧的無憂無慮，以及與全家歡聚的美好回憶。

本節主要關注於主題學的理論及其於新式作文教學中的應用。「主題」落實到一篇辭章裡，包含了「主旨」與「意象」的研究。在學理方面，主旨是辭章最核心的情理，它通常會根據實際的需要，或是手法上的講求，在表

39 見陳佳君《國中國文義旨教學》（臺北：萬卷樓圖書有限公司，2004 年 2 月），頁 189-190。

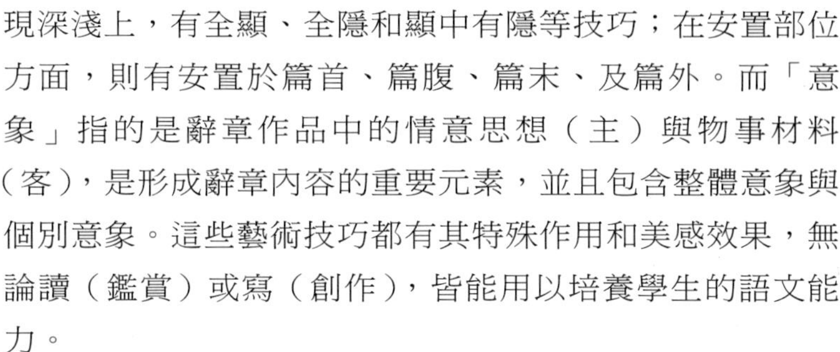

現深淺上，有全顯、全隱和顯中有隱等技巧；在安置部位方面，則有安置於篇首、篇腹、篇末、及篇外。而「意象」指的是辭章作品中的情意思想（主）與物事材料（客），是形成辭章內容的重要元素，並且包含整體意象與個別意象。這些藝術技巧都有其特殊作用和美感效果，無論讀（鑑賞）或寫（創作），皆能用以培養學生的語文能力。

在寫作題型方面，本文分別針對主旨與意象設計三組題目。主旨題方面，首先是鎖定一般語文能力中的想像力，引導學生發揮創意，改寫《山海經・刑天》的主題思想；其次是鎖定主旨安置能力，將自己對下雨天的好惡感受，表達出來，並自覺的在篇末呈現主旨；三是以畢業為題材，鎖定主旨顯隱的能力，練習只敘事或寫景，而將主旨隱藏的寫作手法。意象題方面，則包括自然物中的地理意象，鎖定構詞與組句能力，描繪心中的臺北意象；人工物中的飲食意象，鎖定運材與布局能力，仿寫一篇由昔而今的茶散文；還有事材中的現實類事材，鎖定取材能力，敘寫兒時記憶中的特殊事物及其樂趣。期盼能藉此開發更多新式作文題型，提升學子之寫作能力。

第四章

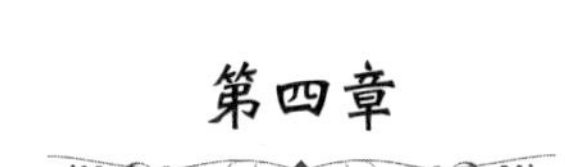

新式寫作中「結構組織」的教學

所謂「結構組織」是指文章中的邏輯思維所形成的內在條理。語句的邏輯條理，一般稱為語句結構；而篇章的邏輯條理，一般稱為篇章結構。寫作中有關構詞組句的能力，以及謀篇布局的能力，都非常重要。本章探討寫作中「結構組織」的教學，分節論述語句結構和篇章結構在寫作教學的應用。

第一節　語句結構在寫作教學的應用

人類以語文為表情達意的主要工具，為達到彼此溝通的目的，語文之中必定含有約定俗成的習慣或規律，這些習慣或規律的總和就是語法或文法。每一種語言，句子的數目無法列舉完盡，但「語法規律」卻是有限的，是可以掌握的。這些「語法規律」跟人類的邏輯思維有著密切的關係，所以美國語言學家 Chomsky 認為「語言」是反映人類心智最好的鏡子[1]。

---

[1] "Languages are the best mirror of human mind."（Chomsky 1986：1）

當一個人有意念要以語文的方式表達時，必須準確運用建構在自己腦中的「語法規律」，才能明確的表達心意，避免詞不達意的情況。而孩童的語文學習過程，其實主要就在學習「語法規律」。所以，語法規律堪稱是語文學習的樞紐（姚榮松，1987a，1987b）。因為掌握了有限的語法規律，便可以造出無限多的句子，於是便可以傳達出無數的新訊息，因此語文也具有「創新」的特徵（謝國平，1998：6）。

在《國民中小學九年一貫語文學習領域課程綱要》（教育部：2003）中，對於國語文的基本理念的陳述裡，指出「期使學生具備良好的聽、說、讀、寫、作能力」，亦即國語文能力應包括聽、說、讀、寫、作等各項能力，而學童的寫作能力，是語文表達能力的體現，也是語文表達方式中，較易掌握的一環，因此觀察學童的寫作能力，其實也可看出其語文能力的好壞。不過，學童寫作能力低落，卻又是不爭的事實[2]，甚至令一些關心學生語文程度的知識分子憂心忡忡[3]。個人在 92 學年度接受國科會補助，進行「九

[2] 例如：易麗君（2001），就曾指出中學生語文能力低落的現象讓人憂心；施教麟（2001）則更指出國中學生作文程度一代不如一代，有「錯字不斷，矛盾百出，表達能力欠佳」等毛病，常令老師在批改作文時掩卷興嘆；記者孟祥森在聯合報（2004 年 6 月 15 日，B8 版）也提出網路聊天用語不但不像話，還進入學生的作文之中。

[3] 例如前幾年在中央研究院院士會議中，即有多位院士批評當前學生國語文素質與表達能力低落的問題（《中國時報》，2002 年 7 月 3 日，2 版，社論）；而多名大學教授、高中教師在 2004 年 6 月 14 日《文訊》所舉辦的一場「高中國文教育與教材現況座談會」中，更一致感嘆 e 世代學生喜歡把網路聊天用語，當成國文作文詞句，建議國中基測加考作文，讓國中生好好學一下「真正」的作文（《聯合報》，2004 年 6 月 15 日，B8 版）。

年一貫國語文寫作基本能力『句型及語法』階段指標規劃研究」的專題研究（計畫編號 NSC92-2411-H-003-066-），該研究針對國中小學童作文進行抽樣調查、統計、分析，獲得九年一貫各階段學童寫作基本能力的階段指標[4]。

不過在進行這個研究的同時，發現姑且不論文章之立意取材是否符合要求，通篇結構是否完善，以及能否運用相關的修辭等寫作技巧的問題，在學童的作文樣本中，光是在詞語或句子方面，屬於語法方面的錯誤的就非常普遍，可以說難得有一本在詞語結構或句型上是完全沒有錯誤的樣本。因此，個人曾將國中階段的作文樣本針對語法方面的錯誤現象進行研究與分析，歸納出：判斷句的成分錯誤、語句成分搭配不良、助詞使用不當、介詞使用錯誤、語句成分不完整或不當省略、介賓結構或介詞缺漏、語序錯誤、套用母語語法、斷句錯誤造成標點誤用、複句連詞使用失當等十種類型。因此以下將運用語法學的相關知識，設計系列的教學活動，以期培養學童詞語結構與句型方面的正確語感，提升其寫作能力。

4 第一階段以能熟習運用動詞謂語句、名詞謂語句、形容詞謂語句及存在句等單句句型，NP 與 VP 都至少要學習使用一個修飾成分；複句方面，至少要能運用順承、補充、因果、遞進等四種複句關係爲要求。第二階段繼續熟習運用動詞謂語句、名詞謂語句、形容詞謂語句及存在句等單句句型，NP 與 VP 宜學習至少使用兩個修飾成分；複句方面，至少要能運用補充、順承、因果、遞進、轉折等五種複句關係。在第三階段的國中時期，單句方面希望延續第二階段熟習運用各種單句句型的要求，NP 與 VP 可學習使用兩個以上的修飾成分；在複句方面，至少要能運用補充、順承、因果、轉折、遞進、並列等六種複句關係。

寫作教學，不論是傳統式命題，或非傳統式命題，例如近來年相當盛行的限制式寫作，甚至是短文寫作，均需要有積詞為句、積句成篇的基本工夫。而目前本國語文教科書中，白話文學作品所佔的篇數比例相當多。白話文學作品所用的語言固然與學童的生活貼近，但通常文章中詞彙豐富，並且還加上很多藻飾，使得學童常抓不到語句或篇章的重點，有時反而會造成閱讀上的障礙。因此以下擬分別先從詞類的認識、積詞為句入手，輔以找出句中的基本成分、修飾成分、補充成分，並以簡單的語句進行擴寫等幾個方面，設計相關的活動，提供教學者參考。

一、認識詞類家族

除了以詞彙意義區分詞類之外，區分詞類還必須依據詞在語句裡所能擔任的語法成分或具有語法功能，以及一個詞和其他的詞類的組合能力而定，後二者大抵可以瑞士語言學家索緒爾（1989：114）的說法為依據。索緒爾把語言符號的系統關係分為橫向的組合關係（syntagmatic relation）和縱向的聚合關係（paradigmatic relation）。橫向的組合關係指的是符號在具體意指過程中與周圍其他符號結成的聯繫，這種聯繫只能在實際的話語中得以實現，主要表現為話語成分相互之間的聯結和呼應。縱向的聚合關係依靠的是符號在能指或者所指層面上的形、義類似。換句話說，橫向的「組合」即詞與其他詞類的組合能力，例如：名詞前可能會有形容詞作為修飾成分，以構成名詞性短語或詞組，而名詞之後往往會跟著動詞，以說明這個名詞所發出的行為或動作，不過漢語因為較少型態上的變化，所以也指詞在句子裡固定出現的位置和功能；而縱向的「聚合」指的是出現在相同的語句結構位置的成分，往往也屬同一詞類，亦即同類的詞具有類似的功能，所以可藉由聯想而將同類詞放在一起，這就是「詞類」的觀念。

認識詞類在寫作教學中也有一定的重要性，因為這涉及到語句結構中詞語的先後次序；甚至在運用轉品的修辭手段時，也跟詞類的區分有很密切的關係。認識詞類的活動設計，請見附錄中附件一的「詞類家族」學習單。

二、組詞成句

學童對於名詞、動詞、形容詞等實詞有了初步的認識之後，進一步可以指導他們如何組詞成句，也就是可以進入到句子的教學。組詞成句的活動設計，請見附件二的學習單。不過在組詞成句的過程中，可能遇到雖然是把兩個或兩個以上的詞組合在一起，但所組成的成分還不是句子的情況，這時正可適時的把句子的觀念帶進來。

三、找出句子的基本成分，以掌握句子的大意

一個形式完整的單句[5]，一般都具有主語和謂語，主

5　這裡所謂的形式完整的單句，指的是具有一個主語和謂語，而句中的基本成分未曾省略的句子。

語是句子裡所敘述的主體事物，而說明這個主體事物做了什麼、具有怎樣的性質或狀態、發生了什麼改變、甚至表示主體事物一種隸屬或譬喻關係的成分稱謂語。例如：

1. 東風 來了。(朱自清〈春〉)
2. 我 買票。(朱自清〈背影〉)
3. 他 有一雙眼。(胡適〈差不多先生傳〉)
4. 風 輕悄悄的。(朱自清〈春〉)
5. 它 是一棵雀榕。(劉克襄〈大樹之歌〉)
6. 關心 如同 一座橋樑。(邵僩〈讓關心萌芽〉)

例 1 至例 6 分別都只是一個單句：例 1 至例 2 是敘事句[6]，例 1 只簡單的敘述「東風」這個主體事物發生了一件事，即「來了」；例 2 的主體事物是「我」，做了一件事「買票」；例 3 是有無句[7]，敘述的是主體事物「他」「(擁)有眼(睛)」，「一雙」是用來修飾「眼」的；例 4 是表態句[8]，主體事物是「風」，以「輕悄悄的」來描述主體事物的性質或狀態；例 5 是判斷句，主體事物是「它」，以「雀榕」作為對主體事物的解釋，其中的「一棵」是對「雀榕」的修飾；例 6 是準判斷句[9]，主要是提

6 或稱「動詞謂語句」，這種句型主要以動作動詞爲句子的謂語中心，表示該行爲或動作由句中的主語支配、操控。

7 又名存在句、存現句，表示主語擁有某種事物，或表示一種存在的關係。這種句型的謂語常以「有」、「無」或其同義字爲中心。表示存在的有無句，主語可能是時間、處所等，而且有時可能無法指出具體的主語。

8 又稱形容詞謂語句，以形容詞或形容詞性的單位擔任句子的謂語中心。

9 判斷句與準判斷句都是以名詞或名詞性的單位爲謂語的中心成分，所以又合稱「名詞謂語句」。在此，我們從語意的角度將它們區分開來：前者是對事

出一個具體的事物「橋樑」來對「關心」這個抽象的概念進行比喻，所以主體事物是「關心」，以「如同橋樑」作為比方，「一座」是對「橋樑」的修飾。

上面這 6 個例子都是極為單純的單句，其間容或有少許的修飾成分，像例 3、例 5、例 6，但都很簡單，很容易判別。教師可藉此簡單的學習活動，讓學童認識何謂句子的基本成分。不過在白話文裡，像這樣單純的句子其實非常罕見，所以，學童多數情況會遇到像下列的句子：

7. 花下成千成百的蜜蜂嗡嗡地鬧著。（朱自清〈春〉）
8. 他忙著照看行李。（朱自清〈背影〉）
9. 我喜歡那些像鐘一般準確出現的小販的叫賣聲。（陳黎〈聲音鐘〉）
10. 枝頭上青澀的果子，靜靜地等待成熟。（琹涵〈酸橘子〉）
11. 明亮、多采的音律，彷彿驅除了夏夜裡擾人的蚊蚋。（奚淞〈美濃的農夫琴師〉）
12. 這些童年吃冰的記憶，如今多已消失殆盡。（古蒙仁〈吃冰的滋味〉）
13. 雨落在屏東的甘蔗田裡。（余光中〈車過枋寮〉）
14. 小販有一木製圓盤。（古蒙仁〈吃冰的滋味〉）
15. 它的旁邊還有一位垂倒的夥伴。（劉克襄〈大樹之歌〉）

物的含義提出解釋，或表示事物的類屬關係，甚至判斷其間的同異；後者表示的是兩個事物之間具有譬喻的關係。

16.妳也有一隻會聽妳訴說心事的狗狗。(幾米〈我只能為你畫一張小卡片〉)

17.那定然不甜的果子又有什麼好滋味呢?(琹涵〈酸橘子〉)

18.天上風箏漸漸多了。(朱自清〈春〉)

19.栗色的傘面很樸素。(周芬伶〈傘季〉)

20.笛聲低沉而遙遠。(琦君〈下雨天,真好〉)

21.松林裡的雨夜,格外沉靜。(李潼〈瑞穗的靜夜〉)

22.老人的生活十分平安寧靜。(藍蔭鼎〈飲水思源〉)

23.那家旅館不十分清爽吧。(夏丏尊〈生活的藝術〉)

24.你是平躺的島嶼。(陳芳明〈深夜的嘉南平原〉)

25.我的書桌就是供桌。(陳之藩〈謝天〉)

26.夏日吃冰,是人生的一大享受。(古蒙仁〈吃冰的滋味〉)

27.這是我常想想起的一段讀書往事。(孟瑤〈智慧的累積〉)

28.這是中國歷代文藝不老長青的祕密。(奚淞〈美濃的農夫琴師〉)

29.過山刀是我在山徑上最常相遇的蛇類。(徐仁修〈森林最優美的一天〉)

30.鳳凰木是熱帶地區受陽光、雨水嬌寵的植物。(蔣勳〈鳳凰木〉)

31.可愛的模樣,真像一個稚嫩的嬰兒。(張秀亞〈溫情〉)

這些例句，例 7 至例 13 是敘事句，例 14 至例 17 是有無句，例 18 至例 23 是表態句，例 24 至例 30 是判斷句，例 31 是準判斷句。其中除了少數的例子主語是名詞或代詞，像例 8、9、13、14、16、20、24、27、28、29、30 以外，其餘的的主語大多是帶有修飾成分的偏正結構[10]，像例 7、10、11、12、15、17、18、19、21、22、23、31，而例 26 則是一個狀心結構[11]；謂語裡的成分更是多樣，有些敘事句、有無句述語之前帶有修飾成分[12]，像例 7、8、10、11、12、15、16、17，而表態句表語的前面也帶有修飾成分，像例 18、19、21、22、23，判斷句例 25 繫語「是」、準判斷句例 31 準繫語「像」的前也帶修飾成分[13]。至於謂語裡，出現在述語或繫語、準繫語後的成分，只有極少的例子是未帶修飾成分的，像例 8、例 25；而例 12、例 13 在述語後或帶補語，或帶介賓結構。

不過，相較於本國語文教科書中的一些白話文，這些

10 「偏正結構」又稱「主從結構」，廣義的是指帶有修飾成分的名詞性單位或動詞性單位、形容性單位，狹義的則僅指帶有修飾成分的名詞性單位。本文的偏正結構指狹義的名詞性單位，即「定語（形容性的修飾語）＋中心語（中心名詞）」的結構；對於帶有修飾成分的動詞性單位、形容詞性單位，本文稱「狀心結構」。

11 「狀心結構」是「狀語（副詞性修飾語）＋中心語（動詞，或動詞＋名詞）」或「狀語（副詞性修飾語）＋中心語（形容詞詞）」的結構類型。這裡是「狀語（副詞性修飾語）＋中心語（動詞＋名詞）」。

12 這裡的「述語」指敘事句謂語裡表示動作行爲的動詞，或有無句裡的有無動詞。

13 「是」以及其同義詞，又稱繫詞，在判斷句中擔任繫語；「像」及其同義詞又稱準繫詞，在準判斷句中捂任準繫語。繫詞和準繫詞又可合稱同動詞，屬於動詞的小類。

例子還不算太複雜，因此，如何在教學時指導學童找出句子裡的基本成分，並在基礎成分之外，引導他們了解何者是修飾成分、哪些是補充成分，就顯得相當重要了。教師可在前述的基礎之下，從活動中試著讓學童找出句子裡的基本成分。以下先以敘事句和判斷句為主[14]，將找出句子基本成分的活動，以學習單的方式呈現在出來。相關的活動設計，請見附件三、附件四的學習單。對於引導學童找出有無句、表態句、準判斷句等的基本成分的學習單，讀者可試著參考這兩份學習單自行編寫、設計。

透過前項活動的練習，對於學童如何解讀長句，應有相當的助益。

四、認識句子的修飾成分和補充成分

在前項活動中，還可以引導學童去認識那些在基本成分以外的修飾成分或補充成分[15]；同時將同一個句子在去除修飾成分、補充成分之後，再與原句進行比較，以體會出修飾成分、補充成分的作用。

這部分的活動可以與閱讀教學活動同時進行，但真要

14 在敘事句之外，之所以會再設計一個找出判斷句基本成分的學習單，主要因爲學童對於判斷句中，主語和斷語的成分關係很多人無法精確的掌握，所以希望透過這個練習，不但可以找出句中的基本成分，而且也可強調判斷句中主語和斷語必須具有同質性或可互相解釋。

15 這裡的修飾成分指廣義的修飾成分，包括出現於中心語前的狀語（又稱「副語」）、介賓結構；補充成分則指出現在中心語後的補語（或稱「補足語」）、介賓結構。

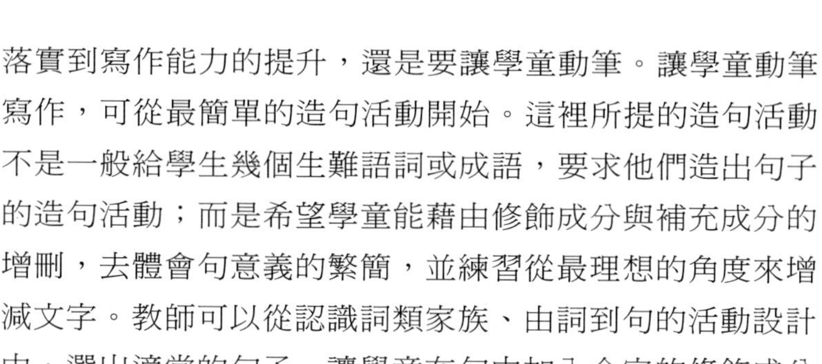

落實到寫作能力的提升，還是要讓學童動筆。讓學童動筆寫作，可從最簡單的造句活動開始。這裡所提的造句活動不是一般給學生幾個生難語詞或成語，要求他們造出句子的造句活動；而是希望學童能藉由修飾成分與補充成分的增刪，去體會句意義的繁簡，並練習從最理想的角度來增減文字。教師可以從認識詞類家族、由詞到句的活動設計中，選出適當的句子，讓學童在句中加入合宜的修飾成分或補充成分，使句意的表達更完盡。更進一步還引導學生從造句活動中體會句中基本成分與修飾成分的關係和語序的先後。相關的活動設計請見附件五的學習單。

五、從句子到篇章

寫作教學，本來是要指導學童透過各種不同的手段，將句子鎔裁、組織，寫成篇章，可是寫作又跟閱讀有密不可分的關係，所以在指導學童積句成篇的過程中，可藉由閱讀活動來處理比詞語更為繁複的結構。以下嘗試以劉克襄〈大樹之歌〉的部分課文為例，說明在閱讀活動或課文教學時可以進行的相關活動，以增進學童在寫作方面跟語句結構有關的知識與能力。學習單請見附件六。

這份學習單中可以歸納出幾個學習重點：

1. 第一項活動，標出句子的重要成分，指導學童找出每一句話的基本成分，可作為「化繁為簡」學習單的複習，讓學童更清楚的掌握句意和段意。因為這裡的〈大樹之歌〉是節錄的關係，其中第一句的主語承接原文第一段的最後一句，省略了。

2. 利用第一項活動的第一句話呈現的省略現象，帶出第二項活動：找出句子裡重要成分被省略的部分，並將它們補出來。這項活動可能需要老師較多的引導，可先像第一項活動一樣，指導學童找出句子的重要成分；再觀察每個句子裡重要成分出現的情形，讓學童從重要成分的出現與否，了解語句成分的省略，以及省略了哪些成分。

3. 在第二項活動中，可以發現最後一句的句型非常特殊，是一個倒裝的句子，於是帶出第三項活動。這裡可以視情形引導學童認識句子重要成分的語序。本活動可以從尋找這句話的動詞入手，這句話裡出現了「見」和「發現」兩個動詞，但是「見」後面出現結構助詞「的」，很明顯的，「常見」是對「酢漿草、鼠麴草、黃鶴菜、馬齒莧等」進行修飾，已轉為形容詞的性質，所以只剩下「發現」是真正的動詞；從這裡再引導學童找出是「誰」「發現」的？「發現」了「什麼」，這樣先把語句成分補足後，再進行語序的說明，也許較容易發現語句的倒裝現象。

4. 第四項活動希望學童能從標出句子的重要成分進入到歸納出整個段落的大意，有助於對段落大意和篇章意思的掌握。

5. 最後經過第五項活動的比較，希望學童能找出文章中轉折的關鍵，藉此機會可以更進一步引導學童認識複句的關聯詞語。

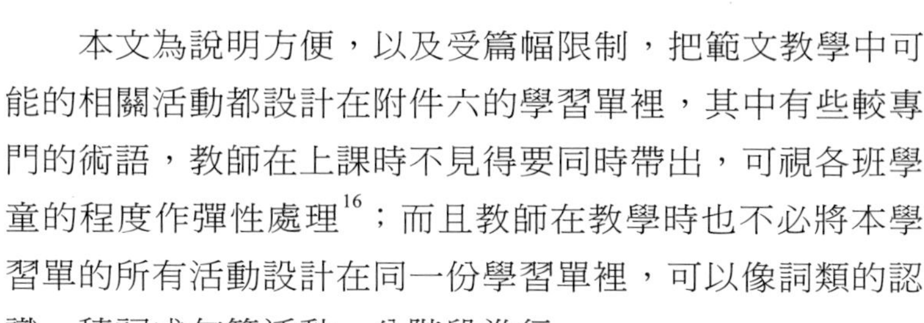

本文為說明方便，以及受篇幅限制，把範文教學中可能的相關活動都設計在附件六的學習單裡，其中有些較專門的術語，教師在上課時不見得要同時帶出，可視各班學童的程度作彈性處理[16]；而且教師在教學時也不必將本學習單的所有活動設計在同一份學習單裡，可以像詞類的認識、積詞成句等活動，分階段進行。

學童作文能力的好壞，其實是其語文能力的指標；而語文是工具學科，是多數學科的基礎，所以語文能力的良窳，更關係到學童多數學科或學習領域的表現。本節希望透過一些跟詞語結構有關的活動設計，提出在範文教學中可運用的策略，以培養學童詞語結構與句型方面的正確語感，增進其寫作能力。

另一方面有鑑於目前坊間的參考書或測驗卷受到基本學力測驗的命題方式影響，往往把教材處理得過分支離，使得部分教師不只光強調課文中語法的個別現象，更以為只要認識詞類，就是詞語結構或語法教學的全部，將一般常見的成語或慣用語拿來要學童逐字分析其詞性[17]，這

16 感謝臺北市南門國中吳蔚君老師對學習單內容的難易以及學習重點說明的部分提供寶貴的意見，學習重點第二項、第三項有些是根據吳老師的意見進行修訂、補充的。

17 最典型的就是以四音節的慣用語逐字讓學童分析詞性，例如：將「天長地久」分析爲「名詞＋形容詞＋名詞＋形容詞」，將「老馬識途」分析爲「形容詞＋名詞＋動詞＋名詞」之類的學習活動，完全忽略了這些慣用語本身的意義或用法。以致遇到像「落花流水」這樣的慣用語時，就會產生一些的爭議，因爲「落」、「流」很明顯的是動詞，但在此並非動詞用法，於是要求學童硬記成「動」與「流」是形容詞；尤其遇到像「車水馬龍」這樣

樣，不但忽略了文章的全貌，也喪失詞語結構或語法教學的意義。所以在此也藉機會呼籲老師們，進行範文教學時，宜多注意學童閱讀能力的培養，因為閱讀是語文能力獲得的過程，如果忽略閱讀能力的培養，期望學童的語文能力或寫作能力進步，無異緣木求魚，將是一項不可能達成的任務。

的慣用語，如果只分析成「名詞＋名詞＋名詞＋名詞」，會讓人誤解爲由四個名詞並列的形式，但很明顯的，這樣的分析是錯誤的，因爲「車水馬龍」原是「車如流水馬如龍」的省略說法。不過這已經超出本節討論的範圍，因此無法在此方面進行延伸。

附錄

附件一

詞類家族學習單

______班　______號　姓名：____________

(一) 現在想到的詞是什麼？請你把它寫出出來[18]：

____

(二) 你寫的詞可以跟哪些同學所寫的詞放在一起，組成一個詞類家族？請列舉出 10 個詞類家族的成員來[19]：

18 本活動設計，除學習單以外，老師還須準備至少是 A4 大小的紙張發給每位學童，每人一張，學生除了將最想寫的詞填入學習單內，還要用較粗的筆將該詞寫在紙上。本活動設計還可以參見：楊如雪、林鑾英（2003），《語法教學記實》（國文天地 19 卷 6 期，頁 21-28）的相關說明。

19 本項活動進行前，最好將課桌椅排成 U 字形，讓學生在較大、較安全的空間內進行活動。先請學生都站到所空出來的空間上，讓他們依自己的感覺，看自己所寫的詞可以跟哪位（哪些）同學放在一起。或是先請一部分的同學出列，其餘的同學再依自己的詞類屬性依附到那些同學的組合裡。學童所列舉的詞的數量，可依實際情況調整。

(三) 你還發現有哪些詞不在你的詞類家族裡？請你指出來，並為它們另外成立不同的詞類家族[20]：

老師的小小叮嚀

詞跟人類一樣，也可以有它們的家族。在詞類家族裡，有的成員可以表示人或各種事、物的名稱，有的成員可以表示人物的行為或動作，而有的成員表示的是人或事、物等的性質或狀態。

(四) 表示人或各種事、物的名稱的詞，我們稱它們為＿＿＿詞。

表示人物的行為或動作的詞，我們稱它們為＿＿＿詞。

表示人或事、物等的性質或狀態的詞，我們稱它們為＿＿＿詞。

---

20 這是將學童可能寫的各類詞預留空間，學童所寫的詞幾乎不離名詞、形容詞、動詞三類，請參見楊如雪、林鑾英（2003）的相關說明。

附件二

積詞成句學習單

______班　______號　姓名：____________

(一) 你在上一次的學習單中，寫了一個詞，現在請你想想看，你寫的那個詞可以和哪個詞類家族的成員組成一句話？請你把它寫下來[21]：

____

(二) 請你舉出其他同學所組成的 5 個句子：

1. ______________________________
2. ______________________________
3. ______________________________
4. ______________________________
5. ______________________________

21　進行這個活動時，可以先請書寫名詞的同學把他們的詞用磁鐵粘貼在黑板上，其他的同學再將自己的詞與名詞進行組合。活動進行的細節還可以參見楊如雪、林鑾英（2003）的相關說明。

(三) 哪些組合可能無法成為句子，請你舉出兩個來：

1.____

2.____

老師的小小叮嚀：

詞要組合成句時，通常要先有一個主體事物，再說明這個主體事物怎麼樣了。請你先想想看：代表主體事物的詞主要是哪一個詞類家族的成員？表示主體事物怎麼樣了的詞，又會是哪個詞類家族的成員？

(四) 請你說說看第二題的那些組合為什麼可以稱為句子？而第三題的這些組合為什麼不能成句？

____

____

____

____

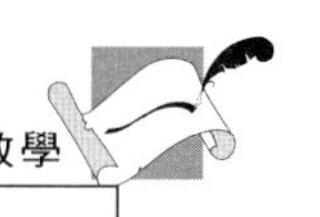

附件三

化繁為簡學習單之一

______班　　______號　　姓名：______________

一個句子，主要包括兩個部分，一部分是這個句子所敘述的**主體事物**，另一部分是說明這個主體事物**做了什麼**、**擁有什麼東西**、**具有什麼性質**、甚至**怎麼樣了**，或對主體事物**提出解釋**、**說明**等。例如：

例 1 東風	來　了。	例 2 我	買　票。
名詞	動詞	代詞	動詞　名詞
一個主體事物	做了什麼	一個主體事物	做了什麼

在上面的這兩個例子裡，大家可以發現：作為句子的主體事物的，可以是「名詞」，也可以是「代詞」；而以「動詞」或「動詞＋名詞」來表示主體事物做了什麼事。這些成分是句子的基本成分，例題裡用線段分別把這些基本成分標出來。下面也有一些句子，請你先在句子的「主體事物」和主體事物「做了什麼事」之間用豎線將它們隔開，然後找出其中的基本成分，用線段把它們標出來，並說明它們的詞性：

1. 花下成千成百的蜜蜂　嗡嗡地鬧著。

2. 他　忙著　照看　行李。

3. 我　喜歡　那些像鐘一般準確出現的小販的　叫賣聲。

4. 枝頭上青澀的果子　靜靜地　等待　成熟。

5. 明亮多采的音律　彷彿 驅除了　夏夜裡擾人的蚊蚋。

以上這些句子，其中的主體事物稱為「**主語**」，主體事物所做的事稱為「**謂語**」。所以一個句子可以包含主語和謂語兩部分。這種以謂語來表示主語做了什麼事的句子，我們稱為「**敘事句**」；謂語裡的「**動詞**」稱為「**述語**」，「**名詞**」叫「**賓語**」。

附件四

化繁為簡學習單之二

______班　______號　姓名：____________

之前我們曾學過一個句子包含「主語」和「謂語」兩個部分，**主語是**句子的**主體事物**，**謂語是**說明主語**做了什麼、擁有什麼東西、具有什麼性質、甚至怎麼樣了**，或對主語**提出解釋、說明**等的成分。對主語**提出解釋、說明的謂語**，像：

例1 它	是　一棵　雀榕。	例2 我的書桌	就 是　供桌。
代詞	動詞　名詞	名詞	動詞　名詞
主體事物	對主語的解釋、說明	主體事物	對主語的解釋、說明

在上面的這兩個例子裡，主語一個是「代詞」，一個是「名詞」；而它們所使用的「動詞」跟敘事句不同：敘事句的動詞，主要表示一種行為或動作；可是這裡卻用「是」。「是」把出現在它前後的兩個成分聯繫起來，表示這兩樣事物之間是相等的，或具有同質性，可以互相解釋。下面也有一些類似的句子，請你先用豎線將句子的主語和謂語隔開，再用線段把基本成分標出來，並說明它們的詞性：

1. 你　是　平躺的　島嶼。

2. 夏日吃冰　是　人生　的一　大　享受。

3. 這　　是　中國　歷代 文藝　　不老長青　　的　祕密。

4. 過山刀　是　我 在山徑上　最 常 相遇　的　　蛇類。

5. 鳳凰木　是　熱帶地區　受陽光、雨水　嬌寵 的　植物。

以上這些句子，「**謂語**」中都有「**名詞**」，這個「**名詞**」主要是對「**主語**」作解釋或說明，如果是肯定的句子，「**主語**」和這個「**名詞**」之間，大多數可以畫上等號，表示兩者之間具同質性或解釋關係。這種句子，我們稱為「**判斷句**」。謂語裡的「**動詞**」稱為「**繫語**」，「**名詞**」叫「**斷語**」。

附件五

添枝加葉學習單

______班　　______號　　姓名：____________

我們學過詞類家族以及句子的成分，在學習單裡，同學已能從句子中找出基本成分來。下面這個練習，要請同學把一些具有基本成分的句子，擴展成意涵更為豐富的句子。例如先前我們將句子簡化：

> 我喜歡那些像鐘一般準確出現的小販的叫賣聲。
> 簡化為：我喜歡叫賣聲。
>
> 鳳凰木是熱帶地區受陽光、雨水嬌寵的植物。
> 簡化為：鳳凰木是植物。

現在讓我們來把它們再添枝加葉，變成與原句有點像，又有點不像的句子[22]：

> 我在逛街的時候，最喜歡那些充滿活力與朝氣的叫賣聲。
> 校園裡的鳳凰木是一種可以代表畢業季節即將來臨的植物。

上面這兩個例子，一個是在謂語的動詞述語前添加修飾成

22　「有點像」指的是基本成分不變，「有點不像」是在基本成分之外加入的詞語跟原句不同。

分，一個是在主語前加入修飾成分，也在斷語前加入修飾成分，這樣讓它們的意思跟原句之間變得有點相同又有點不同。下面就要請你來接受挑戰，請你在這些只有基本成分的句子裡加入修飾成分：

1. 蜜蜂鬧著。→＿＿＿＿＿＿＿＿＿＿＿＿＿＿＿＿＿＿。

2. 果子等待成熟。→＿＿＿＿＿＿＿＿＿＿＿＿＿＿＿。

3. 這是祕密。→＿＿＿＿＿＿＿＿＿＿＿＿＿＿＿＿＿＿。

另外，也請你從積詞成句的那個活動裡所組合成的句子中，選出兩個再為它們添加枝葉，使它們的意涵更豐富：

4. ＿＿＿＿＿。→＿＿＿＿＿＿＿＿＿＿＿＿＿＿＿＿＿。

5. ＿＿＿＿＿。→＿＿＿＿＿＿＿＿＿＿＿＿＿＿＿＿＿。

附件六

大樹之歌學習單

＿＿＿班　＿＿＿號　姓名：＿＿＿＿＿＿＿

（一）在下列這段文字中，請以不同的線條把句子的重要成分標出來：

> 什麼樣的樹呢？它是一棵雀榕。雀榕的枝幹通常長有許多肉紅色的漿果，平地的鳥群最愛集聚那兒，所以它應該也有許多鳥朋友。河口附近還有許多雀榕，樹齡都和這一棵差不多。感覺上這個河口應該是一個大樹群生的地點，就像象群集聚的泥沼地一般的情景。

（二）下面這個段落中，有一些句子的主要成分省略了，請你把它們補上去：

> 這棵基部足足可讓四人擁抱的大樹，葉子已經落得一乾二淨，只剩肥胖的軀幹和枯枝伸向清冷的天空。以前爸爸去金山賞鳥，都會順路去探望它。有一次，我在它身上粗略統計了一下，還有十來種草木寄宿在它身上；像常見的酢漿草、鼠麴草、黃鵪菜、馬齒莧等，都會發現。

（三）當你補出省略的成分後，請你看看在「像常見的酢漿草、鼠麴草、黃鵪菜、馬齒莧等，都會發現。」

這句話裡，有什麼不一樣的狀況？

____

____

(四) 請以畫線的方式標出下列兩段文字的重點，並將段落大意歸納出來：

這棵基部足足可讓四人擁抱的大樹，葉子已經落得一乾二淨，只剩肥胖的軀幹和枯枝伸向清冷的天空。以前爸爸去金山賞鳥，都會順路去探望它。有一次，我在它身上粗略統計了一下，還有十來種草木寄宿在它身上；像常見的酢漿草、鼠麴草、黃鵪菜、馬齒莧等，都會發現。

整段的意思是：______________________________

但附近的人並非很善待它，他們在它身上纏繞了電線，還掛魚網鋪晒，樹幹間的樹洞裡也堆積著廢棄的空罐頭和寶特瓶。我們仔細探視這位老朋友，它的枯枝已有一些紅色的嫩芽，準備掙出天空了。下個月再來，想必已蓊鬱成一片樹海！

整段的意思是：______________________________

(五) 請你在上列兩段文句中，找出作者與當地人對待雀榕的方式，說出其中的不同，並找出兩段之間轉折的關鍵。

____

____

第二節　篇章結構在寫作教學的應用

本節分「章法類型簡介」、「分類章法教學」與「學生習作舉隅」三個層面加以探討。

一、章法類型簡介

篇章中組織材料的邏輯條理，就是「章法」；所形成的組織架構，是「篇章結構」；而運用章法以連句成段、成篇的能力，就是「謀篇布局」。「章法」源自於人類共通的理則[23]，因此，從創作來說，思路縝密的人在寫作時，往往都會運用此人心之「理」來謀篇佈局，因而組織材料、形成結構[24]；從鑑賞來說，掌握此人心之「理」，就可以分析出文章的組織架構，並進而深入文章的底蘊。

自古以來，「章法」即受到評論家的重視，如劉勰《文心雕龍・章句》、呂東萊《古文關鍵》、歸有光《文章指南》、劉熙載《藝概》等，皆多所論及；不過確定「章法」的範圍、內容及原則，並形成體系，進而成為一個學門，實屬晚近之事[25]。目前可以掌握的章法約四十種，如

23 此即「人同此心，心同此理」之「理」，參見陳滿銘《章法學新裁》（臺北：萬卷樓圖書公司，2001 年 1 月初版），頁 319-419。

24 參見陳滿銘《章法學論粹》（臺北：萬卷樓圖書公司，2002 年 7 月初版），頁 3。

25 參見鄭頤壽〈中華文化沃土，辭章學圃奇葩－讀陳滿銘《章法學新裁》及

遠近法、內外法、左右法、高低法、大小法、視角變換法、今昔法、久暫法、快慢法、時空交錯法、圖底法、狀態變換法、知覺轉換法、天人法、因果法、本末法、淺深法、眾寡法、並列法、情景法、論敘法、泛具法、空間的虛實法、時間的虛實法、假設與事實法、點染法、凡目法、詳略法、偏全法、賓主法、正反法、抑揚法、立破法、問答法、平側法、敲擊法、縱收法、張弛法、插敘法、補敘法等。其下即簡介其中約二十種常見、次常見章法的定義與特色[26]。

(一) 遠近法

定義：主要是以空間中「長」那一維所造成的遠近變化為條理的謀篇方式。

特色：「由近而遠」的空間變化，可令畫面的視野愈來愈廣闊，附著於空間的景物也漸次地呈現在讀者眼前，造成一種「漸層」的效果；若「由遠而近」，則易在一個特意的空間上凝聚，使焦點分外凸出，得到最大的注意。「近、遠、近」的空間變化十分特殊，也較為少見，但透過視線的遠近奔馳，可在情意上、心理上達成延伸的效果，兼具凸出與延展的美感。「遠、近、遠」則是相當常

其相關著作〉（蘇州：《海峽兩岸中華傳統文化與現代化研討會文集》，2002 年 5 月），頁 131-139。王希杰〈章法學門外閑談〉，見於《國文天地》18 卷 5 期（2002 年 10 月），頁 92-101。

26 本文所有章法定義及其美感特色，皆參見陳滿銘《章法學新裁》、《國文教學論叢》、《國文教學論叢・續編》、《文章結構分析》、《章法學論粹》，仇小屏《篇章結構類型論》（由萬卷樓圖書公司出版）等書，底下不再引述。

見，不僅營造出空間層次感，形成漸層之美，令人有深度、神秘、變動之感，也在視覺上形成立體縱深的效果。

(二) 高低法

定義：主要是以空間中「高」那一維所造成的高低變化為條理的章法。

特色：在「由高而低」的空間中，由於方向是向下的，產生沈重、密集、束縛之感，力量非常驚人。至於「由低而高」，方向是上的，因此給人一種輕鬆、自由的感受，而且容易使審美主體由靜觀而融合，終於達致崇高的情境。而「高低迭用」的空間安排，則可靈活利用俯瞰、平視、仰觀等視覺推移，營造空間的層次變化，呈現立體感，產生「奔放」和「擴大」的美感效果。

(三) 大小法

定義：將空間中大的面與小的面之間，擴張、凝聚的種種變化紀錄下來的章法。

特色：「由小而大」向外擴展的包孕式空間，四望所見的四方之景，可向無窮處延伸擴散，形成漸層美；「由大而小」的輻射式空間，則會因特寫而產生集中凸出之美。至於大小交錯運用的「大、小、大」或「小、大、小」結構，不僅有節奏地轉換空間的大小，提供觀賞者一種閃耀動人的變化美感；透過遠近往還的審美視線，更表達了一種把握當下、把握整個宇宙的深沉況味，也使得主要對象更具有形象美，與思想的縱深感。

(四) 視角變換法

定義：不從單一的角度去描摹景物，而是將空間中「長」、「寬」、「高」三維互相搭配，造成視角的移動，並將此種變化體現在文學作品中的一種章法。

特色：中國傳統的觀照方式即是仰觀俯察、遠近遊目，因此特別容易形成視角變化的空間。這樣的空間結構方式，一方面可以自由地收羅不同空間的不同景物；而且空間的轉換，會造成「躍動性的空間美」，十分靈動。

(五) 今昔法

定義：將時間中的「今」(現在)與「昔」(過去)，依篇章需求作適當安排的章法。另外，在時間上構成短暫的今昔關係的「先後」法，亦屬今昔法的範疇。

特色：「由昔而今」又稱「順敘」法，它最符合事物本身發展的自然規律。「由今而昔」又稱「逆敘」，它常是把美感情緒波動中，居於最激烈、最急促、最密集的結果和結局先呈現出來，所以印象最清楚。至於「今昔錯間」又稱作「追敘」，多形成「今、昔、今」結構，由於它是「由今而昔」再次迴筆寫到現在，同樣是把美感情緒波動最密集的部分提前來寫，甚至在結尾將激烈的美感情緒再次重現，與前文形成呼應，故能產生餘韻不絕的美感效果。

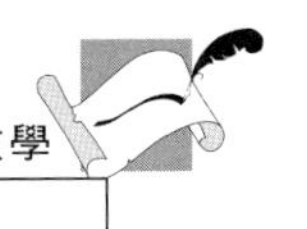

（六）時空交錯法

定義：時間的虛實與空間的虛實，有時會在辭章中交互運用，形成豐富多變的章法現象。

特色：人處在四維時空之中，會產生時間和空間知覺，體現於作品中，則會形成時空交錯的混和美。而且無論是形成秩序美或變化美，均能使「虛」和「實」、「時」和「空」相互呼應而聯貫，成為對比或調和之美。

（七）圖底法

定義：所謂「圖」，即是產生聚焦功能的焦點；所謂「底」，是背景，對「焦點」起著烘托的作用，為主旨（綱領）作有力的烘托與凸顯的謀篇方式。

特色：就像繪畫一樣，用作「背景」的「底」，往往能對做為「焦點」的「圖」產生烘托的作用，產生豐富有層次、又焦點凸出的美感效果。

（八）狀態變換法

定義：將外在世界中，萬事萬物某一狀態本身的變化，呈現在文章中的章法。

特色：由於人對某一對象的某種特徵的注意越集中，在大腦皮質層的相應部位就越能引起「優勢興奮中心」，人們即可以達成有效的觀察。創作者對觀察的結果感覺到美，便會用文字準確地傳達出來，於是出現了對狀態變化的刻劃。

（九）知覺轉換法

定義：綜合運用視覺、聽覺、嗅覺、觸覺、味覺、心覺等各種知覺，來組織篇章的方法。

特色：人的任何一種知覺活動，都離不開感覺。因此，人的感覺器官接收客觀世界的訊息，經過審美心理的運作後，就產生了種種的知覺美。其中，以視覺和聽覺出現的次數最為頻繁，與美的關係也最為密切，故這兩種知覺特稱為「美的知覺」。而且，各種感覺之間，也都能在審美感受中相互挪移、轉化和滲透，建立了聯繫的結果，最後匯歸為心覺，以獲得內在的統一。

（十）因果法

定義：因果法是以題意為中心，推論其因果關係為開頭，或推尋事理之本原，然後言其得失的謀篇技巧。

特色：「先因後果」形式，可使讀者自然而然地掌握行文脈理；先提出論點的「先果後因」形式，則極易形成一種懸疑性，產生一股期待欲。至於「因」與「果」的多次呈現，能刺激欣賞心理產生反應，在兩端間來回擺動，產生強烈的節奏感，產生齊一、反復的節奏美。

（十一）並列法

定義：並列結構成分都是圍繞著主題，從各個方面、角度來闡發主旨；而且彼此之間的關係不分「賓」、「主」，也未形成層次。

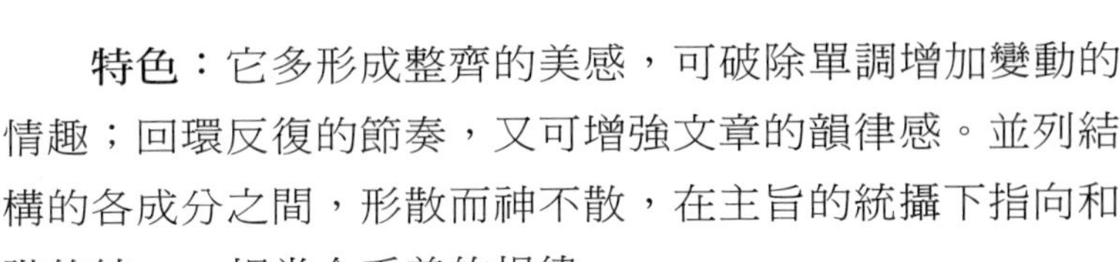

特色：它多形成整齊的美感，可破除單調增加變動的情趣；回環反復的節奏，又可增強文章的韻律感。並列結構的各成分之間，形散而神不散，在主旨的統攝下指向和諧的統一，相當合乎美的規律。

（十二）情景法

定義：藉外在、具體的景物，來襯托內在、抽象的情思的寫作手法；其中，寫景僅是手段，抒情才是目的。

特色：由於情、景交相點染，隨各人情感的偏近於陽剛或偏近於陰柔，而有判然不同的揀擇，於是在情景轉位之際，更添增了辭章的變化美與靈動美。另外，由於自然常與天道「感通」，人與自然極易染上了一種形而上的超越性。而「情景交融」，更可給人一個完整的、和諧統一的印象，與耐人尋味的深度。

（十三）論敘法

定義：在敘事的過程中，對所敘事件有所觸動、有所感發，因而產生出相應的感想，發為議論。

特色：敘事見理、論隨事生的論敘法，對客觀規律的闡發、對客觀真理的揭示，描寫得愈深刻，就愈具有審美深度，既可深化思想，又可使文章收到議論精闢的效果。

（十四）空間的虛實法

定義：虛實就空間來說，凡知覺所能感受到的，是「實」；而知覺感受不到、透過設想而呈現的，則是

「虛」。

特色：文學作品的虛實空間之所以能轉換自如，也是由於「美感的騰飛反映」，奔放縱馳想像力的結果，故也可以產生含蓄美、自由美、變化美與和諧美。

（十五）時間虛實法

定義：時間的虛實法，便是將「實」時間（今、昔）與「虛」時間（未來）揉雜於篇章中，以求敘事（寫景）、抒情（論理）的一種章法。

特色：由於「美感的騰飛反映」，文學作品可以在早年的回憶、當時的印象、未來的憧憬等過去、現在、未來三種時間中，來去自如，放縱想像，以獲得虛實互見之美。

（十六）假設與事實法

定義：假設，是推翻已存在的事實，或是逆溯推翻前人已有的定論。因為時光不可能倒流，假設的情況不可能發生；因此，假設是「虛」，事實是「實」。

特色：「意翻空而易奇，文徵實而難巧」，故若能「假設事實，虛論擬議，翻勝其意，以起波瀾」，如風吹水面，蕩起漣漪，虛靈變化，產生種種奇趣異態，令人心曠神怡。

（十七）凡目法

定義：「凡」，是總括；「目」，則是條分。在敘述同一

類事、景、理、情時，運用了「總括」與「條分」來組織篇章的一種方式。

特色：凡目法的形成，運用了「歸納」、或「演繹」的邏輯思維。其中，「先凡後目」，是先總說再分說，屬於演繹式思考；「先目後凡」，是由分說到總說，屬於歸納式思考；而「凡、目、凡」、或「目、凡、目」等變化結構，則是綜合運用了演繹與歸納兩種邏輯思維。「凡」具有統括的力量，有集中的美感；「目」具有並列的條分項目，因而有整齊美；「凡、目、凡」和「目、凡、目」，則具有對稱美。另外，運用了演繹、歸納的推理方式，神經活動會因省力而產生快感，神氣清而力量勝，由快感而生發整體的美感效果。

（十八）賓主法

定義：運用輔助材料（賓），來凸顯主要材料（主），從而有力地傳達出主旨的一種章法。

特色：從「相似」或「相反」的聯想，去尋找輔助的「賓」，以烘托出「主」。若採反面的「賓」來襯托「主」，易形成對比美；「陪襯之材料」，若是「在主之正面」，則易形成調和美。也因為「賓」、「主」又同時為主旨服務，故可產生整體的統一美。

（十九）正反法

定義：將極度不同的兩種（或兩種以上）的材料並列起來，形成強烈的對比，藉反面的材料襯托出正面的意思，以增強說服力、感染力的謀篇方法。

特色：正反法是在「對比」的原理上產生的，具有極大的差異性，因而洋溢著華美、鮮活、醒目、勁健的美感效果，使得主體（正）的特點更凸出、姿態更優美。

（二十）抑揚法

定義：「抑」就是貶抑，「揚」就是褒揚。抑揚法就是運用貶抑與頌揚的筆法來論人議事的謀篇方法。

特色：無論是那一種結構類型，都可以在短時間內引起讀者兩種截然相反的情緒，在文勢上產生一起一伏的波瀾，具有韻律美和輕快美。

（二一）立破法

定義：就是先「立案」，然後加以「掀翻」，加以「辨」、「駁」，使自己正面主張得以成立、得以申張的謀篇方法。

特色：立破法中的「立」，多是積非成是的觀念或習以為常的成見，在「破」中舉例以駁之，並揭明誤處；再透過「異常材料」的組接，打破思維的慣性與心理的惰性，有力地促使讀者作全新的思考，產生真理愈辯愈明的淋漓快感。

（二二）問答法

定義：問答法是以「提問」和「回答」來組織篇章的一種方式。

特色：最常見的是「先問後答」形式，它能製造懸疑、緊張與期待的氣氛，生發美感情緒的波動，並使內在意脈的流貫自然地連結成為一個和諧的統一體。

二、分類章法教學

茲分五類分別舉例略作說明。

(一) 知覺類章法教學

1. 課文教學

(1) 辛棄疾〈西江月〉

正文

明月別枝驚鵲，清風半夜鳴蟬。稻花香裡說豐年，聽取蛙聲一片。　　七八箇星天外，兩三點雨山前。舊時茆店社林邊，路轉溪橋忽見。

文章賞析

上片從聽覺角度，描寫夜行黃沙道時依次聽到的鵲聲、蟬聲、蛙聲，以凸顯大地靜寂的深沉況味。下片從視覺角度，從天外疏星、山前雨點、至溪橋後的茆店，由遠而近有次序地連綴夜行所見的景物，形成空間的層次感。以農村生活、山鄉景色為題材，在靈動筆調的鋪陳下，抒發閒適之情，一點也嗅不出稼軒被迫閒居後的悲鬱氣息。

結構分析表

- 聽：
  - 鵲驚：「明月別枝驚鵲」句
  - 蟬鳴：「清風半夜鳴蟬」句
  - 蛙聲：「稻花香裡說豐年」二句
- 視：
  - 遠：「七八箇星天外」句
  - 中：「兩三點雨山前」句
  - 近：「舊時茆店社林邊」二句

(2) 余光中〈車過枋寮〉

正文

略。

文章賞析

全詩多建立在視覺摹寫上，如第一節「雨落在屏東的甘蔗田裡」四行是直述眼前所見；「從此地到山麓」三行是描繪甘蔗田面積之大。至於「長途車駛過青青的平原」二行，視線又拉回詩人所搭乘的「長途車」身上；「想牧神，多毛又多鬚」二行，視點再次由「近」而推展至全畫面。相同的手法亦運用於第二節、第三節。

第三節最後五行，「正說屏東是最甜的縣」二行，承上文「甜甜的甘蔗、甜甜的西瓜、甜甜的香蕉」而來；恰與「最鹹最鹹」三行，藉著味覺的變化，形成由「甜」而「鹹」的狀態變化，兩相比較，不僅使得屏東的甘蔗、西瓜、香蕉更甜美，全詩主旨也在此得到一個完滿的結論。

結構分析表

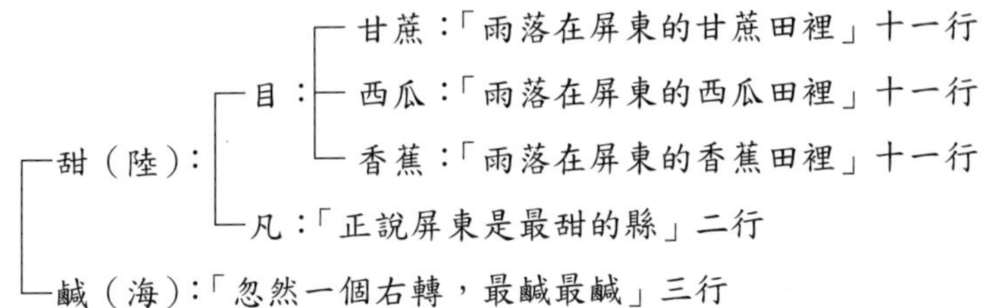

2. 課外閱讀教學

茲舉沈尹默〈三絃〉為例：

正文

中午時候火一樣的太陽沒法去遮闌，讓他直曬著長街上。靜悄悄少人行路，祇有悠悠風來，吹動樹旁楊柳。誰家破大門裡，半院子綠茸茸草草，都浮著閃閃的金光。旁邊有一段低低土牆，擋住了個彈三絃的人，卻不能隔斷那三絃鼓盪的聲浪。

門外坐著一個穿破衣裳的老年人，雙手抱著頭，他不聲不響。

文章賞析

首段的視點在長街，凝重冗長的一、二句，與簡短的三、四、五句，鉤畫出動靜鮮明的效果，成功凸出「靜」。

第二段一、二、三句寫視覺所見，再由視覺帶出彈琴者與三絃聲浪。最後「聲浪」餘音，凝注於門外的老人身上。

首段的「靜」，與第二段的「動」，都凝結在老人身上。老人表面是靜，但從「雙手抱著頭」這個形象看，老人內心勢必受三絃影響而起伏。彈三絃者雖未出現，但三絃聲卻籠罩全詩；老人雖沒出聲，三絃卻傳達了他的心聲。全詩經由視覺引出聽覺，再由聽覺引出心覺，正可見出詩人手法之高，經營之妙。

結構分析表

- 底（視）
  - 靜：「中午時候……靜悄悄少人行路」
  - 動：「祇有悠悠風來，吹動樹旁楊柳」
- 圖
  - 內（視、聽）：「誰家破大門……三絃鼓盪的聲浪」
  - 外（視、聽）：「門外坐著……他不聲不響」

3. 寫作教學

(1) 辨別知覺的轉換

把各種事物的形狀、聲音、氣味、色澤、情態等感受，描繪出來，增強描摹對象的鮮明度與真實感，明白清晰地刻印在讀者腦海中。清晰化、深邃化、豐富化和生動化，正是知覺轉換的功用。請你指出《老殘遊記》這一段文章中，共運用了哪些知覺摹寫？

老殘就著雪月交輝的景致，想起謝靈運的詩：「明月照積雪，北風勁且哀」兩句，若非經歷北方苦寒景象，哪裡知道「北風勁且哀」的「哀」字下得好呢？這時月光照得滿地灼亮，抬起頭來，天上的星，一個也看不見。只有北邊北斗七星，開陽、搖光……，像幾個淡白點子一樣，還看得清楚。那北斗正斜倚在紫微垣的西邊上面，杓在上，魁在下。心裡想道：「歲月如流，眼見門杓又將東指了，人又要添一歲了！一年一年的這樣瞎混下去，如何是個了局呢？」又想到《詩經》上說的:「維北有鬥，不可以挹酒漿。」「現在國家正當多事之秋，那王公大臣只是恐怕耽處分，多一事不如少一事，弄得百事俱廢，將來又是怎樣個了局？國是如此，丈夫何以家為?」想到此地，不覺滴下淚來，也就無心觀玩景致，慢慢走回店去。老殘一面走著，覺得臉上有樣物件附著似的，用手一摸，原來兩邊掛著了兩條滴滑的冰。起初不懂什麼緣故，既而想起，自己也就笑了。原來就是方才流的淚，天寒，立刻就凍住了，地下必定還有幾多冰珠子呢。悶悶的回到店裡，也就睡了。

(2) 火樹銀花慶元宵

元宵節吃元宵，有祈求平安、團圓的美意，也是中國特有的傳統習俗。細細品嚐美食的當下，請記得把美好的滋味留下來，封存在心版裡。

看起來（視覺）像：	
聞起來（嗅覺）像：	
摸起來（觸覺）像：	
咬起來（觸覺）像：	
吃起來（味覺）像：	
心裡的滋味（心覺）：	

(二)空間類章法教學

1. 課文教學

(1)馬致遠〈天淨沙〉

正文

枯藤、老樹、昏鴉。小橋、流水、平沙。古道、西風、瘦馬。夕陽西下,斷腸人在天涯。

文章賞析

前三句屬於空間的鋪敘,首句是仰望所見的遠方景物,第二句是平視所見之景,第三句的視點則落到「瘦馬」上,這一「瘦」字,恰與「斷腸人」形成呼應效果。「夕陽西下」一句,既點出時間,又上承「昏」字,將前三句的九個景物,統一於黃昏的色調中,並下啟「斷腸人在天涯」一句。

全曲「景中帶情,其情自見」,正是所謂「言在耳目之內,情寄八方之表」。難怪元人周德清要譽之為「秋思之祖」,王國維要稱美它「純是天籟,彷彿唐人絕句」。

結構分析表

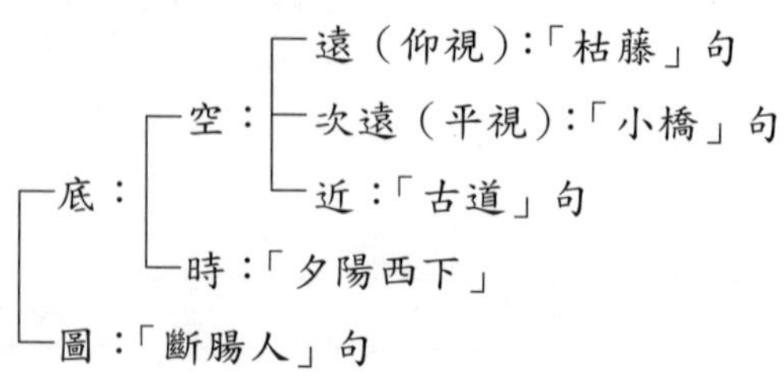

(2)〈敕勒歌〉

正文

敕勒川，陰山下。天似穹廬，籠蓋四野。天蒼蒼，野茫茫，風吹草低見牛羊。

文章賞析

〈敕勒歌〉是一首北朝樂府民歌，全詞「先點後染」，先以敕勒川、陰山下等句，道出敕勒族人逐水草而居的地點，作為下文的引子。「染」的部分，再依先底後圖、由高而低的變化次序，一一描述游牧民族特殊的生活空間與塞北風光。作者在此藉由「天」與「野」二字，拉開了一片遼闊無垠的天地視野。而「蒼蒼」、「茫茫」等疊字運用，又可以增添旋律美、加強節奏感，在反覆陳述中，營造理深而情茂的興味。而原本呈現靜態的空間描寫，因為曠野長風一吹，「風吹草低見牛羊」，化靜為動，凸顯出游牧民族賴以為生的牛羊來，既有畫龍點睛之妙，又令整個蒼茫壯闊的草原風光，增添了富饒而生動的美感效果。

結構分析表

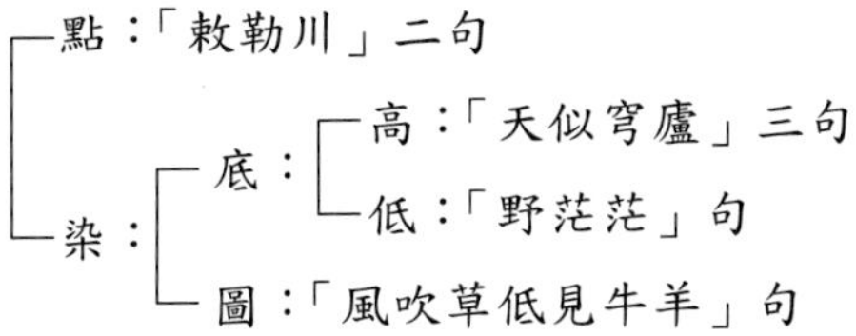

2. 課外閱讀教學

茲舉孔孚〈帕米爾〉之「札達速寫」為例

正文

太陽凍僵了
臉色蒼白

一株白楊
在看風景

文章賞析

〈札達速寫〉是〈帕米爾〉組詩四之二，從視覺、觸覺的角度，有意地選取了太陽與白楊這兩個自然景觀，加以摹寫。「太陽凍僵了」二行，是就「高」處的太陽而言。「凍僵」與「蒼白」二詞，靜態描寫中含有動態意向，不僅把太陽給擬人化了，更將帕米爾高山上寒而寂的天候、與一片白茫茫的天地，傳神地描繪出來。而一個「白」字，除了予人霜冷孤清之感，更巧妙地與正「在看風景」的「一株白楊」，產生連結作用。視覺也在一高一低的挪移中，營造出高遠透亮的立體空間感。

結構分析表

- 高：
  - 因：「太陽凍僵了」
  - 果：「臉色蒼白」
- 低：「一株白楊」二行

3. 寫作教學

(1)「由高而低」的寫作練習

> 有時候，你走過一片淺灘，水面爍極麗極，如同向你訴說一個神奇的故事。抬起頭，原來水上的故事只是翻版，它的原作，寫在我頭上的一片晴空，天上的雲，比水上的更綺麗千萬倍。(張秀亞〈雲〉)

這一段文字的結構，可畫成如下表：

- 低：「有時候……如同向你訴說一個神奇的故事」
- 高：「抬起頭……比水上的更綺麗千萬倍」

現在，請你張開各種知覺感官（視、聽、嗅、觸、心等）及想像的羽翼，以「內苑」為觀察的主題，並採用「由高而低」結構，自訂題目，寫一篇二百字左右的短文（最少必須運用一個排比句型）。

(2)「由近而遠」的寫作練習

請以「明德大道」為主題，依據「由近而遠」或「由遠而近」的順序加以描寫，成為一篇三百字左右的短文。（景物與景物的轉換間，若能添加個人的聯想、心情、看法，或各種修辭技巧，一定更出色！）

(三) 時間類章法教學

1. 課文教學

(1) 朱自清〈背影〉

正文

略。

文章賞析

首段是「今」，直接點題。第二、三、四、五段，則是「昔」，交代父親送兒子上火車的前因後果，再詳實敘寫父親對兒子的關懷。最後一段，時間又回到「現在」，在晶瑩的淚光中，對父親的思念之情，奔瀉於字裡行間。

「昔」與「今」，兩種不同的時間並列在一起，可加強時空流變的感受，引人無限的低迴與喟嘆。「今、昔、今」結構中的「今」與「今」之間，除了形成一種均衡對稱的美感，由於兩者較近於「調和」關係而形成陰柔形態，給人一種優美、輕柔、風致、深沉之感。

結構分析表

- 今：「我與父親不相見……是他的背影」
- 昔：
  - 送行前：「那年冬天……勾留了一日」
  - 送行時：「第二日上午……我的眼淚又來了」
- 今：「近幾年來……再能與他相見」

(2) 洪醒夫〈紙船印象〉

正文

略。

文章賞析

全文形成「今、昔、今」結構。第一個「今」，先平提一生所遭遇的許多往事，再側注到「紙船」，拉開童年玩紙船的記憶。「昔」的部分，從視覺角度，把焦點凝注於紙船上；最後，鏡頭聚焦於母親那一雙滿是厚繭的粗糙的手，凸顯了母愛與自己的感念之情。

末段時間又推移到「而今」，期勉自己也能仿效母親的心，為子女摺出一艘艘禁得住風雨的船，讓愛世代綿延。

結構分析表

- 今：
  - 平（眾往事）：「每個人的一生……便歷歷如繪」
  - 側（紙船）：「紙船是其中之一……讓人眷戀」
- 昔：
  - 事：
    - 因（底）：「那時……或大或小」
    - 果（圖）：「我們在水道上……是真正的快樂」
  - 情：「這些紙船都是……好讓孩子高興」
- 今：「童年舊事……不致愧對紙船了」

2. 課外閱讀教學

茲舉杜甫〈解悶〉為例：

正文

一辭故國十經秋，每見秋瓜憶故邱。今日南湖采薇蕨，何人為覓鄭瓜州。

文章賞析

本詩選自〈解悶〉十二首之其二，是杜甫「即事懷人憶故居，因而憶鄭監」之作。「監」是官名，「鄭監」即人稱「鄭瓜州」的鄭審。據《全唐詩話續編》記載，鄭審是「開元時人，大曆初，為祕書監；三年，出為江陵少尹」。全詩形成「先昔後今」結構。首句以一「故」字，寫十年前的辭別；次句再以一「故」字，寫十年後的追憶。瓜州，是鄭審所居住的地方。鄭審在做秘監的時候，訪者絡繹於途；現今謫居在南湖，又有誰會來訪覓呢？因此，三、四句，詩人以「采薇蕨」、何人覓瓜州，點出了今日謫居的景象。炎涼的世態、冷暖的人情，在今昔榮枯的對映之下，深藏其中的寥落與感傷，自是不言可喻。詩人共用了二個「故」字、二個「秋」字、二個「瓜」字，表現出「文情游戲，天機爛漫」之妙，更見連環映帶的巧思。

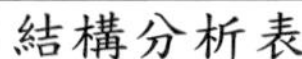
結構分析表

- 昔：
  - 因：「一辭故國」句
  - 果：「每見秋瓜」句
- 今：
  - 因：「今日南湖」句
  - 果：「何人為覓」句

3. 寫作教學

(1) 請選擇一個「曾經」陪伴自己成長、「曾經」陪伴自己度過生命中一段美好時光的「寶貝」，請將它（牠）的贓稱、特徵、來源，還有與它（牠）一起發生過最難以忘懷的事情、及心情，一一記錄下來。

我的寶貝是	
贓　　稱	
來　　源	
外形、特徵	
心 情 故 事	
其　　他	

(2) 請以「我的寶貝」為主題，將自己收集到的材料，自訂一個適當的題目，並依據「今、昔、今」的結構，寫成一篇五百字左右的文章。（所收集的材料不須全部用上，可以挑選最重要的事件、心情或特徵，做詳細的描述。如此，比較能凸出主題。）

(四) 因果章法教學

1. 課文教學

(1) 道格拉斯・麥克亞瑟〈麥帥為子祈禱文〉

正文

略。

文章賞析

本文雖題為「為子祈禱」，實則深寓訓誨之意，也寫盡了天下父親對兒子的期勉與關愛之情。它以祈禱文的形式，採用「先因後果」結構。它十分符合人們認識活動和思想發展的邏輯，並以順推的方式產生規律美。

一、二、三、四、五段，是「因」，希望陶冶兒子成為一個智仁勇三者兼具的君子，有自知之明、能策勵自己、能對人加以同情，能反求諸己、懂得回顧與前瞻。在這些都能切實做到以後，又能培養幽默與謙遜，成為一個自立自強的人。作者逐條寫來，極具層次感。

末段是「果」，以「我已不虛此生」作結，語氣謙遜而委婉，感人肺腑。

結構分析表

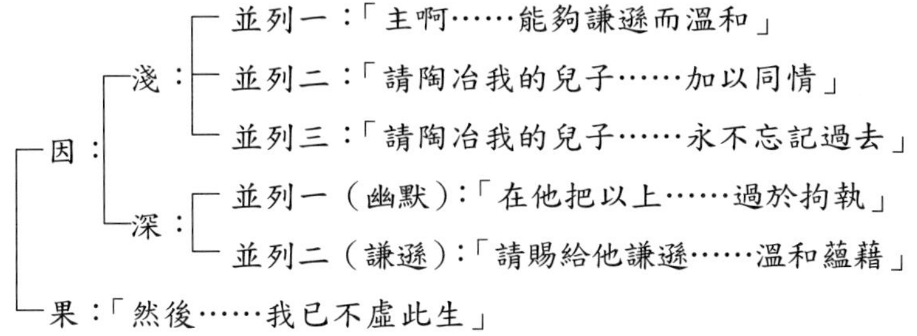

(2)《論語選》

正文

子曰：「三人行，必有我師焉。擇其善者而從之，其不善者而改之。」

文章賞析

「子曰」三句，先提出「三人行，必有我師」這一結果；底下採正反句式，說明原因。人各有所長、也各有所短，面對別人的長處，宜見賢思齊，見到別人的短處要引以為鑑，要見不賢而內自省。文章一開頭，就先提出全文的旨意，再針對問題所提出的看法或主張，逐一疏說，逐一辨證，可予人豁然開朗的明暢感。

結構分析表

- 果：「子曰」三句
- 因：
  - 正：「擇其善者而從之」句
  - 反：「其不善者而改之」句

2. 課外閱讀教學

茲舉林徽音〈你是人間的四月天——一句愛的贊頌〉為例：

正文

我說你是人間的四月天；
笑響點亮了四面風；輕靈
在春的光豔中交舞著變。

你是四月早天裡的雲煙，
黃昏吹著風的軟，星子在
無意中閃，細雨點灑在花前。

那輕，那娉婷，你是，鮮妍
百花的冠冕你戴著，你是
天真，莊嚴，你是夜夜的月圓。

雪化後那片鵝黃，你像；新鮮
初放芽的綠，你是：柔嫩喜悅
水光浮動著你夢期待中的白蓮。

你是一樹一樹的花開，是燕
在樑間呢喃，——你是愛，是暖，
是希望，你是人間的四月天！

文章賞析

詩人特意在第一行與最後一行，以「你是人間的四月天」一句，做為開端與結束，有首尾圓合的效果。中間

「因」的部分，先以「笑響」的聽覺印象為「底」，讓視覺隨著風，覽盡無邊春色；再依次描繪四月天給人的印象，如「早天裡的雲煙」、「一樹一樹的花開」、「燕在樑間呢喃」等等。而且這些都是「你」，這些都是「因」，故有「你是愛，是暖，是希望」的結果出現。

結構分析表

- 果：「我說你是人間的四月天」
- 因：
  - 因：
    - 底（聽覺）：「笑響點亮了四面風；輕靈」二行
    - 圖（視覺）：「你是四月早天裡……在樑間呢喃」
  - 果：「你是愛，是暖，是希望」
- 果：「你是人間的四月天」

3. 寫作教學

(1) 詩句填空

飲盡了這一天
五味雜陳的
烈酒之後
黃昏醉了（向明〈黃昏醉了〉節選）

詩人率真地以「飲盡」點明題意，將被夕陽餘暉染紅了的大地，與喝醉了酒的臉龐，聯想在一起，使得人性化的「黃昏」，更顯出異樣風情。它形成「先因後果」結構：

┌因：「飲盡了這一天」三行
└果：「黃昏醉了」

下列的詩篇，也是採用「先因後果」結構。仔細推敲後，請在空格中，填入你覺得最適當、最出色的詩句。

A、我在上游
　　你在下游
　　我們相會於（　　　　　　　）（洛夫〈髮〉節選）

B、掃地擦黑板的值日生
　　不小心掃落一顆流星
　　楞在那兒
　　（　　　　　　　　　　）（張健〈掃〉）

C、一隊隊的書籍們
　　從書齋裡跳出來
　　抖一抖身上的灰塵
　　（　　　　　　　　　　）（瘂弦〈寂寞〉）

(2) 請以「一件難忘的事」為主題，自訂一個適宜的題目，並依據「由因而果」或「由果而因」的順序，寫成一篇三百字左右的文章。（中間若能加上個人的聯想、體會、與看法，一定更出色！）

三、學生實作舉隅

(一) 空間類章法

茲以遠近法、高低法為例，提供參考。

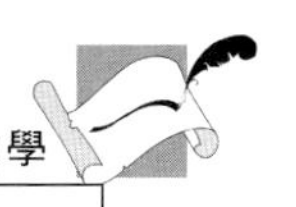

1. 題組

（1）請以「春天的原野」為主題，分別依據「由近而遠」、「由低而高」的順序蒐集材料、羅列出來。

請羅列出由近而遠出現的景物	
請羅列由低而高出現的景物	

（2）請將這些材料組織成兩篇文章（所找到的材料不須全部用上）。

2. 設計理念

空間是「長」、「寬」、「高」三維架構起來的，屬於「長」的那一維的章法有遠近法、內外法、前後法，屬於「寬」的那一維的章法有左右法，屬於「高」的那一維的章法有高低法，而長和寬二維構成一個「面」，面有大有小，因此有大小法，此外空間可能會轉換，所以有空間轉換法，而且空間有真有假（知覺所能感知到的為真，知覺所不能感知到、設想出來的為假），因此有空間虛實法。這些都屬於空間類章法。

空間知覺是每個人都有的，因此空間章法也是相當容易了解、運用的章法；本題組鎖定空間章法中最常見的兩種——遠近法和高低法，讓同學練習寫作。題目分兩部分：第一小題請同學先依序蒐集材料，至於為何要依照順序？那是為了避免遺漏，因為順序式的觀察是最基本有效的觀察方式；接著第二小題才是請他們根據所找到的材料，經過篩選之後，寫入文中，成為一篇文章。

3. 學生寫作成果

請羅列出由近而遠出現的景物	蝶、花朵、太陽花海、草原、太陽、山林
請羅列由低而高出現的景物	瓢蟲、蒲公英、土撥鼠、溪流、燕子

一個毛蟲的蛹蛻變成蝶，她抖擻濕濡的雙翅緩慢拍動，終於慢慢離開了葉端，她不穩的低低振翅，落在一朵黃色的圓形大花的蕊裡，循著甜蜜氣息伸出觸角，吸食新生後的第一餐。

飽足了，薄翅也習慣了鼓動，蝶奮力一拍——隨著微風搖擺，盤旋上去那是一大片黃澄澄太陽花海，她欣喜望著這美好世界，愈飛愈高，看見了包圍著豔黃的油亮嫩綠，柔軟的草群迎風搖曳。一抬頭，燦爛的陽光照得快要睜不開眼、照得全身暖烘烘的；蝶聽見風兒帶來的外地歌謠，陶醉在那優美的旋律中，看著出生的花海，心中有一絲不捨，卻又被音符所迷惑……停了好久，最後她說：

「我想去旅行，想去看看這寬闊的世界。」

於是，蝶追著徐徐吹向山的那一邊的和風翩翩遠去，那雙紋著絢爛色彩的翅膀飛越了青翠山林、飛向暮色漸沈的遙遠地平線。

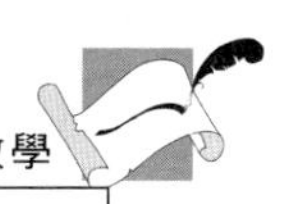

穿著紅底黑點小外套的頑童戴著一頂黑色瓜皮帽，悠哉穿梭在毛茸茸的小球裡鑽啊鑽啊，讓球絮都散落了，露珠沾濕了衣裳。不遠處，土撥鼠從地底探出腦袋張望著，卻還是裹足不前，旋即迅速地消失在地平面。

從遠處高聳土丘順流來的一條藍錦帶閃閃發著白光，那是潺湲的清澈小溪緩緩低吟著，彎彎曲曲向前爬行，水中的魚兒嬉戲比賽要跳躍彩虹。

蒲公英聚集在溪邊，一株株隨意地手牽手；和煦的風溫柔撲來，偷偷摘走一顆顆黃茸茸飄上天空，顏色淡得彷彿融在雲朵裡，淡淡的黃，淡淡的藍。歸來的燕子遇到了漂浮的種子，大家寒暄了一陣子，風變強了，要帶著種子邁向另一個旅途。燕子紳士祝福他們早日落地歸根，他伸展雙翅迴旋數圈，掠過一片春暖花開的大地。（李華盈）

4. 檢討

李華盈作文（由近而遠）的結構分析表如下：

- 近：「一個毛蟲……第一餐」
- 中：「飽足了……寬闊的世界」
- 遠：「於是……遙遠地平線」

其次是李華盈作文（由低而高）的結構分析表如下：

- 低（地面）：
  - 動物：「穿著紅底……地平面」
  - 河流：「從遠處……跳躍彩虹」
- 高（天空）：「蒲公英……大地」

從結構分析表中可以很清楚地看出，同學是依照「由近而遠」、「由低而高」的次序來安排景物，這樣做的優點是清晰有序，但是也可能有缺乏變化的弊病，因此如果希望學生的作品能有更多結構上的變化（如「由遠而近」、「近遠近」、「遠近遠」、「由高而低」、「高低高」、「低高低」等結構方式），最好在題目中或引導說明時告訴學生。

(二) 時間類章法

茲以今昔法為例，提供參考。

1. 題組

(1) 請閱讀下列朱自清〈背影〉，並指出其「今昔今」結構是如何形成的。

> 我與父親不相見已二年餘了，我最不能忘記的是他的背影。
>
> 那年冬天，祖母死了，父親的差使也交卸了，正是禍不單行的日子！喪事完畢，父親要到南京謀事，我也要回北京念書，我們便同行。
>
> 到南京時，有朋友約去遊逛，勾留了一日；第二日上午，便須渡江到浦口，下午上車北去。父親因為事忙，本已說定不送我，叫旅館裡一個熟識的茶房陪我同去。他再三囑咐茶房，甚是仔細。但他終於不放心，怕茶房不妥帖；頗躊躇了一會。其實，我

那年已二十歲，北京已來往過兩三次，是沒有什麼要緊的了。他躊躇了一會，終於決定還是自己送我去。我兩三回勸他不必去，他只說：「不要緊，他們去不好！」

我們過了江，進了車站，我買票，他忙著照看行李。行李太多了，得向腳夫行些小費才可過去，他便又忙著和他們講價錢。我那時真是聰明過分，總覺他說話不大漂亮，非自己插嘴不可。但他終於講定了價錢，就送我上車。他給我揀定了靠車門的一張椅子，我將他給我做的紫毛大衣鋪好坐位。他囑我路上小心，夜裡要警醒些，不要受涼；又囑託茶房好好照應我。我心裡暗笑他的迂，他們只認得錢，託他們直是白託；而且我這樣大年紀的人，難道還不能料理自己麼？唉！我現在想想，那時真是太聰明了！

我說道：「爸爸，您走吧！」他望車外看了一看，說：「我買幾個橘子去，你就在此地不要走動。」我看那邊月臺的柵欄外有幾個賣東西的等著顧客。走到那邊月臺，須穿過鐵道，須跳下去又爬上去。父親是一個胖子，走過去自然要費事些。我本來要去的，他不肯，只好讓他去。我看見他戴著黑布小帽，穿著黑布大馬褂，深青布棉袍，蹣跚地走到鐵道邊，慢慢探身下去，尚不大難。可是他穿過鐵道，要爬上那邊月臺，就不容易了。他用兩手攀著上面，兩腳再向上縮；他肥胖的身子向左微傾，顯出努力的樣子。這時我看見他的背影，我的眼淚很快地流下來了。我趕緊拭乾了淚，怕他看見，也怕別人看見。我再向外看時，他已抱了朱紅的橘子望回走了。過鐵道時，他先將橘子散放在地上，自己慢慢爬下，再抱起橘子走。到這邊時，我趕緊去攙他。他和我走到車上，將橘子一股腦兒放在我的皮大衣上，於是撲撲衣上的泥土，心裡很輕鬆似的。過一會說：「我走了，到那邊來信！」我望著他走出去。他走了幾步，回過頭看見我，說：「進去吧，裡邊沒人！」等他的背影混入來來往往的人叢裡，再找不著了。我便進來坐下，我的眼淚又來了。

近幾年來，父親和我都是東奔西走，家中光景，一日不如一日。我北來後，他寫了一封信給我，信中說道：「我身體平安，惟膀子疼痛得厲害，舉箸提筆，諸多不便，大約大去之期不遠矣！」我讀到此處，在晶瑩的淚光中，又看見那肥胖的青布棉袍、黑布馬褂的背影。唉！我不知何時再能與他相見！

(2) 下列文章為《山海經・夸父逐日》，這篇文章原本是用順敘法寫成（其結構請參見其下的結構分析表），請將它改寫成白話散文，而且要以「今昔今」結構來敘事，可適度地增加細節，文長不限。

夸父與日逐走，入日。

渴，欲得飲，飲於河、渭；河、渭不足，北飲大澤。

未至，道渴而死。棄其杖，化為鄧林。

其結構分析表如下

- 先：「夸父與日逐走」二句
- 中：「渴…北飲大澤」
- 後：「未至…化為鄧林」

2. 設計理念

所謂的今昔法，就是將時間中的「今」（現在）與「昔」（過去），依篇章需求作適當安排的章法，可能形成的結構有四：「由昔而今」（如果時間不長，可以稱為「由先而後」）、「由今而昔」、「今昔今」、「昔今昔」四種。其中「由昔而今」結構又稱順敘法，是最為常見、而且也相當有效的一種敘述結構，其次是「今昔今」結構，在這種結構中，「今」與「昔」會造成兩次呼應，而且時間最後會拉回到現在，所以美感非常強烈，因此許多名篇就是以這種結構寫成的（譬如前述朱自清〈背影〉，以及琦君〈一對金手鐲〉、鄭愁予〈錯誤〉等）。

一般說來，同學最常採用的是「由昔而今」結構（亦即順敘），甚至只會採用這種結構，因此本題組希望能訓練學生掌握「今昔今」結構的能力，所以第一子題先由閱讀入手，讓同學了解何謂「今昔今」結構？第二小題才是要求同學將一則簡略的敘述文，改寫成「今昔今」結構，並加以潤飾。如果同學能完成這兩階段的題目，相信對於同學敘事能力的提升，有一定的幫助。

3. 學生寫作成果

(一) 參考答案。其結構分析表如下：

- 今：「我與父親不相見」二句
- 昔：
  - 送行前：「那年冬天……他們去不好」
  - 送行時：
    - 先：「我們過了江……太聰明了」
    - 後：「我說道……我的眼淚又來了」
- 今：「近幾年來……何時再能與他相見」

(二)

枝葉向天空延展，貪婪地汲取每一滴雨水；根蜿蜒不斷向下，緊緊攫住由指縫間逃走的甘霖；用我的血肉灌溉的森林啊！你還忘不了嗎？拋不掉的愚蠢與執念。

我已忘了從何而來，為何而生，只依稀記得當初的凌雲壯志。握著我的手杖，睥睨萬物，何等風光！但，高處不勝寒，勝利的滋味沾黏住我的心，吐也吐不掉，不知何時也令人厭惡反胃。我定是發了狂，瞧那亮晃晃的就是不順眼，不對味，竟妄想與它競速。或許是我潛意識裡也希望輸個一回，即使賭上我的一切。提氣狂奔，一步就越過五個山頭，風在耳邊呼嘯而過。漸漸，氣息變得粗重，汗濕重衣，想歇歇腳，它卻在前頭，離我越來越遠。怎麼能停！世界只剩我和它，拄著手杖，溫度越來越高，蒸乾了我的血液，也喚回少許理智。渴啊！水！水！水呢？在哪？在……那裡！我大口大口地吞，想像可以流入我的血

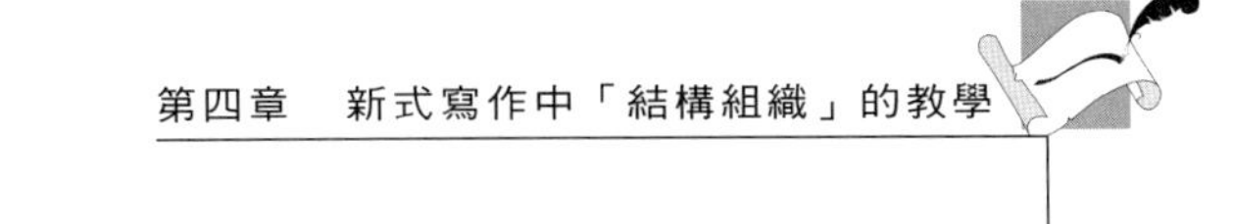

管，滋潤我的唇齒，但我什麼都喝不到，什麼都感覺不到，幻影！幻影！我只能痛苦地嘶喊著。視界慢慢變黑，在閉上雙眼前，彷彿看到我的手杖，扭曲著纏繞住我的指尖。

枝葉向天空伸展，似乎想抓住那夢想好久的它，也是徒勞。用我的血肉灌溉的桃林啊！你選擇重蹈覆轍嗎？（謝夢慈）

4. 檢討

關於第一個子題，老師可以在課堂上指導學生寫作，然後才延伸到第二個小題的寫作。前面的三篇學生作品，都是頗為嚴謹地依照題目要求來進行寫作，一方面符合「今昔今」結構，一方面也都能適度地潤飾情節，讓整個故事更動人。學生作品的結構分析表如下：

(三) 對比類章法

茲以立破法為例，提供參考。

1. 題組

(一) 對於一件事情可以有多種看法，有時大家習以為常的認知，卻不見得絕對正確；因此請你以一句格言或是俗諺為對象，找出其中的漏洞，將它寫下來，注意不要超過 30 字。

(二) 請以「先立後破」的結構，針對上面的格言（諺語）寫成一篇翻案文章，段落不拘。

2. **設計理念**

同學在中學求學過程中，大多學習過運用立破法佈局的文章，譬如王安石〈讀孟嘗君傳〉、〈答司馬諫議書〉，以及歐陽修〈縱囚論〉、劉大櫆〈騾說〉[27]等，都是箇中名篇，因此對立破法應該並不陌生。

立破法是根據對比的原理而產生的，其中的「立」是「立案」，「破」是針對此案的漏洞來破解，所以「立」與「破」之間是針鋒相對的，因此使得所欲探討的主題更加是非分明；而且「立」通常是積非成是的成見，也就是「心理的惰性」，當它被「破」推翻時，自然會促成讀者理解上的飛躍，效果極為突出。

就因為立破法是極為有效的章法，因此就以上述的題組訓練同學運用這種章法。在第一小題中，請同學先挑選一個需要商榷的格言，並將其中的漏洞用簡短的文字略作敘述（亦即作文中「破」的部分的簡述）；接著才在這樣的基礎上，以「先立後破」的結構寫成一篇文章。之所以要分成這樣的兩個階段，是希望同學能先進行深度思索，然後再從容佈局、一擊中的，寫成一篇讓人眼睛一亮的翻案文章。

3. **學生寫作成果**

第一小題：

---

[27] 其結構分析與說明詳見仇小屏《章法新視野》。

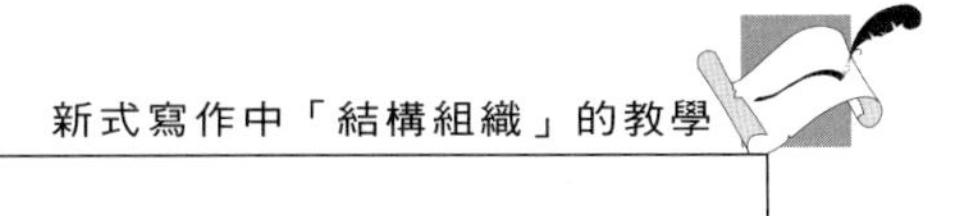

「破釜沉舟」。沒有後路，壓力一定很大，而壓力一大常會使人表現失常，就如聯考前要放鬆心情一樣。

第二小題：

古人常說：「破釜沉舟」，是指古代一次戰爭，軍隊搭船到進攻地點後，就將船完全破壞掉，使他們沒有船可以回去，每個人就抱著必勝的決心，所以攻無不克、戰無不勝。

這樣說固然有一點道理。但我認為軍隊的表現還是取決於平常的訓練，破釜沉舟不一定有效，而且當沒有後路時，訓練不足的人很容易壓力過大而表現失常，就如聯考前要放鬆心情一樣。所以我覺得「破釜沉舟」的說法有漏洞，只能說是花招，談不上什麼大道理。難道平時訓練不足的軍隊，給他們壓力就會獲勝嗎？（邱彥晟）

4. 檢討

邱彥晟作文的結構分析表如下：

┌立：「古人常說…戰無不勝」
└破：「這樣說…就會獲勝嗎」

整體來說，這個題組的寫作不僅可以訓練同學運用立破法的能力，而且在落筆之前，同學就已經以洞察力觀照這些流傳久遠的成語、俗諺，尋出其中的缺失處，再進行更深刻的思索，因此這個題組非常有助於同學思辨能力的提升。

此外，同學在這次寫作中常出現的毛病不外下列幾點：一是對俗諺或成語的理解有誤；二是立多破少，重心錯置；三是「破」的切入點不佳，難以說服人；四是直接破此說，而未依照題目規定形成「先立後破」的結構。如能針對這些缺點加以說明，相信學生對立破法更能心領神會。

第五章

新式寫作中「遣詞造句」的教學

寫作中的「遣詞造句」是一種對於詞句掌握的能力。當我們選擇材料以傳達情意時，必須使用貼切的符號，才能將文章的意象作初步的表現。就寫作來說，表意的符號就是「詞彙」。而運用詞彙進一步調整其表意方法，或作形式上的設計，以展現其美感效果，即是「修辭」。本章即從詞彙與修辭角度切入，分別論述兩者在寫作教學的應用。

第一節　詞彙在寫作教學的應用

詞彙是社會約定俗成的符號，是概念的表現形式。詞彙作為意象的初始符號（代碼），是一個音義結合，能夠獨立運用的最小的語言單位。詞彙還包括一些固定詞組，如成語、歇後語等熟語，於是形成了豐富複雜的、富有層次的現代漢語詞庫。要提高文章的表達能力，就要不斷豐富自己的詞彙。

一、辨形

詞語中的多義詞和同音詞造成了大量的錯別字。錯字是指不成字的字，別字是把甲字當作乙字來寫，同錯別字相對的是規範的正字。錯別字會程度不同地削弱詞語表達的藝術效果，所以要正確書寫字形，不寫錯字、別字，不寫被廢止的簡體字、異體字、舊字形等。寫錯字的原因大致可分下列三類來探討：

(一) 形近而誤

這一類錯別字的數量最多，如：

署假／暑　　掩沒／淹　　肆業／肄

因為字形結構相像，往往容易忽略。造成形誤原因約有以下三種：

1. 受相近偏旁、部件影響：如「染」的上方錯寫成「丸」；病入膏「肓」寫成「盲」。
2. 雙音詞受另一個字偏旁影響：如「模糊」的「模」寫成「糢」，「鞠躬」的「鞠」左邊寫成「身」。
3. 弄錯筆畫、誤寫筆形：如「卑」字中從「白」字撇出的斜撇誤分成豎、撇兩筆，或者錯把末筆的豎貫通「白」。

(二) 音近而誤

聲音相同的詞是同音詞，由於同音成分相當豐富，增強了辨認的困難，因此寫作中容易出現別字，主要有下列

幾種情況：

1. 音同（形義俱異）而誤：故步自封→固步自封；變本加厲→變本加利。
2. 音同形似而誤：如「辨／辯」。「辨」是詞，意思是「分辨、辨別」，「辯」也是詞，意思是「辯解、辯說」，這兩字不能互換。
3. 音同義近而誤：如「做／作」。在歷史上，「作」先出現，「做」作為「作」的同義字後出現，現在除某些意義用法相近有交叉外，已發展出不同的意義和用法。
4. 音近致誤：給于→給予；賦于→賦予。

儘管就一個一個字的讀音看來，同音現象似乎很多，實際上雙音節裡真正的同音詞並不多。再加上絕大部分的同音詞的意義可以從上下文確定下來，只要寫時注意檢查，分析意義，就能避免音近而誤。

(三) 義近而誤

我們常看到同學誤寫直截（誤作接）了當、陰謀詭（誤作鬼）計、自力（誤作立）更生、川（誤作穿）流不息，都是由於意義相近，而誤用的字。現在社會上把「啟事」誤用成「啟示」已相當普遍，如「徵人啟示」、「開業啟示」、「招領啟示」之類隨處可見。「啟事」是為了公開聲明某事而登在報刊或貼在牆壁上的文字；「啟示」是啟發指示，使有所領悟的意思。「啟事」是名詞，「啟示」是動詞。只要稍加注意，在拿不準的時候翻翻詞典，就可避免用錯。

二、辨音

詞一般都有固定的音節，各音節有固定的聲、韻、調。一篇好的文章讀起來總是琅琅上口，音調悅耳，這就是「聲情並茂」。所謂「聲」就著重在語音方面說的，它跟作品的語義內容即「情」是緊密結合，相得益彰的，底下分「諧調、聲調、節奏、押韻」來探討詞彙運用在語音上應注意的面向。

(一) 諧調

諧調是指字音組合的和諧優美，適當使用「雙聲詞」、「疊韻詞」、「疊音詞」、「摹聲詞」可以使字詞聲音的組合和諧優美，悅耳動聽。古人云：「疊韻如兩玉相扣，取其鏗鏘；雙聲如貫珠，取其婉轉。」兩個韻母相同的字放在一起，聲音特別響亮，鏗鏘悅耳；兩個聲母相同的字放在一起，發音部位一樣，說來自然順口。疊音詞在語音疊合時所帶來的影響有：響亮、明快和諧、悅耳、富於音樂性，突出了節奏感。應用文學的聲律來鑄句，配合文中的情景，慎為選字，可以求音聲的和諧，並增進文句的華美。下面是很好地使用了雙聲、疊韻詞的例句：

> 今夜的林中，也不宜於愛友話別，叮嚀細語——淒意已足，語音已微；而抑鬱纏綿，作繭自縛的情緒，總是太「人間的」了，對不上這晶瑩的雪月，空闊的山林。(冰心〈往事之二〉)

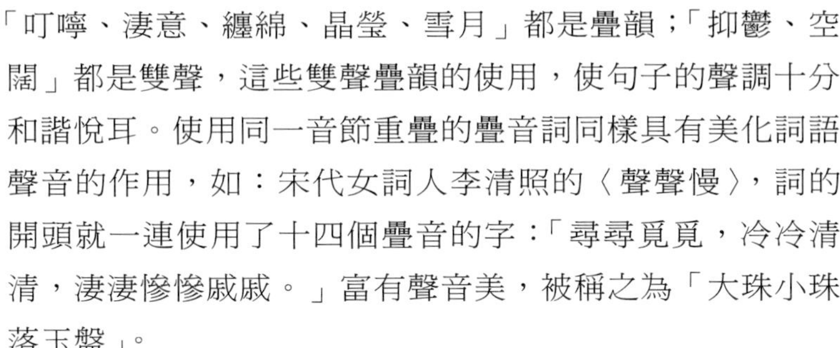

「叮嚀、淒意、纏綿、晶瑩、雪月」都是疊韻；「抑鬱、空闊」都是雙聲，這些雙聲疊韻的使用，使句子的聲調十分和諧悅耳。使用同一音節重疊的疊音詞同樣具有美化詞語聲音的作用，如：宋代女詞人李清照的〈聲聲慢〉，詞的開頭就一連使用了十四個疊音的字：「尋尋覓覓，冷冷清清，淒淒慘慘戚戚。」富有聲音美，被稱之為「大珠小珠落玉盤」。

(二) 聲調

漢字的聲調除了具有辨義的作用，在詞語組合時，如能適當交替配合，還可以增強語言的音樂性。平聲字聽起來高昂平直，仄聲字聽來婉轉低沉，兩者搭配就能使聲調發生抑揚頓挫的變化。成語在聲調的搭配上，往往很有規則，例如「光明正大」、「謙虛謹慎」是「平平仄仄」；「異口同聲」、「快馬加鞭」是「仄仄平平」；「風調雨順」、「山明水秀」是陰、陽、上、去四聲相遞，讀起來都非常順口悅耳。散文當然不必像詩歌那樣強調平仄，但適當注意句內平仄的搭配，對美化語音的聲調，增強藝術的感染力量，也有很大作用。如朱自清的〈荷塘月色〉，平仄搭配很有規則，聲調顯得十分和諧悅耳：

曲曲折折的荷塘上面，瀰望的是田田的葉子，葉子出水很高，像亭亭的舞

｜｜——｜——｜｜ —｜｜｜——｜｜｜ ｜｜—｜｜— ｜——｜｜

女的裙。層層的葉子中間，零星地點綴些白花，有嫋娜地開著的，有羞澀

｜｜— ——｜｜｜—— ——｜｜｜——— ｜｜｜｜——｜ ｜—｜

地打著朵兒的；正如一粒粒的明珠，又如碧天裡的星星，又如剛出浴的美

｜｜—｜—｜ ｜——｜｜｜—— ｜—｜—｜｜—— ｜———｜｜｜

人。微風過處，送來縷縷清香，彷彿遠處高樓上渺茫的歌聲似的。

— ——｜｜ ｜—｜｜—— ｜—｜｜——｜｜—｜——｜｜

(三) 節奏

漢語的寫作自古以來十分注意節奏，漢語是一種節奏性很強的語言，兩兩相對成為說漢語的人的一種語言心理，成語「花好月圓」、「萬紫千紅」，標語「新春快樂，萬事如意」、「機房重地，閒人莫入」，諺語「人無遠慮，必有近憂」、「尺有所短，寸有所長」，都體現這種節奏。節奏是指語音的起落停頓，像音樂的節拍一樣，整齊勻稱。由於現代漢語詞彙以雙音詞為多數，因此在語音停頓中，也以雙音節拍為主。例如：

原句：牲口牽回去，見天拉車，拉磨，種地，打柴火，要想牲口是從哪來的；分了東西就忘本，那可不行。(周立波〈暴風驟雨〉)

改句：……見天拉車，拉磨，種地，打柴，……

改句把「打柴火」變為「打柴」，「柴火」和「柴」同義，

這兒使用單音詞「柴」，是為了使音節調配更為整齊勻稱，跟上文的「拉車」、「拉磨」、「種地」等詞語的雙音節拍形式統一起來。又如朱自清的〈春〉：

> 盼望著，盼望著，東風來了，春天的腳步近了。一切都像剛睡醒的樣子，欣欣然張開了眼。山朗潤起來了，水漲起來了，太陽的臉紅起來了。小草偷偷地從土裡鑽出來，嫩嫩的、綠綠的。園子裡，田野裡，瞧去，一大片一大片滿是的。坐著，躺著，打兩個滾，踢幾腳球，賽幾趟跑，捉幾回迷藏，風輕悄悄的，草綿軟軟的。

這段文字鮮明的節奏感和詞語音節的整齊，句式的勻稱有密切關係。大量的雙音詞形成比較整齊的雙音節拍，並且又使用了對偶和排比的句式，句子和句子之間具有均衡一致的停頓和間歇，使語言具有很強的節奏感。

(四) 押韻

詩歌、戲曲和曲藝唱詞一般都押韻，因而順口、能唱、易記，為群眾所喜愛。押了韻，句與句之間有了語音上的回環往復，不僅和諧動聽，富有節奏感，而且易誦易記，引人思索。例如俗話說：「嘴上沒毛，做事不牢。」就比「嘴上沒鬍子，做事不牢」要好得多。一是「毛」和「牢」押韻，容易記憶和傳播；二是用「毛」有貶低輕視的色彩，進一步表現出對年輕人的不信任態度。

相同或相近的韻腳相隔一定時間重複出現，就形成一定的節奏感，這是運用音色而形成的。押韻可使音節回環應合，優美動聽，並且有助於思想內容的表達。朱自清說：「押韻使得同一個音在同一個位置上不斷重複，這種聲音的回環複沓，可以幫助情感的強調和意義的集中。」散文一般是不押韻的，但抒情性散文也經常會使用一些押韻的句式，使語調和諧暢達，並能助長文章的情思。例如：

> 我們佇立橘子洲頭，漫步湘江兩岸；回清水塘，登岳麓山；徘徊板倉小徑，依戀韶山故園……萬千思緒，隨山移水轉。正是杜鵑花開遍三湘的季節，鄉親們懷著深情厚誼，送給我們一棵帶著韶山泥土的紅杜鵑。（邵華〈我們愛韶山的紅杜鵑〉）

平仄、押韻要運用得適當自然，不可牽就形式，生硬拼湊，影響語言的正確表達。

三、辨義

詞彙中各個詞不是如沙子那樣各不相干的。它們之間是有聯繫有關係的，這表現在同義、反義等關係上。具有相關關係和相似關係的詞語，可以當作同義詞來運用；而具有反義關係的詞語，如果成對運用，往往可以造成強烈對比的效果。如果把詞語之間的這些多種多樣的關係聯繫起來，就構成了立體、豐富的同義詞關係語庫。此外，還要注意準確與模糊語義的問題。

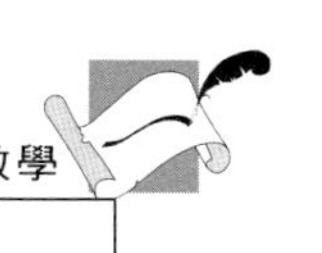

(一)運用同義詞

詞語選擇的基本原則是在具有同義關係的若干詞語中間選擇在此時此地此景中比較恰當的一個。同義詞語的意義是詞彙意義，這些豐富多彩的同義詞語，為提高表達效果和創造藝術美提供了廣闊的基礎。同義詞有兩大類：等義詞和近義詞。

1. 等義詞：等義詞是意義完全相同，在任何語境中都能替換的一組詞。如：

> 這是地道（道地）的茅台酒

無論在詞義、用法和附屬色彩上均無差別。

2. 近義詞：意義大同小異，或意義相同而附屬色彩、用法不同的一組詞。例如：

> 只見對面千佛山上，梵宇僧樓，與那蒼松翠柏，高下相間，紅的火紅，白的雪白，青的靛青，綠的碧綠。(劉鶚《老殘遊記・第二回》)

「紅」與「火紅」、「白」與「雪白」、「青」與「靛青」是一組近義詞，雖然都指顏色，但有所不同。用在相鄰的地方，正好顯出同中之異。

等義詞的數量很少，語言中更多的是近義詞，具有積極的意義和作用，是詞彙選擇的重要對象。它們可以幫助人們細緻地區別客觀事物或思想感情的細微差異，從而使思想表達得更加精確、嚴密，使詞彙更加明朗、顯豁、豐富。還可以避免語言無味、用詞重複，從而使一篇作品的語言更加生動而富有變化，達到更好的修辭效果。如魯迅的〈故鄉〉：

> 這只是我的心情改變了，因我這次回鄉，本沒有什麼好心緒。

「心情」和「心緒」是同義詞並用，如果改成一樣，就會減色不少。同義詞還可以滿足修辭上的諱飾、婉曲的需要，構成「委婉語」或「禁忌語」。例如「落後」和「後進」，「受傷」和「掛彩」，「死」和「去世」等都是同義詞，在為了避免傷害對方的自尊心，或避免犯忌觸諱的情況下，就可以用後面的一個詞構成「委婉語」或「禁忌語」，這對思想圓滿的表達，也有很大幫助。同義詞連用還可以加重口氣，達到修辭上的強調的目的。要消除詞義引起的歧義，主要方法是多掌握同義詞，以便在必要時互相替換。

（二）運用反義詞

處於反義關係的兩個義位必須有一個語義成分彼此對立或相反，同時其他語義成分必須相同，特別是表示類屬方面的語義成分必須相同。比如「古」和「今」，相同點是同指「時間」類屬，不同點是前者「進行新陳代謝」，後者「停止新陳代謝」。反義關係有兩種主要類型：矛盾關係和相對關係。如「死／活」、「真／假」、「男人／女人」等是矛盾關係，矛盾關係表示同一方面只有兩種可

能，非此即彼。「大／小」、「高／低」、「光明／黑暗」這些則表示相對關係。漢語反義詞除了必須有反義義位這個必要條件外，還要滿足幾個條件：

1. **音節數量盡量相等**：如：「好／壞」、「光明／黑暗」。
2. **風格色彩相同或接近**：如「高興」和「傷心」是反義詞，與「悲戚」不成為反義詞，因為「悲戚」帶有濃重的書面語色彩。

反義詞的作用除了表示事物、行為、性狀等的對立，還能幫助構成不少雙音詞、成語。如：動靜、始終、水落石出、七上八下等。恰當地運用反義詞，反而使形象更鮮明。如：

> 不作風前的楊柳，要作岩上的青松。（程光鋭〈雷聲萬里〉）

（三）詞義的準確與模糊

語言表達的最基本的要求就是準確地傳達信息，並且避免歧義誤解。我們常說「用詞不當」，一個詞如果不是生造出來的，它本身是無所謂當與不當的，只有把它放在特定的上下文裡，才發生當或不當的問題。要避免用詞的錯誤，不僅要了解每個詞的意義，還要注意它常跟哪些詞配合。造句的時候，要仔細檢查相關的詞配得是否適當，合不合習慣。

有些詞語用得太頻繁，變成了口頭禪，我們很容易忽視它們的本義，拿來跟意義相反的詞語連用，因而產生了矛盾，例如：

> 現在因為各方面照顧得周到，差不多根本就沒有死去的犯人。

「差不多」和「根本」矛盾，必須刪去一個。有的矛盾是來自「否定與肯定」，一句話裡用兩個否定詞，就含有肯定的意思。假如連用三個否定詞，負負得正，正負得負，就又變了否定。這是很容易弄糊塗的，例如：

> 我想應該是不必敘述，沒有誰不會想像不出的。

「沒有誰不會想像不出」等於說「誰都想像不出」，原意卻是「誰也想像得出」。

至於語義模糊現象有時來自語言中大量的同義詞和多義詞，這種詞義的邊界常常不清晰，如「美麗」和「漂亮」，「大約」和「大概」。許多詞語的意義都是模糊的，因為客觀事物本身就具有模糊性，顏色、年齡、季節、景物和心情，時間、空間和關係本身都是連續不斷的一個流動，往往並沒有一個明確的界限。認識主體的認識層次越是淺，認識越容易精確，而認識的層次越是深，認識也就越是容易模糊。意象不是自然物的複印，文字的繁複朦朧反而賦予其適度的可塑性，以激發讀者的美感反應。精確的「小女年十七」，就遠不如「二十尚不足，十五頗有餘」更像是詩歌語言。應該準確的就準確，必須模糊的就模糊，使它們各得其所。文字作為符號，既有清晰性，又有模糊性；寫作者的創作，一般說來，既有深層的思考，又有情感的跳躍；寫作者是惜墨如金、追求意在不言中的。

四、辨別色彩

一個染工可以識別二十多種黑的顏色，普通人不過數種。同樣的道理，對於現代漢語的詞彙有豐富的感性理性知識，遣詞用字也可以更準確更講究。許多詞除了它的意義外還有附屬色彩，其中較重要的是形象色彩、感情色彩和語體色彩。用詞精確包括有時要顯示不同的語體感情色彩，挑選恰當的同義詞。詞的色彩意義，指詞語理性意義之外的主要同環境有關的意義，人們對客觀事物的認識多少帶有自己的主觀傾向，這種主觀傾向不是臨時附加的，它具有相當長時間的穩定性與理解、接受的社會性。

(一) 形象色彩

漢語詞彙的形象性十分突出，頗具特色。諸如：

龍眼、銀耳、佛手、炒冷飯、敲邊鼓

每一個形象語都是一個形象生動的比喻，它們的特點是用其他事物的形象或相似點來指稱本事物。這些瑰麗多姿的形象詞語生動如畫，豐富了漢語詞彙的寶庫。而我們對詞語的選擇和搭配又總是受到社會文化意識的影響和制約，在漢人語言中，一提到大，便是天、地、海；一提到小，便是芝麻、綠豆、巴掌；說胖便是豬，彌勒佛；說瘦便是猴子、電線杆、火柴棒；對於女性的美，便是王昭君、楊貴妃、西施。

同思想概念活動相隨的表象、想像活動，會在人看到反映具體景物的詞句時，在腦海中造出個體的形象圖畫，增強具體性的感受。這種情況，有人把它叫作詞的形象義或形象色彩，它指詞義本身包含的人們對所指對象某種形象的想像成分。具有形象色彩的詞常常能將抽象的事理、行為具象化、形象化。掌握這些有形象色彩的詞並用得恰到好處，可以使語言表達生動、形象。如：

> 鄉親們為他舉行洗塵飲宴。

「洗塵」意指「設宴歡迎遠道而來的人」這一行為。人們用「為客人洗去塵土」這樣一個可親可見的動作來指設宴迎客的行為，比「招待」之類的詞既形象生動，又典雅含蓄。

(二) 感情色彩

詞有一定的「色彩」，拿動物來說，物理世界的動物同文化世界的動物就具有不同的品格和色彩。如：

> 褒義：龍、鳳、羊、鶴、青鳥、燕子、雙鯉魚、鴛鴦、比目魚、比翼鳥
>
> 貶義：狼、狗、烏龜、豬、驢子、狐狸、老鼠、蒼蠅、烏鴉、鴨子

這就是這些動物在中國文化中的零度形象，也就是常規的

文化色彩。

情感色彩意義指人們對客觀對象作概括、反映過程中所伴隨的主觀傾向和態度等附加意義。一般來說，漢語詞義情感色彩包括褒義、貶義和中性這三類。

1. 褒義色彩：在描述、認識事物、現象和行為的本質屬性基礎上附加上肯定、喜愛、讚揚這一類傾向。含有這種傾向的詞叫褒義詞。類似的褒義詞如：

 鼓勵、果斷、勇敢、成果、團結、技巧、保衛、愛護、機靈

2. 中性色彩：在描述、認識事物、現象和行為的本質特徵時較少或不帶有附加主觀傾向，含有中性色彩意義的詞叫中性詞。中性詞在漢語詞庫中數量最多，類似的中性詞如：

 勸說、接受、保持、說明、學習、收藏、結合、大小、河流

3. 貶斥色彩：在概括、反映理性意義基礎上皆加了否定、貶斥等色彩。含有貶斥色彩的詞叫貶義詞。如：

 煽動、惡果、武斷、粗魯、抗拒、伎倆、庇護、勾當、陰謀、和事佬

詞義含褒貶，敘述同一件事，兩個人的立場不同，說法也就可以不同。有很多詞看來很相像，可是有的帶贊許的意味，有的帶貶斥的意味，有的是中性的，界限分明，不容

混淆。用錯了就可能鬧很大的笑話或者犯很大的錯誤。例如：

> 我的能力雖差，但是只要努力學習，把持時間，仍是有希望的。

「把持」是帶貶斥意味的詞，如說「貪官污吏把持政治」，這裡該用「把握」。

詞典中注釋感情色彩只分褒義、貶義兩大類型，一般只注出有強烈鮮明的感情色彩的詞。大部分詞不帶固定的感情色彩，是中性詞。這裡談的詞的感情色彩，是指固定在詞上的感情色彩。此外，感情色彩還可細分如下：

1. **語意輕重不同**：有些同義詞的細微差別表現在語意的輕重上面。例如：

　　祝賀／慶賀　　批評／批判　　責備／責罵

這三組同義詞中，前面的詞義輕，後面的詞義重。

2. **範圍大小不同**：有些同義詞所指的雖然是同一種事物，但其中有的所指範圍大，有的範圍小，各不相同。例如：

　　房子／房間　　戰爭／戰役　　時代／時期

這三組同義詞中，前面的詞義的範圍大，後面的詞義範圍小。

3. **具體和概括的區別**：有些同義詞雖然都是指同樣事物，但某些詞所指的是具體的、個別的，有的則專指概括

的、或集體的。例如：

河流、河　　書籍、書　　花卉、花　　湖泊、湖

4. 適應對象不同：有些同義詞雖然所代表的概念相同，但其適應的對象，卻有上、下，內、外等等之分。也就是說它們往往同說話者所處的地位有關。例如：

改正：消極事物——改進：積極事物
充足：具體事物——充分：抽象事物

適當使用一些感情色彩鮮明的詞語，可以大大增強文字的感染力量。反之，錯用了褒貶詞，就不能準確地表達思想感情，容易引起誤解，甚至造成立場觀點的錯誤。

(三) 語體色彩

詞義的語體色彩和情感色彩一樣，都是同義詞本身的構成成分，也具有相當長時間的穩定性和理解的社會性。同一事物或概念，不同語體中有不同的說法，適當採用一些語言的社會變體，也可以大大提高表達的效果，或使對方感到親切，或顯示出幽默風趣的色彩。而在文學作品中，有利於渲染氣氛和塑造人物形象。

語體色彩首先分為兩大類：

口語詞：小氣、散步
書面語詞：吝嗇、蹓躂

文藝創作常常根據需要，運用不同風格的詞彙，使文藝寫作的書面語顯得很有表現力。不少作家，敘述語言較多用書面語詞彙，對話則多用口語詞彙。但是寫作時不能濫用書面語，在需要自然地說明問題、敘述事實時，應避免用書面語詞彙。下例是有毛病的：

你既然沒錯，何必懼怕人家批評呢？

「懼怕」應改為「怕」。詞義的語體色彩在詞典中不可能完全反映出來，我們要通過大量的語言材料去體會、學習，在實踐運用中把握。否則，即使理性意義很正確，也會因語體附加色彩不當而使表達不和諧。如：

那十年的生活是一個何等可怕的夢啊！

「何等」有明顯的書面色彩，所以作家在第二版中把它們換成了「多麼」。

有時候，適當運用古詞語可以創造出典雅、莊重、委婉、含蓄的情調。例如俞平伯〈槳聲燈影裡的秦淮河〉寫道：

今年的一晚，且默了滔滔的言說，且舒了惻惻的情懷。

如果去掉「且」，「舒、默」，「言說」和「惻惻」，全部改用現代漢語的詞彙，就會失去了這種典雅的色彩。在切合題旨情趣的前提下，恰當地使用某些文言詞語可以增強表達效果。

五、成語、熟語的運用

詞彙不僅包括詞，也包括某些特殊的「語」，可以統稱為熟語。熟語構造比詞複雜，一般是詞組或句子的結構，但它們的格式和構成成分比較固定，意義往往有整體性，一般也作為語言的建築材料來使用。熟語的範圍相當廣，包括慣用語、成語、歇後語、諺語、格言等，其中以成語的用法最值得注意。因此本單元獨立出成語一節，其餘歸入熟語討論。

(一) 成語的運用

成語的特點在其精鍊、形象，精鍊指言簡意賅，形象指有的成語能引起人的表象、想像活動，得到情態形貌的感受，因此在文章中有廣泛的運用。有時文字需要形象，但又不能用語過多，這時候，最好選用恰當的成語。在運用成語時，必須注意下列幾點：

1. **理解成語的意義**：要了解成語的意義，就應當分析其結構，並且推究其來源以及意義的變化。例如「水落石出」：

   來源：描寫秋天和冬天的景色

   變化：鬧得人人皆知和終於真相大白（擴大）

2. **了解成語的用法**：有些成語字面上相差不多，可是在意義上和感情色彩上卻有很大的區別，例如：

無微不至：愛護照顧的周到

無所不至：什麼都幹得出來

運用成語要正確了解它的意義，不可望文生義，否則，往往會因似是而非而用錯。如：

他慷慨大方，朋友有事相求，他一諾千金。

他辦事很老練，這件事他也處理得珠圓玉潤，叫各方都滿意。

「一諾千金」是一許諾就價值千金的意思，講的是信用。這裡把它理解為「答應給千金」了。由於沒有恰當的成語可用，可改為「一答應就是上千元」。「珠圓玉潤」一般用來形容歌聲委婉曲折，又自然流暢。這裡沒有合適的成語可用，可改為「穩妥周到」。

3. **採用成語的一般通行的形式**：在運用成語時，必須注意它的定型性，採用合於規範的形式，不能任意地加以拆散和變動。例如：

郊區到處還有未曾清除的斷壁殘垣。

有時候也喜歡和同學們言歡談笑。

「斷牆殘垣」形式上像成語，實際卻不是。相當的成語是「斷垣殘壁」。「言歡談笑」是硬湊的，只用「談笑」就夠了。

4. **注意成語的寫法**：要規範地運用成語，還必須把其中的每個字寫得正確，以避免引起誤會或鬧笑話。例如：

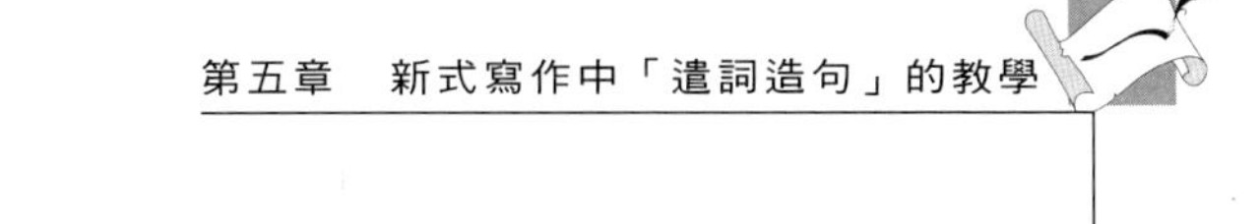

變本加厲→利　　濫竽充數→芋

(二) 熟語的運用

(1) 慣用語

慣用語是表述一種習慣含義的固定詞組。慣用語以三個字的居多。如：

出難題　　吃老本　　踢皮球　　交白卷　　碰釘子　　潑冷水

慣用語中間有時插入一些詞語，也可以顛倒其中成分的次序，成了一般的語句，但它所表達的習慣意義不受影響。如「吃（蝕了）老本」也仍表達它的習慣意義：憑過去的功勞成績取得地位待遇。慣用語的整體意義不是其構成成分意義的簡單相加，它的主要特點是意義的比喻引申。比如「踢皮球」不是說「拿個皮球來踢」，而是指「對工作推來推去，不肯負責任」的意義。「走後門」不是指「從後門走進」，而是說「通過人情關係佔便宜」。慣用語絕大多數來自群眾生動活潑的口語，所以往往多見於口語，這是與成語不同的地方。它通俗易懂，常與群眾俗諺俚語混雜在一起使用。即使來源於典故、傳說的慣用語，如「借東風」、「念緊箍咒」、「抱佛腳」等也是群眾十分熟悉的。由於使用的都是生活中活的比喻，所以慣用語能生動形象地描繪事物。多數慣用語都用於貶斥、諷刺等，所以含蓄和幽默的意味也很濃，如「我搔到了他的癢處」。

(2) 歇後語

同成語性質相近的是歇後語，可以說是另一種形式的成語。歇後語前半一般是形象的表達，後半解釋這一形象表述的含義，同時用比喻或雙關的手法，表示其實際意義；有時，後半的解釋直接表示這個歇後語的含義。其間的關係可以說明如下：

前半（形象的表述）	後半（對形象表述的說明解釋）	實際意義
瞎子點燈	白費蠟（比喻）	白費功夫
牆上掛門簾	沒門兒（雙關）	沒有門路

常見的構成歇後語的材料有：

1. 日常習見的事物現象：「竹籃打水：一場空」。
2. 歷史故事、傳說：「周瑜打黃蓋：一個願打，一個願挨」。
3. 虛構形象：「閻王爺貼告示：鬼話連篇」。

歇後語形象風趣，寫作和口語中經常運用。如：

> 一張紙畫個鼻子，好大的臉！說話哪像個沒人家儿的大姑娘呀！（老舍〈龍鬚溝〉）

而且它的解釋說明是約定俗成的。「棺材裡的老鼠：吵死人。」不是咬死人、陪死人。由於生活中可供創造歇後語前半形象表述的材料很豐富，它表達的也不必是經驗或某些有意義的內容，所以比起諺語、俗語來，歇後語更易構成。

(3) 諺語、格言

熟語當中，成為獨立的句子來說明一種意思的，就是諺語和格言。諺語是一般人在口頭上流傳的通俗的話，格言則多數具有教育意義。

諺語廣泛用於說明、記述，使文字生動形象。如：

> 啊喲，你現在是得意了，——地位也高了，朋友也多了，貴人多忘事，怪不得你記不起我這老同學，老朋友。（茅盾〈腐蝕〉）

諺語有時還可以用來作為說理的根據，證明某種思想觀點。這是一種特殊的論據，既有邏輯的概括力、說服力，語言又簡明，有時還很形象。如：

> 俗話說：「三百六十五行，行行出狀元。」平凡的工作看起來沒有什麼驚人之處，但任何一項工作都大有學問。

諺語、俗語還廣泛用於記述、說明和人物語言，如：

> 這有什麼了不起。船到橋頭自然直，就像人死了進火葬場。

諺語是大眾口頭流傳的通俗而含義深刻的固定語句，具有傳授經驗和教育勸戒的作用。它的語句通俗易懂，描摹深刻，趣味濃郁，包含著重要的人生經驗，具有廣泛的使用基礎。

格言則是言簡意賅的警句，一般出自名人、名著。

如:「天下興亡，匹夫有責。」「知識就是力量。」等我們可以運用古今中外的格言、名言來加強文章的說服力。如:

「生命有如鐵砧，愈被敲打，愈能發出生命的火花。」(伽利略)所以愈是遭遇挫折，愈能磨鍊我們的意志。

「己所不欲，勿施於人。」(孔子)我們要換個角度，多為別人想一想。

多方運用格言可以提高文章的境界，與諺語又能雅俗互用，增加作品的深度與廣度。

六、例題:形象、感情、語體色彩

(一)題組

1. 請比較下面相同內容的兩段文字，哪些用著重號標出的詞語，在色彩上有什麼不同，為什麼要做這樣的修改。

(1)原句:「比去年都不如，只有五塊錢!」伴著一副懊喪到無可奈何的嘴臉。

改句:「比去年都不如，只有五塊錢!」伴著一副懊喪到無可奈何的神色。

(2)原句:爹，你坐下休息吧。

改句:爹，你坐下歇會兒吧。

2. 請說明下列例句中加點的文言詞語的是否需要、協調？

（1）這幾個人均是我的好友，皆中學時期的同學。

（2）老同學都關心我們的學習，語重心長地談了他們積四年之經驗。

（3）那時候我年幼，尚不省事，每天只知道玩。

3. 請運用下列各組感情色彩不同的同義詞，各造一段 100 字以內的短文。規定字眼出現時，要用括號括起來。

（1）貨物、貨色

（2）顛覆、推翻

（3）頑強、頑固

（二）設計理念

詞有色彩，分形象色彩、感情色彩、語體色彩等不同差異。有些詞語用它的比喻義，就立刻予人形象鮮明生動的感受，這又跟它的文化積澱有關，它的意涵因民族而異。感情色彩有褒貶、輕重、範圍、對象之異，不可誤用，用錯了就要鬧笑話。在不同的語體裡，也有口語、書面語、文言語體的差異，都要予以細分。因此本題就先從作家們的改句開始，體悟到同一句式中，色彩誤用的差別。再來改正平日寫作中文白相雜的壞毛病，使文句中的詞語色彩都能合乎當下使用的規範。最末學習運用色彩不同的同義詞語造句寫作，更進一步鍛鍊辨析詞語色彩的能力。

(三) 學生寫作成果

◎第一小題參考答案：

1.「嘴臉」在感情色彩中屬於「貶義」，因此作家在改句中將之改為色彩中性的「神色」。

2.「休息」的語體色彩為中性，由於稱謂使用文言語體的「爹」，因此改句中使用「歇會兒」，讓語體色彩趨於一致。

◎第二小題參考答案：

1. 均→都、全；皆→全是、同樣是。

2. 積→累積；之→的。

3. 尚→還；省事→懂事。

◎第三小題學生實作：

1. 貨物、貨色

有一天，有一位送貨員正辛勤的送貨。今天的最後一項貨物就是要送到王太太家的電暖器。抵達王太太家時，送貨員說：「你的『貨物』來了！可是現在是夏天哪！」她認為送貨員在罵她，生氣地說：「你是什麼『貨色』，敢批評我！」之後，就摔門進家了。(內壢國中，陳映廷)

月黑風高的夜晚裡，一艘舢板正緩緩的向臺灣駛來。「喂，這一次運來的『貨物』品質如何？」「不必擔心，這次的『貨色』都是最上等的呢！」在交談之際，一道強光打亮了海面，隨之而來的，就只剩毒販的驚慌叫聲了。

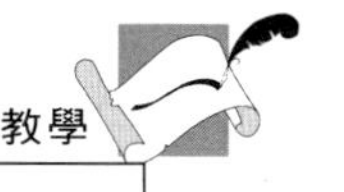

（內壢國中・盧威廷）

我去了一家專賣收音機的店，裡頭的「貨物」很多，商品的「貨色」也很齊全，使得我不知該買哪一個。店員為我解說了老半天，而我卻買了一臺最便宜，功能最少的收音機。當我提著它走出門外時，店員的臉色似乎不太好看。（內壢國中・黃亭捷）

2. **顛覆、推翻**

要當一位成功的年輕領導者，首先要做的就是「顛覆」個人的傳統理念；再來要去學習如何融入青少年的生活，使年輕人都能感覺到你的親和力。「推翻」老舊思想是很重要的事，但別忘了，因為有前人的想法，才有現在的觀念啊！（內壢國中・林承輝）

現代人逐漸「顛覆」了男尊女卑的刻板印象，女性地位提高，不再是家中相夫教子的小女人了！男人做的工作，女人也一樣可以，並沒有什麼性別之區分。所以現在正積極的「推翻」男性專權，走向兩性平等的社會。（內壢國中・羅思瑀）

在古希臘時期，大家都認為物質是一體成形的。但是有一位哲學家留基伯卻認為：「物質是由原子所組成的。」「顛覆」了眾人的思想。可惜不能得到當時哲學家們的認同及證實，所以很快就被「推翻」了。（內壢國中・胡勝哲）

3. 頑強、頑固

病情惡化前，一向「頑固」、執拗的弟弟，常使爸媽不知如何是好。病情嚴重後，弟弟變得聽話、懂事，不再抗拒藥物及各種治療。雖然爸媽不願意讓他承受那麼多的痛苦，但弟弟「頑強」的生命力，彷彿在告訴大家：我會努力的活下去。（內壢國中・楊詩萍）

蒲公英飄啊飄，正朝著夢想與希望前進，靠著「頑強」的毅力尋找下一個住所，不怕日晒，不畏風寒。而「頑固」的蒲公英總是纏著人們不放，執著地問道：「哪裡才是我的夢想？」（內壢國中・陳佳妤）

如果你曾仔細觀察這個社會，你會發現各式各樣的人。許多殘障者會努力、「頑強」的活下去；反觀有些見識短淺，自以為是的「頑固」者，把別人的意見當成陷害，實在是相差太多了。（內壢國中・張森雅）

(四) 檢討

本次實作，主要目的在要求同學自覺地辨析詞彙的色彩。同學們的用詞之所以格格不入，或者有瑕疵，往往都是在詞彙色彩上出了差錯。

針對國中二年級學生所設計的實作，有必要先簡單說明何謂形象、感情、語體色彩，並且利用課堂上的公開討論，讓同學就第一、二小題提出自己的意見或看法。由於題目的難度已降低許多，同學們幾乎異口同聲，很快地說

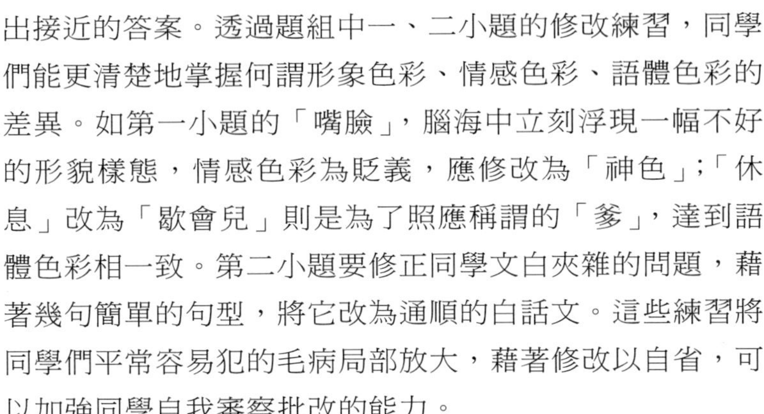

出接近的答案。透過題組中一、二小題的修改練習，同學們能更清楚地掌握何謂形象色彩、情感色彩、語體色彩的差異。如第一小題的「嘴臉」，腦海中立刻浮現一幅不好的形貌樣態，情感色彩為貶義，應修改為「神色」；「休息」改為「歇會兒」則是為了照應稱謂的「爹」，達到語體色彩相一致。第二小題要修正同學文白夾雜的問題，藉著幾句簡單的句型，將它改為通順的白話文。這些練習將同學們平常容易犯的毛病局部放大，藉著修改以自省，可以加強同學自我審察批改的能力。

第三小題的短文實作，由於有以上的練習作基礎，同學們在寫作之前，多會三思而後文，比平日多用了一些心思斟酌詞彙的色彩。經過了一連串的嘗試努力，同學們在寫作時更能夠注意詞彙色彩的不同，並將它們安排進合適的上下文裡，這是本次實作的收穫。

第二節　修辭在寫作教學的應用

修辭是「語文智能」（「修辭方面的能力」、「記憶方面的能力」、「解釋方面的能力」）之一，寫作中描寫能力的具體實踐。與「立意」、「運用詞彙」、「構詞與組句」、「取材」、「運材與布局」、「選擇文體」、「確立風格」交織形塑成語文的「特殊能力」。

大抵修辭展現字句「形象思維」的表達力，力求精確生動，優美創新，為寫作中評定的項目之一。朱作仁即指出「小學作文評定標準」,「修辭」分值為十二。

項目	分值	評定標準
10.修辭（能用常用的修辭方法。）	12	能正確運用以下一種方法者給4分，能用三種以上者給12分；某種方法基本能運用（有時用得不甚恰當）給2分。1. 比喻 2. 比擬 3. 排比 4. 誇張 5. 對偶 6. 對比

（朱作仁主編《語文測驗原理與實施法》，上海：上海教育出版社，一九九一年初版）

由是觀之,「中學作文評定標準」可由此斟酌國中、高中作文的評分比；依國中、高中階段語文能力指標，有所略增。

據教育部所頒布「寫作的指標系統」中「修辭」的「表現標準」如下：

表現標準			
小四	小六	國三	高三
3. 寫出完整的句子。	5. 有效運用常見的修辭技巧，如：比喻、擬人、疊字詞等。	7. 有效運用各種修辭技巧。	9. 靈活運用各種修辭技巧。

（歐陽教等《我國中小學國語文基本學力指標系統規劃研究》精簡版，臺北：教育部，2001年初版）

逮及九年一貫課程綱要「修辭」三階段「能力指標」，分別為：

F1-1-2-2 能在口述作文或筆述作文中，培養豐富的想像力。 F1-8-2-1 能分辨並欣賞文章中的修辭技巧。	F2-8-2-1 能理解簡單的修辭技巧，並練習應用在實際寫作。 F2-10-2-1 能在寫作中，發揮豐富的想像力。	F3-7-2-1 能養成反覆推敲的習慣，使自己的作品更加完美，更具特色。 F3-7-2-2 能靈活的運用修辭技巧，讓作品更加精緻優美。

（《國民中小學九年一貫課程綱要語文學習領域》，臺北：教育部，2003）

可見修辭是「欣賞、表現與創新」的寫作能力。如何於「分辨」、「欣賞」、「理解」之餘，「練習應用」、「有效應用」、「靈活運用」，當是修辭的進徑：由語文的工具性，邁向文學性、文化性；由描寫的正確性，邁向活潑性、新穎性的語境；在在展現思維力與想像力結合的豐沛創思能量。

一、設計理念

以語文智能為主的讀寫教學，進路有三：一、以教師為主導；二、以學生為主體；三、以設計為主線。

就教師層面，旨在藉由教學與設計，確立語文知識，培養能力（一般能力、特殊能力），激發創思（創造力），形塑素質，建構創造人格。

就學生層面，覺察小學（低、中、高）、國中、高中、大學等，不同階段的認知心理，依據各階段能力（思維力、觀察力、記憶力、想像力）指標，開拓莘莘學子創思的認知（敏覺力、變通力、流暢力、精進力、獨創力）與情意（好奇心、冒險心、挑戰心、想像心）。

就設計層面，自莘莘學子認知心理學與能力指標出發，結合新（限制）式題型，形成「單一能力」的編序設計與「綜合運用」的多元設計。

職是之故，就修辭而言，教學模式依序有三：

1. 教師宜掌握常用、重要辭格（陳述性知識，語文信息）。

2. 深知單一辭格運用要點，綜合運用的類別（程序性知識，語文技能）。

3. 建立評判辭格運用優劣之標準（條件性知識，認知策略）。

至於教學設計，取徑有三：

1. 辭格與新（限制）題型相結合，有辭格的「仿寫」、「續寫」、「擴寫」、「改寫」等。

2. 辭格與創思認知相結合。以比喻（譬喻）為例，即有攸關「比喻的敏覺力」、「比喻的變通力」、「比喻的流暢力」、「比喻的精進力」等不同之設計。

3. 辭格與創思策略相結合。以「曼陀羅思考法」為例，即可藉由九宮格的學習單，訓練莘莘學子「博喻」、「排比」等辭格的豐富書寫。似此創思「策略」，又稱「提升創造力與問題解決的思考技法」，可參張世彗《創作力——理論、技術技法語培育》（臺北：五南出版社，2003）。

至於本篇題型設計，則鎖定「強迫結合法」（又稱「強制關連法」、「強迫組合法」），藉以激發、檢視莘莘學子的造句藝術，一窺「既限制又自由」的修辭能力。

二、教學實施

「強迫結合法」的教學實施，可自實施要點、引導語二端切入。

(一) 實施要點

1.「強迫結合法」是將兩個不相關的語詞強迫結合，自由造句。比單一詞語的「自由聯想法」更具有難度，更具挑戰性。

2.「強迫結合法」貴於自貌似毫無關係中，找出新的關係；在看似不搭的語詞中，發展出新的聯結。因此，如何化遠距為近鄰，化偶然結合為必然情理，化應然、被動為實然、主動，正是創思關鍵所在。

3. 至於兩個不相關語詞的連線，可以一意流轉，白描敘述，不介入修辭技巧；亦可介入修辭技巧，形成特殊的表達方式。

(二) 引導語

兩個不相關語詞的造句，大抵有兩種思考模式：

1. 縱向思維：歷時性

注重「時間」先後流程，講究兩者間「因果」關係，展現分析、演譯、衍生的抽象思維與形象思維。

2. 橫向思維：共時性

注重「空間」並列關係，講究互補「映襯」關係，呈現比較、歸納、多樣的抽象思維與形象思維。

三、作品分析

題目一

運用「樹葉」、「盤子」造句，五十字以內。兩個語詞，次序不拘，必須用引號標示。以能結合修辭技巧者為佳。如：

> 「樹葉」盛載著朝露的溫潤，「盤子」裝盛著母親愛心的佳餚，日復一日。（鄭又寧）

(一) 作品

1. 「樹葉」自樹梢落下，便註定回歸土壤，滋潤大樹；「盤子」自廠商處出品，便註定回不到初始處，好壞皆由己。
2. 兒女如飄零的「樹葉」，隨著風的吹拂，不知何處是歸途；父母如餐桌上的「盤子」，盛裝一道道的佳餚，卻等不到兒女的品嚐。
3. 透過「樹葉」的葉脈，白紙成了一幅幅精美的葉拓；透過「盤子」光滑的表面，白紙除了色彩，繪不出任何紋路。人生，還是凹凸不平點較好。

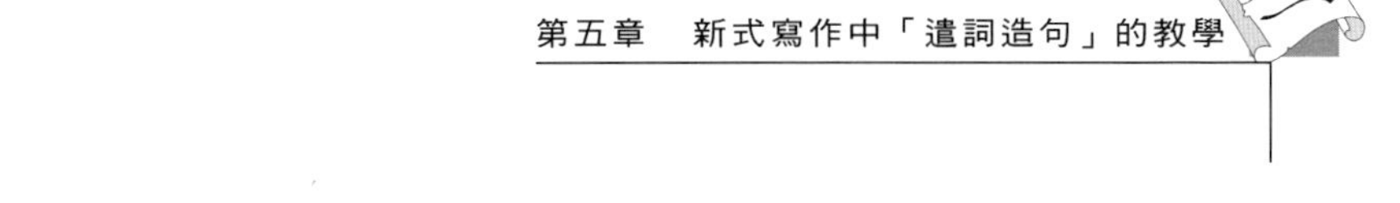

4. 秋天到了，「樹葉」便自樹梢一一落下；時歲推移，「盤子」逐漸失去光潔面。人生便是如此，生命的循環早已註定好了。
5. 平地人用「盤子」盛裝色香味俱全的佳餚，原住民用「樹葉」盛裝自然風味的野味。文明和原始的生活方式不同，卻各有獨特的味道。
6. 被毛毛蟲吃掉的缺口，並不會影響到「樹葉」行光合作用的功能；被父親摔破的「盤子」，縱然用快速膠黏了一回又一回，卻依然無法再盛裝媽媽的美食。
7. 狂風窸窣吹著的「樹葉」，發出鬼嚎的聲響，使得迷路的旅人更加恐懼，唯賴如「盤子」的皎潔明月，供給唯一的光亮。
8. 孩子的圖畫裡，「樹葉」總是綠色，而「盤子」總是圓形。卻不曾仔細觀察，自然的綠是漸層的，而人造的盤也非單一的圓。
9. 孩子以充滿疑惑的語氣問母親：「為什麼會有一個『盤子』卡在『樹葉』中間呢？」母親以責備的語氣回答道：「不要胡說八道」。孰不知，外星人正逐步入侵地球……（一至九例　陳芳莉）
10. 眼前的「盤子」呼喚我巨大飢餓；抬頭望月時映入眼簾的「樹葉」，呼喚我這遊子的思鄉情懷。
11. 榕樹的「樹葉」是可以任意彎曲對折神奇的小「盤子」。（十、十一例　楊于儂）
12. 秋天來了，火紅的楓葉帶來了陣陣秋意，「樹葉」被徐徐的涼風吹的一片片落下，輕然飄落在野餐的「盤子」

上。

13.爸爸媽媽又吵架了，我就像一棵沉睡又弱小的黃金葛，小小的「樹葉」已被爸媽丟的滿天飛的「盤子」砸的疼痛不已。（十二、十三例　陳蕾玲）

14.紅花雖美，也要有「樹葉」陪襯；佳餚再美味，也要有美麗的「盤子」才更令人享受；不要小看自己，就算是一顆小小的螺絲釘也是有大大的用處。

15.「樹葉」的離開是風的追求或是樹的不挽留。「盤子」的破碎是你的故意還是我的心意？（十四、十五例　吳岱容）

16.女人如「盤子」，等待玫瑰與麵包；男人如「樹葉」，嚮往招風與墜落。（筆者）

17.雪地裡，飄落的「樹葉」輕輕地點綴大地逐漸染成銀白色的「盤子」。（鄧筱君）

18.大地是慈祥的媽媽，包容「樹葉」的親吻、「盤子」的重擊。（陳靜雯）

19.枯黃的「樹葉」落在金碧輝煌的「盤子」上，更顯出它的悲涼。（沈盈吟）

20.狂風吹過，老榕樹的「樹葉」如同打破的「盤子」，灑滿一地。（許肇凌）

21.「樹葉」上的晨露是昆蟲的甘泉，「盤子」裡的提拉米蘇是姊姊的佳餚。（陳怡安）

22.「樹葉」是森林的「盤子」，用來承載清晨珍貴的露水。（林玟君）

23.熱帶雨林中驟然下起大雨，「盤子」般大的「樹葉」底

下就成了小動物最好的躲雨處。（蔡蕙如）

24.多采多姿的「樹葉」之於森林，如同琳瑯滿目的「盤子」之於廚房。

25.對印度人而言，碩大的芭蕉「樹葉」，是家族天然的公用「盤子」。（二十四、二十五例　謝毓薇）

26.小妹妹辦家家酒的時候，總愛拿「樹葉」當「盤子」盛裝食物。

27.潔白的「盤子」彩繪著綠色的「樹葉」，襯托著食物更加可口。

28.辦家家酒時，「樹葉」是「盤子」，樹枝是筷子，我則是位賢慧的媽媽。

29.各式各樣的「樹葉」是最渾然天成的「盤子」，承接著大自然的風霜雨露。（二十六至二十九例　陳桂菊）

（二）簡析

1. 這是「強迫組合」的創意造句，旨在化不相干為相干，在相對的距離中尋找相關的線索，形成「相對的統一」。
2. 就歷時性而言，抓住兩者的相互關係，單句描述，一氣流轉。如第七、九、十一、十三、十七、十八、十九、二十、二十三、二十四、二十九例。往往介入比喻，開展想像，活化思維。
3. 就共時性而言，運用平行並列關係，偶句描述，雙管齊下，如第一、二、三、四、五、六、十、十四、十五、十六、二十二例。住在對句（寬式對偶）描述之際，結合比喻（借喻、略喻）、擬人、設問等技巧，共創語言的音義之美。

4. 以上均九三級語教系學生作品。題目二、三亦然。

題目二

運用「垃圾」、「鑽石」造句，五十字以內。兩個語詞，次序不拘，必須用引號標出。以能結合修辭技巧者為佳。如：

> 美麗的謊言是「垃圾」，殘酷的真誠是「鑽石」。（陳靜雯）

(一) 作品

1. 男朋友，像「鑽石」，從什麼角度看都很美；老公，像「垃圾」，只能當做廢物利用。
2. 「鑽石」瞧不起「垃圾」的價值，「垃圾」看不見「鑽石」的實用。
3. 懂知足的人，「垃圾」都可以當成「鑽石」；愛抱怨的人，即使是「鑽石」也當成「垃圾」看。（一至三例楊文鳳）
4. 變質的承諾相當於負心漢手中的「鑽石」，永恆的「垃圾」！
5. 窮人不懂何謂「垃圾」；富人只懂何謂「鑽石」。
6. 勤於賺食的生活，如「鑽石」般珍貴；耽於樂色的日

子，如「垃圾」般污穢不堪。

7. 富人項上「鑽石」的光芒，刺得眼中慣於容納「垃圾」身影的窮人眼淚直流。（四至七例　楊于儂）
8. 縱然他「鑽石」般的頭銜羨煞不少人，但他「垃圾」般的行徑卻是令人不恥。
9. 「鑽石」是上天賜予的天然礦物，「垃圾」是人們製造的自然產物。
10. 「垃圾」可以回收利用，「鑽石」卻只能欣賞珍藏。我寧作有用的「垃圾」，也不為無用的「鑽石」。（八至十例　李凱平）
11. 「鑽石」般的恆久難尋，「垃圾」般的腐朽易見。
12. 智慧是用「垃圾」創造出「鑽石」般的價值；愚昧是誤認「鑽石」般的價值為「垃圾」。（十一、十二例　謝玉祺）
13. 愛漂亮的女人，就算是下樓倒「垃圾」，也可以戴著「鑽石」，打扮美美的。
14. 資源回收就像在「垃圾」堆中找到的「鑽石」。
15. 愛情是傷心人唯恐避之不及的「垃圾」，也是有情人眼中的「鑽石」。
16. 他原本是「垃圾」的清潔工人，但在網路的包裝之下，成為了炙手可熱的「鑽石」王老五。
17. 什麼是「鑽石」？什麼是「垃圾」？皆由人心決定價值。（十五至十七例　鄭又寧）
18. 「垃圾」是沒電的小燈泡，「鑽石」是通了電的霓虹燈。

19. 世界末日發生時，「鑽石」不過是一個沒用的「垃圾」。（十八、十九　區宏光）
20. 拾荒者在「垃圾」堆中發現了許多「鑽石」，但他仍將「鑽石」交給了警方，繼續過著拾荒的生活。
21. 如果她外表是「鑽石」，內心卻像「垃圾」，你還會喜歡她嗎？（二十、二十一例　郭俊尉）
22. 「垃圾」之所以是「垃圾」，是因為太少人要；「鑽石」之所以是「鑽石」，是因為太多人要。（古嘉琦）
23. 當人的生活失去品質時，「鑽石」就像「垃圾」一樣毫無價值。（楊巧敏）
24. 對於處在孤島的人來說，一袋「垃圾」和一顆 3 克拉的「鑽石」之間沒有差別。（林坤賢）
25. 你送我的「鑽石」項鍊，若沒有愛，只不過是「垃圾」而已。（許菁芳）
26. 「鑽石」恆久遠，「垃圾」永流傳。（林文儀）
27. 「垃圾」食物好吃，「鑽石」身價迷人。（蘇郁棠）
28. 大家隨手丟棄的「垃圾」，是拾荒老人眼中珍貴的「鑽石」。（何毓瑜）
29. 經過億年的屍體都能變成昂貴的石油，誰能保證現代社會的「垃圾」在未來不會被當成「鑽石」一樣寶貝？（陳劭謚）
30. 興蓋一座「垃圾」場，大家避之唯恐不及，群起抗議；說到抽獎摸彩送「鑽石」，大家則又趨之若鶩，唯恐錯失良機。這樣只求收穫不求付出的社會矛盾現象，該由誰來負責呢？（葉金鷹）

31. 童年時的斑駁玻璃球，是現代孩子們不值一顧的無用「垃圾」，卻是老一輩們心中無價的「鑽石」。（馬浩翔）
32. 一望無際的沙漠裡，他握著那袋 A+級的「鑽石」，頓覺那是一袋金光閃閃的「垃圾」。（洪文傑）
33. 對於一般人而言，髒亂的「垃圾」是「只能遠觀，不『敢』褻玩焉」，光彩奪目的大「鑽石」是「雖能近望，卻不『能』褻玩焉」。（蔡蕙如）
34. 星星是窮人的「鑽石」，奢華是富人的「垃圾」。
35. 政客是藏污納垢的「垃圾」，政治家是國家長治久安的「鑽石」。（三十四、三十五例　筆者）
36. 一顆「鑽石」的生命，就和「垃圾」之王的塑膠袋一樣，永垂不朽。（羅于惠）

(二) 簡析

1. 直接白描，接近聯想，語明意豁，最容易入手。如第十四、十六、二十例。
2. 運用修辭，以九年一貫修辭序列觀之，由於用兩個語詞造句，修辭技法多為：比喻（第一、四、六、八、十、十一、十二、二十一、二十三、三十四、三十五例），擬人（第二例），誇飾（第十三例）、類疊（第二十三例），對偶（第一、三、五、六、九、十一、十二、十八、二十二、二十六、二十七、三十、三十三、三十四、三十五例），映襯之「雙襯」（第四、十五例），映襯之「反襯」（第十九、二十一、二十四、三十一例）、回文（第二、三、十二例）、設問（第十七、二十九例）。
3. 一般往往忽略雙關、排比、層遞、頂真、轉品等技巧。

題目三

運用「光明」、「黑暗」造句，五十字以內。兩個詞語，次序不拘，必須用引號標出。以能結合修辭技巧者為佳，如：

> 眼盲而心不盲的人，即使在「黑暗」中也能看到「光明」；眼不盲而心盲的人，即使在「光明」中也只看到「黑暗」。（吳佳蓉）

(一) 作品

1. 「光明」裡總潛藏著青天霹靂，「黑暗」中則埋伏著否極泰來。
2. 失戀好似葬身於「黑暗」中，茫茫然迷失了方向；熱戀如同沉浸在「光明」裡，飄飄然覓得了寄託。
3. 燈紅酒綠的揮霍之後，是「黑暗」的沉淪；胼手胝足的打拚過後，是「光明」的再現。（一至三例　李凱平）
4. 當「黑暗」從後門離開，「光明」便緊接著進來。
5. 面對困境，不能像蝙蝠一樣躲在「黑暗」的山洞中，要學習飛蛾迎向「光明」的精神；就算最後的結局是粉身碎骨，也是值得的。

6. 海倫凱勒在「黑暗」之中找出「光明」的世界。（四至六例　吳岱容）
7. 油燈燃起時便見到燈下的陰影，「光明」與「黑暗」並非對立而是一體兩面。
8. 「光明」對「黑暗」說：「你很討厭。」「黑暗」則應道：「沒有我，誰會喜歡你？」
9. 能在「光明」中看見「黑暗」的，是智者；能在「黑暗」中看見「光明」的，是仁者。（七至九例　古嘉琦）
10. 「黑暗」總是比「光明」更令人看得清自己。（黃雅敏）
11. 「黑暗」與「光明」的對決，是所有的故事都離不開的主題。（鄭達方）
12. 即使再微小的燭光，也能使「黑暗」的世局露出一絲「光明」的希望。（許菁芳）
13. 大千世界皆在心，一閉眼即「黑暗」，一睜眼即「光明」。（林郁珍）
14. 「黑暗」與「光明」是相對而成，絕不可能單獨存在。就像人生的成功與失意總是交替而來。
15. 「光明」不懂得夜的「黑暗」，就像你不懂我的哀傷。
16. 「黑暗」與「光明」是共生的，就像艷陽底下就會有影子，而「黑暗」中我們仍能保有視覺。（十四至十六例　陳劼謚）
17. 生命的智慧在「黑暗」之中尋找「光明」，在「光明」之中照見「黑暗」。（謝玉淇）

18.樂觀的人自「黑暗」中尋找「光明」，悲觀的人在「光明」中卻見「黑暗」。（許肇凌）

19.「黑暗」是你給我的無情枷鎖；「光明」是你給我的短暫溫存。（游慧娟）

20.「黑暗」魔法師與「光明」劍士正展開激烈的戰鬥。（蘇郁棠）

21.毛毛蟲在「黑暗」的繭裡掙扎等待，就為了累積足夠的能量，重見「光明」，振翅高飛。（何敏瑜）

22.「黑暗」對「光明」說：「有我就沒有你，我們勢不兩立！」「光明」冷然回他：「沒有我哪有你？我們共生共榮。」（洪文傑）

23.人性的「光明」與「黑暗」，就像空氣中的氧和二氧化碳，在你吸進氧氣的同時，別忘了也把心靈的二氧化碳一併吐出去。（葉金鷹）

(二) 簡析

1. 就敏覺力而言，「光明」、「黑暗」兩個相對的概念，最容易自對偶形成切入（第一、三、十八、十九例）。
2. 就變通力而言，抽象概念可以比喻（第二、十五、二十三例），也可以擬人（第四、八、二十、二十二例）。
3. 就精進力而言，可以看出生命的真諦在於「對立的統一」，展現「雙襯」、「反襯」的複雜與弔詭（第七、十、十三、十六、二十二例）。

四、教學省思

就修辭教學而言，首先，九年一貫課程綱要第一階段、第二階段「能力指標」中所要求的「分辨」、「欣賞」、「理解」層次，旨在確立修辭知識，培養修辭語感，此即「讀寫」中「讀」的基本功，亦為創思認知中「敏覺力」（sensitivity）的養成。往往藉由相互比較法，讓莘莘學子覺察修辭是在正確、通順之外，力求優美、生動。

其次，第二階段、第三階段中所要求的「練習運用」、「有效運用」、「靈活運用」，旨在發揮形象思維，激發豐沛的創思，此即「讀寫」中「寫」的表達力，亦即創思認知中「變通力」（flexibility）、「流暢力」（fluency）、「精進力」（elaboration）、「獨創力」（originality）的表現（陳龍安《創造思考教學的理論與實際》，臺北：心理，一九八八）的思維品質。

(一) 變通力

以一種不同的新方法去看一個問題。就修辭而言，即為辭格的運用。其中包括：

1. 一個意思可以用一個辭格來改寫。此即「原型」、「變更」的應用（仇小屏《限制式寫作之理論與應用》，臺北：萬卷樓，二〇〇五，頁一四七）。
2. 一種辭格可以換另一種辭格來改寫。如將「比喻」（譬喻）改寫成「擬人」（轉化），將「比喻」改寫成「移覺」（通感）等。

（二）流暢力

以好幾種方法去解決一個問題，正是「量的擴充」。就修辭而言，即辭格的運用。其中包括：

1. 一題多解，形成鋪陳。如接二連三的使用「比喻」（就術語而言，即「博喻」），或接二連三的使用「擬人」（轉化）等。
2. 一題多變，形成多樣性。就單辭格而言，能同時運用比喻的不同類型（「明喻」、「暗喻」「略喻」、「借喻」）。就綜合運用而言，一個意旨可以運用好幾種辭格來豐富描寫；此則為朱作仁「修辭」的評定標準。

（三）精進力

以精益求精的方法將問題解決得更完善，正是「質的提升」。就修辭而言，即辭格運用的進階。其中包括：

1. 辭格本身的細緻性。以「擬人」（轉化）為例，「形象化」較「人性化」、「物性化」（黃慶萱《修辭學》，臺北：三民，二〇〇二）更為精進；寓言中的擬人較單純情境中的擬人又更為精進。
2. 辭格間的協調性。如善用雙關、倒辭（反諷）、誇飾、仿擬（戲仿），相互搭配，形成突梯滑稽、解頤會心的幽默。則由局部精進，至整體（段落篇章）之精進。

（四）獨創力

以獨特新穎的視角，想出別人沒想到（想不來）的解

決方式。就修辭而言，即能「言人所未言」、「寫人所未寫」，展現超常優異的認知思維與特殊表達。其中包括：

1. 認知思維的深刻性。善於不落俗套、不人云亦云，形成衍生性思考或逆向性思考。以「紳士的演講，應當是像女人的裙子，越短越好。」為例，若提出「紳士的演講，應當是像女人的裙子，越短越好；但是，要蓋到重點。」則為別具隻眼的衍生性思考；又如「活到老，學到老。」（諺語），若寫成「活到老，學到老，一樣不學，拙到老。」則為更為縝密的逆向性思考；凡此，均為個人「相對」的獨創力。
2. 特殊表達的新穎性。即善於打破常軌，獨樹一幟。以「比喻」（譬喻）為例，一般多為「具體」比「抽象」，若能用「抽象」比「具體」，如：「鐵絲網是一種帶刺的鄉愁」（余光中〈忘川〉）、「晶瑩的露珠是一顆顆飽實的夢」（陳義芝〈上學〉），則為表達方式上個人「相對」的獨創力。因「絕對」的獨創力，幾乎無法考索。

綜上所述，可見修辭的能力指標，奠基於各階段莘莘學子的「詞彙學」、「語法學」、始於遣詞造句的正確性，發皇於陶倫思（Torrance）所謂「變通力」、「流暢力」，終於其「精進力」、「獨創力」，形成修辭「創造力」，評定指標序列，當為可行之道，值得再加檢測研發。試擬如下：

修　辭	標　準	異　稱
低	正確性	邏輯性
中	變通力	靈活性
	流暢力	豐富性 多樣性
高	精進力	細緻性 協調性
	獨創力	深刻性 新穎性

第六章

新式寫作教學的綜合練習

透過分章論述，我們從「立意取材」、「結構組織」及「遣詞造句」等方面，建立了新式寫作教學的理論與實例。本章將從整體的角度來探討如何進行寫作教學的綜合練習。為符合平日的寫作教學，需說明一般性的寫作綜合練習；為因應基本學力之寫作測驗，亦須研擬配合國中基測的寫作綜合練習。茲以此兩大方向分述如下。

第一節　一般性的寫作綜合練習

寫作的特殊能力是「立意」、「取材」、「運用詞彙」、「修辭」、「構詞與組句」、「運材與布局」、「選擇文體」、「確立風格」，因此其下即就每個特殊能力，都舉一個「限制式寫作」題組的例證。

範例一　立意（主旨置於篇首）

一、題組

(一) 寫作題目

1. 請閱讀下列文章，然後指出此文主旨是置於篇首、篇腹、篇末，還是篇外？

沈復〈兒時記趣〉：

余憶童稚時，能張目對日，明察秋毫。見藐小微物，必細察其紋理，故時有物外之趣。

夏蚊成雷，私擬作群鶴舞空，心之所向，則或千或百，果然鶴也；昂首觀之，項為之強。又留蚊於素帳中，徐噴以煙，使之沖煙飛鳴，作青雲白鶴觀；果如鶴唳雲端，為之怡然稱快。

又常於土牆凹凸處、花臺小草叢雜處，蹲其身，使與臺齊；定神細視，以叢草為林，蟲蟻為獸；以土礫凸者為丘，凹者為壑，神遊其中，怡然自得。

一日，見二蟲鬥草間，觀之，興正濃，忽有龐然大物，拔山倒樹而來，蓋一癩蝦蟆也。舌一吐而二蟲盡為所吞。余年幼，方出神，不覺呀然驚恐。神定，捉蝦蟆，鞭數十，驅之別院。

2. 請以「活在當下」或「我喜歡」為題寫一篇 500 字左右的作文，並請在篇首點明主旨。

二、設計理念

主旨是一篇文章的靈魂，因此主旨的表出與安置，是寫作時一定要考慮到的，主旨出現的位置可能在篇首、篇腹、篇末、篇外，各有各的美感。在以漢語寫作的文章中，主旨出現在篇末是最常見的，出現在篇首者比較少。

因此本題組的第一題是以一篇範文作為引導，讓同學了解主旨安置在篇首的情形，然後再提筆寫作。

三、學生寫作成果

㈠第一小題參考答案：此文主旨為篇首之「物外之趣」[1]。

㈡第二小題之同學寫作成果：

1.〈我喜歡〉

我喜歡追求自我理想，我喜歡挑戰各種新事物，我喜歡從事別人畏懼的事；並且基於根深柢固的憐憫心，我喜歡幫助他人，又基於公德心，我喜歡發揮舉手之勞的精神。我的一切行事做法，並不是因為被強迫，都只因為「我喜歡」這顆赤忱的心。

別人或許會存疑：「一個小女孩的好勝心怎會如此強烈？」只因為這是個人價值觀的問題，我選擇讓自己充實地運用每一天，我告訴自己不能渾渾噩噩、囫圇吞棗地過生活。我對自己有高遠的期許，並且我認為人的潛力無限，只要自己決心決意要完成某項事情，沒有任何事情是絕對艱深的，而是端賴自己的心態，端賴自己當下的想法。我寧願忙碌如陀螺般地生活，也不願白白讓寶貴的光陰流逝掉。

---

[1] 參見陳滿銘《國文教學論叢續編》（臺北市：萬卷樓圖書有限公司，1998 年 3 月），頁 4。

臺灣並非屬於貧富均匀的社會，尚有許多無家可歸的流浪漢，或衣食短缺、等待救援的人，我覺得在我有餘力之下，伸出援手是應當的，我真心期待大家的生活能獲得改善。此外節約能源是一句人人大聲呼喊的口號，但我並不是只有呼喊而已，而是身體力行，養成好習慣，避免浪費能源。

很慶幸地，我有這種個性，具有不怕輸、不怕苦、不怕難的精神，我期待往後的日子多采多姿，我盼望生活具有挑戰性，而讓我身心成長，我要讓自己擁有不一樣的人生、不一樣的道路，讓自己絕對不白白走這一遭，只因為我對自己有期許，只因為「我喜歡」。(郭巧玲)

2.〈活在當下〉

「活在當下」顧名思義就是腳踏實地，清楚的活在每分每秒，並不是只是空洞的呼吸，而是每吸一口氣，每吐一口氣，都知道自己很清醒，並不在逐遙遠的夢，而是在踏實逐夢。

每個人都有自己的本分，隨著年歲的增長而有不同的責任。在什麼人生階段就應該盡那個階段的責任。我只是一個學生，若是整天做白日夢想賺大錢趕快出社會，而不好好在身為學生的當下充實自己，白日夢終究還是白日夢。活在當下就像腳踏實地般，不要好高騖遠，認清現實，勇敢接受挑戰，與現實搏鬥。

舉例來說，我曾看過一位口足畫家謝坤山的自傳，他高中時因為誤觸高壓電，而雙手截肢，也少了一隻腳，這

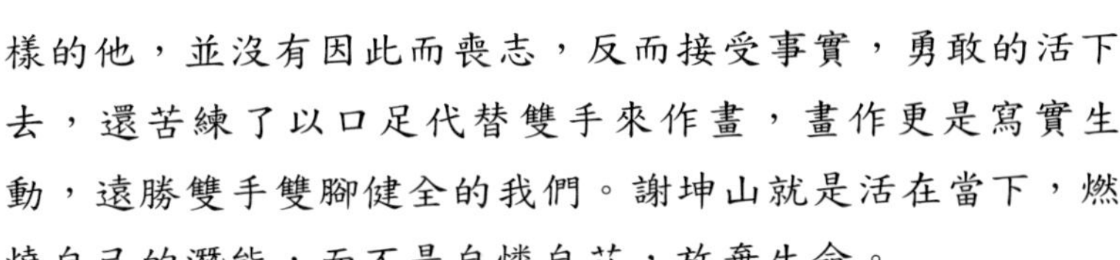

樣的他，並沒有因此而喪志，反而接受事實，勇敢的活下去，還苦練了以口足代替雙手來作畫，畫作更是寫實生動，遠勝雙手雙腳健全的我們。謝坤山就是活在當下，燃燒自己的潛能，而不是自憐自艾，放棄生命。

慈濟精神，也有一項是強調活在當下，認真的把生命活出色彩及價值。而藉由幫助他人，可以增加人與人之間的互動，體會到別人所遇到的不幸，而讓自己更把握活在當下，而生命的精彩剎那，即化為永恆。（簡意航）

四、檢討

因為一般以漢語寫成的文章，其主旨最常在篇末出現（與美式議論文每將主旨置於篇首相反），所以學生寫作時既須符合題目要求，但又在不覺間受到習慣牽制，在這種情況下，最常見的作法是在篇首即點出主旨，然後在篇末又重述一次，等於是主旨在篇首、篇末皆出現，譬如郭巧玲作文即是如此。不過，前述的寫法雖然最為常見，但是並非唯一的，學生仍有可能寫出主旨只出現在篇首，篇末不再重述的文章，簡意航的文章即是如此。

範例二　運用詞彙（同義詞與反義詞）

一、題組

㈠請利用下列兩組同義詞寫成一段文字，每段文字不超過 100 字。規定字眼出現時，要用引號括起來。

1. 銳利、鋒利
2. 屹立、矗立

㈡請利用下列兩組反義詞寫成一段文字，每段文字不超過 100 字。規定字眼出現時，要用引號括起來。

1. 粗獷、細膩
2. 甜蜜、苦澀

二、設計理念

這個題組是鎖定詞彙中的「同義詞」和「反義詞」來設計的。在「同義詞」題中，同學必須靈活地替用同義詞，在短短的幾個句子中，儘量不要出現一樣的詞面；而且，嚴格說來，沒有兩個詞彙是完全相同的，因此掌握那一點點不同，讓詞彙適得其所，以增強句子的表現力，是值得努力的。至於「反義詞」題，則是考驗同學掌握反義詞的能力，寫好這個題目的先決條件，當然是了解反義詞的意義，這樣才能適切地運用；而且因為反義詞標誌著相反的意義，因此運用在一段文字中，常會形成映襯修辭格中的反襯，或是章法中的正反結構，因而營造出鮮明強烈的效果。

三、學生寫作成果

㈠

1. 銳利、鋒利

走訪在群山之中，在蜿蜒的山路裡，我「銳利」的眼力，立即察覺到遠端那個「鋒利」的山峰在群嶺裡脫穎而出，特別高聳地衝破雲端，直叫人嘆為觀止。（王凱璘）

那名英勇的戰士，騎著一匹棕色的戰馬，手持一把「鋒利」的寶劍，來到一片荒涼寂靜的草原。寶劍在月光的照射下，閃耀著帶有寒氣的藍色光芒，輝映著戰士「銳利」的眼神，迸出的那股懾人的殺氣。（林易勤）

2. 屹立、矗立

山，一直「屹立」在遠方，永遠不倒下。

正如你的影子「矗立」在我的心裡，從不消失。（高珮芸）

一顆核子彈如熟透的蘋果掉落，「矗立」的大廈在0.01 秒瞬間消失，「屹立」的高山被刀切割般少了半邊，原本滿是建築的地面只留下巨大的圓形凹洞，嘯過的狂風是天地的哀鳴嗚咽。（湯雅雯）

(二)

1. 粗獷、細膩

那看似猙獰的奇岩怪石，其實很溫柔，只是沒有多少人懂，在它「粗獷」滄桑的外表下是怎樣包含了風化千年的「細膩」。（陳思諭）

我們這群在外漂泊的遊子，總在多年後的某個時候，憶起那位賣自助餐的老兵，留著絡腮鬍、一雙油膩厚實的手捧著那他偷偷加飯後的鼓鼓便當，遞給最困頓、疲憊的過客。在他「粗獷」、不修邊幅的外表下，卻仍掩不住那顆體貼、「細膩」的心。（管韻）

2. 甜蜜、苦澀

曾以為過往情懷經歲月的淘滌會逐漸淡去，愉快的回憶也許就成為一絲餘留心底的「甜蜜」，曾有的「苦澀」會隨風而去，消散飄逝，然而傷痛宛如盤根老樹，縈繞在記憶中，與時間共存。（湯雅雯）

「甜蜜」永遠了解「苦澀」卻無法包容，正如光與影般密不可分，可是界線又清晰得矛盾。（曾芷筠）

四、檢討

在「同義詞」構句的題目中，可以見出同義詞的重要功能之一——讓字面不重複，而且有些同學尚且能夠掌握那同義詞中的那「一點點不同」，譬如「屹立」、「矗立」的共同點是都可以用來描寫山峰或高大的建築物，但是「屹立」還可以引申來用於寫人，歌頌頂天立地的英雄。

另外，在「反義詞」構句中，除了運用反義詞本身即會產生「相反而相成」的鮮明效果外，還可以訓練學生選擇切入角度、構築情境的能力，譬如「粗獷、細膩」題目中，最容易出現的敘寫對象就是外表粗獷、內心細膩的男性，但是也有許多同學找到了其他頗具新意的敘寫對象；至於「甜蜜、苦澀」題中，有些同學體認深刻，寫出令人

回味的雋語，其中反義詞所造成的相反而相成的效果，功不可沒。

範例三　取材（時間意象）

一、題組

㈠李白〈將進酒〉（節選）：「君不見黃河之水天上來，奔流到海不復回！君不見高堂明鏡悲白髮，朝如青絲暮成雪。人生得意須盡歡，莫使金樽空對月！天生我材必有用，千金散盡還復來。」出現了兩組代表時間流逝的意象，請舉出並略加說明。

㈡請舉出其他兩種可以代表時間流逝的意象。

㈢請運用這兩種意象作為寫作材料，以〈我想〉或〈珍惜〉為題，寫成一篇 300 字左右的短文。

二、設計理念

「意象」就是「材料」，就是以具體的事、景來傳達抽象的情、理，因此意象有別於其他物象、形象的地方，就在於它是含藏著情意的。此題組之設計，是從意象的領略開始，進而要求同學尋找能夠代表時間流逝的其他意象，並進而運用在自己的作文中，成為寫作材料；而且題目中以李白〈將進酒〉來引導同學，可以起著「讀寫結合」的效果。如果是傳統命題作文，從蒐集材料、篩選材料到安排材料，通常是「一步到位」，對於寫作能力強的同學來說，當然是暢所欲言、一氣呵成，可是對寫作能力弱的同學來說，就下筆困窘，但又不知如何改善。既然如此，以「分解動作」、設計題組的方式，引導同學寫作，就能有效改善情況，而且也在這種過程中，讓同學真正了解何謂蒐集材料、篩選材料與安排材料。

三、學生寫作成果

㈠第一小題參考答案：李白〈將進酒〉一開始就出現了兩個時間意象：河水奔流、青絲轉白，因為這兩者都是時間所帶來的不可逆的變化，因此能夠傳達出時間流逝之感。

㈡第二、三小題之學生寫作成果：

1. 時間意象：燃燒的蠟燭；絢麗的煙火

〈我想〉

從小我就是一個不起眼的小孩，過著平淡無奇的生活，我一直覺得，我的生命應該就像一根蠟燭吧！慢慢的，總有一天會燒完的，然後被遺忘，就這樣蒸發在空氣中，消失的無影無蹤，我從來沒想過要如何充實自己的生活，我的人生就過了十八年了。

就在我升高三那年，我面臨了人生的第一個抉擇，就是考大學，從來沒思考過未來的我，受到了不小的衝擊，我意識到我必須決定自己的未來，我那直線般的生活，出現了波動，而那時老師一直提醒我們，你現在所做的每個

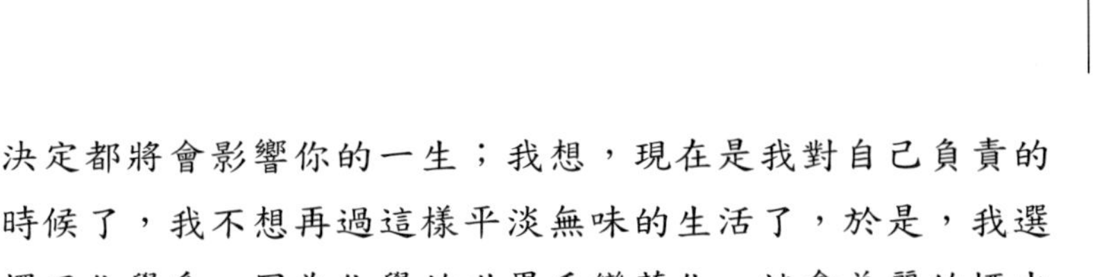

決定都將會影響你的一生；我想，現在是我對自己負責的時候了，我不想再過這樣平淡無味的生活了，於是，我選擇了化學系，因為化學的世界千變萬化，就拿美麗的煙火來說吧，幾種不同的金屬燃燒，就能產生天空中這麼多絢麗的圖案，我希望我的人生能像煙火一般，那樣美麗燦爛，展現的總是最多采多姿的一面，我要期許自己有一個不一樣的人生！（吳欣倫）

2. 時間意象：月蝕；單行道

〈珍惜〉

前幾天有一場世紀天文秀，月全蝕和雙彗星，這可是好幾十年才有的機會。所以我和我室友一起熬夜觀賞天文奇景，可惜沒看到星星，但是月蝕很清楚。那短短的幾個小時如果沒看到的話，不知道要再等多久，所以我和我室友都很珍惜這個機會。

不只是這個機會，每件事情機會都要珍惜，因為每件事情機會發生的時間都很短，稍縱即逝。而且時間是條單行道，我們正走在上面，一旦我們錯過了某樣事物，我們就失去了。

也就因為時間有如單行道，無法回頭，所以我們要很珍惜我們在這條道路上遇到的人事物，否則當我們回憶過去時，只能空嘆息、「徒傷悲」吧！（許雅婷）

四、檢討

從以上的幾篇文章中，可以發現同學已經能夠純熟地運用意象（亦即材料）來傳情達意了。首如吳欣倫以蠟燭和煙火做個比較，兩者都是會燃燒殆盡的，就像生命會流逝一般，可是前者無聲無息，後者卻綻放美麗的姿采，因此作者也在心中做了決定，希望自己的人生也能美麗燦爛；次如許雅婷用月蝕和單行道來代表時光稍縱即逝、永不回頭，以此帶出「掌握」與「珍惜」的心情。

範例四　修辭（修辭美感的探求）

一、題組

(一) 修辭現象的辨析

修辭現象（須列出作者、篇名）	
修辭格	

(二) 修辭美感的探求

原型	
美感的探求	

請運用同樣手法另造出不同的修辭現象	

二、設計理念

關於修辭美感的探求，「原型」與「變型」的比較是一個非常好用的方法。所謂「原型」就是未經修辭格修飾的狀態，「變型」就是經過修辭格修飾的狀態（也就是修辭現象），兩者並置在一起，則前者的質樸平白，就剛好襯出後者靈動鮮活，哪一個能讓人留下深刻的印象？馬上就可以凸顯出來了。所以本題組的第一小題就是修辭現象的辨析，第二小題則是請同學將修辭現象還原到「原型」，然後和「變型」做一比較，讓修辭美感就自然浮現；最後第三小題才是請同學用同一種修辭手段，來創造屬於自己的、不同的修辭現象。

三、學生寫作成果

修辭現象（須列出作者、篇名）	而思索是不需燈光的，我在幽光中坐著，像古代女子梳她們及地的烏絲，我梳理我內心的喜悅和惻痛。（張曉風〈我的幽光實驗〉）
修辭格	譬喻格
原型	我反覆思索著自己內心的喜悅和惻痛，想理出個頭緒。

美感的探求	「思索」這個詞是抽象且呆板的，無法給予讀者具體的感受。將它譬喻成「梳髮」這個動作時，浮現在腦海裡的，是一幅圖：一位古代女子疼惜、呵護又若有所愁地順理著秀髮，正如同作者思索著萬般情感時，那種難以言喻的複雜。
請運用同樣手法另造出不同的修辭現象	多年來的堅持和固執，像塵封已久的瓶，不願去碰觸，更別提去拂拭。直到遇見他，「啵」的一聲，竟然輕易地旋開了。

（管韻）

修辭現象（須列出作者、篇名）	谷中亂石嶙峋，澗水跌撞而過。（陳列〈山中書〉）
修辭格	擬人
原型	谷中亂石嶙峋，澗水湍急。
美感的探求	使用擬人手法將溪水與石頭撞擊時的急速表現出來。
請運用同樣手法另造出不同的修辭現象	時間揪著母親的白髮，不斷的向前跑。

（蔡馨栴）

修辭現象（須列出作者、篇名）	太陽在赤道這一邊時，它是暴烈的，就像人當青壯之時，血氣方剛，不免盛氣寡恩；反之，太陽到了赤道那邊時，它是和煦的，就像人當老大之時，血氣既衰，自然慈愛仁善。（陳冠學〈田園之秋・九月二十三日〉）
修辭格	明喻、映襯、擬人法
原型	太陽在赤道這一邊時，它是炎熱的。 太陽到了赤道那邊時，它是和暖的。

美感的探求	以上句子，用明喻、對比、擬人化，使太陽人格化，有脾氣的，而且對比使太陽反覆無常，一時暴烈，一時和煦，暗示了作者對太陽的不同感情，也突出了不同季節的太陽，感覺到太陽與自己是有所聯繫。
請運用同樣手法另造出不同的修辭現象	風，它是激烈的，就像用手掌摑著你的臉；風，它是溫柔的，就像用手輕撫著你的臉，所以，風是善變的。

（黃月華）

四、檢討

從同學的作品中，可以發現學生將「讀」與「寫」聯繫得很好，而且經過提醒之後，有些同學也注意到「兼格」的問題。同學習作這個題組，不僅可以鍛鍊讀、寫的能力，最重要的是建立修辭學的基本觀念──從原型與變型的比較，進於美感的探求，真可說是一舉數得啊！

範例五　構詞與組句（句子的簡單化與複雜化）

一、題組

㈠請將下列例句還原為最簡單的原型。

1. 曙光從天邊雲縫綻裂出一道道火紅朝霞。（廖鴻基〈鐵魚〉）
2. 原住民看到曠野上盛開的野生欒樹由黃轉紅。（王家祥

〈秋日的聲音〉）

3. 數百隻小燕鷗，發出切擦磨牙般的脆叫聲。（洪素麗〈茗之華〉）

4. 不遠處，佛寺朱紅的飛簷映著青山，在斜飄的雨絲裡。（陳列〈山中書〉）

5. 曾在庫倫的深宅大院裡度過童年的母親，曾吃著一盒一盒包裝精美的俄國巧克力、和友伴們在迴廊上嬉戲的母親，恐怕是並不會喜歡我這樣浪漫的心思的。（席慕蓉〈飄蓬〉）

㈡請你將下列簡單的句子，修飾得豐富美麗，並請將句子寫在背面空白處，而且要標出題號。

1. 這是一朵花。
2. 天空飄著雲。

二、設計理念

這個題組包含兩個子題。第一小題的設計，就是挑選名家散文中的一個句子，請學生刪掉修飾語，也就是從「變型」到「原型」。第二小題則是要求學生將「原型」句加上修飾語，轉化成「變型」。

三、學生寫作成果

(一) 參考答案

1. 曙光綻裂朝霞。
2. 原住民看到野生欒樹。（此句是倒裝句，還原後應為「原住民看到曠野上盛開的由黃轉紅的野生欒樹」，其中「曠野上盛開的由黃轉紅的」全是用來修飾「野生欒樹」，因此可以刪掉。）
3. 小燕鷗發出脆叫聲。（此句中間雖然由一逗號分開，但是這只是標誌語氣停頓而已，整體仍是一個句子。而且以修辭的觀點來看待此句，則「切擦磨牙般的脆叫聲」屬修飾喻，如改以原來明喻的型態呈現，則為「脆叫聲如切擦磨牙」，不過在修飾喻中，「切擦磨牙般的」是修飾語，所以可以刪掉。）
4. 飛簷映著青山。（此句也是倒裝句，還原後應為「佛寺朱紅的飛簷在不遠處、在斜飄的雨絲裡映著青山」，「佛寺朱紅的」用來修飾「飛簷」，「在不遠處、在斜飄的雨絲裡」用來修飾「映著青山」，因此都可以刪掉。）
5. 母親不會喜歡我的心思。（此句複雜處在於主語——母親，用了許多修飾語來修飾，即「曾在庫倫的深宅大院裡度過童年的」、「曾吃著一盒一盒包裝精美的俄國巧克力、和友伴們在迴廊上嬉戲的」等詞語，都是用來修飾「母親」的，因此可以全部刪掉，句子就清晰許多。）

(二) 學生寫作成果

1. 這是一朵花。

   這是一朵開在幽靜山谷裡，孤芳自賞的花。（張云瀚）

這是一朵在春天盛開的群花中脫穎而出的美麗的花。(許睿玄)

這是一朵在柔和陽光下綻放著微笑的花兒。(張肇罡)

這是從斷垣殘壁中克服一切困難而生長的一朵生命之花。(梁家榮)

2. 天空飄著雲。

湛藍的天空像水波一樣推動著漫無目的地飄著的雲。(梁嘉榮)

無垠無涯、沒有邊界的天空飄著一朵朵正在長途旅行的白雲。(劉囿維)

深海般的天空飄著一片孤傲不馴的雲。(洪榮崇)

沒有一絲污濁的天空靜靜地飄著承載夢想的雲。(古盈敏)

四、檢討

第一個子題的寫作，是採用課堂活動的方式來進行。每一小題都隨機抽五名同學上臺寫出自己的答案，並根據黑板上的答案，和同學一起討論出最恰當的原型，而且同學的表現通常還不錯，有滿多同學都可以抓住要領，寫出頗為相近的答案。

在寫作第二個子題時，最常見的錯誤就是詞語搭配不當，譬如:「萬里晴日蔚藍而清澈的天空，點綴著一絲一絲的白匹布，儼然是大地的外衣」，「點綴」與「一絲一絲的白匹布」是不相配的，因此可以將「點綴」改成「橫陳」。此外，同學能巧妙地運用倒裝的技巧，使得句子雖然複雜，但是並不難懂，則是值得讚許的，譬如：「在風中搖曳，在春天綻放，這是一朵花，我在尋覓的花」，還原後應為：「這是一朵在風中搖曳、在春天綻放、我在尋覓的花」。

範例六　運材與布局（正反法）

一、題組

㈠請說明下列形成「先反後正」結構的新詩，是怎樣造成對比的？有什麼效果？

魯藜〈泥土〉原詩如下：

老是把自己當珍珠
就時時有怕被埋沒的痛苦

把自己當作泥土吧
讓眾人把你踩成一條道路

㈡請你就「善意、善行讓人間更溫暖」，或是「放下自我的執著，一切海闊天空」，尋找正面、反面的事例。

「善意、善行讓人間更溫暖」，或是「放下自我的執著，一切海闊天空」	
正面事例	反面事例

㈢請你依據上面的材料，也運用正反法來寫成一篇文章（500 字以內）。

二、設計理念

所謂的正反法就是將相反的兩種材料並列起來，作成強烈的對比，藉反面的材料襯托出正面的意思，以增強主旨的說服力與感染力的一種章法[2]。正反法所形成的結構，有「先正後反」、「先反後正」、「正反正」、「反正反」四種。

因為在正反法的四種結構中，「先反後正」是最普遍、最容易寫作的一種，所以本題組的設計，就是藉著一首簡短的詩篇，讓同學辨識並認識「先反後正」結構，然後從「相反聯想」出發，由此尋找到正、反面的材料，第三步驟才是將蒐集到的材料寫成篇章。

2 見仇小屏《篇章結構類型論》（臺北：萬卷樓圖書有限公司，2000 年 2 月），頁 349。

三、學生寫作成果

㈠第一小題參考答案：此詩的反面材料是珍珠怕被埋沒，正面材料是泥土捨身成路，作者藉著這種對比，凸顯出奉獻精神的珍貴。

㈡第二、三小題之同學寫作成果：

善意、善行讓人間更溫暖	
正面事例	反面事例
關心獨居老人，讓老人感受到社會的溫暖。	遭受家庭暴力卻無人伸出援手。
遇到有人發生意外時，立即給予幫助。	火災發生的時候，一群人圍在旁邊看熱鬧而不幫忙。

在臺灣早期社會，女人就像「油麻菜籽」，落在哪，長在哪。嫁到好丈夫，就可以過的很好；如果嫁到遊手好閒，又會打老婆的人，只能自嘆命苦。而這些遭受家暴的婦女因為受到傳統思想的束縛，往往生活在恐懼裡卻不願離開家。知道這些婦女正遭受暴力，例如他們的鄰居，常常以「清官難斷家務事」或「自掃門前雪」的心態而不伸出援手，使得這些婦女更加無助。

幸好現在的社會比以前溫暖了，現在有許多的社服團體會主動關心社會裡需要幫助的人，像是獨居老人或遊民。有許多的團體會每天送食物給獨居老人或遊民。也有許多的大學生會利用寒暑假去偏遠地區關心獨居老人並教導他們一些衛生教育，都會讓他們感受到社會的溫暖。

只要我們花一點點時間和精力，就可以讓人間變溫

暖。如果沒有人願意付出，即使太陽已經高掛在空中，我們還是會覺得寒冷。(許雅婷)

放下自我的執著，一切海闊天空	
正面事例	反面事例
選擇當一片落葉	在枝椏上的一片葉子
自由自在盪鞦韆	一個人玩蹺蹺板

你一個人靜靜地坐在蹺蹺板上，臉上還帶著一絲淡淡的哀愁。你在等待，等待那個人回來，陪你玩兩個人才能玩的蹺蹺板。雖然那人已經離開，不會再回來了，不過你執著的心，就像是枷鎖，把你禁錮在蹺蹺板上，痴痴地等……

你沒看到旁邊的鞦韆嗎？何不起身，去享受一個人自由自在搖盪的樂趣。就像是生附在枝椏上的一片葉子，要學著放手當一片落葉，才能看到樹的全貌，看到不一樣的天空。對於愛，不也是這樣嗎？(沈圓婷)

四、檢討

第一小題要求辨識出「先反後正」結構，同學大多都能做到，至於是否能掌握到最重要的訊息（亦即主旨），則有些同學還需要進一步的訓練。

其次，第二小題要求同學運用相反聯想尋找正、反面的材料，同學的發展方向有兩種，第一種是根據同一件事，寫出正、反兩種處理方式，第二種是純粹只根據主題找正面與反面的事例，當然這兩種做法都是可以的。

第三小題則是需要運用前面所找到的材料寫作成篇，同學在這個子題中的表現也相當不錯，顯示邏輯思維尚稱清晰，而且形成的結構也以「先反後正」為最大宗，可見得第一子題中詩篇的示範作用不可小覷，也間接印證了讀寫結合的優越性。前兩篇例文的結構分析如下，首先是許雅婷作文的結構分析表：

- 目：
  - 反：「在臺灣早期社會……更加無助」
  - 正：「幸好現在……社會的溫暖」
- 凡：「只要我們……覺得寒冷」

其次是沈圓婷作文的結構分析表：

- 反：「你一個人……痴痴地等」
- 正：
  - 敘：
    - 事例一：「你沒看到……搖盪的樂趣」
    - 事例二：「就像是生附……不一樣的天空」
  - 論：「對於愛，不也是這樣嗎」

範例七　選擇文體（記敘文）

一、題組

㈠朱自清〈背影〉細膩地描繪父親為自己買橘子的背影，藉此傳達出父親濃濃的愛（共 461 個字）。請你針對此段文字略作分析，並寫出感想。

我說道：「爸爸，您走吧！」他望車外看了一看，說：「我買幾個橘子去，你就在此地不要走動。」我看那邊月臺的柵欄外有幾個賣東西的等著顧客。走到那邊月臺，須穿過鐵道，須跳下去又爬上去。父親是一個胖子，走過去自然要費事些。我本來要去的，他不肯，只好讓他去。我看見他戴著黑布小帽，穿著黑布大馬褂，深青布棉袍，蹣跚地走到鐵道邊，慢慢探身下去，尚不大難。可是他穿過鐵道，要爬上那邊月臺，就不容易了。他用兩手攀著上面，兩腳再向上縮；他肥胖的身子向左微傾，顯出努力的樣子。這時我看見他的背影，我的眼淚很快地流下來了。我趕緊拭乾了淚，怕他看見，也怕別人看見。我再向外看時，他已抱了朱紅的橘子望回走了。過鐵道時，他先將橘子散放在地上，自己慢慢爬下，再抱起橘子走。到這邊時，我趕緊去攙他。他和我走到車上，將橘子一股腦兒放在我的皮大衣上，於是撲撲衣上的泥土，心裡很輕鬆似的。過一會說：「我走了，到那邊來信！」我望著他走出去。他走了幾步，回過頭看見我，說：「進去吧，裡邊沒人！」等他的背影混入來來往往的人叢裡，再找不著了。我便進來坐下，我的眼淚又來了。

㈡請你也選取一位非常疼愛自己的長輩（譬如父親、母親、祖父、祖母、老師……等），搜尋他的某次行為舉措，然後以簡短的字句填寫下列表格。

某次的行為舉措	
值得注意的某些細節	

請根據上述表格，詳細地描寫他的某次行為舉措，以表現出他對自己的關愛，寫成一篇首尾完足的文章，字數約在 500 左右。

二、設計理念

記敘文是指以敘述、描寫為主要表達方式來反映生活的文體。本題組的第一小題以朱自清的名作〈背影〉中的一段，作為敘事的範本，為了希望同學能仔細體會，因此要求同學寫下感想；第二小題則請同學針對一位非常疼愛自己的長輩，來蒐集他疼愛自己的資料，而且寫出足堪注意的重點，以為寫成文章預作準備；第三小題就請同學聚焦在此事件上，作細膩的描寫。這個題組也可以看作是訓練同學「選擇意象」的能力，也就是請同學選取適切的「事件」為意象，並加以適當的經營、描寫，以傳達出長輩濃濃的關愛。

三、學生寫作成果

(一) 第一小題

父親對兒子遠行的關愛，不好意思直接從口說出，在他去幫作者買橘子時，作者也流下了眼淚，卻也怕被父親看見，父子的個性相仿不言而喻。描寫父親買橘子的那段著墨很多，令人感覺時間突然變得很慢似的，上車時，父親故作輕鬆狀的言語，無疑是不想表露出離別的心酸，但

卻更顯得父子間感情的深厚。(游佳翔)

(二)第二、三小題：

某次的行為舉措	生病時，媽媽帶我去看病，之後去便利商店買東西
值得注意的某些細節	叫我坐在摩托車上等，多買了我愛吃的糖果

那時候，我還是個國小生。平時，媽媽不准我吃糖的，但可能就是因為她的限制，讓我非常愛吃糖，會偷吃，還被罵了好幾次……。

有一次感冒，出奇的嚴重，手腳發軟，連走路都十分無力。我應該已經很重了，媽媽還是背著我，走下四層樓的階梯，在摩托車上，叫我抓緊，攬著她的腰，載我去看病。

看完病，醫生開了我很討厭的藥水，使我覺得病好像更重了，媽大概也看在眼裡。「媽媽去 7-11 買一下寶礦力水得。」「走不動了？就在摩托車上等媽媽吧！」我整個人癱在摩托車上，只聽到門口「叮咚」的聲音。

「奇怪了，媽去了好久，沒有寶礦力水得嗎？」抬起頭，看到媽媽好像在店裡尋找什麼……。她買了比我想像中還要多的東西，半透明的塑膠袋，模糊地透著五顏六色的包裝。打開，是各種我最愛的糖果，伴著媽有點皺紋的微笑和我驚愕的表情，她可能不知道我會喜歡哪種，所以買了很多。

靠在媽媽溫暖的背上，病好像已經好了大半。（葉蔚青）

某次的行為舉措	九二一發生時，爸爸對我們的保護
值得注意的某些細節	他脫下衣服為我們取暖，自己卻不斷地打噴嚏

九二一地震發生時，我身旁的吉他倒下，嚇醒了我，生死關頭似乎隨時就要來臨，心在慌，地在搖，所有的人都逃到外面的公園，無不驚慌失措……。此時的爸爸，內心一定也是如此，但他卻表現出一副「從容」的樣子，要我們「慢慢」走出去，不斷哄騙我們「沒事、沒事」，當然我內心還是怕得要命。但到了公園才發現，其他人不是衣衫不整，就是有許多皮肉傷，「心急害的吧！」我想，也許如果沒有爸爸強壓自己的驚慌，我們大概像他們一樣吧！接著，餘震不斷，所以也不敢回去，就留在公園，夜深了，真的很冷，而且風很大，我們躲在小牆下，因為我們擔心「巨塔」會倒下，所以我們全身都縮得又低又小，窩在爸爸身邊，我抬頭看看爸爸，他竟坐得比誰都高都挺，他要幫我們擋「巨塔」吧！後來，風吹久了，真受不了，沒想到爸爸見狀就脫下他的衣服，只剩汗衫，將它蓋在我身上，我問他不冷嗎？他邊打噴嚏邊說：「不會呀！」我真傻，雖半信半疑，卻接受了，就這樣我在安心的情況下，睡著了……

到了第二天，看來餘震還是構成很大的威脅，我們還必須這樣下去個幾天，當作出這個決定的同時，爸爸隨即

做了一件事，那就是「衝回家拿大衣」，我見狀，眼眶都紅了……（羅方韋）

四、檢討

從朱自清〈背影〉中，可見得材料不需貪多，只要找到適合的材料，予以適切的描寫，就可以成為一篇優秀的記敘文。而學生作文中所描寫的長輩的關愛固然綿密動人，但是同學細膩的體察也體貼溫馨，前面所選的兩篇文章都真摯而溫潤，所謂人間至情，大體如是吧！

範例八　確立風格（詼諧幽默）

一、題組

㈠在下面所引的這則散文中，莊裕安以詼諧幽默的筆觸描寫他的丈母娘，請你以簡短的字句寫下你對這種寫作風格的感想。

莊裕安〈野獸派丈母娘〉（節選）：

雖然我沒有陪她上過市場，但我想像她買菜的樣子，一定不亞於一隻尊貴的孟加拉虎。她一定有最靈敏的嗅覺，最挑剔的脾胃，而且對我們，她的女兒和女婿，充滿慈悲。我們其實不像她所想像的那麼可憐蟲，吃三個月前的遠洋雪藏鱈魚鮭魚、等而下之的冷凍水餃、冷凍青豆、冷凍胡蘿蔔。我們樂於逛「萬客隆」，四個禮拜的生鮮一口氣買成，對開罐器、微波爐、冷凍庫，充滿敬意與謝意。可是這一對貪圖便利的小崽子，在她眼中看來，是營養不良又毫無品味的。她上菜市場，面對猩紅嫩白的排骨海鮮，一定充滿「叼」的快意，才四月天就渾身大汗。

我沒見過丈母娘在菜市場的虎虎生風，但碰上她在廚房耍刀弄鉞。她習慣將冰毛巾繫於額前或頸間，看來真像日本料理店吆三喝四的大廚。但不同於指揮的領班，誰也不要來當幫手，以免礙著她的腕肘肩臂。她炒菜的時候，一定希望廚房有半個操場那麼大。有時候索性關了穿堂的門，以便一個人在裡頭大顯身手。如果杜甫再世，說不定也會贈她那首〈觀公孫大娘弟子舞劍器行〉的名句，如「羿射九日落，矯如群帝驂龍翔；來如雷霆收震怒，罷如江海凝清光。總之，她的熱力不亞於指揮一整個交響樂團。」

㈡請你也以詼諧幽默的筆觸某個人物的言行，字數約在 400 左右。

二、設計理念

就寫作來說，風格就是筆調。在批改同學作文時，有時會發現同學不能選擇合適的筆調來寫作，譬如原本應該嚴謹深刻的論說文，卻寫成閒話家常般的隨筆。之所以會如此，原因可能出在同學根本沒有自覺地意識到「筆調」這個問題，順手寫來，真的成了「我手寫我口」，可是並不見得適當。因此設計本題組的目的就在於喚起同學對「筆調」的自覺，並鎖定「詼諧幽默」這種雅俗共賞的筆調來訓練，先以第一小題讓同學認識何謂「詼諧幽默」的筆調，第二小題才請同學仿寫。

三、學生寫作成果

(一) 第一小題

我一向很喜歡這種描寫人物的筆法，謔而不虐，誇張卻又出奇的貼切，令人會心一笑而不流於苛刻。將丈母娘喻為「孟加拉虎」，表現對挑選食材的敏銳和對冷凍微波食品的嗤之以鼻和敬謝不敏，恐怕是每位母親心疼子女不懂得照顧自己的心聲吧！作者所用的形容令人易於想到其丈母娘的廚房時那股「一女當關，萬夫莫敵」的氣勢與幹勁，寫來活靈活現，生動有趣。（中文97　涂惠姍）

(二) 第二小題

「吼！你看，那女的那麼壯，還敢穿無袖喔！根本就是金剛芭比嘛！」

「真噁心！這麼肥還敢穿這麼鮮豔喔！」

「那女的那麼三八還有男朋友喔！」

「機車騎這麼慢要死喔！用牽的不是更快……」

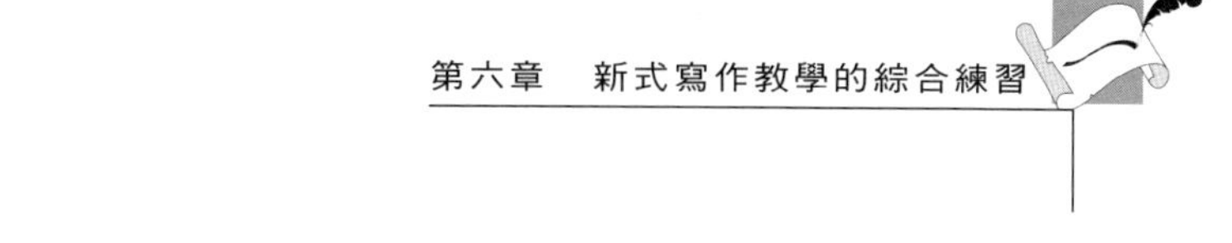

沒錯，雖然我很不想承認，但她就是我朋友，逛街是她最忙碌的休閒活動，她是一位「嚴格的路人」，凡是在她視力範圍所及的領域內，所有會移動的生物或非生物皆會被她毫不留情的品頭論足一番，無論是高短胖瘦、造型裝扮，從整體配色到局部混搭，還是髮質膚質或氣質，外八暴牙或駝背，都可是她的主題，甚至是情侶登不登對、母子長得像不像，哪種人適合養哪種狗，還是什麼人不該出現在什麼地方……等，皆是她的「學術領域」，她常常信誓旦旦的說幾年後要出一本「國人百大醜態」，看到她眼裡射出的光芒，我不禁開始為國人感到擔憂。雖然她如此「嚴以律人」，但卻「寬以待己」，對於我們這些醜態畢露的自己人，總是有菩薩「渡化眾生」的寬厚心腸。或許那天，政府心血來潮聘她當「外貌研究協會」會長，我們的社會有希望能夠賞心悅目點。（許玉玲）

你一定沒見過有人是這樣騎車的！

她可以假裝在騎越野車，不管上下坡或是平地，都習慣性的拚命，不停的踩著快斷命的踏板，直線般的往前衝，經由物理定律的推演，不斷加速，直達目的地。

但你一定猜不到，她接觸腳踏車不到半年！當她急急忙忙的趕去上課，會因不熟練的騎法，而硬生生的撞上路障！更誇張的是，她卻在下一秒毫髮無傷的大笑，開始取笑自己！甚至還擔心路障會比她命短。

你也一定猜不到，當她要經過馬路，卻爬不上突然凸起的路面時，咬牙切齒的表情，如同吃到酸檸檬的皺，五官全擠在一起，然而那臺鐵馬，卻在原地漫步，享受悠閒的時光，美好的風和日麗。

最恐怖的在後頭，當她認為自己的騎術已臻完美，可以再度挑戰不可能時，她找到了下一個目標——載人！可憐無辜的同學，就只好一個個的成為實驗品。她踏下第一步後，是一連串的扭動，車身快速的往人行道靠近！正當你恐懼不已時，忽然停住在一秒間！「竟然沒事！」這時你慶幸自己很幸運，而她又踏了第二步……。(許穎燕)

四、檢討

從第一小題中可知，詼諧幽默的筆調常來自於誇張，而從第二小題的寫作中，也可看出同學善用誇飾格，造成了文章詼諧幽默的風格。不過稍有不同的是：許玉玲的幽默中帶有淡淡的嘲諷，因此比較犀利，許穎燕就純粹只是有趣，顯得溫柔多了。

第二節　配合國中基測的寫作綜合練習

基測加考寫作，使沉寂許久的國中作文教學，再度受到重視。陳滿銘於《作文教學指導》中曾說：

> 作文教學對學生而言，是課內運用文字來表情達意的一種教學，而這種教學，由於公私實際的需要，使得它在國文教學上的意義，顯得格外明顯而重

大。[3]

作文教學的重要性，就實際面來考量，是希望能減低學生對寫作的畏懼感與排斥感，在考試上得到理想的成績；除此之外，作文教學還有一個更高的價值取向，就是幫助學生運用文字來「表情達意」，希望學生透過寫作，可以聽到內心情感的最低音到最高音的全音階；可以觀照人我生命的肌理與躍動。

寫作是一個極其複雜的心理歷程，意念的表出得靠文字。從寫作能力切入來進行基測寫作教學，使複雜的寫作歷程，有了指標；化有限的文字，成流瀉美感光影的生活圖象。以有效的訓練啟動學生與生俱來的寫作能力，我們將可期待學生筆下呈現的，是一個廣袤絢爛的天地。

一、寫作能力與基測作文測驗目的

一般而言，寫作能力可概分為三個層級來加以認識：即「一般能力」（含思維力、觀察力、記憶力、聯想力、想像力）、「特殊能力」（含立意、運用詞彙、取材、措辭、構詞與組句、運材與布局、確立風格等能力）、「綜合能力」（含創造力）等[4]。基測作文的測驗目，即是要了解

3　見陳滿銘《作文教學指導》（臺北：萬卷樓圖書有限公司，1997 年 10 月初版二刷），頁 3。

4　見陳滿銘〈語文能力與辭章研究——以「多」、「二」、「一（0）」的螺旋結構作考察〉《篇章結構學》（臺北：萬卷樓圖書有限公司，2005 年 5 月初版），頁 388。

學生經過九年一貫的語文教育後，寫作能力的發展情形。

基測作文評量，目的在以客觀的評量方式，評量國中畢業生是不是具備能精確表達自己見聞與思想的能力，包含[5]：

（一）立意取材

主要評量學生是否能切合題旨，選擇合適素才，表現主題意念。

學生經過審題後，確立寫作所欲表達的主要情意，這個過程稱之為「立意」，亦可稱為「主旨」；接著，根據主旨來對所掌握的材料進行分析比較，以篩選出最能夠表現主旨的材料，使得抽象的主旨得以具象化，這個過程稱之為「取材」；「取材」的範圍很廣，可能是「景」材料、「事」材料、「人文」材料、「自然」材料以及「實」材料、「虛」材料……等。

（二）結構組織

主要要評量學生是否能首尾連貫，組織完整篇章。

這是將所篩選出來的材料進行恰當的組織安排，使之具有內在聯繫，因此形成最佳組合，結構成篇，所以也可以說結構組織就是內容的內在條理；其中連接詞的使用常常標誌著此內在條理的類型，譬如「就」、「又」、「於是」等通常表示幾個句子之間有著時間或空間的連貫關係，

5 下引資料整理自《國民中學學生基本學力測驗寫作評量閱卷研習手冊》（主辦單位：教育部。研習日期：2006 年 3 月 30 日），頁 16-18。

「不過」、「然而」、「雖然……但是……」表示幾句子之間的意思有了轉折……等等。而且根據此內在條理，可以進而劃分段落，一般說來，劃分成三段者，常見「總－分－總」、「論－敘－論」、「今－昔－今」、「正－反－正」……等條理，在此基礎之上，依據材料的增加，甚可以劃分成四段仍至五段。

（三）遣詞造句及標點符號

學生能準確流暢的使用本國語文。

詞是語言中具有一定意義的、能夠獨立運用的最小單位，簡單地說，就是造句的最小單位，因此「遣詞」指的就是從詞彙資料庫中，篩選出最恰當的詞以組成句子的過程。接著將所選取的詞彙，組織成句子，這個過程就是「造句」，句子是語言的使用單位，人們用語言進行交流、傳遞信息，是以句子作為基本單位的，如欲求句子的效果，可注意常式句、變式句、長句、短句，以及整句、散句的搭配與運用。

而修辭技巧的使用，則是遣詞造句之後，更高一層的能力，目前各版本教材中約涵蓋譬喻、轉化、類疊、映襯、排比等約十種修辭技巧，目的在使讀者更深刻的理解書寫者的想法。

標點符號包括逗號、句號、分號、冒號、問號、驚嘆號、破折號等，使用的目的主要是為了幫助傳遞明確而完整的文意，以避免造成誤讀。

二、寫作能力與基測作文訓練

若由基測寫作目的思索未來寫作教學的趨勢，那麼以能力為導向的寫作教學，對基測寫作目的達成，大有裨益。下面即是依寫作能力來進行基測寫作教學的實務呈現。

(一) 觀察力訓練

(1) 題目

題目：用餐時分

說明：用餐，不只是視覺、嗅覺、味覺的體驗而已，因為周圍的環境、進食的氣氛、情感的交流……都會讓用餐時分顯得特別。

條件：請你寫出一篇至少涵蓋下列條件的文章：

◎請你至少融合三種知覺，描寫用餐的情境

◎請描述用餐時你的內心感受

（基測預試題修改）

(2) 設計理念

有豐富的寫作素材，在寫作時才有可能進行取捨、提煉與創新。學生自身的生活就是一塊積蘊豐饒材料的沃土，但若沒有敏銳的觀察力，對周遭人事冷淡漠然，甚至渾渾噩噩地過生活，在寫作時，這塊沃土之上，仍會呈現無可採收的荒涼之貌。因此，要訓練學生積累材料，最重要的是敏銳學生的觀察力。

此題主要鎖定「知覺觀察」來改寫基測的預試題[6]，所謂「知覺」就是運用我們的感官：「視覺」、「嗅覺」、「味覺」、「聽覺」、「觸覺」，來觀察事物，感知各種事物的形狀、顏色、氣味、苦甜、聲響、軟硬、冷熱等，而且這五種知覺，都會引發我們心中喜、怒、哀、樂、愛、惡等「心覺」。當學生不斷調動其視覺、聽覺、味覺、嗅覺、觸覺等知覺時，才能夠提高其接收生活訊息的能力，也才能進一步在生活經驗的交織網中，省思其存在的意義。

題文說明中出現了「氣氛」、「情境」，也與知覺息息相關。所謂情境是一個兼含心靈活動及外物相參相融的關係[7]；而氣氛是一種空間，就是通過物、人或各種環境組合的在場所「薰染」（tingiert）的空間。要製造情境氣氛，就要以色彩、聲音等來製造含有某種情感性質的「場景」[8]；由此可知，文章中情境氣氛的營造，正有賴於知覺的書寫。

(3) 學生寫作成果

每晚拖著疲憊的身體回家，總能看見一個熟悉的背影在廚房裡忙東忙西，一會兒擦著額頭上的汗水，一會兒辛

---

6 原題之說明與條件如下：
說明：用餐，不只是視覺、嗅覺、味覺的體驗而已，因為周圍的環境、進食的氣氛、情感的交流……都會讓用餐時分顯得特別。
條件：請你寫出一篇至少涵蓋下列條件的文章：
◎請描寫你用餐的情境。
◎請敘述用餐時你的感受，並說明特別之處。

7 參見鄭金川〈梅洛・龐蒂論身體與空間性〉，《當代》188 期，頁 36。

8 見 Gernot Böhme〈氣氛作為新美學的基本概念〉，《當代》188 期，頁 20-22。

勤地翻動著鍋裡的食物。隨著廚房飄來的香味，嗅一嗅，我的疲憊就煙消雲散。

對我來說，晚餐時間，是一天中最珍貴的。嘴裡含著飯菜和最親愛的人相處，即使時間不長，但卻是心靈溝通的時刻。桌上擺著鮮綠的萵苣拌沙拉、令人垂涎三尺的滷肉、滑口的番茄蛋……一道道充滿愛心呵護的美食。爸媽問我在學校的狀況，例如：今天考試考得如何啊？和同學相處的情形怎麼樣啊？他們所關心的問題平凡不過，而我每天的答案彷彿是音調平緩的小曲，並不會有什麼戲劇性的變化，但他們總是百聽不厭。

有時，爸爸也會和我們聊工作時的樂趣，媽媽就會適時補上幾句聽來有點深奧的人生哲理；我們在短短的三十幾分鐘裡，交流著一天的心情。熱湯的煙徐徐往上飄去，在起了霧的眼鏡中，我彷彿看見爸媽的愛融在熱湯裡不停地沸騰；有時我低頭看著盤中的食物，似乎也能看見他們溫暖的倒影。他們將幸福圍在圓桌裡，要我細細地嚐。

我挾起一片不鹹不膩的鮮脆竹筍輕送到嘴邊，也挾起爸媽一句句的關心，晚餐時光，是我一天中最幸福的時刻。（簡旭樸）

(4) 教學省思

於題文的條件限制中加入了「至少三種知覺」和「內心感受」的要求，結合了知覺和較高層次的心覺，所以學生較能以具體的感受經驗來描寫情境，使這次的寫作，成為色香味俱全的心靈饗宴。

◆ 詞彙的積累與選擇

(1) 題目

> **題目**：「月光」
>
> **說明**：請你以「月光」為主題，運用「接近聯想」、「相似聯想」、「相反聯想」，寫出與月光有關的詞彙，再以這些詞彙連綴成一篇結構完整的文章。

(2) 設計理念

詞是一篇文章的最小單位，在作文的歷程中，即不斷在選擇、替換、修改字詞，以期能貼切地表達心中的思想情感。感到詞彙貧乏，找不到適當的詞彙寫下心裡的想法，是學生在遣詞上常遇到的難題。如果能以一個詞彙為中心，引導學生進行接近、相似、相反聯想，就能使他們記憶中的詞彙產生豐富且有意義的連鎖反應。

此題嘗試在課堂上讓學生先共作再獨作；先集思廣益就「月光」進行詞彙的聯想，再讓學生各自從聯想到的詞彙中自由選擇，進行組合作文。若學生經練習而熟悉此種思維方式，從詞彙的聯想積累到組合成篇，都可令其獨作。

(3) 學生寫作成果

接近聯想：星子、夜空、光暈、銀輝、發光、閃爍、屋簷、花草、溫柔、霧、風、夢、廣寒宮、玉兔、天狗、樹。

相似聯想：檸檬、火光、鑽石、水銀、月牙、絲綢、鐮刀、淚水、刀疤、血。

相反聯想：地、太陽、黑暗、死神、憤怒、恐懼、枯乏、墜落、遮蔽、消失、缺憾、吞噬。

◎例文一

星子一個個眨了眨眼，發出微弱的火光，用永不凋萎的眼俯看著人間。月娘從睡夢中甦醒，對著這黑暗的大地思索著，如何賦予它生命的光暈。

月娘用纖細且白嫩的雙手輕輕撥開了灰藍色的布幕，瀰漫的霧氣漸漸清澄，銀黃色的透明絲綢從布幕中冉冉降下，搖盪在半空中。微風調皮地拉住了垂在半空中的絲綢，一不小心，將月娘手中的絲綢，拉出了萬縷的絲線。萬縷的絲線從天而落，纏住了樹梢、披散在皮草上，又飄落在野花上。頓時，樹梢染上了銀輝，野花的鮮紅色比平常更嫵媚動人，就好像跳著佛朗明哥舞的女郎；草尖下的水滴變得比平常晶瑩閃耀，就如一克拉的水鑽所發出的光芒。月娘笑了，又讓風將另一匹發亮的絲綢，披掛在屋簷上，點綴枯乏的角落。

大地在月娘灑落的銀絲中，擁有溫柔的光輝。（林宜宣）

◎例文二

太陽，墜落了！

死神亮出按捺已久的鐮刀，一把經歲月摧殘的鐮刀，使勁地朝暗無天日的蒼穹揮去，大地頓時被蒼穹水銀般的血染色。落下的不只有血，還夾著他的淚水，淚水混著血水，在空中閃爍、閃爍……。

每一條河、山泉、瀑布、大海，都跟著起了共鳴，將天地間的血淚吸盡，變得愈加透明，透明得可以見底。慢慢地，傷口癒合了，但銀白的鐮刀化成傷口上的疤，只有時間的流逝能將它拔去。

天色漸亮，黑夜忍著傷痛離去，月牙般的刀疤也跟著被帶走。一切都平靜了嗎？不！憤怒的死神尚未罷休，在天地間等待黑暗再次吞噬大地。（潘南霖）

(4) 教學省思

透過共作所聯想到的詞彙約有三十幾個，都與書寫主題「月光」有關，因此在進行獨作的組合作文時，學生離題的情形不多。從聯想詞彙、擇詞造句到組句成篇的練習，不但讓學生明白如何運用聯想力克服寫作時詞窮的問題，也使其明白意念表出的完整歷程。意外的收穫是：由於學生的個性不同，因此自由選擇詞彙時也有不同的偏好，所營造出的文章氛圍自然不同。以兩篇例文來看，前者選擇較多因接近聯想而產生的詞語，柔婉和諧；後者選擇較多因相反聯想而產生的詞語，顛覆了月光柔美的印象，頗讓人耳目一新。

◆同義詞與反義詞的運用

(1) 題目

說明：請你運用「喜悅、雀躍」「哭泣、流淚」這兩組同義詞，與「成功、失敗」「希望、失望」這兩組反義詞，結合自身的經驗，寫成一篇符合下列條件的文章：

◎文中只要出現「喜悅」、「雀躍」、「哭泣」、「流淚」、「成功」、「失敗」、「希望」、「失望」，都要用引號括起來。

◎題目自訂，但題目的字眼中必須含有上述八個詞中的其中一個，如：「喜悅」或「成功的定義」。

◎文中至少要描述一個自身經驗。

(2) 設計理念

一篇文章能夠有詞語豐贍、描繪細緻的特點，常常是同義詞、近義詞、反義詞連續使用[9]。廣義的同義詞包含了近義詞，善用兩者可以使語言富於變化，多姿靈動，避免讀者在重複單調的詞彙中感到疲乏索然。而掌握近義詞中些微的差別，也可以讓思想表達更縝密、貼切，使言更能盡意。

此題的設計主要是希望學生透過訓練後，能自覺地運用同義詞與反義詞來寫作，因此選擇了對國中生而言，易於理解的詞彙。「喜悅、雀躍」、「哭泣、流淚」、「希望、失望」都是與人的情感有關的辭彙，而「成功、失敗」是

9 參見陳滿銘、鄭頤壽主編《大學辭章學》（福州，福建人民出版社，2004 年 12 月第 1 版），頁 335。

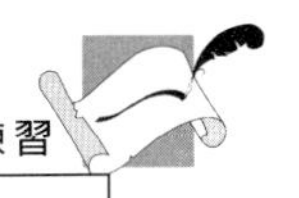

與事件的結果有關的辭彙。即事可以生情，因情也可以生事[10]，寫作是舊經驗的新綜合，使經驗中散漫零亂的意象綜合成和諧整一的意象的原動力就是情感[11]，因此藉由較多的情感詞彙，來引導學生寫作。希望學生可以運用近義的情感詞彙來表達力度近似但實而不同的情緒微妙變化；運用反義的詞彙表現生命必然的起落。

(3) 學生寫作成果

◎〈希望踩空〉

「Thank you！」深深地一鞠躬，我滿心「喜悅」地走下演講臺。這次的英文說故事比賽，我勢在必得！

還記得那是一個平凡的午後，英文老師從教室窗外捎來一張紙條，希望我能代表學校參加全縣的英文說故事比賽。這個突如其來的挑戰，讓我十分「雀躍」，因為老師肯定了我的能力。但這突如其來的挑戰，也幾乎奪走了我所有的娛樂時間；那一個月的集訓中，早自習、午休、同學在打球時，我都不斷在練習，就連在夢境中我也不斷在練習著那高低起伏的臺詞和誇張的手勢。這昏天黑地的苦練，只為了贏得那「成功」的獎座。

我深信自己的苦練絕對不會白費，而剛才在獎臺上的表現，確實讓我充滿「希望」。聽著司儀公佈了第五名、第四名、第三名，接著第二名，我的心開始蹦蹦跳，隨著第一名從擴音器竄出來，光榮地在禮堂內迴盪著，我那勢

10　見朱光潛《談美》（臺北，國文天地雜誌社，1990 年 3 月初版），頁 86。

11　參見朱光潛《談美》，頁 88。

在必得的「喜悅」瞬間瓦解，因為迴盪著的，是一個完全陌生的名字。我強忍住「失望」，不「流淚」，但心卻揪成一團「哭泣」著，好痛！得獎者「雀躍」地奔上講臺，臺上的「成功」與臺下的「失敗」，形成了一個強烈的明暗對比，而我淹沒在「失敗」的一群中。

我在「成功」的殿堂踩空了，而且摔得不輕，摔到了「失望」的谷底。或許是我太自負了，或許是我的努力還不夠，那些手拿獎座的同學，付出的努力一定比我多。這只是一次的「希望」踩空，下次，我還要更努力！（張至婷）

(4) 教學省思

以情感結合自身經驗來進行同義反義的詞彙運用，不但達成了鎖定能力進行訓練的目的，也使這次的寫作成了真情流露的告白。

「喜悅」與「雀躍」雖都是高興的意思，但「雀躍」所代表的情緒更強烈。而「流淚」與「哭泣」相較，「哭泣」帶有「哭喊流淚」的意思，情緒的表達亦更強烈，所以例文中寫著：「我強忍住失望，不流淚，但心卻揪成一團哭泣著，好痛！」就是成功地掌握了「流淚」、「哭泣」兩詞的些微差別，以外表的好強凸顯了內心的無比失落。

「反義詞」的運用，能造成映襯的修辭或正反的結構，例文的結構組織很明顯的是「正－反－正」的結構。尤其是第三、四段，描寫「希望」滿滿的心情忽如從雲端跌入「失望」的低谷；臺上「成功者」的「雀躍」，與臺下「失敗者」的「哭泣」；從「失望」的低谷中重燃「成功的希望」，都是「反義詞」的運用所帶來的對比效果。

◆狀聲詞的運用

(1)題組

1. 下面例句都運用了狀聲詞，請於參考答案中，選擇一個適合上下語境的狀聲詞，填入（　　）內。

（1）我（　　）的馬蹄是美麗的錯誤，我不是歸人，是個過客。（鄭愁予〈錯誤〉）

（2）院子裡風竹蕭疏，雨絲紛紛灑落在琉璃瓦上，發出（　　）之音，玻璃窗也（　　）作響。（琦君〈下雨天真好〉）

（3）這些鐘可不是一成不變地只會敲著（　　）、（　　）、（　　）的聲音，或者每隔一個鐘頭伸出一隻小鳥「（　　）、（　　）」地向你報時。（陳黎〈聲音鐘〉）

（4）連空氣都是一種輕質水晶做的。這裡的任一樣東西，只要輕微的敲擊一下，就會發出清脆的（　　）聲。

（5）是誰在唱歌？（　　）／風鈴唱歌，（　　）／是誰說話？（　　）／麻雀說話，（　　）。（陳玉珠〈是誰唱歌〉）

◎參考答案：布穀、達達、噹、叮咚、琤琮、砰砰、叮噹叮噹、嘰喳嘰喳

2. 請你描寫一個有聲音的情境，並運用至少一個狀聲詞，將情境中的聲音摹擬出來。文長約一百字。

(2) 設計理念

狀聲詞又名擬聲詞、象聲詞、摹聲詞，是以擬聲的方式，摹狀自然現象、昆蟲鳥獸、人類言行勞作或金石器物等所發出的聲響。善用狀聲詞，可使文章情境具有聲音美與節奏感，增加文字的表現力與感染力，達到聲情並茂的效果。

(3) 學生寫作成果

◎第 1 題

（1）達達，（2）叮咚、砰砰，（3）噹、噹、噹、布穀、布穀，（4）琤琮，（5）叮噹叮噹、叮噹叮噹、嘰喳嘰喳、嘰喳嘰喳。

◎第 2 題

(1) 水滴們乘著雲來到一個高度發展的城市，「**咳！咳！**」被黑煙嗆的直流眼淚，皺著眉頭看著這蒙上了一層灰的高樓和行道樹，它們決心要替這裡洗塵！水滴們齊心協力從天而降「**唰！唰！唰！**」，努力為灰頭土臉的城市帶來清新。（黃太荷）

(2) 炎炎夏日，嚐一口芒果冰砂。芒果是如此香嫩爽口。如同初戀的感覺，由舌尖蔓延自舌根，直到心裡；冰晶在我嘴中「**喀玆喀玆**」的響，在舌中旋轉起舞，融化入喉，縈繞在心中。（孟顯珍）

(3) 「**嘩！**」眾人起身鼓掌！不可能的任務在我手中完美

的演出：球棒畫出有力的弧線，一顆球，飛出場外，全場歡聲雷動！回憶成功的當下，我的內心戰勝了恐懼，領我走向勝利的光輝：一抬腳，以腰帶力，猛力一擊！「**鏗！**」再見全壘打！（夏維瑄）

(4) 雲霄飛車快速俯衝，陽光「**刷！**」成了飛快的箭，一旁的樹「沙！」也往前衝；「救命啊！」緊張的我，不停尖叫，身體被固定，無法動彈，只有手像章魚般亂舞。（林以青）

(5) 蟬兒「**唧！唧！唧！**」；鳥兒「**啾！啾！啾！**」；蛙兒「**嘓！嘓！嘓！**」這是百聽不厭的夏日交響曲。（蔡劼修）

(4) 教學省思

此次習作是讓學生自由選擇狀聲詞來書寫一個情境，經由共有的經驗想像，原音就在所形成的情境中重現。狀聲詞有「一詞多義」與「一義多詞」的情形，例如：「劈哩叭啦」可用來形容責罵聲、鞭炮聲、東西紛紛掉落的聲音；「水流聲」則因聲音的大小、強弱、緩急、狀態等的不同，可以用「淙淙」、「潺潺」、「泠泠」、「嘩啦」等來形容。在檢討作品時，教師可拿使用相同的狀聲詞卻用來形容不同聲音的情境相較，亦可比較出現相同的物象卻以不同的聲音來形容的情境，使學生了解狀聲詞的豐富性；另外，也可請學生朗讀自己的作品，以體會聲音的形象感與趣味感。

(三) 立意取材訓練

◆ 情感意象

(1) 題目

說明：認識自我的情感，是生命中重要的課題。人有各種情感，如喜悅、快樂、悲傷、恐懼、煩躁、憤怒、驚訝、懊悔……等情感，每一種情感，引發它的情境都不相同；同一個情境，每個人的感受亦不盡相同。寫作是表現審美情感與用藝術手法描摹引發它的情境。請你以「喜悅自畫像」或「悲傷自畫像」為題，書寫涵蓋下列條件的短文：

◎請以「我看著我的喜悅（悲傷）自畫像」為首句

◎文中應包含表情、姿態、色彩的描寫

◎要說明自己「喜悅」與「悲傷」的原因

(2) 設計理念

青少年的情感發展呈現豐富性的特徵，各種情緒的強度，層次分明；幾乎人類所具有的各種情緒，都可在青少年身上體現出來[12]。而情感在藝術構思中有著特別重要的作用，是藝術思維的原動力[13]。情與理又是文章的核心成分[14]；因此，以情感為寫作導引並教導學生如何賦予情感

12 參見王煥琛、柯華葳《青少年心理學》（臺北，心理出版社，1999 年 5 月初版），頁 118。

13 參見歐陽周、顧建華、宋凡經主編《美學新編》（浙江大學出版社，2001 年 5 月），頁 338。

14 見陳滿銘《篇章結構學》，頁 17。

藝術形象，不但符合青少年的心理發展，也是寫作訓練中十分必要的。

此題的設計是希望學生能選取適當的色彩意象和表情姿態，透過自我影像的書寫，來呈顯內心的情感。以「我看著我的喜悅（悲傷）自畫像」為首句，是希望他們能意識到，此文要「描寫」一個「畫面」，從中學習寫作時，如何藉具體形象的描摹以傳情達意。而描寫能力是基測作文所著重的表現手法之一。

(3) 學生寫作成果

◎悲傷自畫像

我看著我的悲傷自畫像，畫布上的我被分割成兩半，一邊的畫布是亮眼的黃色，另一邊則是陰森的黑色。黃色畫布上的我有著充滿笑容的右半臉，因為我正享受著和同學在一起的最後時光；黑色畫布上則是我愁容滿面的左半臉，和一顆不停掉淚的心。畢業前是最快樂的，但也是最痛苦的，我的心下起了滂沱大雨，卻無法把畫布上的黑洗刷掉；而我快樂的一面，笑臉是微微扭曲的，眼角的餘光，有一滴珍珠般的眼淚。　（許光榕）

(4) 教學省思

例文很巧妙地運用了同一種情境來呈現不同的情感，雖有喜有悲，但與朋友相處的喜悅越濃，悲傷就越深沉，以喜凸顯了悲的義蘊。心理學的研究發現，九歲以前的兒童認為兩種情緒不能同時存在；九歲以後的兒童則能接受兩種情緒可以並存的事實。國內的研究指出五年級開始，半數以上兒童能理解兩種以上情緒可以並存的事實。這更說明了情緒的反應隨著年齡的增加，不再受具體刺激的影響。至於如何反應，應是看個人如何思考這刺激[15]。例文便展現了青少年情感發展的此種特點。運用顏色的對比、表情的變化、眼淚與雨等材料，使情感有了具體的形象，感染力也就更強了。

◆ 事材與物材

(1) 題目

題目：無人島之旅

說明：請你參考所附的資料，依條件要求寫下題名為「無人島之旅」的完整文章。

◎參考資料

你要前往的島嶼地理環境如下：

是一個由玄武岩形成的無人島，約半天可以走完全島。玄武岩間隙遍開黃花，有綿延的白沙海灘，一片青綠的草原，清澈的小溪與藍寶綠的小湖，還有可乘涼的大樹和可棲身的山洞。除了有罕見珍貴的鳥雀棲息，並無毒蛇猛獸。氣候宜人，有時夜間會下雨。

◎條件要求

一、你將獨自前往一個無人的島嶼，在那兒生活一個月。已有人事先在那裡為你準備了足夠的食物與簡單的生活用品；飲食、居

15 參見王煥琛、柯華葳《青少年心理學》（臺北，心理出版社，1999 年 5 月初版），頁 99。

住等生活所需的物質條件不必煩惱。除此之外，你只可以帶一種物品去島上；但你所帶去的物品不能是通訊器材和一切可與外界聯絡的東西，也不能是有生命的動物。你會帶什麼去呢？為什麼？請將物品與原因寫入文中。

二、請你想像獨自在無人島旅行一個月，敘述這一個月你在島上做了哪些事，心情如何；心情的描寫可多樣而複雜，但其中必須包含孤獨感。

(2) 設計理念

一篇文章所取用的材料，大致可以分為事材與物材，兩者可以具體表現文章意欲抒發的情感或所要論述的道理。此題將活動的空間設想在「無人島」上，這是絕大多數的學生未曾經歷過的空間，而離群索居的生活亦為絕大多數的學生未曾體驗過的，但文中也提供了許多合於現實的景觀；這樣的設計，目的是希望學生能以既有的經驗為基礎，運用想像力來選取足以凸顯主旨的物材與事材。

題目的參考資料中所提供的場景屬自然物材；條件要求中要學生自選帶去的一樣東西，則設想為人工物材；又要求敘述在島上所過的生活，是要學生進行事材的書寫。寫作時，學生必須先確立主旨，即先立意，才能選取能夠表現凸顯主旨的材料。在確立主旨上，本題提供了一條線索，就是孤獨感的書寫。

何以選定孤獨感為必要的書寫條件呢？因為心理學的研究顯示，人類是屬於群集的動物，社會性是人的本能[16]，

[16] 關於人離群索居之後會產生令人難安的孤獨感一說，可參考〈人類的社會

希望學生藉書寫喚醒沉澱於本能中的群集意識，以抒情或說理來思索自我與他人間的互動情意。

(3) 學生寫作成果

微薰的風，挾帶著海水的鹹味輕拂在臉頰上。一個月來，彩色微笑的畫具箱像天使般陪伴著我，那是爸媽給我的禮物。挑了塊能眺望大海的岩石坐下，我翻開了這以畫代文字的心情記錄。

被一塊黑紗包覆的蔚藍，不安詳的筆觸顫抖著線條。那是我第一次沒有家人朋友陪伴的孤獨夜晚，島上的夜雨訴說著我低落的心情，風的悲鳴一次次摧毀眼淚的防線，眼淚一次次潰堤。我在燭光下提起畫筆，混著淚水與不安，畫下了第一晚。

睜開厚重的眼皮，一道刺眼的光穿透冰涼的空氣，喚醒了我。我走出棲身的山洞。馬上被眼前的美景吸引，檸檬黃的小花遍生於灰藍色的岩石間，順著潺潺的溪流前行，沿途的綠油草原、飛舞的蝴蝶、鳥兒一一進入了手中的紙上。畫筆的雀躍，快樂的在我手中迴旋起舞。

日子一天天的過，圖畫日記也逐日增加。閃著寶石藍的鳥兒在畫裡啁啾；有著多彩羽毛的雀兒正昂首樹林間。美麗的大自然成了我的心靈醫生，它開出不同顏色的藥，要我把不好情緒趕出內心。但，寂寞卻是無藥可醫。

鮮豔的花兒穿上了灰冷的藍色調，成群飛舞的蝶也收

性〉一文。見崔麗娟等著《心理學是什麼》（臺北，揚智文化事業股份有限公司，2002 年 12 月），頁 219-228。

起了翅膀。普魯士藍雜帶著灰白色，佔據了所有畫面。此時，只有親人微笑的畫面能再次帶給我色彩的感動。或許，是該結束這趟旅程的時候了！

翻閱這一個月的回憶，有黑暗、有彩色、有慘白。一個月的冷靜沉澱，讓我想起了查普曼所說的：「愛是自然界的第二個太陽」。現在，我要回到人群，擁抱人與人之間那無可取代的愛與陽光。　（邱郁筑）

(4) 教學省思

例文在取材上成功的凸顯了孤獨感，末段更加入了人我之間的省思，可說情理兼具。

值得注意的是，一樣的自然景觀，卻在不同的心緒下有了不同的詮釋。愉快時花蝶飛舞，鳥兒啁啾，大自然明麗而動人；因孤獨而傷懷時，一樣的自然景觀，卻染上了哀悽的色調。不只此篇作品，另有頗多學生的作品在景物的描寫上也呈現了這樣的特點。自然萬象固能引發人的情感，但人的情感卻決定了它的樣貌，所以在寫作時所描摹的並非客觀的物理時空，而是帶有濃厚主觀色彩的心理時空。

◆意與象之契合

(1) 題組

1. 請你從常使用的文具中，選擇一個物件，就其外形、顏色或材質描繪它有形的實體，並說明其功用；再想想可藉此物的外形、功用來抒發何種情感或論述的何種道理。請將答案以簡潔的文句填入表中。

◎我所選擇的文具是：	
◎它的外形、顏色或材質是：	
◎它的功用是：	
◎我想藉它來抒發的情感或論述的道理是：	

2. 請以「先實後虛」的結構（即先描繪文具的實體與功用，再以之來抒情或論說）將上表所條列的材料，寫作成篇。

(2) 設計理念

一般而言，寫作動機的產生有二：一是想要表現某種情志，故擇取切合此情志的具體物材或事材來抒發；一是外在事物引動了內心的情志，故產生了寫作的需要。由於大部分學生多是為了準備考試，被動地從事寫作，所以在題目的設計上若能兼顧這兩種寫作動機，常可以收到不錯的成效。

此題的設計是以學生最常使用的文具為材料，對於文具，多數學生可能只將其視為一種工具，或許會挑選自己喜歡的式樣或花色，但要藉其來抒情或說理是他們未曾想過的，書寫此題，就是要挑戰學生既定的思維習慣；而寫作也往往在突破既定的思維習慣時，才能獲得進步。

要求學生採「先實後虛」的布局方式，是因為「先實」可以讓學生清楚地認識與辨析所選的物材，使物材的特質與所要表達的主要情理相契合。

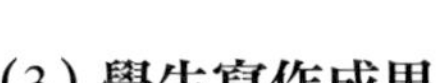

(3) 學生寫作成果

1. 第 1 題

◎我所選擇的文具是：	修正帶
◎它的外形、顏色或材質是：	藏在塑膠盒內的白色長條
◎它的功用是：	修改錯誤
◎我想藉它來抒發的情感或論述的道理是：	人要常常反省改正錯誤；錯誤即使改正了仍會留下痕跡，人最好不要犯錯

2. 第 2 題

◎修正帶

狹長扁平的光滑塑膠外殼，包覆著圓形齒輪。隨著手在紙張上緩緩滑動，白色的長帶也優雅地從殼中漫步而出，蓋住那扭曲歪斜的字體，抹去那錯誤的筆劃。

修正帶是粗枝大葉的我最佳的良伴；每當錯誤狂燒紙張，它是最好的滅火器。面對錯字連篇的作業，或層出不窮的畫蛇添足，它都會溫柔地叮嚀我：「不要再犯錯囉！」耐心地為我抹去錯誤，毫無怨言地給我第二次機會。

而我所真正需要的，是心靈的修正帶，那就是可以減少我犯錯的「反省」。「反省」一如修正帶，它可以把存在我心中的不潔思想抹去，留下素色的扉頁讓我記錄金玉良言；除去人性角落的污穢殘骸，好迎進美麗的風景。沒有污濁的髒痕擋住視線，心靈的窗口將明淨寬敞。

但修正帶修正錯誤後，會留下一道痕跡；正如反省改過後，並不帶代表錯誤未曾發生，我們不能忘記過去的錯誤，即使有許多再一次的機會，也不可輕忽那些積沙成塔的錯誤。

在紙上滑動的白線和在我心中滑動的白線交錯纏繞著，鮮亮的白色提醒我：唯有知覺錯誤、反省錯誤，才能擁有一顆純潔無瑕的心靈。　（謝亦婷）

(4) 教學省思

就認知心理而言，十一至十五歲的青少年正進入正式運思期，這時期的學生逐漸擺脫具體和現時的限制，能以有彈性、組合的方式進行思考，其思考可完全在抽象或假設的層次上進行。而正式認知運思狀態的最初成就也常帶來理想主義和道德成長；因此青少年常熱衷於公平、正義的抽象觀念及其理由[17]。由這次的習作，正可以窺見國中生此種思維的特點：不論是從「修正帶」論及「反省」，還是從「白紙」抒發要「認真過生活」的感悟，抑或由「尺」聯想到「不受好惡左右，不帶偏見地去衡量世間人事」；由實轉虛的的立意都十分貼切。

不過，仍有學生無法說明所選擇的實物到底象徵何種抽象的意涵，未能確切掌握「由實轉虛」的關鍵，因而寫出不合邏輯的觀點，例如：「我們常用尺凌厲地審視別人」，卻未說明尺即象徵嚴格的「主觀標準」；又如：「我相信紅筆的判斷、紅筆的評判」，卻忽略了紅筆本身無法判斷是非，能判斷是非的應是人的「理智」。所以培養學生的取材能力，有一點是十分重要的，就是要指導學生在

[17] 參見 L. Mann，D. A. Sabatino 著，黃慧真譯《認知過程的原理──補救與特殊教育上的運用》（臺北，心理出版社，1994 年 10 月），頁 255

寫作構思時，能夠思考其所選擇的「象」是否能與心中的「意」相契合；而所欲表現的情或理，是不是能夠藉材料準確地傳達給讀者。畢竟學生思維還未成熟，也非寫作的能手，所以有時候雖然選擇了材料，寫出了意念，卻產生了的材料與情志不協調的情況，這也是教師訓練立意與取材時，必須著力的地方。

(四) 結構組織訓練

◆論敘法

(1) 題目

題目：書與我

說明：下列是名人對「書」的幾種觀點，請你從中擇取兩個觀點，以「書與我」為題，舉一己之經驗來印證它，寫成一篇結構完整的文章。

◎英科學家牛頓：站在巨人的肩上，我可以看得更遠。

◎美詩人狄瑾蓀：沒有一艘船能像一本書，也沒有一匹駿馬能像一頁跳躍著詩行那樣——把人帶往遠方。

◎英歷史學家卡萊爾：書籍珍藏著過去時代的靈魂，當過去如夢一樣消失之後，書就是它清晰可聞的聲響。

◎波斯詩人薩迪：知識的根是苦的，它的果實是甜的。

◎義大利詩人彼得拉克：書籍使一些人博學多識，但也使一些食而不化的人瘋瘋癲癲。

(2) 設計理念

在基測的預試題中，有不少題目要求學生敘述經驗並說出感受或看法[18]，而 95 年的正式考題「體諒別人的辛勞」，也是要藉由敘述事件來凸顯體諒他人辛勞的意旨。若能藉由平日的寫作訓練讓學生熟悉論敘的結構組織，不但能強化其組織事（物）材與感受看法的能力，也能提升其敘述與議論說明之能力。

(3) 學生寫作成果

美國詩人秋瑾蓀曾說：「沒有一艘船能像一本書，也沒有一匹駿馬能像一頁跳躍著詩行那樣——把人帶往遠方。」走進書中，猶如走進一座知識的殿堂，每一扇門，每一個通道，連接著不同的方向，引領進入的人，取走藏在其中的寶藏。

我喜歡聽故事，所以我身邊的書，以小說居多。閒暇在家時，我常常是亮滿每盞燈，窩在客廳的沙發上，與書獨處。走進書中的世界，我體驗過當一海鷗，用那極快如

18 例如：
題目：「付出與收穫」
說明：俗話常說：「一分耕耘，一分收穫」但是付出與收穫一定對等嗎？請至少舉一個發生在自己身上的實例，或你所知道的事件、故事，來說明付出與收穫之間的關係，並論述這個故事帶給你的啓示。
又如：
題目：「影響我最深的一句話」
說明：也許你有這樣的經驗：一句話的提醒或鼓勵，有時會深深影響著你，甚至令你受益無窮。請你寫出一篇至少涵蓋下列條件的文章：
◎寫出影響你最深的一句話
◎敘述聽到這句話的場景及感受並說明這句話對你的影響

鷹的速度，在空中翱翔；也曾淪落為一隻被偷偷賣至極地的狗，在殘酷、競爭、無奈與求生中，尋回自己野性的自由。往書中窺探，我見過一名作家，如何走過悽慘困頓的童年。生命的過程，或許挫折、痛苦過，但雨後總會天晴，太陽不會永遠躲在西山裡。

然而，不是每本書都像小說般有趣，有時面對不拿手卻必須讀的書時，我就像是航行在書海中的一尾小舟，是如此的渺小。我要歷經一番乘風破浪、避開暴雨礁石，克服失敗的挫折，才能發現大驚奇。波斯詩人薩迪曾說：「知識的根是苦的，但它的果實是甜美的。」不就說明了為學的歷程嗎？所以我告訴自己，不能因為有些書讀起來不有趣，就輕言放棄。

書，不如我長的高大，也不如我能唱能跳，可是，一頁頁的文字，正是它深深的內涵，裡頭所蘊藏的知識，遠遠超出我腦袋裡填裝的。　（張琳翊）

(4) 教學省思

論敘法是將抽象的「論點」與具體的「事件」組織起來。「事件」的取材範圍很廣，包含了自然人事、古今中外、親身經驗、旁人經歷甚至未來可能發生的事情。其中自身經驗的書寫，往往最動人的，因為它展現的是寫作者獨有的生命氣息。此題結合了名人的體驗和學生自身的經驗，或許是因學生的思維受到了名言金句的激盪，書寫自身事件時，流水帳似的記敘減少了，而兼融感性與理性的吉光片羽就多了。

◆凡目法

(1) 題組

(1) 酸、甜、苦、辣、鹹，原是我們用來形容味覺，但文學作品中卻經常出現這些字眼來表現我們心中的情感。請你從自己的生活經驗中，選擇能以酸、甜、苦、辣來形容感受的事件，填入下列表格。

感受表達	事　　件
酸	
甜	
苦	
辣	

(2) 請你以「凡、目、凡」的結構，組織上表所蒐集的材料，以「生活中的酸甜苦辣」為題，寫一篇完整的文章。

(2) 設計理念

人的感覺系統——「味覺」，可以讓我們嚐到食物的酸、甜、苦、辣、鹹，並與我們的心理感覺連結，產生好惡情感。就心理學的研究，當一個人嚐到不喜歡的酸味或苦味時，就會出現「酸相」或「苦相」的不快表情；但這種表情卻不只出現在品嚐食物時，當人遇上其他不快的刺激，都自然會以「酸相」和「苦相」來表達情緒。「苦」的表情隨著輕蔑、憎惡、厭煩等不同程度而變化；「酸」

的表情在哭泣中達到高峰，代表了身體與情感的痛苦[19]。就是因為這種心理基礎，使其他非由味覺引起的悅與不悅，也會被人以味覺來表述；據此，就不難理解，為何寫作者常將個人的特殊體悟，和每個人都有的味覺體驗相連結，藉以引起讀者的共鳴。著眼於這種味覺與情感表述相溶的心理現象，故設計了這道寫作題。

在運材上，要求學生以「凡、目、凡」的結構寫作，「凡」是總括，「目」是條分。「凡」的部分是希望學生能用心體會多變的生活，從中歸納「人生的滋味豐富，要好好品嚐」這個道理；「目」的部分是要使學生能注意到酸、甜、苦、辣四種不同的心緒都要出現，而且在不同的情感轉換中描述事件，具體地書寫生活的滋味。「凡」具有整合收束的力量，「目」具有序列有致的美感，心理學家 Thorndyke（1977）發現，越合乎章法規範的文章，使人越容易記憶[20]，換句話說，合乎章法規範的文章，使人印象越鮮明。

19 參見威廉．馮特《人類與動物心理學講義》（陝西人民出版社，2003 年 12 月），頁 419。

20 參見鄭昭明《認知心理學》（臺北，桂冠圖書股份有限公司，1993 年 3 月），頁 231。

(3) 學生寫作成果

◎第 1 題

感受表達	事　件
酸	面對讀不完的書，感到十分酸楚。
甜	獲得運動會精神總冠軍的獎座，十分愉快。
苦	考試不順利，在考場上有種絕望的痛苦感。
辣	在火辣的太陽下進行競爭激烈的運動項目。

◎第 2 題

這湯，燉了十五年了，我將生活中的各種滋味，融進這鍋大補湯，加了醋，放了糖，撒了鹽。我盛了一碗，喝了一口，酸甜苦辣的滋味瞬間在口中炸開，像是被喚醒般，記憶的放映機也開始在腦中運轉。

看著書桌上躺著的講義，回頭望向躺在床上熟睡的姊姊，鼻頭酸酸的，心也酸酸的。講義，還有半本未寫，但距考試，只剩五小時不到，是活該吧！我對自己說。早知道就提前準備；早知道上課時就認真些；早知道就該聽從媽媽的勸告不要看那麼多電視；唉！早知道……天已破曉，講義上不是字跡潦草，就是空白茫然。我帶著忐忑不安的心走進教室，死瞪著平躺在桌面上的試卷，我拚命的回想，卻找不出可通往答案的路。考卷發下來，分數化作活該兩字，咧嘴大聲嘲笑我。「罰抄！」望著老師生氣的臉孔，我默默地埋頭猛寫，鼻頭酸酸的，手痠痠的，心苦苦的，好似吃著只有苦味的澀瓜……沒有下次了！我對自己發誓，沒有了！

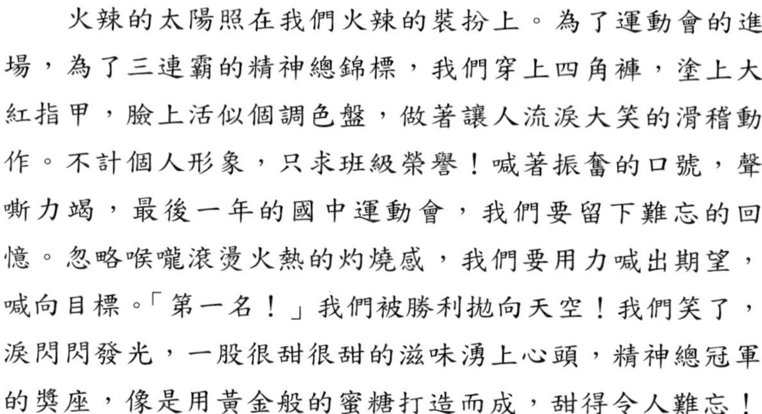

火辣的太陽照在我們火辣的裝扮上。為了運動會的進場，為了三連霸的精神總錦標，我們穿上四角褲，塗上大紅指甲，臉上活似個調色盤，做著讓人流淚大笑的滑稽動作。不計個人形象，只求班級榮譽！喊著振奮的口號，聲嘶力竭，最後一年的國中運動會，我們要留下難忘的回憶。忽略喉嚨滾燙火熱的灼燒感，我們要用力喊出期望，喊向目標。「第一名！」我們被勝利拋向天空！我們笑了，淚閃閃發光，一股很甜很甜的滋味湧上心頭，精神總冠軍的獎座，像是用黃金般的蜜糖打造而成，甜得令人難忘！

我調一調火候，慢慢燉煮，這四味大補湯，我仍會替它繼續加料。酒放越久越醇，湯燉越久越香，我要用一生的時間，熬煮這一鍋充滿酸甜苦辣的湯。　（黃太荷）

(4) 教學省思

學生的作品中，「甜」多形容喜悅、高興的事；「苦」多形容痛苦、悲傷的事；「辣」多形容刺激、興奮的事；但「酸」則出現了較大的差異性：有的以之來形容悲傷的酸楚，有的則以之表達內心的嫉妒。

學生進行材料搜尋時，在事件的書寫上，往往會帶入情感，不過形容情感多用抽象的「喜悅」、「悲傷」、「興奮」、「痛苦」等詞語；但在進行完整的文章書寫時，因應題目的要求，為了將這些情感與味覺相溶，大部分的學生都會以「譬喻」修辭，化抽象的感受為具象，如：蜜糖般的喜悅、吃到辣椒般的興奮、似打翻醋醰的嫉妒⋯⋯，而且會進行細膩的心理狀態描寫，呈現畫面般的情感表現。

「凡目法」是運用歸納、演繹的思維所形成的文章結構，對中學生而言，是很容易掌握的，令人欣喜的是：運用結構的限制，在「目」的部分，學生會仔細思考酸甜苦辣四個材料之間的關聯，因此四種感受往往不是出現在四個毫無關聯的事件上，如例文中寫出關於考試的酸與苦、運動競技的辣與甜；而且，學生們多半不會僵化地按酸、甜、苦、辣的順序來書寫，而是注意到事件所帶來的心緒變化。至於「凡」的要求，使所有的材料，在文章的首尾均獲得了有力的整合，圓合的呼應。這也告訴我們：結構的限制並不會箝制學生的思維，反而能訓練學生如何讓橫溢漫流的思維有依歸的方向，並依此方向梳理出令人激賞的脈絡，使內容與結構得到突出的表現。

第七章

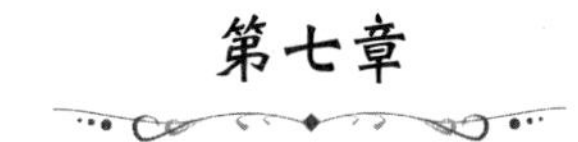

新式寫作教學的批改與評分

在寫作教學中，批改與評分是為了檢驗學生的學習成果，藉由批改，可以導正學生寫作上的個別錯誤；藉由評分，可以評定學生寫作能力的優劣。除此之外，寫作的批改與評分亦可提供教師作修正教學方法的參考。整體來說，一般性的寫作教學，較偏重於學生作品的評改，以利教學回饋或寫作能力的提升；而大型的考試如國中基測，則較著重於作品的評分，必須客觀而精確地評斷學生的寫作能力。本章分別從這兩種不同需求的面向，論述寫作教學中的批改與評分。

第一節　一般性的寫作批改與評分

學生經過指引，依所命的題目作文之後，做教師的必須對這些作文一一給予批改，使學生除了知道自己所寫的有什麼不妥的地方外，更能使取法上，逐漸地掌握到寫作的要領與技巧，把作文寫得更好。因此，批改在作文教學上是件重要的事。而所謂的「批」，是批指的意思，用以批示修改的理由或指導改進的方法；所謂的「改」，是修改的意思，用以改正不妥的地方。一個教師對於學生習作的思想材料以及用詞、作法有不妥之處，不但要修改，還要加以批指，讓學生確實曉得自己文章的缺陷，這樣才能收到批改的真正效果。以下就依序對批改的原則、方式、項目、符號與評分、用語與角度等，作簡要的說明。

一、一般性的寫作批改

(一) 批改原則

批改為了要收到最大的效果，使學生不但知所改進，更能樂於寫作，便不能不守住如下幾個原則：

(1) 保留習作的原意

批改學生作文時，在思想材料方面，如果發現有什麼不妥當的地方，應儘量保留它的原樣，而用批語在眉端指出它來，進而說明理由，並提出正當路向，以免改得滿紙通紅，使學生的自尊心既受損，而又失去了寫作的信心與興趣。譬如學生寫道：

> 核能發電會產生大量的二氧化碳，使空氣遭到嚴重的污染。[1]

這和已知的事實不符，因為核能發電是不會產生二氧化碳，以造成污染的。這個事實，可透過眉批告訴學生，而不必直接修改。

---

[1] 見陳滿銘《作文教學指導》(臺北：萬卷樓圖書公司，1994 年 10 月出版)，頁 322。

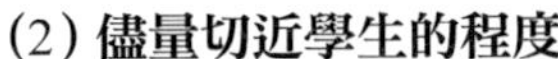

(2) 儘量切近學生的程度

批改學生的作文，一定要設法切近學生的程度。這樣，一方面可以使學生真正了解教師所以這麼修改的原因，產生「深獲我心」的感受；一方面對學生寫作的能力，更會有提升的作用。不然，改得再好，對學生而言，是起不了什麼作用的，因為所批改的不在他們可以接受、領會的範圍之內，怎麼能讓他們「知其然」，又「知其所以然」呢？譬如學生寫道：

> 東坡一直都有置身於邊疆來保衛國土的心。

如果改成：

> 東坡一直都存有「西北望，射天狼」的報國願望。[2]

這「西北望，射天狼」六字，出自東坡題為「密州出獵」的〈江城子〉詞。這首詞，據題目，知道作於密州。其中「天狼」，是星名，主侵掠，用以代指西夏。引東坡本人的作品來改，確實比原作好，但學生卻無法了解，因為無論國中或高中的學生讀過這一首詞的人並不多啊！

(3) 多作積極的指導、少作消極的批評

對學生作文的內容與形式，發現有什麼不當的地方，固然教師要分別給予指正，作消極的批評，但也該緩和語氣，避免作直接無情的貶責，把學生的作品批評得體無完膚，使他們的自尊心受損，而喪失了寫作的信心與興趣。

---

[2] 見陳滿銘《作文教學指導》，同注 1，頁 323-324。

如學生寫道：

> 想及母親在寒風凜冽的清晨，早起作飯時那布滿皺紋的臉，以及她在大雨滂沱中為子女送衣送傘的情景，更想及她知足常樂的樸實行為，十分對生活感到幸福的心情。昏暗的燈光下，母親那雙粗糙而又溫暖的手，又重新在我的腦中浮現，使我更為心酸。

這節文字可改為：

> 想及母親在寒風凜冽的清晨，早起作飯時那布滿皺紋的臉，以及她在大雨滂沱中為我們送衣送傘，昏暗的燈光下，用那雙粗糙而又溫暖的手，不停地為我們工作的情景，使我更為心酸。

如果這樣下眉批：

> 文詞枝蔓，不知剪裁。

學生看了這兩句評語，信心一定會受到相當的打擊。如果下這樣的眉批：

> 「更想及她知足常樂的樸實行為」起，至「又重新在我的腦海中浮現」止，文意不聯貫，所以刪去枝蔓的文詞，使上下連成一氣。[3]

[3] 見曾忠華《作文命題與批改》（臺北：國立臺灣師範大學中等教育輔導委員會，1992 年 6 月初版），頁 85-87。

顯然地，這種批語比較會為學生所樂於接受。這樣措語一改，結果就會大不相同，做教師的何樂而不為呢？至於學生表現優美或必須給予指引的地方，更要加以讚賞或指導，以提高他們寫作的興趣與能力。

(4) 須作適當的眉批與總批

教師對於學生作文時有關審題、主意、運材、布局、措辭的優劣得失，都要加以指點。其中屬於局部性質，寫在文章眉端的，稱為眉批；屬於整體性質，寫在文章末尾的，稱為總批。這種批指關係到學生寫作能力之提升，是不可少，而且是要兩者兼顧的。而所用的文字，為收到實際的效果，必須淺明中肯，確切具體，不宜用一些空洞膚泛的語句，如「行文清順」、「用語妥帖」、「內容貧乏」、「情意不真」等批語，對學生的寫作，實在不會有多大的啟發作用，只是浪費筆墨而已，這是應該極力避免的。至於比較具體中肯的批語，如：

> 從社會現況說明充實自己的重要性，起筆切實有力。舉反例以證主旨，可獲「正反相生」之效；惟舉證之後，應就反面之意加以申論，以充實內容。[4]

(5) 批改前應先遍覽全文

教師在批改學生作文之前，一定要先將全文看一遍，對全文的主旨、結構及聯絡照應的情形，獲致大概的了解，然後才能著手批改。不然，不該刪的刪了，而該刪的

[4] 見曾忠華《作文命題與批改》，同注 3，頁 91-101

卻沒刪；不該改的改了，而該改的卻沒改，這樣，前後的照應不能照顧得很周到，也將增加批改的時間，以求彌補。這是非常不妥當的事情。譬如：

> 心靈有如一泓寧靜的湖水，而反省則是湖中源源不斷的清流，湖水的湛藍得力於清流不捨晝夜的湧入，而心靈的透明清澈也需仰賴反省時時的砥礪。
> 反省的第一個收穫，是讓我們清楚的認識自己，我們常常由於環境的影響，和慾望的誘惑，被迫帶上不同的面具，我們以不同的面具面對著不同的人事，雖可八面玲瓏，左右逢源，但我們卻忘記了我們原本的面貌，忘了我們的真性情，而反省此時有如一把利刃，劃開了我們的面具，揭開了我們不輕易示人的本性，而我們的善良和天真，就自然而然的顯現了，我們被邪惡侵襲的創痛，也可得到清涼的洗滌，無怪乎曾子曰：「吾日三省吾身。」
> 反省的第二個收穫，就是能使我們撿拾錯誤所遺留的教訓，而不會重蹈錯誤的軌跡，日本名將德川家康，每回打了敗仗，總會坐在木椅上咬著指甲凝神苦思，總要找到錯處方得心安。犯錯並不是一件可恥的事，但一錯再錯，卻不是任何人所能忍受的，而反省，正是防止一再犯同樣錯誤的南鍼，孔子曾經讚美顏回「不貳過」，又誇獎顏回道：「吾見其進也，未見其止也。」由此可見反省能使人記取教訓，精進不已。

反省的第三個收穫，是讓我們明辨事物的道理，我們如果把一件我們與他人交涉過的事情拿來細細思量一番，我們會發現我們做事的缺點。和別人處世的真機，於是徹底明白了是非曲直，真偽之辨，進而如古人所說：「見賢思齊，見不賢而內自省。」使得自己的智慧更加圓融。

擁有活躍的心靈才能擁有完美的人生，因此我們必需時時為死寂的心湖添入奔流的清泉，時時反省，才能開發自己的潛能，創造生命的價值。（〈論自我反省的收穫〉）

此文採「凡（總括）、目（條分）、凡（總括）」的形式寫成，將自我反省的收穫很有層次地交代清楚。教師在看這一篇文章時，如果在第二段的開頭，將「第一個」改成「第一大」，則第三、四段就該順著把「第二個」、「第三個」改成「第二大」、「第三大」，並且還要看看有沒有此種層遞的關係。又如果由於第二段末尾引曾子的話，與本段「清楚地認識自己」的主意既不十分切合，又一樣地可移用於第三、四段，而把它刪除，就會有不勻稱、不劃一的毛病，因為第三、四兩段，作者都訴諸權威，各引了孔子的話來加強說服力，所以保留它，總比刪除的好。由此可見，在批改之前先把全文看一遍，是個相當重要的原則。

（二）批改方式

批改學生習作的方式，約有如下數種：

(1) 傳統批改

這是將學生的作文收齊後，帶回辦公室或家裡批改的一種方式。這種方式因佔有時、空的自由，最為教師所樂用。但由於它只能透過文字來呈現批改內容，總是有它的侷限，不容易把要說的話表達得一清二楚，使學生徹底了解，以發揮批改的最大功效，所以仍有它的缺陷。不過，這是目前最慣用的一種批改方式，有能採行長久的一個優點。

(2) 當面批改

這是讓學生坐在旁邊，一面改一面說明的一種批改方式。這種方式因為可以當面把批改的種種說明清楚，所以效果最好，但也最費時，差不多一篇文章須費一、二小時。因此不可能經常這麼做，只能針對特別需要個別指導的對象，偶一採行而已。

(3) 公開批改

這是挑選一、二篇習作讓全班學生一起參與批改的一種方式。這種方式的批改，在從前，一定要將習作抄在黑板上來進行，頗為麻煩；到了現在，既可借用投影機，也可用影印的方式，讓學生面對作文，已經方便多了。由於這種方式能對不妥的地方，一一充分討論、訂正，所以影響力也格外地大。不過，這也和當面批改一樣，只能偶一採行，因為它實在太費時了。

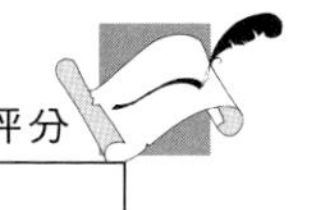

(4) 重複批改

這是在看學生習作時，遇有不妥之處先打上批指符號，讓學生依照符號的指示，自行修改，再由教師正式批改的一種方式。要採行這種方式，一定要讓學生也熟悉各種批指符號，知道符號所代表的是什麼意思，才能如願進行。這種方式由於由學生自己對不妥的地方能充分斟酌後加以修改，所以效果也特別好。不過，這樣做，等於是讓學生重複寫作、教師重複批改，偶爾為之還好，若是經常如此，那就都要喊吃不消了。

(三) 批改項目

學生的作文需要教師糾正其中錯誤或缺失的項目，雖然很多，但重要的約有如下數種：

(1) 文字書寫錯誤者

這是字形的錯誤，也就是所謂的錯字或別字，茲分述如下：

1. 錯字

是指錯寫了本來就沒有的一種字形，也就是筆畫錯誤的字。如「步」字寫成「歩」、「初」字寫成「初」，這「歩」和「初」，是本來就沒有的兩個字形，就是所謂的錯字。這種錯字形成的原因，大致可歸為下列幾種：

甲、增加筆畫而誤：如「染」寫成「染」、「迎」寫成「迎」。

乙、減少筆畫而誤；如「隆」寫成「隆」、「盜」寫成「盜」。

丙、改換偏旁而誤：如「假」寫成「假」、「別」寫成「別」。

丁、移易部位而誤：如「吉」寫成「吉」、「號」寫成「䖁」。虓

2. 別字

是指使用錯誤的字，又叫「白字」。所以顧炎武在《日知錄》上說：「別字者，本當為此字，而誤為彼字也，今人謂之白字，乃別音之轉。」這種別字形成的原因，也可歸為下列數種：

甲、字形相似而誤：如「斡旋」寫成「幹旋」、「綠肥紅瘦」寫成「綠肥紅庾」。

乙、字音相似而誤：如「大都」寫成「大多」、「以見一斑」寫成「以見一般」。

丙、字義相似而誤：如「屈服」寫成「曲服」、「喪心病狂」寫成「傷心病狂」。

丁、形聲俱似而誤：如「收穫」寫成「收獲」、「破釜沈舟」寫成「破斧沈舟」。

對於這些錯別字，教師在它們的旁邊都應打上「×」號，並把它們改正，或在眉端畫一個方格子，讓學生自行改正。這樣的改正，如果效果不大，最好要求學生將他們所寫的錯別字，依下列表格來分析形成錯、別的原因，以加深他們的印象。

(2) 詞語使用失當者

詞語使用不當，是學生在作文時最容易犯的毛病。一般說來，約可分為如下三類：

1. 詞語使用錯誤

有些詞語的意義相近，而作用不同，學生卻往往不能分辨清楚。如：

他的好處真是罄竹難書啊！

「罄竹難書」是個貶義成語，常用於形容罪狀多得寫也寫不完，所以用在這裡是不妥的，應改為「他的好處真是不勝枚舉啊！」或「他的好處真是舉不勝舉啊！」

2. 詞語搭配不良

詞語在習慣或邏輯上是要求前後互相搭配的，但很多時候，學生卻顧此失彼，不能作很好的配合。如：

下星期一是我們的畢業典禮。

「下星期一」是日子，而「畢業典禮」是一種儀式，彼此是不能搭配的，所以應改為「下星期一是我們舉行畢業典禮的日子。」或「我們將在下星期一舉行畢業典禮。」

3. 詞語順序不當

每個詞語在語言結構中是有它一定的順序與位置的，如果弄亂了這種順序與位置，就會引起意義上的混亂，使人弄不清你在寫什麼。如：

那兒的情況，對我們已十分了解了。

在這個句子裡，「情況」是不能作主語用的，作主語的該是「我們」，所以應改為「我們對那兒的情況已十分了解了。」或「對那兒的情況，我們已十分了解了。」或「我們已十分了解那兒的情況了。」

(3) **章句經營無方者**

學生的作文，在章句經營方面，需要改正的弊病也很多，大致說來，有如下數種：

1. 文法不通

學生由於不諳文法，往往會造出不通的語句來。這類弊病約可歸成兩種：

甲、成分殘缺：指殘缺應有的成分，如主語、謂語、賓語、補語等而言。如：

他的干擾，寫錯了好幾個字。

這個句子缺少主語，應改為「我由於他的干擾，寫錯了好幾個字。」或「他的干擾使我寫錯了好幾個字。」或「由於他的干擾，我寫錯了好幾個字。」

乙、成分多餘：句子裡不可少了應有成分，也不可多了不應有的成分。如：

我此後非要努力用功。

這個句子多個「非」字，應刪去，改成「我此後要努力用功。」如果與「非」搭配，在「用功」下加「不可」二字，則又多個「要」字，也應刪去，改成「我此後非努力用功不可。」

丙、結構雜揉：學生的作文，有時會把兩種句式雜揉在一起，使得句式和句義都糾纏不清。如：

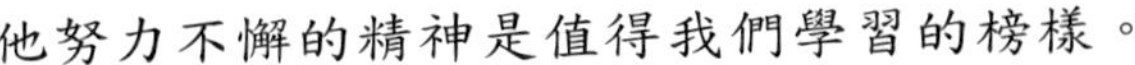

他努力不懈的精神是值得我們學習的榜樣。

這個句子有兩個句式糾纏在一起：一為「他是我們學習的榜樣。」二為「他努力不懈的精神是值得我們學習的。」因此應改為如上兩句或「他努力不懈的精神值得我們學習。」以求結構劃一、句義明晰。

2. 體現不切

這是不能針對主旨來運用思想材料的毛病。學生在作文時，往往會忽略主旨，運用一些不該用的思想材料，如黃錦鋐在《中學國文教材教法》一書中曾舉例說：

> 例如以〈初夏〉為題，學生大做「夏天」的文章。有以〈秋〉為題的，學生大寫穀類對人類的貢獻。有的學生則喜歡亂用形容詞，如明月先生中天跳舞、黃鶯小姐枝上唱歌。以「汪汪」形容流水的聲音，用「颯颯」描述下雨的情態，不一而足。這些都屬於體現不切的毛病。[5]

對於這些毛病，教師應悉予刪去，並加眉批加以指導。

3. 語氣不合

這是指說話的人與所敘之事，關係不相稱的毛病。譬如蔣伯潛在《中學國文教學法》一書中所附〈一封家信〉一文中有這麼一節話說：

> 氣候已漸漸冷起來了，寒衣趕快寄來，切勿遲誤！

[5] 見黃錦鋐《中學國文教材教法》(臺北：教育文物出版社，1981 年 2 月初版)，頁 258。

費神之處，容後面謝可也。

這封家信是寫給父母的，而在這節文字裡，卻說：「趕快寄來，切勿遲誤」，是上對下命令的口氣，而「費神之處，容後面謝可也」，又是平輩的客套話，這都是一個兒子對父母不該有的語氣，所以在這節文字之上，批改的先生下了這樣的眉批：

「切勿遲誤」，是命令語；「費神」、「面謝」，又太客氣，對父母均不合。[6]

像這樣，語氣既然不合，就該把可以修改的地方修改，必須刪除的部分刪除，並且加上眉批加以指導了。

4. 體式不純

這是文言與白話夾雜、記敘與論說糾纏，使語句的型態錯亂的一種毛病。通常學生都喜歡賣弄文墨，在寫作白話文時，故意夾用文言，本來是想要使文章典雅的，結果卻損傷了文氣，弄巧成拙。如：

書在人類文明史上，始終扮演著文化命脈的神聖工作。縱使吾儕「前不見古人，後不見來者」，但依然可藉著書的聯繫，使我們將時空超越之，與之溝通也。

又云：

6 見蔣伯潛《中學國文教學法》（臺北：泰順書局，1972 年 5 月再版），頁124。

書的內容，舉凡天文、地理、人文、藝術等，無所不包，凡「不偏不倚」者皆謂之良書也，豈可勝道哉！[7]

在這兩節文言中，所謂「吾儕」、「超越之」、「與之溝通也」、「謂之良書也」、「豈可勝道哉」等，都是文言語句。它們夾雜在白話中間，都顯得格格不入，不但沒有使文章變得典雅，反而破壞了文章體式的純一，這真是得不償失啊！所以教師看到這些文言語句，是必須把它們改成白話的。此外，學生也喜歡把記敘與論說夾纏在一起，當然，以全篇而論，先記敘、後論說（如周敦頤〈愛蓮說〉）或先論說、後記敘（如蘇軾〈超然臺記〉），是可以的，但片段地將論說夾在記敘裡或將記敘夾在論說裡，就會造成錯亂。

5. 組織不良

這是文章剪裁、安排的工夫不良的一種毛病。這又可分為兩種情形：

1. 剪裁的不良：這是就所取材料或欠缺不全或繁簡失宜來說的。這類的弊病，很容易犯上，即使名家也難免，例如溫庭筠的〈夢江南〉詞：

> 梳流罷，獨倚望江樓。過盡千帆皆不是，斜暉脈脈水悠悠。腸斷白蘋洲。

這闋詞寫別恨。起二句，寫一早倚樓凝望的情事，以「梳

7　見陳滿銘《作文教學指導》，同注1，頁353。

洗罷」與「獨倚」透出孤單、激切之情，預為下二句的敘寫鋪路。「過盡」兩句，寫凝望所見：先是千帆過盡，不見歸人；後是斜暉脈脈，綠水悠悠，將情寓於景，作進一層的敘寫。寫到這裡，可以說已有綿綿不盡的離情了，而作者卻加上了一句「腸斷白蘋洲」，使得空間變小、意味變淺，所以傅庚生認為這一句：

> 甚無謂，蓋即調未完而意已盡，故為玉玷也。……蓋意盡而辭冗，辭冗則無當於剪裁，尤且有妨於含蓄。[8]

這樣畫蛇添足，當然就「無當於剪裁」了。名家既難免如此，那麼學生就更不用說了。

2. 安排的不良：這是就行文顛倒錯亂來說的，也就是該先說的，落在後面，而該後說的，反而置於前面。如：

> 「三思而後行」即是勸人做任何事之前要能考慮清楚，明辨事理。
>
> 人非聖賢，犯錯是任何人不可避免的，因此做事之前要能慎思，不可逞匹夫之勇，否則必敗無疑；明辨更為重要，不可為短利、私情所蒙蔽、迷惑，要能正確的明辨事理。

這是學生作文的頭兩段，題目是〈慎思與明辨〉。作者在這裡，一開端就訴諸權威，稍嫌突兀，所以曾忠華在《作

[8] 見傅庚生《中國文學欣賞舉隅》（北京：北京出版社，2003 年 1 月一版一刷），頁 189。

文命題與批改》一書中曾作眉批說：「此段宜置於第二段末尾，藉以說明題文之重要性，而以第二段之評析法為開頭，如此文章之氣勢必能增強。」[9]這樣子的調整，確實將原作安排不良的毛病改過來了。

6. 浮辭累贅

作文首求簡明雅潔，如果盡說些重複或不相干的話，就會令人讀而生厭。如：

> 明天對我來說，是很重要的，因為它是我媽媽辛苦懷胎十月在醫院生下我的紀念日。

說了這麼一大堆話，表達的只是「明天是我的生日」的意思而已，所以除了這七字外，其餘的全屬廢話，應予刪除。又如：

> 孩子們唯一的愛護者是何人？這是每個人都知道的，不用你猜，也不用我猜，就知道是慈愛的母親。

作者在這裡採提問的形式來寫，或許能提振一點文章的精神，但太過累贅了，因此還是改為判斷簡句來敘述的好，也就是只應保留「孩子們唯一的愛護者是母親」十二字，而把其餘的整個刪掉[10]。

---

9 見曾忠華《作文命題與批改》，同注 3，頁 184-185。

10 見陳滿銘《作文教學指導》，同注 1，頁 360。

(四) 陶鍊工夫拙劣者

陶鍊工夫是指字句、篇章的整飾技巧。就字句的修飾而言，主要的是求字句生動，要做到這點，有時便要以積極的修辭方式來修改學生的習作。如黃錦鋐曾在《中學國文教材教法》一書中舉例說：

> 有時可以直說，有時則應用曲說，如韓愈〈畫記〉不說驢四頭，而偏說「橐駝三頭，驢如橐駝之數而加其一焉」。就是採用曲說，以免文章板滯的毛病。其他有倒裝的如韓愈〈羅池廟碑〉:「春與猿吟兮，秋鶴與飛」(秋鶴與飛就是秋與鶴飛的倒裝)。有用婉曲的，如李清照詞:「新來瘦，非關病酒，不是悲秋。」有的用夸飾的，如李延年詩:「一笑傾人城，再笑傾人國」。有用諱飾的，如《紅樓夢》裡說棺材稱那件東西……。這些都是求語句美化的關係，因為文章說得太直截了。使一覽無遺，便索然無味，教師應該視實際情況，使學生文句通順之後，更進一步求形式的和諧與內容的善美。[11]

要「更進一步求形式的和諧與內容的善美」，確是我們做教師的人所應致力的事。就篇章的整飾而言，主要的是求篇章合乎秩序（含變化）、聯貫、統一的原則。學生的作文，凡是不合這三大原則的，便要直接加以修改或用眉

---

[11] 見黃錦鋐《中學國文教材教法》，同注 5，頁 259-260。

批，總批加以指引。如：

> 在上一輩人的心中，都市代表著進步、富貴，而鄉村卻代表著落後、貧賤。然而風水輪流轉，在現代人眼中，都市卻是罪惡的淵藪，而鄉村竟是令人嚮往的樂園。
>
> 我出生在一個小村莊裡，小時候看到的，不是人，就是牛，而很少看到汽車。一直到七歲，還不知道都市這種地方。整天只知道在水河中嬉水、抓魚，在田埂上奔跑、釣青蛙。這種鄉村生活的情趣，經過了幾年都市繁華富裕的生活之後，到現在才真正體會出來。
>
> 都市除了生活枯燥無味外，更增添了不安與不適，整天懼怕不良分子的騷擾、宵小的光顧，和交通壅塞、空氣汙染等。而鄉村現在又逐漸都市化了，大河成了水泥做的小水溝，田地、魚池也爭相聳立著大樓。我真怕有一天鄉村會從地球上消失，再也看不到小山、小河、樹木、花草，也聽不到鳥鳴、蟲叫、雞啼。
>
> 既然鄉村都市化，已是必然的趨勢，而都市也該鄉村化，以減少它的缺點。所以讓都市與鄉村互助並存，才是我所希望的。[12]

這篇文章題作〈都市與鄉村〉，撇開別的不談，單在篇章

12　見曾忠華《作文命題與批改》，同注 3，頁 182。

結構上，就有不少該調整的地方：先就「秩序（含變化）」來說，作者在首段以今昔觀點說明一般人對都市與鄉村看法之轉變，次段用自己的經驗寫鄉村生活的情趣，三段論都市生活的不安和對鄉村都市化的憂慮，末段點明「都市與鄉村互助並存」的主旨。這樣寫，層次實在不夠分明。照末段的結論來看，最好先在第二段論鄉村都市化，再在第三段論都市鄉村化，以求合於秩序的要求。再就「聯貫」來說，第二段是由首段末尾「樂園」帶出的，而末段開端又與第三段「鄉村現在又逐漸都市化了」互相連絡，可說已注意到段落的聯貫；但第三段起句寫「都市除了生活枯燥無味外」，卻十分突然，顯然有「上無所頂」的缺憾，為了彌補這個缺憾，應該將第二段末尾「都市繁華富裕生活」句中的「繁華富裕」改為「枯燥無味」，來為下段的論述預鋪路子。末就「統一」來說，這篇習作把一篇的主旨置於末段，主張經由「都市鄉村化，鄉村都市化」來「讓都市與鄉村互助並存」，但在前三段裡卻始終找不到針對這個主旨來論述的文字，所以應該大作調整，從第二段開始採「先目（條分）後凡（總括）」的形式來寫，以使全文能「一以貫之」，收到統一的效果。

（五）格調氣味腐惡者

這是文章的內容思想或措辭聲情有了偏差所形成的一種弊病。學生的作文，有時文句雖然通順，但它的內容思想或措辭聲情卻令人讀之生厭作嘔，這好比一個人的五官

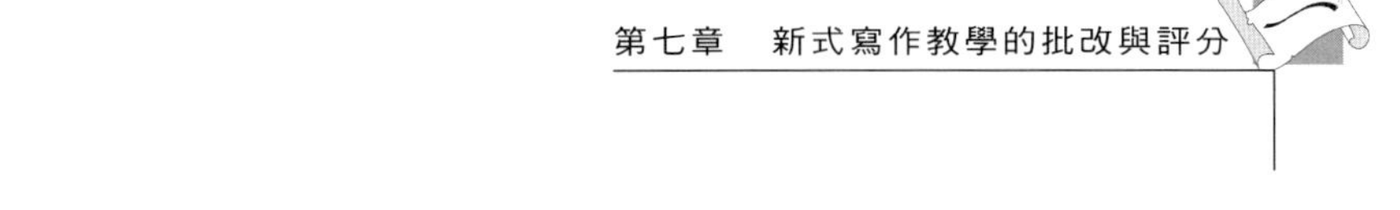

四肢不是不端正，而口齒也不是不伶俐，但和他一接談，卻會讓人覺得面目可憎、言語無味一樣。這種弊病可分兩類：

(1) 格調的腐敗

這是抄襲濫調套語所犯的毛病。對於這種惡習的形成，王更生在《國文教學新論》中作了這樣的說明：

> 從前應酬書文，常有一套應酬話，無論論史事、評人物，總離不開那些老套，現在一般人談國計民生、談反共復國、談人生、談志願、談愛情、寫物、狀景，也莫不如此。坊間書報雜誌，隨處可見，學生讀了，喜其意義廣泛、文辭平易，略加搬動，即可大派用場，於是視為至寶，東施效顰。漸漸一題到手，竟不用心思考，先搜索這些新體八股，這不僅使一篇習作格調腐敗，正怕積久成習，還會倒了創作的胃口。[13]

這樣說來，格調腐敗實在是件嚴重的事，是要嚴加防範或糾正的。就防範而言，如果有人不管合不合題旨，便不經心地寫：

> 光陰似箭，歲月如流。
>
> 一年之計在於春，一日之計在於晨。
>
> 燕子去了，有再來的時候；桃花謝了，有再開的時

13 見王更生《國文教學新論》（臺北：明文書局，1983 年 8 月再版），頁 214。

候；但是日子為什麼一去不復返呢？

這些文句，原就寫得很好，偶爾引用，是會添加新趣的。但引用多了，便變成陳腔濫調了。所以在寫作之前，就該告訴學生儘量不要引用這些人家一引再引的套語，以免積久成習。

(2) 氣味的惡劣

這是由刻薄、輕佻、鄙俗、狂妄、猥褻等氣味所形成的毛病。對於這種毛病，王更生在《國文教學新論》中也加以說明：

> 刻薄是指「寬於待己，苛於責人。」先不自省己過，而妄事辱罵別人，以刻薄當幽默。輕佻是指黃色新聞，性感語句，拿肉麻當有趣，還自以為是福至心靈。鄙俗是指造語粗野，動輒三字經，出口臭氣薰天，尚以為是鄉土文學，而不自知其文之俚俗。狂妄是指目空一切、顛倒是非，不分黑白，而驟下斷語，還自以為獨出心裁，曠古未聞者是也。猥褻是指學習低級，賣弄風流，自以為儒雅、得意，事實上氣味惡劣，令人敬鬼神而遠之。這些作品，大都與學生人格、氣質、交遊、習染，或課外讀物有關，教師於此處如不注意糾正，則學生還沾沾自喜，以為無傷大雅，理所當然，一旦日久成習，便貽害終身矣。[14]

[14] 見王更生《國文教學新論》，同注 13，頁 214-215。

這種毛病一犯再犯，確實會日久成習，而貽害終身，所以教師必須加以糾正。

二、一般性的寫作評分

批改學生的作文後，教師照例要一一評定分數或等第，使學生知道自己作文的優劣。

(一) 評分方法：主要有下列三種

(1) 等級法

1. 三等級：這是分甲（A）、乙（B）、丙（C）三等以評定學生作文優劣的方法。每等又可分為上、下兩級或上、中、下三級。這種方法很簡便，但很難藉以分出細微的差別，又何況在結算學期總成績時，還得換算成以一百分為滿分的分數，以求統一，所以學校裡已少採用這種評分法了。然而在各級升學考試時，如大考中心卻輔之以較細密的評分標準，採「九級制」加以評分；而基測中心也準備採用「六級制」來評分；這是新趨勢，值得大家重視。

2. 四等級：這是分甲（A）、乙（B）、丙（C）、丁（D）四等以評定學生習作優劣的方法。每等又可分為上、下兩級成八級，或分上、中、下三級成十二級。

(2) 百分法

這是以一百分為滿分，以評定學生作文優劣的方法。這種方法可用一分之差分出高下，比較可以辨出細微的差別。在評分的時候，可以就習作的審題、立意、運材、布局、措辭等方面去考量，給予適當的分數，這是目前教學中被採用得最廣的一種評分法。

(3) 分項評分法

這是把學生作文所應注意的重要因素分為若干項，訂出各項所佔分數的百分比，以逐項評定分數的方法。章微穎先生在《中學國文教學法》一書中就分為八項，並作了如下說明：

> 第一項為意思切題，其要求由切題而入精審豐富，佔百分之幾。第二項為詞語準確，其要求由準確而更進於雅潔優美，佔百分之幾。第三項為句法順妥，而要求更進於精煉，佔百分之幾。第四項為層次清楚，前後聯絡照應妥貼，而要求更進於結構緊密，變化靈活，佔百分之幾。第五項為運材措辭適當合度，第六項為對於所習詞語章句法則能把握應用，第七項為寫作語體文（或文言文）字數達若干以上，並能使用新式標點，第八項為錯別字不超過若干，書法整潔，又各佔百分之幾。這樣，僅以為取得學生習作成績標準之用，已比籠統打一個分數合理得多。[15]

分這些項目來評分，確實可以評得比較客觀，但是每一篇都要這樣評分，而且還要把分項的分數按比例打好後，再

---

15 見章微穎《中學國文教學法》（臺北：蘭臺書局，1969 年 9 月再版），頁 115。

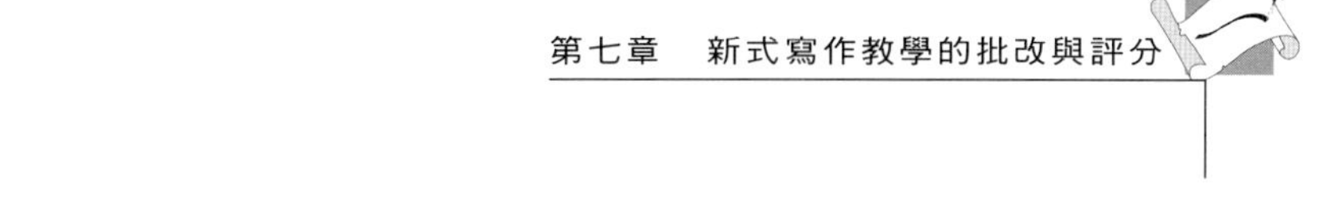

加起來算出總分，是相當繁瑣而費時的工作，所以採用的人很少。不過，由於這種評分法有比較客觀的優點，所以可予簡化採行，即項目可濃縮為四項，通常是：

（1）內容（主題、意象、文體、風格）：佔百分之四十。

（2）措辭（詞彙、修辭）：佔百分之三十。

（3）結構（文法、章法）：佔百分之二十。

（4）書法、標點及其他：佔百分之十。

這樣就簡便得多了。而且教師可用項目與佔分比率，刻成橡皮章，蓋在每篇題目的上端，分項評分，使學生明白自己之優劣所在，作為加強或改進的依據。再說，在每學期終了時，又可以分項檢討得失，以作為教師個別指引學生的參考，可說一舉數得啊！尤其在升學或就業考試時，若能如此分項評閱，一定會在不客觀中求得最大之客觀。

（二）評分標準

教師平時評閱作文，其標準大都模糊地存在腦中，而不予明訂。但進行統一考試或升學、就業考試時，則必須明訂標準，以作為評分之依據。下面就就「通則」與「特例」分別舉例，供作參考。

1. **通則**：茲依據國民中學學生基本學力測驗推動工作委員會所編製「國民中學學生寫作測驗評分規準一覽表」，特分「立意取材」（主題、意象、文體、風格）、「結構組織」（章法、文法）、「遣詞造句」（詞彙、修辭）、「錯別字、格式及標點符號」等項，按「六級分」加以整理，呈現如下表[16]：

級分	說明	立意取材	結構組織	遣詞造句	錯別字、格式、標點符號
六	文章十分優秀	能依據題目及主旨選取適當之材料，並能進一步闡述說明，以凸顯文章之主旨。	文章結構完整，段落分明，內容前後連貫，並能運用適當之連接詞聯貫全文。	能精確使用語詞，並有效運用各種句型，使文句流暢。	幾乎沒有錯別字及格式、標點符號運用上之錯誤。
五	文章在一般水準之上	能依據題目及主旨選取相關材料，並能闡述說明主旨。	文章結構大致完整，但偶有轉折不流暢之處。	能正確使用語詞，並運用各種句型，使文句通順。	少有錯別字及格式、標點符號運用上之錯誤，不影響文意表達。
四	文章已達一般水準	能依據題目及主旨選取材料，但不能有效地闡述說明主旨。	文章結構稍嫌鬆散，或偶有不連貫、轉折不清之處。	能正確使用語詞，文意表達尚稱清楚，但有時會出現冗詞贅句，句型較無變化。	有一些錯別字及格式、標點符號運用上之錯誤，但不至於造成理解上太大困難。
三	文章是不充分的	嘗試依據題目及主旨選取材料，但選取之材料不夠適切或	文章結構鬆散，且前後不連貫。	用字遣詞不夠精確，或出現錯誤，或冗詞贅句過多。	有一些錯別字及格式、標點符號運用上之錯誤，以至於造成理解上之

16 見陳嘉英、陳智弘〈由六級分看國中寫作與教學〉（臺北：《國文天地》21卷9期，2006年2月），頁75-82。

級分	說明	立意取材	結構組織	遣詞造句	錯別字、格式、標點符號
		發展不夠充分。			困難。
二	文章在各方面表現都不夠好，在表達上呈現嚴重問題	雖嘗試依據題目及主旨選取材料，但所選取之材料不足或未能加以發展。	結構本身不連貫，或僅有單一段落，但可區分出結構。	用字、遣詞、構句常有錯誤。	不太能掌握格式，不太會使用標點符號，且錯別字頗多。
一	文章顯現出嚴重缺點，雖提及文章主題，但無法選擇相關題材、組織內容，並且不能於文法、字詞及標點符號之使用上有基本之表現	僅解釋提示，或雖提及文章主題，但無法選取相關材料加以發展。	沒有明顯之文章結構，或僅有單一段落，且不能辨認出結構。	用字遣詞有很多錯誤或甚至完全不恰當，且文句支離破碎。	完全不能掌握格式，不會運用標點符號，且錯別字極多。
零	離題、重抄題目或缺考				

2. 特例：茲分「略例」與「詳例」舉例如下：

（1）略例：

<table>
<tr><td>題目：學與思
提示：人要終身學習，而學習與思考是要並重的；既不能「學而不思」，也不能「思而不學」。請著眼於「思與學」兩者這種互動的關係，加以論述發揮。文長不拘。</td></tr>
<tr><td>主旨內容大意：
一、闡明「學而不思則罔，思而不學則殆」（《論語·為政》）的意思。</td></tr>
<tr><td>評分標準：
一、內容並重「學與思」，而能凸顯兩者互動之關係，論點深入，論據有力，行文流暢，結構嚴謹者，可給甲等。
二、內容並重「學與思」，而未能強調兩者互動之關係，論點明白，論據普通，措辭平順，層次清楚者，可給乙等。
三、內容側重「學」或「思」，而忽略兩者互動之關係，論點偏頗，論據缺乏，用語粗俗，序次凌亂者，可給丙等。
四、內容空洞而少，文筆拙劣而多錯別字者，可給丁等。</td></tr>
</table>

（2）詳例：

(甲) 大考中心八十九年度「第二部分：非選擇題」題目

第貳部分：非選擇題（共兩題，佔四十五分）

說明：

1. 請依各題指示作答。答案務必寫在「答案卷」上，並標明題號。

2. 「文章賞析」必答。

3.「作文」二題任選一題作答，必須抄題。

一、文章賞析（佔十八分）

> 茬濃溪營地附近，雪深數尺。溪水有一段已結冰。冷杉林下的箭竹全埋在雪下。冷杉枝葉上也全是厚厚的白，似棉花的堆積，似刨冰。有時因枝葉承受不住重量，雪塊嘩然滑落，滑落中往往撞到下層的枝葉，雪塊因而四下碎散飛濺，滑落和碰撞的聲音則有如岩石的崩落，在冰冷謐靜的原始森林間迴響。

這是陳列〈八通關種種〉裡的一段文字，其中並沒有任何艱難晦澀的詞句，可是寫得非常精彩。請細細咀嚼，加以鑑賞分析。

提示：請就上引文字，由「遣詞造句」、「氣氛營造」、「文章風格」三方面綜合賞析。

二、作文（佔二十七分）

注意：須抄題；二題任擇一題作答，不可二題皆答。

㈠許多人都有傾注心力，投入某一件事的經驗，其原因不一而足：或出於興趣，或迫於無奈，或機緣巧合……。

請以「我最投入的事」為題，寫一篇文章，文長不限。

提示：內容應包括：（1）投入的對象

（2）投入的過程、心情

（3）投入的得失、感想

㈡看過〈桃花源記〉我們都知道，「桃花源」是陶淵明心中的「烏托邦」。對你而言，「烏托邦」或許是太遙遠的世界，但只要是人，都有他的嚮往。這「嚮往」也許是一個具體的目標，也許是一種抽象的境界，或許只是區區卑微的願望。也是永不可能達成的幻想，卻都代表了內心的願景。

請以「我的嚮往」為題，寫一篇文章，文長不限。

提示：內容應包括：（1）自己的嚮往是什麼

（2）為何有這樣的嚮往

（3）如何追求這嚮往

（4）自我的感懷

(乙)大考中心八十九年度「第二部分：非選擇題」評分標準

一、評分共同原則

第一題

㈠「提示」規定由「遣詞造句」、「氣氛營造」、「文章風格」三方面進行賞析，若三項皆寫，具賞析清晰、具體、正確、完整，並有文采，則可給至A等。

㈡若少寫一項，至多給予 B 等；若少寫兩項，至多給予C等。

㈢若三項皆寫，但只是泛論（或抄錄課本題解），未具體舉例說明，則至多給予 B 等；若三項皆寫，但所論空洞、錯誤，或僅抄錄原文，則至多給予C等。

㈣風格部分，可從寬認定。

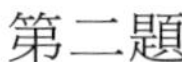

第二題

一、我最投入的事

㈠文章包含「提示」要求之三項內容，且文章流暢，具啟發性者，可給至 A。

㈡文章缺少「提示」要求三項中之一項內容者，原則上至多給 B 等。

㈢未抄題、或改動題目者，至多給予 C 等。抄題。但另加副題則無妨。

㈣試卷上明白規定「不可二題皆答」，故已寫本題，又寫「我的嚮往」者，給予 0 分。

二、我的嚮往

㈠文章內容能彰顯題旨，說明題旨之緣由，且文字流暢，並具啟發性者，可給至 A。

㈡寫「目標」、「願望」未能提出「具體作法」者，或寫「境界」、「幻想」未能側重「為何有此嚮往」者，原則上至多給 B 等。

㈢未抄題、或改動題目者，至多給予 C 等。抄題，但另加副題則無妨。

㈣試卷上明白規定「不可二題皆答」，故已寫本題，又寫「我最投入的事」者，給予 0 分。

二、各題評分說明

第一題　文章賞析

甲、評閱原則：

A	符合命題要求，詞句、氣氛、風格三者兼備；賞析具體、清晰、正確；並有文采。
B	大致符合命題要求；賞析或欠具體，或過於簡略，或有所偏差。
C	未能掌握命題要求，內容嚴重偏離；賞析含糊不清、空洞浮泛。

乙、標準卷評分說明：

A－（甲）	一、符合命題要求，遣詞造句、氣氛營造、文章風格皆有著墨。 二、賞析文字清晰具體，且能掌握重點。 三、略欠細膩深入。
A－（乙）	一、符合命題要求，遣詞造句、氣氛營造、文章風格皆有著墨。 二、氣氛營造之分析相當精彩，但其餘兩項略嫌偏枯。
B	一、大致符合命題要求。 二、引申太過，賞析未盡適當。
C	一、文字尚可，但並未針對「文本」賞析，偏離命題要求。

第二題之一　我最投入的事

甲、評閱原則：

A	文章包含「提示」要求的三項內容，且文筆流暢，感想深刻者。
B	一、文章雖包含「提示」要求的三項內容，但內容較簡，文筆平常者。

	二、文章雖包含「提示」要求的三項內容，但發揮有所偏差者。 三、文筆流暢，但內容缺少「提示」要求三項中之一項者。
C	一、主詞不是「我」者。 二、文筆拙劣、內容空洞者。 三、用論說文方式論「投入」者。

乙、標準卷評分說明：

A —	一、內容包含「提示」的三項要求。 二、文筆通順達意。 三、突顯投入前後的差異，啟示性強。
B	一、內容包含「提示」的三項要求。 二、文筆平常。 三、主題陳述不足，發揮有所偏差。
C	一、敘述第一項，理由牽強。 二、敘述第二項（過程、心情），極簡略模糊。 三、文筆不佳。 四、內容太少。

第二題之二　我的嚮往

乙、評閱原則：

A	內容能彰顯題旨，具體說出嚮往之緣由，文字流暢，並具啟發性者。
B	一、寫「目標」、「願望」而未能提出「具體作法」者。 二、寫「境界」、「幻想」而未能側重「為何有此嚮往」者。 三、結語不夠強而有力者。
C	一、題旨不明者。 二、文筆拙劣者。 三、以論說文方式論「嚮往」者。

乙、標準卷評分說明：

A－	首段能點明題旨。次論嚮往之形成，層次清楚，能與首段相呼應。再次能具體說明持續充實法律素養，以期貢獻社會大眾。終以從基礎做起，努力以赴，得以品嚐甜美果實，能使題旨充分表出。
B＋（甲）	以境界論述「嚮往」，層次不低。其有心改革社會，從道德入手，觀念正確，結語強調人本精神落實生活，能使嚮往達成，不尚空言，頗為可取，唯部分詞句欠完整，且有錯字，不免減色。
B＋（乙）	全文就題落筆，頗為簡要。其嚮往自然，回歸純樸生活，能反映時下青年之心境，取用典故亦尚切合，唯結語則薄弱。
B	首段以「理想國」為嚮往，所講能切題旨；次段指出目下社會弊端，乃為利所蔽，進而呼籲應正視此問題，終則祈齊心努力，恢復良好秩序，故能先後連貫，然該文部分詞句欠完整，故不免損及通暢。
C	作者以大學生作為一己之嚮往，能切題旨，然二、三段敘述凌亂無序，平淡無奇，結尾與首段亦欠關聯。

各評閱委員有了這些評分原則與說明作參考，再去試閱三十分試閱卷，並作充分溝通協調之後，可以說已能掌握共同的評分標準，而且在正式閱卷時，遇有疑義，又可隨時與各該組協同主持人商定，因此閱卷就能儘量求得相對的最大公平[17]。

17 以上資料見陳滿銘〈改革有成──談大考中心八十九學年度學科能力測驗國文科「非選擇題」的命題與閱卷〉（臺北：《國文天地》15 卷 11 期，2000 年 1 月），頁 5-18。

(三) 批指用語與角度

批改學生的作文，在該藉批指來糾正或指引時，要使用什麼語言？又該從哪個角度去批指，這實有一談的必要，現在就分述如下：

(1) 批指用語

批指是用以糾正或指引學生作文的，所用之語一定要淺顯易懂。從前有許多教師模仿或直接襲用前賢的評語，如：

> 秦之過，止在結語「仁義不施，而攻守之勢」二句，通篇不提破，千迴萬轉之後，方徐徐說出便住，從來古文無此作法。尤妙在論秦之強處，重重疊疊，說了無數，纔轉入陳涉，又將陳涉之弱處，重重疊疊，說了無數，再轉入六國，然後以秦之能功不能守處，作一問難，迫出正意。段段看來，都是到水窮山盡之際，得絕處逢生之妙。此等筆力，即求之西漢中亦不易得也。(林西仲評〈過秦論〉)

> 通篇以「風俗與化移易」句為上下過脈，而以古今二字呼應，曲盡吞吐之妙。(林西仲評〈送董邵南序〉)

> 此先秦古書也。中間兩三節，一反一覆，一起一伏，略加轉換數個字，而精神愈出，意思愈明，無限曲折變態，誰謂文章之妙，不在虛字助詞乎！

（吳楚材評〈諫逐客書〉）

太宗縱囚，囚自來歸，俱為反常之事，先以不近人情斷定，末以不可為常法結之，自是千古正論。通篇雄辨深刻，一步緊一步，令人無可躲閃處，此等筆力，如刀斫斧截，快利無雙。（吳楚材評〈縱囚論〉）

這些評語，或長或短，無不下得典雅有致，可以說它們本身就是「妙文」，但他們所用之語，由於太典雅了，實在不宜直接取用，因為學生的能力是無法接受的。所以教師在需作批指時，該採學生能一看就懂的用語，而且最好採用白話，如：

從命題而言，「出走」與「歸返」是在生命的追尋過程中的兩極態度，而作者從「歸返生命的本質」立意，去反襯三毛之死是對生命的一種「出走」行為，而做成批判。不但跳出了雙扇格局的糾葛，更開出了「生命追尋」的題旨。雖然布局不夠嚴密，但以課堂習作而言，已屬難能可貴了。（編輯小組評蘇正文〈從「出走」與「歸返」談追尋——從三毛之死談起〉）

全文從孤島的譬喻起筆，已自不俗，而用理性自覺的築堤為結語，不但深刻而且呼應得很好。如果在第三段部分能夠把少年所受到的誘惑，作更廣闊的推演與開展，那麼本文的架構就會更完足了。（編

輯小組評吳允元〈談校園外的誘惑〉)

全文不落俗套，意在言外，淡淡寫來，卻是人間最誠摯的情思與最華麗的文字。秋天的蕭瑟與落寞，常是秋愁興起的源頭，也是常態命題難以擺脫的宿命。本題卻獨以「瀟灑」命意，而作者也能應題作文，別出機杼，真是題文雙妙，難得之至。(朱賜麟老師評林哲宇〈又是一季秋瀟灑——知了忘了告訴我們的故事〉)

當然，對高年級的學生，用淺易的文言，還是可以的，如：

本文記敘抒情相間，藉瑣事以表母親之美德。且今社會型態改變，功利主義盛行，其母不向聲背實，執意將枝頭鳳凰喚回巢，誠令人激賞，通篇貴在能以淡筆暗示母氏平凡中之偉大。(紀雪華老師評蘇有朋〈一個影響我最深的人——我的母親〉)

凡為文「動思」應當要意遠，若是論文，務斷其是非，故詞宜剛；若為抒情，則走筆宜柔，本文「文、筆」皆有可取，若再言之，則「意在筆先」也，極為卓越。(姚守衷老師評黃博聲〈小大之間〉)

起筆開門見山，直指核心，行文不枝不蔓，論說鞭辟入裡，惜未舉例以證，為本文之缺失。(趙台生

老師評何恭安〈奉承與毀謗〉)

(以上取材自《建中八十年度文選》)

像這樣的文言,淺白易懂,和白話沒多大差別,是可以採用的。

(2) 批指角度

批指學生作文中不妥或需改進的地方,可從許多角度著手,以下是其中比較重要的幾種:

1. 字形

對於字形的錯誤,最好是在字旁打上「×」號,讓學生在眉端自行更正,但遇到一些容易一錯再錯的字,就該直接用批語加以指正。如:

步　下半不作「少」字。

節　從竹即聲。「即」是楷書,「卽」是宋體字。

裡　從「衣」不從「示」

「即使」之「即」,不應作「既」。

漆　從「木」不從「來」。

2. 詞義

學生的作文,在詞義方面,由於未能了解徹底,往往會使用錯誤。教師對於這些使用錯誤的詞,有時在意義上要加以指引。如:

「狼狽」一詞,用以形容進退失據之狀,而小孩失母,竟說他「狼狽」,是不妥的。

「萬斛泉源」用以形容水源盛大。

「萬把」是指一萬左右的數目。如「萬把塊錢」。

「白髮蒼蒼」已足以表示年老的意思。

「移時」是「一會兒」的意思。

3. 用詞

這是包括文法與修辭等方面來說的，上述「字形」與「詞義」的指引，幾乎全用於眉批，而「用詞」則既可施於眉批，又可施於總批。如：

「之」字用在動詞下，必是止詞，也必有所指，如「行之有年」。

「我總會想到母親對我的期望」的上一「我」字，可承上省略。

引用名言，既能凸顯主旨，又能增強說服力。

末段首二句以層遞的技巧、次二句以譬喻的手法精細地表現了父母關愛子女之情。

以擬人法描述黑板擦，使擦黑板的平凡事情，產生了高度的情趣。

4. 內容

有關思想情意或運材的指引，對學生作文能力的提升，幫助相當大。這和「用詞」一樣，可用於眉批，也可用於總批。如：

提到「一些小事」，宜舉一、二例作證，以充實內容。

以孟子之說，做為「施行仁義則得民心」之實證，頗能加強說服力。

舉反例以顯主旨，可獲正反相生之效；惟舉例證之後，宜就反面之意加以申論，以充實內容。

工作中自得其樂，必能忘卻辛勞，享受工作的樂趣。

舉例恰當，符合題旨的需要。

5. 結構

教師在批改學生習作時，對於習作中在剪裁、安排與聯絡照應上的缺失，也應用眉批或總批加以糾正或指引。如：

此段宜與第二段調換，並再舉例證，以為呼應。

末段歸納現實與理想的關係來收筆，與首段正相呼應。

全文採「凡、目、凡」的形式來寫，結構十分嚴謹。

此段與題旨無關，宜刪。

末段收結力弱，不足以回抱全文。

6. 其他

所謂「其他」，包括書法、標點等。這方面的指引，也是不可少的。如：

筆畫應力求正確、清晰。

字跡有點潦草。

以「大吉」為反諷，宜加用引號。

同時列舉幾件事物時，應用頓號點開。

> 標點符號標得不夠清晰，凡語意完整的，可用句號；未完的，可用逗號。[18]

綜上所述，可知「批改與評分」不但直接影響日常的作文教學，也影響學生參加升學與就業考試的結果。不過，寫作教學畢竟是由「命題」而「指引」而「批改」而「評分」的整體歷程，因此其中任何一環節都同樣重要，所謂「牽一髮動全身」就是這個意思。而新（限制）式的作文教學，由於結合各層「語文能力」加以實施，正處於由「萌芽」的階段，所以更須大家投進來共同耕耘，使它能逐漸趨於「茁壯」而開花結果。這樣，提升學生作文能力的目標，才有可能達成。

第二節　配合國中基測的寫作批改與評分

2005 年 8 月，教育部正式公布〈2006 年國民中學學生寫作測驗試辦實施方案〉，並於翌年開始試辦國中基測寫作測驗，測驗結果並列入升學後補救教學的依據。2007 年，國中基測寫作測驗將正式實施，測驗所得分數所得（級分）將加權兩倍，與其他五科分數加總，作為登記分發入學的成績。由於基測寫作即將在升學佔有重要的地位，參與考生亦達二十餘萬人，所以閱卷工作十分重要。

18　見以上評語參考或取材自蔣伯潛《中學國文教學法》，同注 6，頁 123-134；又曾忠華《作文命題與批改》，同注 3，頁 80-191。

閱卷的標準、參與閱卷的人員、閱卷的流程等公平性、保密性及一致性的要求，都受到關注。不只如此，由於此次基測寫作測驗在批改與評分多方面地結合現代化的技術與設備，強化加深閱卷者及閱卷標準的要求，此一寫作上批改與評分的變革，已為國內、外大型中文寫作測驗批改與評分開創新局，值得深入了解與重視。

一、「國民中學基本學力測驗寫作測驗」批改與評分之特色

2006 年國中基測寫作測驗之批改皆採線上閱卷方式進行，參與閱卷的教師人數眾多，達 522 位。閱卷地點在台北縣三峽國家教育研究院籌備處，時間十天，採集中管理閱卷的方式，遠道閱卷老師亦提供住宿安排。基測寫作測驗的評分採級分制，除了無法判斷的文章列入零級分不予採計外，實際的評閱係將學生寫作能力由劣至優，區分為一級至六級分。2006 年基測寫作測驗批改與評分的最大特點有三：結合了現代的資訊設備線上閱卷、改良舊有的閱卷模式與長期培養閱卷人員、以及公布一致性的閱卷標準等三項。此三項特色皆有異於傳統大型中文寫作測驗的閱卷模式而有創新之處，茲分項敘述大概內容於下以明中文寫作批改與評分之變化：

(一) 長期培養、受訓的閱卷教師

國中基測寫作測驗參與閱卷教師與一般大型中文寫作

測驗的最大不同即是閱卷一致性的要求上較往常要求更為嚴格。就具體表現而言，此點表現在閱卷教師事前培養訓練，以及閱卷時要求的一致性、及時性與嚴格性。一般而言，參加閱卷之教師乃是經過半年至一年培養受訓者，因此在信度表現上較臨時的閱卷組合為佳。除此之外，基測寫作測驗亦運用資訊化方式，以求得立即性的閱卷回饋，藉以達到閱卷中最重要的一致性要求，茲說明此一特點於後：

(1) 教師之分級[19]

依據評閱教師擔任的角色，參與 2006 年試辦的國中基測寫作測驗者可以分為三類：分別為核心教師、複閱教師及評閱教師，以下說明三種閱卷教師之職分與受訓情形：

1. 核心教師

核心教師擔任的工作主要有：

A、閱卷前挑選樣卷、試閱卷及練習卷。

B、訓練複閱及評閱教師。

C、提供諮詢及協助未通過練習卷測試的評閱教師。

D、緊急事項處理。

2006 年寫作測驗的核心教師約 20 人，由大學教授、高中教師組成，其中高中教師自基測推委會培訓的核心種子教師中遴聘之。核心教師在閱卷工作位居重要位置，因此平時的訓練也最重。平時，核心教師的訓練著重於樣卷挑選。通常，核心教師平均每個月有一至二題的樣卷挑選

19 參見王德蕙、黃麗瑛、萬世鼎，〈國民中學學生寫作測驗信度與評分者一致性之探討〉，《中文寫作評量學術研討會論文集》，頁 87-89。

會議，每道題費時兩個半天。在樣卷挑選會議之前，每位與會老師會都必須先評閱一道預試學生的作文，份數在 80 份左右，批閱完畢後寫上答案及批語。待彙整統計後，再依據各個老師的回答，將較具一致性或較具爭議性的卷子挑出，在樣卷會議中請與會教師逐一發表意見，以進行討論達成處理共識，並選出樣卷，撰寫樣卷說明。

2. 複閱教師

2006 年基測寫作測驗中，除去核心教師之外擔任複閱工作的教師共有 32 位。複閱教師所擔任的主要工作主要有以下幾項：

A、與核心教師共同確立訓練評閱教師之說明。

B、協助決定差異超過二級分（含）的爭議卷。

C、處理零級分之爭議卷。

D、加入一般閱卷工作。

由上述的工作可知，複閱教師除需確實掌握各級分之標準外，尚需具有判斷爭議卷及零級分卷的能力。

3. 評閱教師

評閱教師為閱卷工作之前線，在閱卷過程中擔任初閱之角色，在基測寫作閱卷中，每一份試卷都須經由兩位教師初閱評分。評閱教師需經過每年兩次的閱卷研習會訓練，始得以擔任初閱工作。2006 年基測寫作測驗從全國各地招募，共有 474 位教師參加閱卷工作。其中初次招募之教師有 329 位，補招募教師 138 位。初招募教師指的是 94 學年度上學期招募，研習次數為兩次之教師。補招募教師則為下學期招募，研習次數一次。

(2) 評閱一致性之要求

評閱的一致性是大型測驗進行評分時基本而必要的要求，與測驗的信度直接相關。對中文寫作而言，由於文章本身之複雜及多樣性，因此在評閱一致性更難以掌握。過往的大型中文測驗在評閱一致性上多半都在評閱工作達一定程度後，方透過整理以儘量達到閱卷的一致性。由於2006 年基測閱卷引進電腦閱卷，因此在評閱一致性上更能達到立即及有效的要求。就 2006 年基測寫作測驗閱卷工作而言，該次閱卷的一致性要求大致分為以下兩個方向：一為積極性要求，二為消極性要求。

1. 積極性要求：

在積極性的要求上，2006 年基測寫作測驗可分為平時訓練與閱卷前之訓練與測試等兩項，茲依序說明於下：

首先，在平時訓練方面，基測寫作測驗每一位閱卷教師在閱卷前都受到一次以上的集訓並通過測試，有三分之二的閱卷教師受到兩次（含）以上的訓練與測試。核心教師大多都接受五道題目以上的樣卷討論，十次以上的會議，以決定樣卷的標準。

其次，在正式閱卷前，參與基測寫作測驗閱卷的每一位複閱及評閱老師在考試結束後，都要參加由核心教師討論後舉行的樣卷說明會議。在說明會議後，每一位閱卷教師還要接受試閱卷的測試，份數約 20 份，通過後方能取得閱卷資格。

2. 消極性要求：

在消極性要求上，2006 年國中基測寫作測驗運用電腦線上閱卷及時的特點，以複閱、練習卷、諮詢三種方式來強化閱卷時的一致性。

首先是複閱，依照教育部「95 年國民中學學生寫作測驗試辦實施方案」之規定，每份答案卷都須經由兩個評閱教師評分，若兩者評分分數僅相差一級分，則分數採兩者平均後四捨五入作為該卷分數。不過，若兩位評閱教師評分分數相差兩級分以上，差距過大；或出現零級分試卷，則該卷將自動由閱卷管理系統挑出，交由複閱教師複閱。

其次，在正式進入閱卷系統前，每一位閱卷老師（包括核心與複閱）必須使用 IC 卡登錄電腦，登錄後管理系統會先出現經核心教師挑選出之練習卷 3 至 6 份，目的在確認該委員於正式批改前能確實掌握評分標準。若未達標準，則無法進入閱卷系統，且將其鎖卡，需經核心教師諮詢後方可解卡。此外，離開閱卷統超過 30 分鐘以上，管理系統也會再度送出練習卷對該閱卷教師進行測試，以確保評分委員對標準級分之掌握，未達標準者也必須經過諮詢討論方可繼續閱卷。

在諮詢方面，除了上述每一位參與閱卷老師在未通過練習卷測試時，電腦會立即鎖卡，而必須諮詢外。當某一閱卷委員在閱卷過程中如有一致性地偏離、過大之情形產生，閱卷系統也會很快查覺，並立即處理。此時，該評閱教師必須先與核心教師進行諮詢與討論後，修正閱卷標準才可以進行後續的閱卷工作。

(3) 試辦結果與修正方向

以上為參與 2006 年國中基測寫作測驗針對閱卷教師

之訓練與要求情形，對於上述方式，2006 年推動基測寫作測驗的臺灣師範大學心理與教育測驗研究發展中心，曾在閱卷整體告一段落後，就初閱卷及練習卷加以統計，對各級閱卷教師的表現進行統計分析[20]，以下為心測中心對各級閱卷教師之表現情形發表內容之整理。

首先，研習次數較多之核心及複閱教師與標準級分的一致性最高，評分者的變異性亦較小。其次，研習次數次多之閱卷教師表現次優；最後，則是研習次數最少之補招募委員。由此可見，研習次數較多之閱卷教師，在評分一致性的表現較其他次數較少的閱卷教師為高，也顯示閱卷練習不僅有助於閱卷教師掌握評分標準，亦可縮小級分差距性。

其次，核心教師、複閱教師擔任複閱工作時，與標準級分之一致性，皆有高於評閱教師，其中核心教師的表現又優於複閱教師。而核心教師同時擔任初閱及複閱工作時，複閱工作的表現要比初閱工作與標準級分的距離更為接近，達顯著差異，表示核心教師在擔任複閱工作時表現地更接近評分規準。而複閱教師在複閱及初閱工作兩項的表現上則趨於一致，未能表現出更可信、更接近標準的評分表現。

由於上述針對 2006 年閱卷教師的統計與檢討，因此預計在 2007 年寫作測驗正式實施時的閱卷工作上，將會依以下三點進行調整，以期讓閱卷工作者的信度更為可靠。

20　詳參見王德蕙、黃麗瑛、萬世鼎，〈國民中學學生寫作測驗信度與評分者一致性之要求〉，《中文寫作評量學術研討會論文集》，頁 93-99。

1. **練習卷無預警出現於正式閱卷之中**：原先練習卷僅出現在每位閱卷教師開始閱卷或是休息時間過長時，未來，為了強化閱卷者長時間閱卷下每位閱卷者前後的一致性，練習卷很可能會無預警出現在閱卷之中。同樣地，閱卷者若未能通過練習卷的要求，也將被立即鎖卡，接受核心教師的諮詢。

2. **增加評分者訓練次數**：由師大心測中心的研究可知，評分者的一致性與差異性與評分者的受訓的次數呈正相關。因此，2007 年參與閱卷之教師不僅以前一年已有經驗的閱卷教師為基礎，還將增加評分教師受訓次數，以達到更佳的評閱信度。

3. **簡化教師分級，擴大核心教師編制**：由前述統計可知，複閱教師在擔任複閱及初閱工作時，表現大致相同，而核心教師在複閱的表現則明顯變好。因此，未來在 2007 年的閱卷工作上，很可能會取消複閱教師，以核心教師擔任複閱工作。如此一來，一方面可以強化複閱工作的精確性，一方面也讓核心教師的成員增加，讓整體閱卷教師陣容更為提升。

(二) 線上閱卷

2006 年國中基測閱卷的第二大特點即為結合資訊科技進行線上閱卷。此一線上閱卷乃是從閱卷整理開始，即以掃描將試卷數位化，而閱卷工作者亦透過電腦，在線上進行評閱工作。以下就線上閱卷運作模式、具體閱卷流程、答案卷與閱卷介面之設計說明於下：

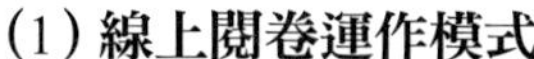

(1) 線上閱卷運作模式

2006 年國中基測線上閱卷的運作模式分數個階段：當應試者完成試題後答案卷先統一裝箱運送至試務中心，將答案卷整理後，即以電腦掃描將其數位化成為影像檔，然後再以電子彌封方式派送給評閱教師。而當閱卷者閱卷評分工作結束後，再移交測驗分數，最後列印分數通知單並寄送給應試者。其流程如下圖[21]：

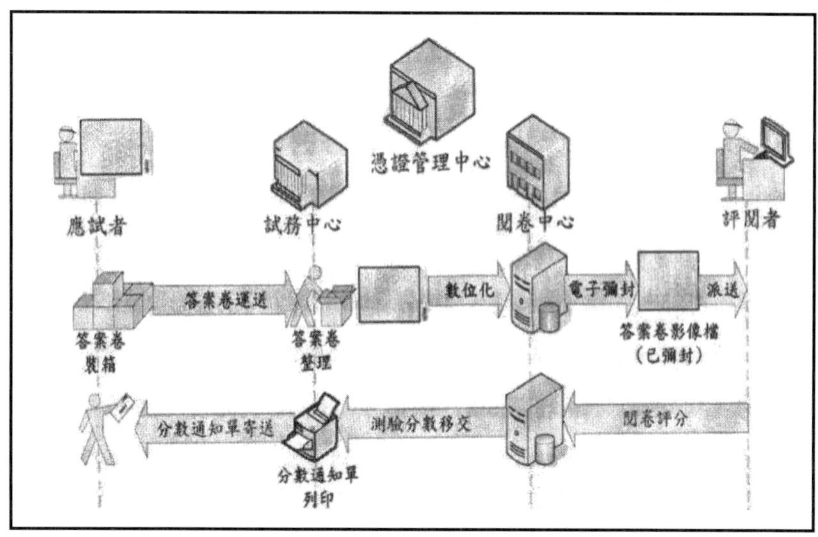

(2) 具體閱卷流程

如前所述，每一位閱卷教師必須先通過認證然後進入線上閱卷系統，而進入線上閱卷系統前都必須先進行練習卷測試，通過後始進行閱卷程序批改分數。如閱卷者因為

21　見許福元、謝竣翔、施宏政，〈線上閱卷系統相關資訊安全議題的研究〉，《中文寫作評量學術研討會論文集》，頁 51。

停滯時間過久而未使用該系統，則必須重來。流程如下圖所示[22]：

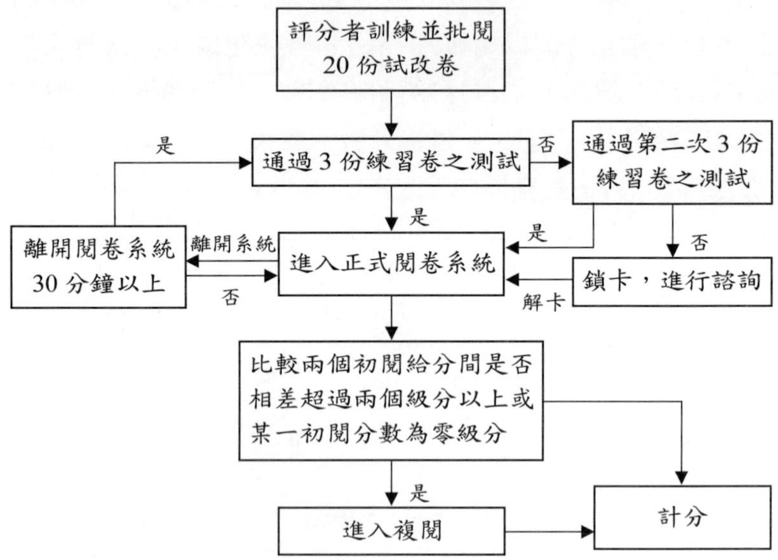

(3) 答案卷與閱卷介面之設計

由於基測寫作測驗的閱卷工作必須透過掃描成為影像檔，然後才進行線上閱卷，因此，在答案卷設計及閱卷介面上，都經過數位化考量設計，以求得評閱時之方便與效果，茲分別以圖例說明其設計於下：

22 見王德蕙、黃麗瑛、萬世鼎，〈國民中學學生寫作測驗信度與評分者一致性之探討〉，《中文寫作評量學術研討會論文集》，頁90。

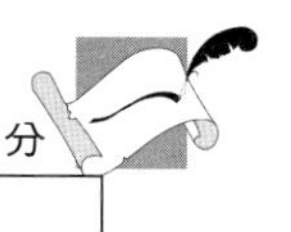

【答案卷設計】[23]

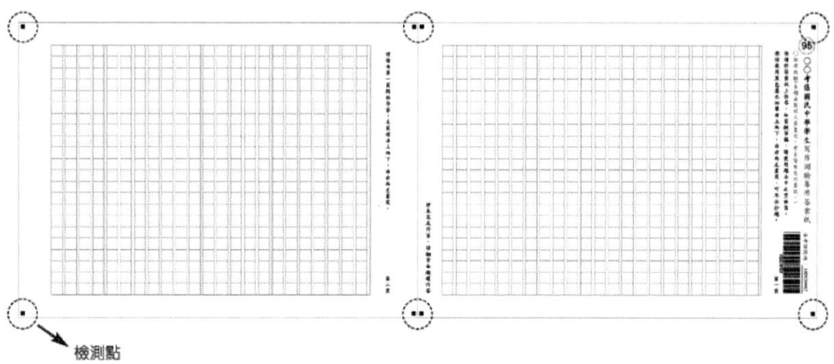

【複閱者使用介面】[24]

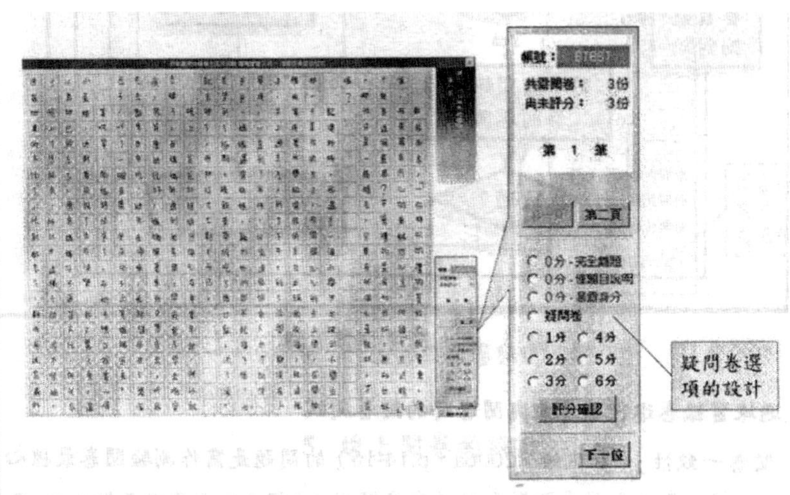

23　見資訊組，〈再談寫作測驗線上閱卷系統〉，《飛揚通訊》（國民中學學生基本學力測驗推動工作委員會），38 期，頁 6-10。

24　轉引自許福元等，〈國民中學寫作測驗線上閱卷資訊系統介紹〉，《中文寫作評量學術研討會論文集》，頁 44。

【線上閱卷使用者介面】[25]

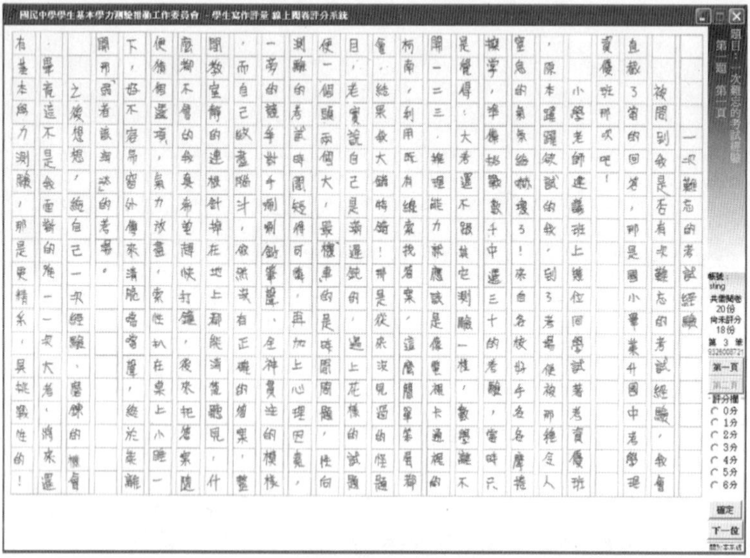

圖四　問卷委員端電腦畫面

(4) 展望未來

上述對線上閱卷的說明已可看出現在國內國中基測寫作測驗的資訊化程度，就現在中文寫作測驗作答與處理的方式來說，隨著技術的成長，未來尚有不小的展望空間。

在處理方式來說，現行寫作測驗作答的方式分為兩種，分別是以傳統答案紙進行作答，或以電腦直接輸入作答。電腦直接輸入作答方式雖節省將答案紙數位化的時間，且內容以數位化直接呈現，就線上閱卷來說效率將會提升不少。然而以實際基測來說，寫作測驗應試的人數近

25　見資訊組，〈再談寫作測驗線上閱卷系統〉，《飛揚通訊》（國民中學學生基本學力測驗推動工作委員會），38 期，頁 6-10。

三十萬名。因此，就現行環境來說，應試者同時以電腦作答的可行性極低，而國內大型的中文寫作測驗目前仍須藉由傳統答案紙加以作答。所以，目前將試卷數位化的方式仍是採用掃描將試卷直接轉換成影像檔，閱卷工作者係以影像檔進行閱卷。未來，結合數位化技術的發展，如：光學系統中文辨識技術。將可以透過影像檔，將影像直接轉化成文字，雖然現今的中文手寫文字辨識技術仍然有所不足，但未來技術有效突破與加強後，當為線上閱卷一個可能的方向。

由光學辨識系統更進一步，更遠的未來，中文寫作閱卷還可能借鏡現今英美正在開發的自動化閱卷系統，以光學辨識的成功開發為基礎，並結合對辭章學研究的專業知識，發展出自動化的中文閱卷系統。如此一來，將能使閱卷時信度與效度更加可靠而有效率。

（三）劃一的評分規準

(1) 整體性評分

國中基測寫作能力測驗採用級分制進行評分，並運用四個核心技巧描述各級分常見情形[26]。不過，閱卷教師實際進行閱卷時，不單獨針對分項進行評分及分項加總，而是運用整體性評分法。在評分之前熟記綜合評分原則及四個向度的各級分規準，待評分者閱讀過整篇文章，將各向度的級分規準對應到文章本身，並根據文章各向度的表現

26　參見本子題第二項：「核心技巧」。

綜合評分。也就是說，基測寫作測驗要求閱卷教師先將全文瀏覽一遍，瞭解全文的材料運用以及主旨的立意取材是否得宜、結構及聯絡照應的情形，才能確實掌握文章整體，明瞭其表現，給予適當的分數。

(2) 核心技巧

依據國民中學學生基本學力測驗推動工作委員會所編製「國民中學學生寫作測驗評分規準一覽表」，基測寫作測驗雖然採用整體性評分法，但評分時的考慮仍以立意取材、結構組織、遣詞造句、錯別字、格式及標點符號等四項核心技巧為主軸，以這四樣技巧來描述各級分常見情形。從新式作文中辭章學的體系來看，立意取材所涵蓋範圍包括主題學、意象學；結構組織側重於章法學、文法學、風格學等層面；遣詞造句則囊括了詞彙學、修辭學。為方便計，茲依據「九十五年國民中學學生寫作測驗試實施方案」將評分規準整理如下表：

級分	說明	立意取材	結構組織	遣詞造句	錯別字、格式、標點符號
六	文章十分優秀	能依據題目及主旨選取適當之材料，並能進一步闡述說明，以凸顯文章之主旨。	文章結構完整，段落分明，內容前後連貫，並能運用適當之連接詞聯貫全文。	能精確使用語詞，並有效運用各種句型，使文句流暢。	幾乎沒有錯別字及格式、標點符號運用上之錯誤。
五	文章在一般水準之上	能依據題目及主旨選取相關材料，並能闡述說明主旨。	文章結構大致完整，但偶有轉折不流暢之處。	能正確使用語詞，並運用各種句型，使文句通順。	少有錯別字及格式、標點符號運用上之錯誤，不影響文意表達。

級分	說明	立意取材	結構組織	遣詞造句	錯別字、格式、標點符號
四	文章已達一般水準	能依據題目及主旨選取材料，但不能有效地闡述說明主旨。	文章結構稍嫌鬆散，或偶有不連貫、轉折不清之處。	能正確使用語詞，文意表達尚稱清楚，但有時會出現冗詞贅句，句型較無變化。	有一些錯別字及格式、標點符號運用上之錯誤，但不至於造成理解上太大困難。
三	文章是不充分的	嘗試依據題目及主旨選取材料，但選取之材料不夠適切或發展不夠充分。	文章結構鬆散，且前後不連貫。	用字遣詞不夠精確，或出現錯誤，或冗詞贅句過多。	有一些錯別字及格式、標點符號運用上之錯誤，以至於造成理解上之困難。
二	文章在各方面表現都不夠好，在表達上呈現嚴重問題	雖嘗試依據題目及主旨選取材料，但所選取之材料不足或未能加以發展。	結構本身不連貫，或僅有單一段落，但可區分出結構。	用字、遣詞、構句常有錯誤。	不太能掌握格式，不太會使用標點符號，且錯別字頗多。
一	文章顯現出嚴重缺點，雖提及文章主題，但無法選擇相關題材、組織內容，並且不能於文法、字詞及標點符號之使用上有	僅解釋提示，或雖提及文章主題，但無法選取相關材料加以發展。	沒有明顯之文章結構，或僅有單一段落，且不能辨認出結構。	用字遣詞有很多錯誤或甚至完全不恰當，且文句支離破碎。	完全不能掌握格式，不會運用標點符號，且錯別字極多。

級分	說明	立意取材	結構組織	遣詞造句	錯別字、格式、標點符號
	基本之表現				
零	離題、重抄題目或缺考	著者按：僅抄寫題目說明也屬於零級分。零級分並非一個分數，代表的是無法評分的意思（一級分才是最低的）。			

(3) 一般注意事項

2006 年基測寫作測驗除了上述公布的一致評分規準外，尚有部分注意事項是閱卷教師進行閱卷時必須注意或考慮。由於這些注意事項是閱卷時普遍必須注意的事項，因此在此稱其為一般注意事項。茲說明基測寫作評分時應該注意的一般事項於下：

1. 文體的運用與評分

根據寫作測驗文體的調查分析，教師與學生認為 2006 年國中基本學力測驗之寫作測驗題目，最適宜採用文體為記敘文及抒情文[27]，而一般國中學生最擅長的文體即為此二者或不限文體。不過，正式測驗並不會刻意要求學生表現哪種能力或文體，若學生運用少見且難度較高的文體進行寫作，在目前基測寫作閱卷上也不列入評分考慮項目。

2. 「引導式寫作」題型的評分考慮

寫作題目之功能在於引發考生寫作能力之表現，從中

27 見陳鳳如〈國中國文教師及學生對寫作測驗之意見調查的分析研究——以 95 年國中基本學力測驗加考寫作測驗爲例〉，《中文寫作評量學術研討會論文集》，頁 21。

評估其寫作能力。因此，題目的設計也會影響到後續寫作以及評分工作。國中基測寫作測驗採取引導式寫作方式，引導式作文係指在作文命題上設定條件來指引學生寫作方向或規範其寫作模式，使應試學生不會因為片段的文字而誤解題意，造成文不對題的現象。就寫作能力的評量而言，引導式寫作在題面上規範了一定的條件和範圍，大幅降低了閱卷的主觀性，因此評量之信度與效度也將大幅提升。在實際表現上，則有條件式引導與柔性引導式。例如：基測推動委員會網站上呈現的預試題目為條件式：

> 題目：「一張舊照片」
>
> 說明：很多人會利用照片記錄成長的經驗、與他人接觸的情景、環境的變遷以及美麗的景象……等等。
>
> 請你寫出一篇涵蓋下列條件的文章：
>
> ◎ 選擇一張令你印象深刻的照片。
>
> ◎ 說明令你印象深刻的原因。
>
> ◎ 詳述照片中的影像。
>
> ◎ 說明背後的故事。
>
> ※上述條件順序可自行調整
>
> ※不可在文中暴露私人身分

相對於網站的條件式，2006 年基測寫作測驗考題則為柔性引導式：

題目：體諒別人的辛勞

說明：

一天的生活當中，有許多人為我們做許多事，不可能凡事只靠自己。如果能多體諒別人，懂得感謝和寬容，不僅自己覺得快樂，家庭、社會也將更溫馨和諧。想一想：在你的生活周遭，親長、朋友、社會大眾……，哪些人為你付出、為你服務？你應當用什麼樣的心態、行動來面對或回報他們？若他們的付出或服務不能盡如你意時，你又該如何？

※不可在文中暴露自己的姓名

※請勿使用詩歌體

柔性引導式題型的特點，即是評分者在評分時須回到「題目」本身。如 2006 年考題未採用強迫式之寫作條件，而以說明文字中對答題者進行引導。參加考試的學生在寫作時可以由題目說明得到觸發，進行選材與組織；也可以依據題意自由構思。因此，閱卷者在評分時不須囿於說明內容，不過評分的信度與效度的要求較條件式困難。

3. 單一喜好之避免

由於基測寫作測驗是採用整體性評分法，因此教師的個人偏好而過度側重於單一評分向度是必須避免的。例如：由於現今在國文教學中修辭格與成語較為突出，較易吸引某些閱卷教師注意。此時宜避免因為學生偶現的修辭美句，或因學生沒有運用明顯的修辭技巧、成語、俗語就給予比較高或比較低的級分。對於屬於文章內部的部分美

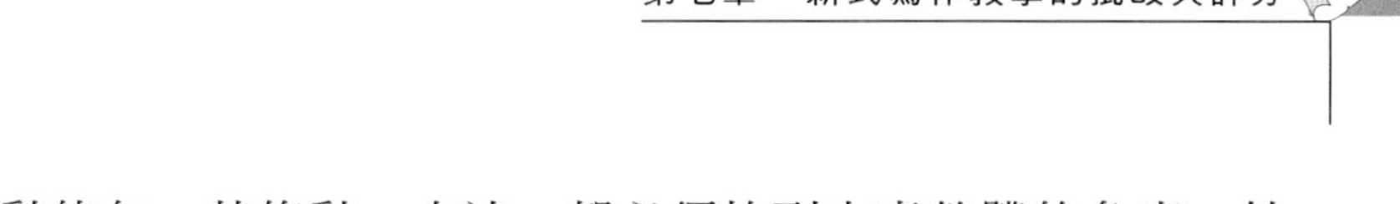

辭佳句，其修辭、文法，都必須放到文章整體的角度，針對其整體表現給予適當的評分。

4. 錯別字及標點符號之斟酌

一般而言，錯別字及標點符號在四個評分向度中所佔比例較低。也就是說，基測寫作測驗評閱時通常是不會以錯字出現是否影響內容閱讀與理解為評分原則，所以在評分時評閱者會避免因為一、二個錯字來降低學生分數。例如：最高級分（六級分）通常不會因為出現少數錯字或單一標點符號之失當（如全段僅有一個句號）而向下調整（降為五級分）。也就是說，四個評分向度之中，前三項對評分具有較重要的份量，而錯別字及標點符號則是做為參考斟酌給分之依據。 除非該篇文章的錯別字已多到可以看出該位考生的文字能力低下，否則少數錯字以文章主旨呈現為主要考慮的角度是可以容許的。

5. 其他注意事項

寫作測驗之目標僅在於了解學生之寫作能力，與字體大小、美醜無關。除此之外，反對題目、罵題目也是零級分，評閱者必須依文章實際內容給分。若考生答案卷所抄題目與考題不合者，也不可立即視為離題；而須忽略題目，以題旨的呈現的可能範圍為考量，對照其書寫內容給分。

最後，國中基測寫作測驗作為大型考試，為顧及公平性，應試者的身份是不容暴露的。不過，當應試學生寫出非本人之名字，若不影響老師評分，則可以考慮依文章內容給分。若連續寫出多人姓名，可依閱卷教師個人的專業判斷，或移交核心閱卷教師處理，必要時酌降一級分。

（四）分數的計算與處理

2007 年寫作測驗將把寫作級分加權兩倍與基本學力測驗其他五科量尺分數加總，以作為學生登記分發入學之依據。不過，依據許智傑等人的研究[28]，使用六級分制直接乘以 2 倍的方式可能會等距地拉開或縮小某幾個級分的差距，但目前基測寫作計分尚未有改變採計 2 倍的作法。

再細部地就複閱部分看分數計算，當複閱分數落於兩評閱教師之間，則以複閱教師之評分為主；若複閱分數落於兩評閱教師之兩邊，複閱分數與較接近的評閱教師分數的平均即為該生測驗成績。零級分也需進行複閱。當複閱後成績仍是零級分，則該生為零級分；若複閱成績非零級分，則以複閱教師及另一位非零級分評閱教師之分數平均為該生所得級分。

二、評分規準的通則討論與實例分析

（一）通則之討論

(1) 整體性評分方式之不足

2006 年國中基測寫作測驗的評分雖然採用整體性評分法，並公布六個級分在四個向度通常的表現特徵供評分者參考。不過整體性評分方式運用在寫作測驗仍有效度上的疑慮。譚克平以為：

---

28 詳見許智傑、林逸農、陳素芬，〈基測作文給分標準與計分方法之探討〉，《中文寫作評量學術研討會論文集》，頁 117-130。

> 整體性評分方式重視整篇作文整體的表現以及是否能遞其訊息，而不是特別針對特別項目一一予以評分。但該方法雖然是目前比較通用的評分方式，但卻自有其弱點，例如學者 Huot（1990）認為很多研究者在使用整體評分的方式時，會較偏重於評量的信度，而會較為忽略評量的效度。除了整體性評分的方式外，文獻中尚有分析性評分以及其他評分的方式。[29]

因此，前述基測寫作測驗對教師的長期訓練，對評分本身的信度的確有助益，而效度的考量就基測閱卷而言，似乎仍待評分規準中四大向度的進一步研究與發展，方可達到一定程度的要求，此即第二點所要討論的基測四大向度的問題。

(2) 四個向度特徵之討論

2006 年國中基測寫作測驗公布的評分規準，對六個級分在四大向度的特徵進行敘述，作為評分時的參考。不過，由於公布內容未進一步對四大向度內部、四大向度間、以及四大向度與六個級分間的關係加以敘說，以致在評分時，仍存在不少模糊地帶，造成評分者評分時不少的「彈性」與困難，茲分別將較大問題處加以敘述，以明其情形：

29 見譚克平，〈大型中文寫作評量研究發展的議題——以國中基測寫作評量為例〉，《中文寫作評量學術研討會論文集》，頁 6。

1. 典型級分文章少

若運用基測所公布的評分規準進行閱卷，會立即發現少有典型級分的文章出現，真正符合該級分各項要求者不多。以六級分文章而言，六級分並非代表完美的文章，而是優秀的文章。不過，在評分規準中，對六級分每一向度的敘述卻都是最好的。實際上，優秀不全然等同於最好或完美。所以，基測閱卷中，同時符合四個向度的文章固然可以得到最高的六級分，但偶有在三個向度表現凸出、某一向度平平的文章，由於文旨透徹，一樣可能達到優秀的評價。其次，一、二級分的文章也無法全然合於評分規準。有不少一、二級分的文章趨於簡短，而這些篇章由字數、句數不多，因此在文句中未必如評分規準所言，會有「錯別字多」，或是「遣詞造句有錯誤」、「文句破碎」的情形，而僅有數句的文章在表現上的評價應該是較低的。

由於上述的情形在評分時經常出現，因此不可視為例外，可見僅點出四個向度在某級分的特徵太過模糊，若真的採用以強化評分的效度，則很可能造成不同閱卷教師有不同的詮釋。事實上，在基測樣卷的相關會議的討論中，時常也會出現半級分的想法，這點明確可見各個級分之中，都各自存在高下的情形。

2. 各向度重要性不一

透過辭章學的觀念可以得知，文章的構成為有層次、立體的複合體。就寫作應用到的特殊能力來說，構詞、修辭與文法學通常偏於字、詞、句的層次，章法學及部分的文法學通常是布局、組織涉及較大的層面，而意象學、主題學、風格學涉及的選材、運材及主旨凸顯的層次，則是最高層的整合層次。這些層次對基測寫作評分的四大向度來說，構詞、修辭及文法即構詞造句向度，章法學即結構組織向度，意象、主題及風格學即為立意取材向度，而標點符號及錯別字對國文篇章教學雖然有關，在寫作表達能力則明顯淪於最次要。由此即知，基測作文中的四大向度中，彼此間有著不同的重要性。所以，在評分間有必要知曉四大向度間的輕重，須知以立意取材為核心，以結構組織為骨幹，以構詞修辭及文法為雙翼的層次想法。若雙翼能與骨幹密切聯結，則較雙翼中美麗的片羽表現更為優秀；同樣地，雙翼與骨幹若能有效表現核心之主旨，則能發揮作用，反之則僅能視為部分表現，評分時不能喧賓奪主。

3. 失之過細，難以實行

面對六個級分整體性評分法較為籠統的敘述而有效度的疑慮，以描述各級分的四個向度細密區分，似乎是一個值得一試的方法。不過，如果依將六個級分的方法，將四大向度也區分為六級加以評分，此法如果真的施行，將會造成評分工作複雜而困難。也就是說，四乘六共會有二十四種基本情形，而一篇文章有四個向度表現，將由這二十四種相互組合選四，會造成上百種可能。如此一來，評分工作將繁複難行。

(二) 通則之擴充與修正

不過，上述對級分過簡、偏繁與，四大向度的輕重考量等效度思考仍可以在現有的評分規準中進行改良，以達更可行有效的評分方式。事實上，基測寫作測驗公布的六個級分，仍然屬於三等層次的表現，即是：表現優秀（五、六級分）、表現平平（三、四級分）及表現不佳或有限（一、二級分）。此種三個層次的大分別放到四個向度同樣有效。也就是說，將四個向度中較為重要的三個向度以三個層次分別加以評分；加上以立意取材為主，組織結構及構詞造句次要，標點符號與錯別字其次的層次思維，藉以綜合評斷文章是比較簡單、可行的事。如此一來，不但可以避免將四個向度每個向度都分成六級的繁複，四個向度中的三個向度都有三種高低表現的綜合變化，也會比直接以六個級分進行整體性評分更加細密、謹慎，可信有效。下列綜合評分統整表即為針對四個向度的考量進一步點出六個級分的常見特徵：

<table>
<tr><th>級分</th><th colspan="2">評析</th></tr>
<tr><td rowspan="3">六級分</td><td colspan="2">㈠一篇文章在立意取材、結構組織及遣詞造句三者表現優秀，屬於六級分中等以上之作。</td></tr>
<tr><td rowspan="2">㈡六級分偏下的作品是允許瑕疵的，當一篇文章在三項重要之向度未能同時具備優秀時，右側的兩種情形都是學生語文能力出色，而能藉文字運用凸顯主旨，勉強符合六級分的水準。</td><td>①「立意取材與結構組織」：若是該篇文章能在結構組織的布局上表現出色，能使該文之主旨凸顯、材料之運用優秀。</td></tr>
<tr><td>②「立意取材與遣詞造句」：該篇文章的造語修辭優秀或敘寫深入，且因此能使主旨生動或深刻呈現。</td></tr>
</table>

<table>
<tr><th>級分</th><th colspan="2">評　　析</th></tr>
<tr><td rowspan="3">五級分</td><td rowspan="3">一篇文章在立意取材、結構組織及遣詞造句三者其中一項表現優秀，其他兩項之表現平平者，即屬於超越一般作品（四級分），但未能上等（六級分）的情形。五級分通常有右側三種情形：</td><td>①立意取材深入，但組織結構及遣詞造句等文字表現平平者，此類文章在主旨的表現明顯超越一般水準。</td></tr>
<tr><td>②立意取材平平，但結構組織（布局）表現優秀，此類文章在主旨呈現雖屬一般，但文字表現能力優秀，亦明顯超越一般水準。</td></tr>
<tr><td>③立意取材平平，但遣詞造句（修辭或文法運用）表現優秀，此類文章在主旨呈現雖屬一般，但文字表現能力優秀，亦明顯超越一般水準。</td></tr>
<tr><td rowspan="3">四級分</td><td colspan="2">㈠一篇文章在立意取材、結構組織及遣詞造句三者的表現皆屬平庸，無明顯優點，亦無明顯缺失者，屬標準的四級分文章。</td></tr>
<tr><td rowspan="2">㈡立意取材輕微偏題（指的是部分段落或相當程度文字枝蔓），但文字表現能力部分優秀而凸出，如右側兩種情形。此類文章因文詞能力已達到（超越）一般水準而值得肯定，屬四級分下緣水準。</td><td>①組織結構（布局）之向度表現大致在一般水準之上，有部分文字表現明顯、優秀而凸出。</td></tr>
<tr><td>②遣詞造句（修辭或文法運用）之向度表現大致在一般水準之上，有部分文字表現明顯、優秀而凸出。</td></tr>
<tr><td rowspan="3">三級分</td><td colspan="2">㈠標準的三級分為立意取材、組織結構（布局）及遣詞造句（修辭或文法運用）等三方面都有缺陷（部分符合）。</td></tr>
<tr><td colspan="2">㈡指的是文章在立意取材上有明顯的偏題情況，而其他兩個主要向度組織結構（布局）及遣詞造句（修辭或文法運用）等文字表現則平平，是為三級分表現較好（上緣）的文章。</td></tr>
<tr><td colspan="2">㈢為立意取材上尚能符合題旨，但其他兩個主要向度組織結構（布局）及遣詞造句（修辭或文法運用）中至少一個向度的文字表現有明顯缺陷者，亦屬於三級分；若兩個向度都明顯不足，但題旨發展尚稱適當者，為三級分下緣的水準。</td></tr>
</table>

<table>
<tr><th>級分</th><th colspan="2">評析</th></tr>
<tr><td rowspan="3">二級分</td><td rowspan="3">指的是文字能力嚴重不足的文章，此一嚴重不足乃是以題旨的呈現極其有限為特徵。通常，文字能力嚴重不足的學生，表現在題旨上或者嚴重偏題，或者題旨發揮過少。此類學生或許是因為無法選擇足夠材料發展而難見其文字能力，或者是因為文字能力極差而無法表現文章主旨。二級分通常有右側三種情形：</td><td>①題旨的闡述相當少，且伴隨著組織結構（布局）的嚴重不足。</td></tr>
<tr><td>②題旨的闡述相當少，且伴隨著組遣詞造句（修辭或文法運用）的嚴重不足。</td></tr>
<tr><td>③立意取材、組織結構（布局）或遣詞造句（修辭或文法運用）等三項皆有發展但有嚴重問題者，即屬於二級分的下緣作品。</td></tr>
<tr><td rowspan="2">一級分</td><td rowspan="2">指的是幾無表現的文章。此類文章有右側兩種情形：</td><td>①僅有點題，寥寥數行。</td></tr>
<tr><td>②雖有內容發展但幾乎完全離題，且遣詞造句錯誤百出，幾乎無法理解，幾乎無法看出組織結構，僅能從零碎、片段的敘述中隱約可見嘗試者。</td></tr>
</table>

此一評分法的優點是，一方面保留了原先基測所公布的評分規準的內容，但卻加以細密化，將各個級分原先存在的高下情形清楚表示；另一方面將四個向度的評量與運用條理化、輕重化，所針對三個向度以三個層次加以評分也不致使得評分太過複雜。如此一來，上述的將四個向度中較為重要的三個向度以三個層次分別加以評分，最後再綜合評斷的方法也可以解決難以看到典型級分的文章的問題，其變化較多，也可以將僅符合部分規準之文章歸入各個級分之中。

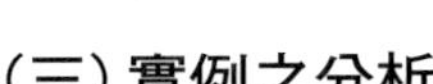

(三) 實例之分析

上述由基測的評分規準出發加以修正的綜合評分法，已經嘗試運用在坊間學生練習試題的閱卷工作[30]，茲舉一範例於下以明此法運用情形以供參考：

一、題目

請依題意作答。測驗時間為 50 分鐘，請注意作答時間的控制。

題目：來到生命的轉彎處

說明：在成長的過程中，每個人都曾來到生命的轉彎處。也許是學習方向的轉折，也許是人生瓶頸的挫折或突破。

請你寫出一篇至少涵蓋下列條件的文章：

◎依自己的經驗或想像，描述一段來到生命轉彎處的事件。

◎寫出過程及體悟。

※不可在文中暴露自己的姓名

※請勿使用詩歌體

二、綜合說明及試後檢討

本篇文章屬條件式，因此寫作時必須符合兩項條件，

30　目前，文揚資訊股份有限公司開發的寫作模擬題庫已加以採用，詳見「文揚題庫網站」。

閱卷時要特別注意是否符合兩項條件。由於說明的引導及條件要求，一般程度的學生多半以敘述事件為主，而在篇末藉此事件發揮感想申論題旨，因此多數的文章都能表現出三級分以上的水準。本篇文章要成為五級分以上文章的關鍵在於：

學生能以人生經驗的角度加以觀察敘述，將「生命的轉彎處」與「來到」的意涵完整呈現。

反之，如果學生僅就「挫折」或「瓶頸」空泛討論，文章內容發展有限者，則給一至二級分。以上就立意取材結構組織及遣詞造句等三個重要向度進一步說明於下：

(1) 立意取材

學生能將焦點著眼於挫折或瓶項的事例，將事例的前因後果，經過情形清楚描述者，為一般表現——四級分（含）以上的水準。所謂的「學生能以人生經驗的角度加以觀察敘述，將『生命的轉彎處』與『來到』的意涵完整呈現」具體情形約為以下兩種：

一為具體事件的敘寫深入動人，以感性的角度將人生的經驗深入呈現。

另一種情形是學生能從具體的事件敘述中，進一步提鍊出具有普遍性的人生體會，並針對此一人生體會深入發揮。

若僅就事例簡單闡釋感想者，僅能視為一般表現的文章。也就是說：

①如果學生能舉自身之挫折或瓶頸為事例者，體會不

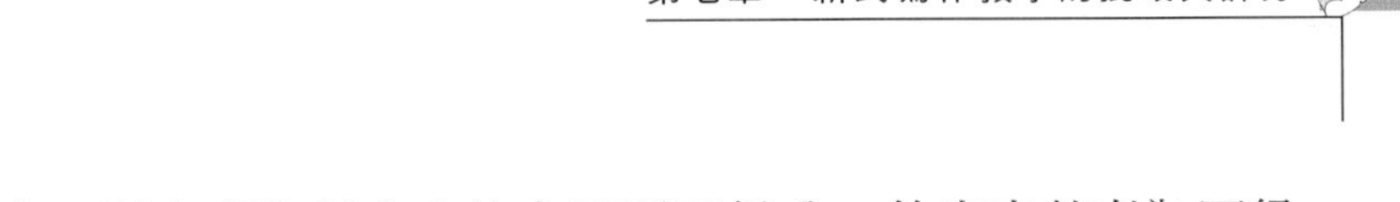

多，則立意取材上大約在三至四級分，敘寫完整者為四級分，敘寫支蔓者則為三級分。

②若學生採取感性或理性的方式，進而將具體事例與感想、領悟兩者結合，深入呈現題旨者，則為優秀的六級分水準。

③若具體事例與感想領悟兩者之一有深入呈現，則應屬五級分水準。

茲描繪關係圖如下，以協助了解：

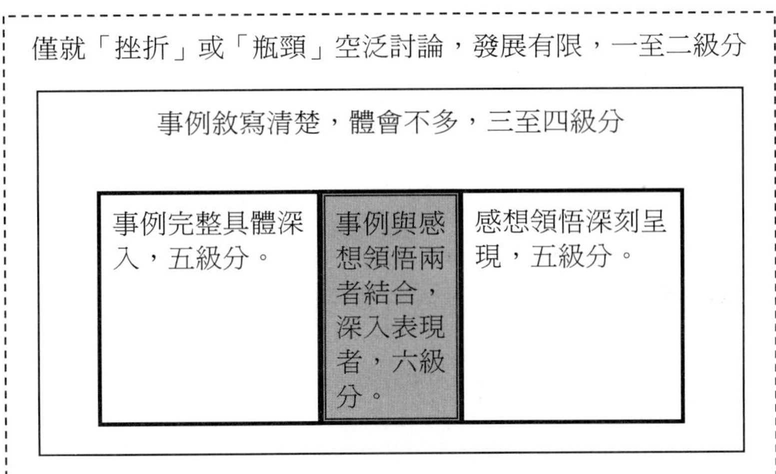

(2) 結構組織

根據題目說明及條件要求，本文可以透過：藉記敘以議論、或是藉記敘以抒情兩種方式來表現。通常，學生多半選擇前者，而以「敘述－論說」的方式布局。也就是說，循理性的途徑來闡釋題旨文章佔有絕大部分。從級分的角度來說，以理性為文，表現在結構上常見的方式約有以下三種：

①以「先敘後論」的方式表現，此為最直接簡單的方式，略具程度的學生都能運用此一方式，運用此一方式布局者大約是三、四級分的水準。

②以「論→敘→論」的結構表現，此一布局乃是將簡單的「先敘後論」作些微變化。學生在運用時若能前後呼應，並且使前後兩個論述有深淺之別，則屬一般水準以上的表現。

③就本文而言，「敘」的部分為主體材料，因此本部分若能致力經營，亦能為本文贏得好分數。通常，學生一半以上都是以「時間先後」呈顯事件，若能一反常見的時間先後，而能以「逆向」（追憶、插敘）方式，甚或「虛實想像」呈顯，則能使平板的敘寫增添變化，表現出一般水準以上，甚或優秀的布局能力。

學生表現本題的另一途徑為感性方式，表面上看來，感性方式呈顯較難，但若能循此方式則在結構組織上很容易表現凸出，為自己贏得好成績。感性的方式布局型態可以有許多變化，如情景交織（交融），或者時空錯綜跳躍，都是難得的布局表現。

(3) 遣詞造句

遣詞造句上，良好的遣詞造句必須與題旨相關（偶見的美辭佳句是很難為文章真正增色的），而題旨的具體表現即為各種不同的文體型態。因此，具體來說，不同型態的文章是有相應地、較容易學習，而且有力的遣辭造句方式，為特定文體型態增添光采。以本文來說，學生通常以

「敘述－論說」結合完成，而「記敘」與「論述」兩個不同型態在遣詞造句上較為簡單而合適的搭配情形如下：

①就記敘的部分而言，運用顯著有力的修辭（如：類疊、譬喻、轉化）能使本文敘寫部分得到高分；而變化多端語句型態，也能為文章事件的描述增添生氣。

②就論述的部分而言，適時的運用詞彙學上的成語、俗語，將成語、俗語簡單、深刻而有力的語意與自己的體會精確結合，能為文章文詞表現贏得好的成績。

三、各級分樣卷說明

六級分範文

〈來到生命的轉彎處〉

生命之路必然是曲折迴旋的，過了彎才能看見另一個角度的視野，在你要過這個彎時，你無法預測迎面而來的，是振奮人心的喜悅？抑或是艱澀困難的苦痛？生命的許多「轉彎處」，便能使你人生產生轉折、突破，因而改變往後的人生觀及生活。

大大小小的彎，曲曲折折的彎……我一生中，也走過生命的轉彎處。其實發生在不久前，我參加了作文比賽，當初推舉我代表參賽，心裡著是又驚又喜，但我保持平常心，當作只是一次的經驗及參觀。三鶯區一比下來，意外地獲得第二名的佳績，幸運的和第一名的同學能晉級縣賽，那時我已心滿意足，我心想：「請了假也值得了！」

才過沒幾天，縣賽日期已來到，沒什麼時間準備的我，也當一次縣賽的回憶，平常心的來寫一篇作文。恰巧，題目是拿手的抒情文，洋洋灑灑寫了將近一千字，還剩時間休息呢！當然，我沒想過的是得了縣賽第二名的好成績，也破了學校開創以來的記錄……這個彎，在我小時候一直無法通過。

小時候的我文筆雖不至太差，但參加比賽得名總沒我的份兒，爸爸常常感歎此事，說妹妹都能拿下作文比賽的獎狀，做姐姐的，要等多久？如今爸爸竟看到女兒的「驚人之舉」，瞧他笑得合不攏嘴呢！

這個彎，很美麗，很驚喜。也是我人生的一次輝煌的轉彎經驗。其實，每個彎都是一道機會的門，你過了彎，即使看到、遇到的是瓶頸、是枷鎖，都是一次機會，只要心態改變，它也可以是花朵、是陽光。如今作文縣賽的彎，我過了，相信我不僅得到的是光榮的剎那，那美麗燦爛的記憶，那曾經無法碰觸的彎道，都因這次的體驗，長存並發光在我心中。

範文說明：

立意取材：表現優秀。

①以個人作文比賽之為材料主體，藉此發揮題旨：個人面對寫作瓶頸的「轉彎處」，取材恰當，同時能符合題目要求。

②立意方面，從個人參加作文比賽心態的調整、以迄兩次得名的比情，再到追敘過往面對比賽的瓶頸，使「來到」的三個層次：走到、經歷及面臨皆已發揮，三者的關

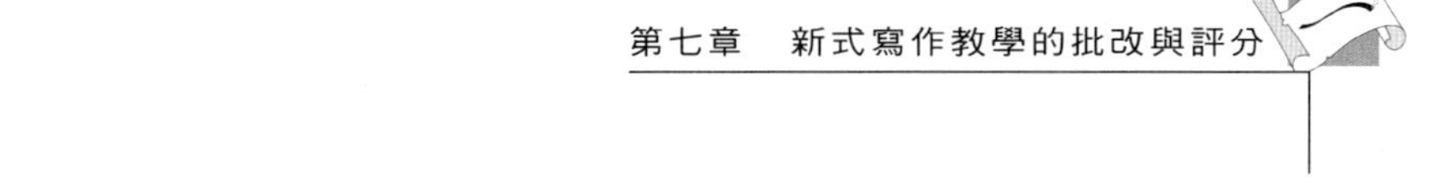

係緊密而具有變化。通篇看來，無論是論述或是個人經驗的敘寫，皆能扣緊、發揮「轉彎」二字，充分凸顯題旨。

結構組織：表現優秀。

①本文第一段點題，以略論題旨為主。第二至四段以個人比賽經驗為主，敘寫過程。末段將個人該次經驗提升至生命角度，將其普遍化，「敘、論」一體。綜觀全文主體，乃是「論→敘→論」為主要結構，秩序中帶變化，首尾呼應。

②段落銜接方面，文中各段銜接順暢。尤是第二段開頭：「大大小小的彎，曲折折折的彎……」，能接續前段之論述並啟下文敘述個人經驗，成功將一、二兩段「論→敘」等不同性質的內容成功銜接。

③次要結構中，敘的部分又以「今→昔」的方式呈顯，借重回顧個人生命學習歷程凸顯轉彎之獨特意義，將「來到」二字以逆敘法表現，手法特出而成功。

遣詞造句：表現凸出。

①詞彙修辭方面，設問、類疊運用出色，如第一段及最末段；能活用成語、俗語，如：「洋洋灑灑」、「『驚人之舉』」。文中兩處對話的運用經過選擇，使用準確且兼有型態變化，如：「『請了假也值得了！』」、「說妹妹都能拿下作文比賽的獎狀，做姐姐的，要等多久？」

②文法方面，能有效運用各種句型，筆法活潑，如第三、四段對比賽過程及過往的敘寫生動。連接詞運用大致恰當，文章有力。

③有冗詞贅字，行文偶有不暢處。如：第一段「便能

使你人生產生轉折」，第二段「其實發生在不久前」，但瑕不掩瑜。

錯別字及標點符號：

①有少數錯別字，如：「著是」，「合不攏嘴」。

②標點符號使用大體正確。

整體而言，本篇文章立章取材，結構組織遣詞造句上都屬於表現凸出的高水準，雖然偶有文字的不流暢處，但仍為六級分的典型優秀文章。

五級分例文

〈來到生命的轉彎處〉

從小我的「數學」並不是很理想，每當上數學課時，我都很緊張；每當發考卷時，我都在猜想它是不是討厭我，看到「數學」就像看到天敵一樣，常常手腳發軟，面對它那強烈攻擊，只好舉白旗投降，這個夢魘一直在打擊我，直到我上了國中。

記得剛上國中時，第一節就是我最痛恨的數學，當老師來到班上時，大家原本都在講話，突然變得超安靜，都聽得到螞蟻正在討論，因為那個數學老師是男的，而且有一百七、八十公分高，塊頭很大，當時我心想：「完了，他一定很兇」，不過這個問題到我上完他的課後，完全改觀。

原來上數學課也可以這麼快樂，他上課時會一步步、慢慢的教，而且人很好，常常引用生活實例來告訴我們基本數學概念，說笑話，很開朗、活潑的一位數學老師，從此，我努力的跟「數學」做好朋友，剛開始真的很害怕，但當我解出第一題數學時，我很感動，頓時那個夢魘消失的無影無蹤，「數學」原來這麼親切、和藹，並沒有想像中可怕。

或許每個人的觀點不同，但對我來說這是我人生的要事，人生不可能一帆風順，更不可能風平浪靜，都一定會有瓶頸或挫折，要努力去克服它，說不定在你苦思不得其解時，轉個彎，你會發現比現處的情況，更為美好，危機就是轉機。

例文說明：

立意取材：在一般水準以上，但未臻至優秀。

①以數學一科的學習為材料，藉此發揮個人突破而喜愛數學之題旨，取材恰當。

②立意方面，以新的數學老師特殊形象與教學方式為綱領，側重發揮自己面對、努力學習數學的過程，寫出自己從討厭數學成為喜歡數學的轉變，已使得「來到」三個層次中的：「經歷」及「面臨」有所發揮。文章最末並能將個人有限經驗提升，以發揮「生命轉彎」之涵義，已能闡釋題旨，但在敘寫（前三段）與論述（第四段）之間的個別性與普遍性的關係上仍有改進的空間。

結構組織：表現平平。

①本文第一段至第三段以記敘為主，敘寫作者學習數學的過程。第四段論述題旨為主，能從前三段的有限經驗

提煉普遍化。因此文章為「先敘後論」的結構，表現平平。

②段落銜接方面，能運用連接詞（「原來」、「或許」）銜接文章，表現流暢。

③次要結構中，敘的部分乃是由昔而今的順向思維安排，手法亦稱一般。

遣詞造句：在一般水準以上。

①詞彙修辭方面，雖無明確的修辭出現，但摹寫完整而細膩。如敘寫各段中從對數學的恐懼，到初見數學老師的觀察，以致上數學課的情形和轉變，生動而出色，表現亦稱凸出。

②文法方面，能有效運用各種句型，連接詞運用大致恰當，文章流利生動。

③有冗詞贅字，行文偶有不暢處。如：第一段「便能使你人生產生轉折」，第二段「其實發生在不久前」，但瑕不掩瑜。

錯別字及標點符號：

①有錯字：「~~許~~」、「現~~處~~」。

②標點符號使用部分有誤，少見句號。

整體而言，本篇文章在立章取材雖能發揮「來到生命的轉彎處」的各層涵義，遣詞造句的表現也在水準中上。然而其敘寫過程（一至三段）尚未能緊密與題旨相結合，且在結構組織上的表現平平。通觀各個向度的表現來看，本文在立意取材及遣詞造句都在四級分一般水準之上，相

較於六級分的優秀文章，立意取材與遣詞造句都應有更好的表現空間，加上結構組織的四平八穩，所以將本篇文章歸入五級分。

四級分例文

〈來到生命的轉彎處〉

一次的轉彎，一次的挫折，一次的機會，在人生的道路上、時常會遇到轉彎處或是插路，使得與平常不太相同，也許會因為不知所措，而停下腳步，好比遇上挫折、不順利時感覺，同樣也是感到無力、無助力的，但只要一克服了這個瓶頸，就可從中抓到些讓自己變得更完美的機會。

之前所讀了謝坤山先生的著作，我才深深的體會到這個道理，在謝坤山先生年輕時，因為工作而被高壓電所傷，失去了行動能力和一隻眼睛，但當他遇到這個急轉彎時，並沒有自暴自氣，反而以自己當例子，到處演講，鼓勵其他比他自己還要幸福的人，他不但突破瓶頸，而且還緊緊抓住了機會，發現自己的繪書天分，成了有名的「口足畫家」。

這讓我知道遇到生命中的轉彎處時，不要慌張，更不能害怕，勇於面對加以解決，並且從中學習把握住使自己變完美的機會。

例文說明：

立意取材：表現平平。

①以舉所知的他人經驗為材料，藉此發揮「生命轉彎

處」之題旨，尚能取材。

②立意方面，本文以他人經驗為主要材料，但立意侷限於外在的描述，僅著眼於他人遇到挫折之事件表面以及挫折後之努力，未能將挫折的原因內在心志加以刻劃。因此，「來到」三個層次──「走到」、「經歷」及「面臨」仍有欠缺。除此之外，本文末段雖以所舉他人以為事例發揮，論述題旨，但仍未能充分反歸自身，輕描淡寫，於發揮自己對「生命轉彎處」之體會猶有隔閡。

就本向度而言，本文雖能表現出挫折的轉彎含義，但僅能屬於尚能闡釋題旨的層次，對於自身體會及事例敘寫皆有明顯的改進空間。

結構組織：一般水準表現。

①本文第一段破題，第二段舉他人事例敘寫，第三段由事例中發揮，闡述題旨，因是「論→敘→論」的主要結構，不過，一、三段的論述未能有效呼應，表現平平。

②段落銜接方面，各段之間少見意念或詞語的連接，但尚能讀懂。

遣詞造句：一般水準表現。

①詞彙修辭方面，偶見類字出現（第一段開頭），但其他部分表現平平，摹寫、論述皆未見出色之處。

②文法方面，尚能見到不同句型。

③有冗詞贅句，行文不甚流暢。如：第一段「好比遇上挫折同樣也是感到無力無助的」，最後一段「並且從中學習把握住使自己變完美的機會」。

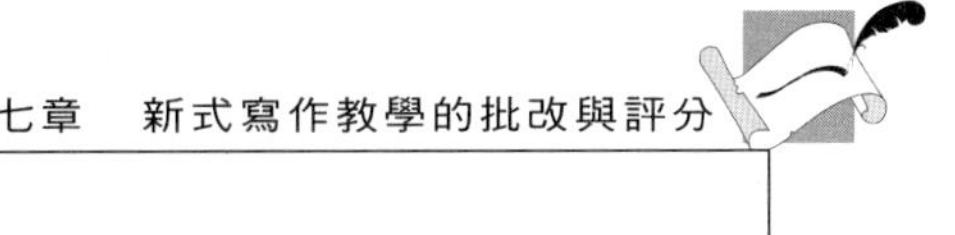

錯別字及標點符號：

①有錯別字，如：「~~插~~路」、「自暴自~~氣~~」、「~~鼓~~勵」。

②標點符號使用有誤，少見句號。

整體而言，本篇文章在立章取材、結構組織及遣詞造句等三個主要向度雖都有所表現，但多屬於一般水平，其背後皆有明顯的改進空間，所以將本篇文章歸入四級分。

三級分例文

〈來到生命的轉彎處〉

在媽媽很小的時候，家裡非常窮，而且家中又有七個小孩要養，所以爺爺、奶奶每天都要很辛苦的去田裡工作。我的大伯是這個家中最大的小孩，所以當大伯讀書讀到中學畢業後，就沒有繼續升學，他就留在家裡幫忙種田。

當大伯到了二十幾歲的時候，他每天早上都在家中幫忙、晚上他去職業學校上課，在那裡他學會了很多關於蓋房子的事物，經過長時間的琢磨、長時間的經驗累積，讓大伯成為一位著名的建築工作師。像是我們家的房子就是大伯的設計出來的，爺爺、奶奶一定以大伯為榮。

大伯他是農人出身，但是到了後來，他卻有這麼大的成就，這都要感謝他的家人在他身旁鼓勵他、支持他，因為有了這些的鼓勵和支持，讓大伯來到生命的轉彎處，突破了種種的難關，所以大伯才會有今天這樣的成就。

媽媽常以大伯的例子來告訴我們，只要努力，不管出身有多低，都還是可能會成功的，所謂的「英雄不怕出身低」就可以用來加以比喻大伯的成功！

例文說明：

立意取材：表現在一般水準以下。

①以舉所知的他人經驗為材料，但材料主要有二：一為媽媽家裡，一為大伯，兩者以大伯為主，媽媽為次。但媽媽的部分在文中幾無發揮（本文作者可能將「舅舅」與「大伯」身份混淆），因此在取材上尚有未盡之處。

②立意方面，本文以他人經驗——大伯為主要材料，但立意侷限於大伯的成就，僅對突破難關之事實反覆描寫；對於「來到」三個層次——「走到」、「經歷」及「面臨」，以及「轉彎處」等切合題旨的重要體會都有明顯欠缺。除此之外，本文末段僅以媽媽的話闡述題旨，而不寫自身體會，論述說服力極為薄弱；且其以「英雄不怕出身低」為結，已有離題之嫌。

就本向度而言，本文雖能舉出事例，但對於事例的敘寫以及論述等方面都有明顯的缺憾，因此是發展不充分的三級分水準。

結構組織：屬一般水平以下水準。

①本文為「先敘後論」的結構。自第一段迄第三段皆舉他人事例敘寫，本文的前兩行寫媽媽之辛苦由於未能明顯見其於後文發揮，因此有枝蔓之嫌。文中最末段最末兩行的論述對題旨而言亦為歧出，因此全文在結構上雖有大

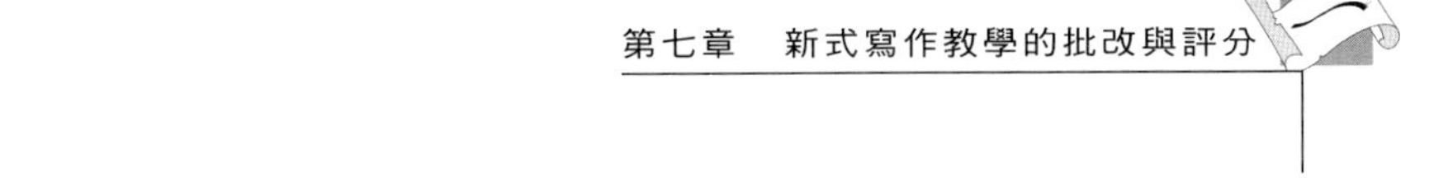

概雛型，但存在明顯的缺陷，屬一般水平以下的作品。

②段落銜接方面，各段之間頗多跳脫不連貫之處，少見意念或詞語的連接，但尚能讀懂。

遣詞造句：在中等略為偏下的水準。

①詞彙修辭方面，表現平平，摹寫、論述皆未見出色之處，所用詞彙亦有反覆之病，如：「就」、「讓」、「鼓勵」。

②文法方面，句型較為有限而簡單，但其中尚可見到連接詞的運用。

③行文大致流暢，但偶有冗詞贅句。如：「像是我們家的房子就是大伯蓋的」、「因為有這的鼓勵和支持」。

錯別字及標點符號：

少有錯別字，標點符號使用大致正確。

整體而言，本篇文章在立章取材、結構組織上皆為一般水準以下，雖然在遣詞造句上屬中等而略帶瑕疵（偏下），但綜合來看仍屬一般水準以下，因此是三級分的不充分文章，文章表述能力有明顯的不及格之處。

二級分例文

〈來到生命的轉彎處〉

還記得以前還沒搬過來三峽的時候，我整天不讀書都跟一群人在鬼混，直到了五年級的時候搬來三峽要不然可能我現在也還是一樣壞，以前認識的一個大哥哥也是因為上了國中交到了壞朋友現在也是沒有升學整天鬼混所以在五年時的搬家可以算是我生命的轉彎處吧！

要是我沒有搬家現在也可能在某個地方跟人當小混混所以我覺得很幸運。

例文說明：

立意取材：表現很少。

①以自己搬家經驗為主要材料，藉以發揮題旨，然所選其他輔助材料為認識的大哥哥，未能以自身搬家為核心加入與搬家相關的其他材料，以至選材不當，取材不足。

②立意方面，本文以五年級搬家為生命的「轉彎處」，然全篇侷限於搬家前後，在「鬼混」與否間反覆置辭，以致於「來到」的內涵幾無發揮，「轉彎處」的體會亦極其有限，全文雖可略見題旨之闡釋，但較不充分的三級分表現更少，置於二級分位置。

結構組織：表現有嚴重缺點。

①全文以敘述為主，前兩段為已發生的實事，最末一段為假想虛寫，因此是「先實後虛」的結構。不過，細觀三段內容，主要還是反覆闡釋「搬家」與「鬼混」的單純關係，想到哪寫到哪。因此實質表現上結構鬆散，有嚴重的組織安排問題。

②段落銜接方面，各段之間不連貫，但尚能明其語意。

遣詞造句：文辭能力表現有限。

①文法方面，表現有口語化情形，想到哪寫到哪，出現文法上的錯誤以及思緒的跳躍。

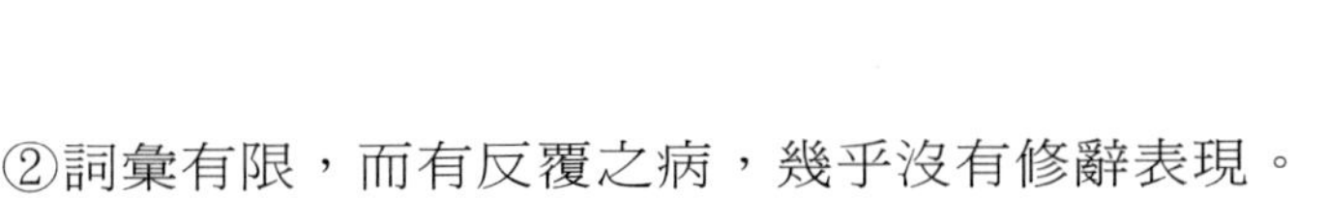

②詞彙有限，而有反覆之病，幾乎沒有修辭表現。

錯別字及標點符號：

少有錯別字，但標點符號運用能力薄弱，全文僅見兩個逗號，一個驚嘆號，一個句號。應使用標點之處未見標點，以至於有一句成段的情形（第二段）。

整體而言，本篇文章在立章取材、結構組織遣詞造句及標點符號等四個向度的表現都相當少，表達上有嚴重問題，因此為二級分水準。

一級分例文

〈來到生命的轉彎處〉

人生總會遇上挫折，人生就像一條崎嶇的道路，每個轉角都是一件事，直到你生命的終點。

例文說明：

立意取材：幾乎看不見材料出現與選擇，僅見題目之引申解釋，因此屬一級分的水準。

結構組織：僅有四句，無結構可言。

遣詞造句：文辭能力表現極其有限，四句之中尚有文法錯誤（第三句：每個轉角都是一件事）。

錯別字及標點符號：文句過少，難以判斷錯別字及標點符號運用的能力。

整體而言，本篇文章在立章取材、結構組織遣詞造句等三個主要向度幾乎都沒有表現，因此為一級分的文章。

由本節可知，2006 年國中基測寫作測驗的批改與評分由於結合資訊化，開展新大型中文寫作測驗評分的新局。無論是閱卷一致性及效率的要求上，都較以往更高，也更為可靠有效。國中基測寫作測驗的變革將是未來寫作評分的趨勢，未來也將為其他大型考試所借鏡取法，其發展值得持續關注。

第八章
結　論

寫作教學以「命題」、「指引」與「批改」（含評分）三者為主要內容[1]；其中「命題」與「批改」（含評分），已在上幾章或零或整地作了相當充分之交代；而「指引」則較少論述，所以在此略作補充說明，藉「側收」[2]以回繳[3]全文之方式，作為本書之結論，以見本書內容之梗概及其所以如此設計的原因。

如眾所知，在命題寫作上，學生是必須好好地加以分項指引的。這種指引約可分為兩類：一是經常性的指引，二是臨時性的指引。經常性的指引，是要在課文讀講時一併進行的，也就是說，要在講授課文之際，仔細分析課文，對文中有關審題（題目與內容的關係）、立意、取材、布局、措辭（含語法與修辭）等工夫，分項一一予以深究，使學生對寫作的方法，能由點而面，由面而立體地加以掌握，形成一個系統，這是指導學生作文最重要的一環。有不少人以為課文自課文，作文自作文，是兩碼子

1 參見陳滿銘《作文教學指導》（臺北：萬卷樓圖書公司，1994 年 10 月初版），頁 1-574。

2 見陳滿銘〈談「平提側收」的篇章結構〉，《章法學新裁》（臺北：萬卷樓圖書公司，2001 年 1 月初版），頁 435-459。

3 見羅君籌《文章筆法辨析》下冊（香港：香港上海印書館，1971 年 6 月出版），頁 698-720。

事，因此在指導學生作文時，往往另起爐灶，硬是將作文與課文拆開，這是本末倒置的作法，是十分不妥當的。至於臨時性的指引，則在出了作文題之後，要針對所出的題目，用極短的時間，對題目的意義、重心，可用的材料或章法，甚至措辭技巧等項目，給予必要的提示，以補經常性指引之不足[4]。這樣就可將指引轉籠統、模糊為明晰，而使學生在學習作文過程當中有所依循。這可進一步從分項指引之依據、內涵與它和階段能力指標之對應，看出它們環環相扣的緊密關係。

先就分項指引之依據來看：寫作的內涵包含甚廣，許多研究作文「寫作」或教材教法之書籍，對此均有論述，如：蔣伯潛在「指導」的部分以審題、立意、取材、用材、結構、層次、聯絡、呼應等項來探討（《中學國文教學法》)。章微穎在「指引」的部分即分為審題、立意、運材、布局、措辭五項來探討（《中學國文教學法》)；黃錦鋐與章微穎的看法相同（《國文教學法》)；朱伯石認為寫作基本能力包括觀察與閱讀、感受與理解、選材與立意、思路與結構、選詞與煉句、想像與聯想（《寫作與作文評改》)；陳弘昌認為教師須輔導學生立意、運思、取材、擬定大綱、各自寫作、審閱（《國小語文科教學研究》)；周元則將寫作能力區分為三大部分：構思能力、書面表達能力、修改能力，在構思能力之下還包括審題命題的能力、確定中心的能力、選材組材的能力，在書面表達能力之下

[4] 見陳滿銘《作文教學指導》，同注 1，頁 115-318。

則包括了運用表達方法的能力、遣詞造句的能力、修飾詞句的能力（《小學語文教育學》）；謝象賢針對寫作基本能力，提出了審題、立意、布局謀篇、表達、修改文章等五項能力（《語文教育學》）；羅秋昭則是將寫作文的步驟區分為審題、選擇體裁、立意、蒐集材料、整理材料、語言表達、修改文章（《國小語文科教材教法》）；而陳滿銘《作文教學指導》也在「指引」的部分也分為審題、立意、運材、布局、措辭等五項舉例作說明。

此外，《國民中小學九年一貫課程綱要》在論及「教學原則」時，針對作文能力有如下的說明：「(3) 宜就主題、材料、結構，配合語言詞彙的累積與應用，逐步認識各類文體，並依難易深淺，全程規劃，序列設計，分類引導，反覆練習。」「(4) 明瞭並能運用收集材料、審題、立意、選材、安排段落、組織成篇、修改等寫作步驟。」「(6) 了解本國文法與修辭的特性，並能嘗試欣賞與運用。」「(7) 配合本國語教材之範文教學，嘗試創作各種不同類型、不同場合、不同風格的文章。」顯而易見地，這在審題、立意（主題）、取材、布局（結構、安排段落、組織成篇）、措詞（語言詞彙的累積與應用、修辭）之外，又涉及了文體與風格。

以上所涉項目，如對應於整個辭章學（文章學）來看，是互相吻合的。因為辭章是結合「形象思維」、「邏輯思維」與「綜合思維」所形成的。而這兩種思維，各有所主：首先就形象思維而言：一般說來，如果是將一篇辭章所要表達之「情」或「理」，也就是「意」，主要訴諸各種主觀聯想，和所選取之「景（物）」或「事」，也就是「象」，連結在一起，或者是專就個別之「情」、「理」、「景」（物）、「事」等材料本身設計其表現技巧的，皆屬「形象思維」；這涉及了「取材」與「措詞」等問題，而主要以此為探討對象的，就是詞彙學或意象學（狹義）、修辭學等。

其次就邏輯思維而言：如果整個就「景（物）」或「事」（象）等各種材料，對應於自然規律，結合「情」與「理」（意），主要訴諸客觀聯想，按秩序、變化、聯貫與統一之原則，前後加以安排、布置，以成條理的，皆屬「邏輯思維」；這涉及了、「布局」（含「運材」）與「構詞」等問題，而主要以此為研究對象的，就字句言，即文（語）法學；就篇章言，就是章法學。就綜合思維而言：一篇辭章是藉此以統合「形象思維」（偏於主觀）與「邏輯思維」（偏於客觀）而為一的，這涉及了立定主旨、風格與選擇文體等能力問題，而主要以此為研究對象的，就是主題學、意象學（廣義）、文體學與風格學等。而以此整體或個別為對象加以研究的，則統稱為辭章學或文章學[5]。

可見命題作文，概分為「審題」（含文體、風格）、「立意」、「取材」、布局（章法）、措詞（語法、修辭）等項目來指引，是有充分的依據的。

再就分項指引之內涵來看：辭章之內容成分情、理與事、景（物），如就其情、理而言，是「意」；如就其事、

5　見陳滿銘《篇章結構學》（臺北：萬卷樓圖書公司，2005 年 5 月初版），頁 10-56。

景（物）而言，是「象」。而這種「意象」，指的就是辭章（文章）的「主旨與材料」，與命題作文分項之主要內涵，自然息息相關。試分述如下：

其一為審題：審題就是審辨題目的意義、重心、範圍與所用文體的意思，當然也附帶了作者自身立場的確定與風格（如繁約、剛柔、濃淡、疏密[6]，或豪放與柔婉、簡約與繁豐、明快與蘊藉、樸實與藻麗、幽默與莊重[7]）的取向，以免學生患了誤解題義、悖離重心、越出範圍、不合文體、立場不定、風格不明的種種弊病。這就涉及了主題（主旨）、文體、風格等，與整體之「意象」有密切關係，是合「形象思維」與「邏輯思維」而為一的。

其二為立意：立意就是依據題意建立主旨的意思。文章的主旨，通常應視題意所留下空白的多寡，在主、客觀上，作適切的因應。譬如作文題目是〈難忘的一天〉，在題意上所留下的空白比較多，學生既可以就正面寫因快樂、得意……而有難忘的一天；也可就負面寫因痛苦、失意……而也難忘的一天；全憑學生自主，只要能鎖定「難忘」二字就大致沒有問題了。又如作文題目是〈讀書的甘苦〉，題意上所留下的空白等於零，學生只得針對題意，談「讀書」的「甘」與「苦」，絕不能單憑自己主觀的經驗或感受，把主旨放在「苦」上，專說「苦」，而否定了

6 見夏丏尊《文心》（臺北：臺灣開明書局，1987 年 11 月重十版發行），頁 261-272。

7 見黎運漢、盛永生《漢語修辭學》（廣州：廣東教育出版社，2006 年 8 月一版一刷），頁 526-557。

「甘」，或乾脆不談「甘」，不過一般學生容易犯這種由主觀上去確定主旨的過失，把文章寫成〈我痛苦的讀書經驗〉，這是萬萬不可的。這就關涉到主旨（主題），也是合「形象思維」與「邏輯思維」而為一的。

其三為取材：取材就是選取文章材料的意思。文章的材料，不外取自於「自然」或「人文」。先就取自於「自然」來說，凡是存於天地宇宙之間的實物或東西都可以取作文章的材料，譬如滴水穿石、暴雨之後必有晴空、鮭魚溯源、蜘蛛結網、駝峰貯水……等等；其次就取自於「人文」來說，又可大別為「事」與「言」兩類，前者如玄奘取經、司馬光打破水缸救人、華盛頓砍櫻桃樹、愛迪生發明電燈……等等；後者如「勤能補拙」、「失敗為成功之母」、「一分耕耘、一分收穫」、「老兵不死，只是凋零」（麥克阿瑟）、「站在巨人的肩膀上看世界」（牛頓）……等等。這些材料，可說俯拾皆是，也多得數也數不清。很明顯地，這關涉到個別之「象」，所運用的是「形象思維」。

其四為布局：布局就是安排材料使成系統的意思。要安排材料，使成系統，本無一定的規矩可言，全得看作者的意度心營來盡其巧妙；不過，無論怎樣，都要合乎秩序、變化、聯貫、統一的原則。舉例而言，若依「時間順序」來安排文章材料，那麼可以依照秩序原則來安排，就會形成「順敘」（由昔而今）的布局，也可以調動次序、造成變化，那就可能會有「逆敘」（由今而昔）、「追敘」（由今而昔而今）的布局，而且不管是依照秩序或力求變化地來布局，都會形成聯絡，即「昔」與「今」中出現的材料會互相呼應，而且最後匯歸向主旨，達致最後的統一。這其中關涉的是整體「意象」之安排，靠的就是章法，亦即篇章的「邏輯思維」。

其五為措詞：措詞是控馭字句、組合概念以適當呈現情意材料的意思。這一項指引，如同立意、運材、布局一樣，主要還是靠講授課文時候來完成。通常在講授課文之際，對作者措辭之技巧，都要把握要點，加以提示，提示時不單單要學生辨明辭格，更要指出用了這些辭格所造成的藝術效果，就以「譬喻格」而言，「喻體」和「喻依」之間必有「相似點」，也因此「喻依」可以說明、表現「喻體」，以達到化抽象為具象、化難解為易解的目的，而美感也因此而產生了。這其中就關涉到個別或整體意象之表現，主要是屬於篇章或字句「形象思維」的範疇。此外，對字句中的各種句型與語法，掌握其原型與變型，也都要分析清楚。這關涉的是個別概念（意象）之組合，主要是屬於字句「邏輯思維」的範疇。

由此可見作文分項之主要內涵，不是涉及個別「意（情、理）象（事、景〔物〕）」之形成、組合，就是顧到整體「意象」之排列統整，有的偏於「形象思維」、有的偏於「邏輯思維」，而有的更藉「綜合思維」合「形象思維」與「邏輯思維」而為一；是偏全兼顧，相當周備的。

最後就分項指引與階段能力指標之對應來看：寫作之分項，是各有各的內容的，而每項內容又有深淺難易的差別，因此必須依據其階段能力指標來進行指引。有鑑於此，於民國八十六年六月，教育部教育研究委員會便委託臺灣師範大學教育研究中心進行為期三年的「我國中小學國語文基本學力指標系統規劃研究」，由歐陽教教授擔任主持人、陳滿銘與李琪明教授擔任協同主持人，結合教育、評量、統計與國語文方面之專家共十幾位，分「聽」、「說」、「讀」、「寫」(寫字)、「作」(作文)等六大項，按小三、小六、國中、高中等四階段，分組進行研究，而於民國八十八年八月結案，提出「我國中小學國語文基本學力指標系統規劃研究總報告」[8]。這份報告按「聽」、「說」、「讀」、「寫」(寫字)、「作」(作文)等六項，分別提供了各項的階段能力指標，供各界參考。由於當時經費與人力皆有限，無法分項作比較專業而仔細的研究，所以所提供的各項階段能力指標，都不夠全面而明晰；而九年一貫國語文的各項階段能力指標，就脫胎於此，當然也一樣地不夠全面而明晰。

根據《國民中小學九年一貫課程綱要》，國語文學習領域寫作能力指標共有 27 項，其中第一學習階段(一至三年級)有 8 項，第二學習階段(四至六年級)有 10 項，第三學習階段(七至九年級)有 9 項。以第一階段為例：

F-1-1 能經由觀摩、分享與欣賞，培養良好的寫作態度與興趣。F-1-2 能擴充詞彙，正確的遣辭造句，並練習常用的基本句型。F-1-3 能認識各種文體的寫作要點，並練習寫作。F-1-4 能練習用各種表達方式習寫作文。F-1-5

---

[8] 見歐陽教、陳滿銘、李琪明等《我國中小學國語文基本學力栺標系統規劃研究》(臺北：教育部，2000 年 12 月)，頁 1-800。

能概略分辨出作品中文句的錯誤，並加以修改。F-1-6 能概略知道寫作的步驟（從蒐集材料，到審題、立意、選材及安排段落、組織成篇），逐步豐富作品的內容。F-1-7 能認識並練習使用標點符號。F-1-8 能分辨並欣賞作品中的修辭技巧。

整體而言，上舉的能力指標指出了寫作教學之方向，但內涵相當籠統模糊，教師和教材編選者不易了解和掌握其具體內涵，如 F-1-2、F-1-7、F-1-8 中分別提到的「基本句型」、「標點符號」、「修辭技巧」，應該更詳細地說明這些項目中的哪些內容，是此階段學童所應掌握的？譬如簡單句型的內涵為何？是哪幾種簡單句型？如能具體列出，則參考、指引功效更強。又如 F-1-3 言及學生應能「認識各種文體的寫作要點」，其下雖說明「各種文體」指童詩、記敘文、說明文、應用文，但其寫作要點到底為何？童詩、記敘文、說明文、應用文的寫作原理原則、方法與其基本特色有何不同？應認識到什麼程度？都沒有做進一步的說明與指引。此外，F-1-6 提到希望學童能「概略知道寫作的步驟（從蒐集材料，到審題、立意、選材及安排段落、組織成篇）」，然而此處所列出之「蒐集材料，到審題、立意、選材及安排段落、組織成篇」，需要更明晰的指標來輔助說明，才能幫助教材編輯者與教師掌握其要點。第一階段如此，第三階段又何嘗不是如此。

因此教育當局在目前應結合專家學者，迫切地作如下之努力，以為補救：首先從專業之知識系統出發，結合學生實際寫作之表現，形成九年或十二年一貫之寫作基本能力序列指標的指標項目、定義與各階段的基本表現標準。其次建立九年或十二年一貫寫作基本能力序列指標的效度與信度。然後編寫本計畫之寫作基本能力序列指標使用說明，作為九年或十二年一貫課程實施和落實之輔助文件，以利在教科書編撰、寫作教材研發、學校課程計劃、日常教師課程、教學和評量，以及寫作學力評量規劃的上，有合理和實際的參考依據[9]。

假如能作這樣的努力，則除了利於編撰習作教材外，又能有效地照應語文能力，不但寫作上進行命題作文分項之指引，而且在閱讀上，也將有次序地提升學生分析課文與鑑賞課文之本領。如此，「寫作教學」與「閱讀教學」才有可能期望迎合未來國、高中升學競爭之新潮流，而收到教學之最大效果。

---

9 見陳滿銘〈談命題作文的分項指引〉（臺北：《國文天地》19 卷 4 期，2003 年 9 月），頁 92-97

主要參考書目

一、專書

(一) 文學、哲學、美學理論類

Chomsky, Noam. *Knowledge of Language: Its Nature Origin and Use.*，New York：Praeger，1986

王希杰　《修辭學導論》，杭州：杭州教育出版社，2000 年初版

王長俊主編　《詩歌意象學》，合肥：安徽文藝出版社，2000 年 8 月第 1 版

方祖燊、邱燮友　《散文結構》，臺北：蘭臺書局，1981 年 10 月 4 版

仇小屏　《篇章結構類型論》，臺北：萬卷樓圖書公司，2000 年 2 月初版

仇小屏　《篇章意象論》，臺北：萬卷樓圖書有限公司，2006 年 10 月初版

成偉鈞、唐仲揚、向宏業主編　《修辭通鑑》，臺北：建宏出版社，1996 年 1 月初版

宋文蔚　《評註文法津梁》，臺北：蘭臺書局，1983 年 7 月

呂叔湘、朱德熙　《語法修辭講話》，遼寧教育出版社，2002 年 8 月 1 版 1 刷

邱明正　《審美心理學》，上海：復旦大學出版社，1993

年 4 月一版一刷

林雲銘 《古文析義》，臺北：廣文書局有限公司，1997 年 9 月八版

林祥楣 《現代漢語》，北京語文出版社，1997 年 2 月 8 刷

周振甫 《文學風格例話》，上海：上海教育出版社，1989 年 7 月一版一刷

胡裕樹 《現代漢語》，新文豐出版公司，1992 年 9 月台一版

陳佳君 《辭章意象形成論》，臺北：萬卷樓圖書有限公司，2005 年 7 月初版

陳望道 《修辭學發凡》，香港：大光出版社，1961 年 2 月版

陳滿銘 《文章結構分析》，臺北：萬卷樓圖書公司，1999 年 5 月初版

陳滿銘 《章法學新裁》，臺北：萬卷樓圖書有限公司，2001 年 1 月初版

陳滿銘 《章法學論粹》，臺北：萬卷樓圖書有限公司，2002 年 7 月初版

陳滿銘 《章法學綜論》，臺北：萬卷樓圖書公司，2003 年 6 月初版

陳滿銘 《篇章結構學》，臺北：萬卷樓圖書有限公司，2005 年 5 月初版

陳滿銘 《辭章學十論》，臺北：里仁書局，2006 年 5 月初版

陳滿銘　《意象學廣論》，臺北：萬卷樓圖書公司，2006 年 11 月初版

陳鵬翔　《主題學理論與實踐》，臺北：萬卷樓圖書公司，2001 年 5 月初版

張雙英　《中國文學批評的理論與實踐》，臺北：國文天地雜誌社，1990 年 10 月初版

彭聃齡主編　《普通心理學》，北京：北京師範大學出版社，2001 年 5 月二版，2003 年 1 月十五刷

童慶炳　《中國古代心理詩學與美學》，臺北：萬卷樓圖書有限公司，1994 年 8 月初版

黃永武　《中國詩學·設計篇》，臺北：巨流圖書公司，1999 年 6 月初版十三刷

黃順基、蘇越、黃展驥主編　《邏輯與知識創新》第二十章，北京：中國人民大學出版社，2002 年 4 月一版一刷

黃淑貞　《篇章對比與調和結構論》，臺北：萬卷樓圖書公司，2005 年 6 月初版

黃維樑　《清通與多姿——中文語法修辭論集》，臺北：時報文化出版公司　1988 年 10 月初版

黃慶萱　《修辭學》，臺北：三民書局，2002 年 10 月增訂三版一刷

賀新輝主編　《古詩鑑賞辭典》，北京：中國婦女出版社，1988 年 12 月第 1 版

傅庚生　《中國文學欣賞舉隅》，北京：北京出版社，2003 年 1 月一版一刷

楊如雪　《文法 ABC》，臺北：萬卷樓圖書公司，2002 年 2 月再版

蒲基維　《章法風格析論——以蘇軾詞、姜夔詞為考察對象》，臺灣師範大學國文研究所博士論文，2004 年 6 月

蔣伯潛　《文體論纂要》，臺灣：正中書局，1979 年 5 月臺二版

劉勰著、范文瀾注　《文心雕龍注》，臺北：學海出版社，1991 年 12 月再版

劉若愚著、杜國清譯　《中國文學理論》，臺北：聯經出版事業公司，1985 年 2 刷

劉熙載　《藝概》，臺北：華正書局，1988 年 9 月初版

黎運漢　《漢語風格學》，廣州：廣東教育出版社，2000 年 2 月一版一刷

錢乃榮　《漢語語言學》，北京語文學院出版社，1995 年 7 月 1 刷

蕭滌非等　《唐詩鑑賞集成》，臺北：五南圖書公司，2001 年 12 月初版三刷

謝國平　《語言學概論》，臺北：三民書局，1998 年增訂初版

顏瑞芳、溫光華　《風格縱橫談》，臺北：萬卷樓圖書公司，2003 年 2 月初版

羅根澤　《中國文學批評史》，臺北：明倫出版社，不著出版年月

嚴雲受　《詩詞意象的魅力》，合肥：安徽教育出版社，

2003 年 2 月第 1 版
顧祖釗　《文學原理新釋》，北京：人民文學出版社，2001 年 5 月一版二刷
顧龍振編輯　《詩學指南》，臺北：廣文書局有限公司，1987 年 3 月再版

(二) 作文（含國文）教學類

王更生　《重修增訂國文教學新論》，臺北：明文書局，1997 年再版
仇小屏、黃淑貞　《國中國文章法教學》，臺北：萬卷樓圖書公司，2004 年 10 月初版
仇小屏　《限制式寫作之理論與應用》，臺北：萬卷樓圖書公司，2005 年 10 月初版
尹建創、周相海　《高中升大學優秀作文選評》，石家莊：河北教育出版社，1989 年 2 月一板一刷
布裕民、陳漢森　《寫作語法修辭手冊》，臺北：書林出版社，1993 年 3 月初版
吳　當　《作文 e 點通》，臺北：九歌出版社，2006 年 9 月初版
林連通、孔曉、隋晨光等　《詞語評改 300 例》，北京語文出版社，1995 年 6 月 1 版 1 刷
周元主編　《小學語文教育學》，上海：華東師範大學出版社，1992 年 10 月一版一刷
夏　敏編　《語言表達》，北京：中華書局，2004 年 8 月初版

祝新華　《作文測評的理論與實驗》，合肥：湖北教育出版社，1991 年初版

索緒爾著，高名凱譯　《普通語言學教程》，北京：商務印書館，1980 年

莊文中　《中學語言教學研究》，廣州：廣東教育出版社，2001 年 1 月一版二刷

章微穎　《中學國文教學法》，臺北：蘭臺書局，1969 年 9 月再版

陳佳君　《國中國文義旨教學》，臺北：萬卷樓圖書有限公司，2004 年 2 月初版

陳滿銘　《國文教學論叢》，臺北：萬卷樓圖書公司，1994 年 9 月初版 3 刷

陳滿銘　《作文教學指導》，臺北：萬卷樓圖書公司，1994 年 10 月出版

張春榮　《修辭新思維》，臺北：萬卷樓圖書公司　2001 年 8 月初版

張春榮　《作文新饗宴》，臺北：萬卷樓圖書公司　2002 年 8 月初版

張春榮　《國中國文修辭教學》，臺北：萬卷樓圖書公司 2005 年 5 月初版

黃錦鋐　《中學國文教材教法》，臺北：教育文物出版社，1981 年 2 月初版

曾忠華　《作文命題與批改》，臺北：國立臺灣師範大學中等教育輔導委員會，1992 年 6 月初版

楊如雪　《九年一貫國語文寫作基本能力「句型及語法」

階段指標規劃研究》，行政院國家科學委員會專題研究計畫成果報告（NSC92-2411-H-003-066-），臺北：國立臺灣師範大學國文學系，2004 年

聞　編　《新課標通·初中作文》，南寧：廣西出版社 2004 年 6 月初版

葉玉珠　《創造力教學——過去、現在與未來》，臺北：心理出版社　2006 年 6 月初版

蒲基維　《辭章風格教學新論》，臺北：萬卷樓圖書公司，2005 年 11 月初版

蒲基維等　《文采飛揚——新型基測作文教學題庫》，臺北：文揚出版社，2006 年 11 月初版

蔣伯潛　《中學國文教學法》，臺北：泰順書局，1972 年 5 月再版

瞿惕時主編　《小學作文講析辭典》，上海：上海辭書出版社，1990 年初版

簡蕙宜　《基測作文新配方》，臺北：螢火蟲出版社，2006 年 5 月初版

二、報紙、期刊論文

王希杰　〈章法學門外閑談〉，《國文天地》18 卷 5 期，2002 年 10 月

中國時報　〈切莫輕忽院士的警語〉，2002 年 7 月 3 日，《中國時報》2 版社論。

易麗君　〈教改——讓作文水準低落了〉，《中國時報》十五版，2001 年 12 月 12 日

孟祥森　〈網路用語不像話，老師：基測加考國文作文〉。聯合報 B8 版，2004 年 6 月 15 日

施教麟　〈倉頡造字國中生造反〉，《自由時報》三十四版，2001 年 2 月 12 日

姚榮松　〈語法在小學華語教學活動中的角色〉，《華文世界》46 期，1987a，頁 18-28

姚榮松　〈意念表出的流程〉，《國文天地》，2（11），1987，頁 30-33

教育部　〈國民中小學九年一貫語文學習領域課程綱要〉，臺北：教育部，2003

陳滿銘　〈論章法與情意的關係〉，《國文天地》17 卷 6 期，2001 年 11 月

陳滿銘　〈論東坡清峻詞的章法風格〉，《宋代文學研究叢刊》第九期，高雄：麗文文化公司，2003 年 12 月，頁 336-337

陳滿銘　〈從意象看辭章之內容成分〉，《國文天地》19 卷 8 期，2004 年 1 月

陳滿銘　〈意象與辭章〉，《修辭論叢》第六輯，臺北：洪葉出版事業公司 2004 年 11 月初版，頁 351-375

楊如雪　〈語法教學活動設計篇——給各種事物一個名字——認識「名詞」〉，《國文天地》，18 卷 6 期，2002a，頁 74-80

楊如雪　〈追趕跑跳蹦——認識「動詞」〉，《國文天地》，18 卷 7 期，2002b，頁 71-76

楊如雪　〈名詞的親密朋友——認識「形容詞」〉，《國文

天地》，18 卷 8 期，2003，頁 81-87

楊如雪、林鑾英　〈語法教學記實〉，國文天地，19 卷 6 期，2003 年，頁 21-28

楊如雪　〈文法學在讀與寫教學中的運用〉，《國文天地》20 卷 4 期，2004 年，頁 27-38

楊如雪　〈國中學童作文語法錯誤抽樣分析〉，中小學國文作文教學理論與實務研討會，2005，頁 18-1-18-17

鄭頤壽　〈中華文化沃土，辭章學圃奇葩——讀陳滿銘《章法學新裁》及其相關著作〉，蘇州：《海峽兩岸中華傳統文化與現代化研討會文集》，2002 年 5 月

三、其他

文揚資訊股份有限公司，網站：「文揚題庫」，網址：http://www.crm168.com/page/winyoung/news.htm。

林玉山　《反義詞詞典》，黑龍江人民出版社，1988 年 10 月 1 刷

唐　樞　《成語熟語辭海》，五南圖書出版公司，2004 年 6 月初版 4 刷

符淮青　《現代漢語詞匯》，北京大學出版社出版，2003 年 1 月 7 刷

溫瑞政、沈慧云、高增德　《歇後語詞典》，北京出版社，1992 年 5 月 4 刷

聞畦之　《漢語近義反義成語辨析詞典》，中國工人出版社，1992 年 4 月 1 版 1 刷

臺灣師範大學心測中心，《中文寫作評量學術研討會論文

集》，臺北：台灣師範大學心理與教育測驗研究發展中心

國民中學學生基本學力測驗推動工作委員會，《飛揚通訊》37 期

國民中學學生基本學力測驗推動工作委員會，《飛揚通訊》38 期

國民中學學生基本學力測驗推動工作委員會，網站：「寫作專欄」，網址：http://www.bctest.ntnu.edu.tw/

國家圖書館出版品預行編目資料

新式寫作教學導論 ／陳滿銘主編. -- 初版. -- 臺北市：萬卷樓, 2007[民 96]
面； 公分
參考書目：面
ISBN 978－957－739－589－4 (平裝)
1.中國語言－作文－教學法

802.703 96003669

新式寫作教學導論

主　　編：陳滿銘
合　　著：仇小屏 李靜雯 張春榮 陳佳君 黃淑貞 楊如雪 蒲基維 謝奇懿 簡蕙宜 顏智英(以姓氏筆畫先後爲序)
發 行 人：陳滿銘
出 版 者：萬卷樓圖書股份有限公司
臺北市羅斯福路二段 41 號 6 樓之 3
電話(02)23216565・23952992
傳真(02)23944113
劃撥帳號 15624015
出版登記證：新聞局局版臺業字第 5655 號
網　　址：http://www.wanjuan.com.tw
E－mail：wanjuan@tpts5.seed.net.tw
承印廠商：中茂分色製版印刷事業股份有限公司
定　　價：420 元
出版日期：2007 年 3 月初版
2009 年 3 月初版二刷

ISBN 978－957－739－589－4